도어

Az Ajtó ⓒ Szabó Magda, 1987
All rights reserved.

Korean translation copyright ⓒ 2019 by PSYCHE'S FOREST BOOKS
Published by arrangement with Éditions Viviane Hamy.

이 책의 한국어판 저작권은 Éditions Viviane Hamy를 통해 저작권자인 저자 유족과 독점 계약한 도서출판 프시케의 숲에 있습니다. 저작권법에 의해 한국 내에서 보호를 받는 저작물이므로 무단 전재와 복제를 금합니다.

도어

THE
DOOR

서보 머그더 장편소설 | 김보국 옮김

차례

문 _007
계약 _011
예수의 형제자매들 _033
비올라 _050
관계들 _070
무라노의 유리 _084
폐품 수거일 _105
폴레트 _131
정치 _148
나도리 – 처버둘 _164
영화 촬영 _188
그 순간 _195
사순절 _213
크리스마스의 깜짝 선물 _234
작전 _244
머릿수건 없이 _264
수상식 _277
기억상실 _298
슈투 _319
피날레 _335
유산 _345
해결 _358
문 _366

추천의 글 신형철(문학평론가) _369

문

 나는 거의 꿈을 꾸지 않는다. 허나 꿈을 꿀 때면, 땀에 흠뻑 젖고는 놀라서 깬다. 이럴 때는 곧장 다시금 잠을 청하지 않고 마음이 가라앉을 때까지 기다렸다가, 밤의 무방비한 마력에 대해 곰곰이 생각해보곤 한다. 어렸을 때나 젊었을 때는 길몽도 흉몽도 꾸지 않았으나, 나이가 들어서는 지난 퇴적층으로부터 굳게 다져진 공포가 계속해서 나를 휘감았다. 그 꿈은 내가 겪어봤을 법한 것보다 훨씬 비극적인, 더 잘 짜여진 구성을 하고 있기에 더욱 공포스럽다. 비명을 지르며 깨어난 그 꿈속의 일이 실제로 나에게 일어난 적은 한 번도 없었다.
 나의 꿈은 머리카락 한 올의 차이도 없이 지속적으로 반복되는 환영이다. 항상 똑같은 그 하나의 꿈을 꾼다. 계단 아래, 대문 가에 나는 서 있다. 철망으로 엮이고 깨뜨려지지 않는 유리창이 달린 쇠

틀의 대문. 그 안쪽에서 나는 자물쇠를 열려고 한다. 문밖 거리에는 구급차가 서 있다. 창을 통해 가물거리는 구급요원들의 실루엣은 부자연스럽게 커 보이며, 마치 달 같은 후광이 그들의 얼굴에 드리워져 있다. 열쇠는 돌아가지만 헛돌 뿐이다. 구급요원들에게 문을 열어주어야 할 텐데, 그러지 않으면 제때에 환자에게 당도할 수 없을 텐데. 그럼에도 나는 문을 열 수가 없다. 여전히 자물쇠는 꿈쩍하지 않고, 용접이라도 한 양 대문은 그대로다. 도와달라고 외치지만, 세 개 층의 주민들 그 누구도 눈길 한 번 주지 않는다. 그도 그럴 것이, 나는 마치 물고기처럼 공허하게 입만 뻐끔거릴 뿐이라는 생각이 드는 것이다. 꿈결 속에서도 내 마음에는 이 순간이 공포의 정점이라는 생각에 문을 열 수 없을 뿐만 아니라 아예 입이 얼어버린 것이다.

어렵사리 터져 나온 비명에 나는 곧 스스로 놀라 잠에서 깬다. 전등을 켜고, 악몽 후 항상 나를 옥죄는 그 답답함을 진정시키려 한다. 주변에는 침실의 익숙한 가구들이 있고, 침대 위의 가족 초상화에서 옷깃을 단단히 세우고 끈으로 된 망토를 걸친, 헝가리 바로크 또는 비더마이어풍 복식을 갖춘 나의 선조들이 모든 것을 내려다보고 있다. 문을 열어주기 위해 내가 밤마다 몇 번이나 구급요원에게, 구급차에 달려갔는지, 그들은 그 모든 것을 알고 있는 유일한 목격자들이다. 고요한 거리에서, 익숙한 대낮의 소음 대신 밤의 사각거리는 나뭇가지 소리와 달아나는 고양이들이 내는 또 어떤 소리가 열린 대문으로 밀려드는 그 시간, 그들만큼은 알고 있다. 열리지 않는 자물쇠를 두고 내가 괜한 수고만 하는 것은 아닐까라는 생각은 또 얼마나 했는지를.

 그림 속 인물들은 모든 것을 알고 있다. 그것은 내가 차라리 잊고자 하는 것이며, 이미 꿈이 아니라는 사실을 가장 잘 알고 있다. 머리 위에서 지붕이 쩍쩍 소리를 내며 불타더라도 외로움과 어찌할 수 없는 피폐함을 속으로 간직하고 있던 그녀가 열지 않았을 그 문. 내 삶에서 오직 한 번, 잠의 신경쇠약에서가 아니라 실제로 내 앞에서 그 문이 열린 적이 있었다. 오직 나에게만 주어진 권한으로 그 문은 열릴 수 있었다. 열쇠를 돌린 그녀는 신보다 나를 더 믿었고, 나 또한 그 운명적인 순간에 스스로를 신이자 현자, 사려 깊고 훌륭하며 이성적인 사람으로 믿었다. 나를 믿은 그녀와 나 자신을 믿은 나, 우리 둘 모두는 잘못을 범한 것이다.

 이미 벌어진 일은 되돌릴 수 없으니, 어쨌거나 지금은 다 지난 일. 비극적인 가면을 쓴 복수의 여신들 에리니에스가 반장화 높이의 위생화를 신고 구급요원의 모자를 쓴 채 가끔씩 와주기를, 그리고 꿈에서 그들이 양손에 날선 칼을 들고 침대 주변에 도열해 있기를. 나는 매일 저녁 그들을 기다리며, 그들을 세어보며 불을 끈다. 잠이 들자 귓가에는 곧 종이 크게 울린다. 절대 열리지 않는 꿈결 속의 그 대문을 향해 이름 없는 공포가 종소리를 휘감아 돌기 시작한다.

 나의 종교는 개인적인 고해성사를 인정하지 않는다. 목사님의 말씀으로 우리는 죄인이라는 것을 인지하고 있다. 우리는 갖가지 형태로 계명을 어겼기에 천벌을 받는 것이 합당하다는 것도 알고 있다. 그리고 하느님은 이에 대해 설명도 자세한 해명도 요구하지 않고, 우리의 죄를 사해주신다.

나는 지금 그 설명과 해명을 하고자 한다.

이 책은 나를 속속들이 알고 있는 신에게 쓰는 것도 아니고, 내가 깨어 있거나 잠들었던 그 모든 때를 관찰하고 그 모든 것의 증인이 되는 혼령들에게 쓰는 것도 아니다. 나는 이 책을 사람들에게 쓰는 것이다. 지금까지 나는 용감하게 살았으며, 죽음 또한 이렇게 거짓 없이 용감하게 맞이하고 싶다. 하지만 이 말을 하기 위해서는 하나의 조건이 있다. 에메렌츠를 죽인 것은 나였다. 그녀를 죽이고 싶었던 것이 아니라 구원하고자 했다는 말도, 여기서는 그 사실 관계를 바꿀 수 없다.

계약

처음 만나 서로 말을 나누었을 때, 나는 그녀의 얼굴을 보려고 했으나 그럴 여지가 전혀 없었기에 당황스러웠다. 그녀는 조금은 처연해 보였으나 거기에 개의치 않은 채, 동상처럼 내 앞에 꿈쩍 않고 서 있었다. 그녀의 이마로부터 나는 아무것도 느낄 수 없었는데 이는 나중에 죽음이 다다른 침상에서 머릿수건을 두르지 않은 그녀의 모습을 보았을 때도 그랬다. 그때까지 그녀는, 맨머리로 감히 신께 가까이 가는 것을 종교적으로 금한, 마치 상당히 신심 깊은 가톨릭 신자 또는 유대교의 안식일을 철저히 지키는 부인처럼 항상 베일을 쓰고 다녔다.

그날은 어떠한 방어가 필요하지도, 요구되지도 않던 어느 여름날이었다. 제비꽃빛으로 스러지는 황혼녘 하늘 아래에서 우리는 정원에 서 있었다. 그녀는 장미꽃들 사이에서는 어울리지 않았다. 만약 식물로 태어난다면 누가 어떤 꽃일까 하고 사람들은 짐작해보곤 하는데, 수치를 모르는 암적색 장미는 분명 그녀와 연관이 없었다. 장미는 순결한 꽃이 아니다. 에메렌츠는 장미가 아니라는 것을 나는 곧 알 수 있었다. 하지만 나는 그녀에 대해 아무것도 알지 못했기에, 그렇다면 그녀에게는 어떤 꽃이 어울릴지 전혀 떠올리지 못했다.

머릿수건은 눈에 그늘을 드리울 정도로 그녀의 얼굴을 덮고 있었고, 나중에서야 그녀의 홍채가 푸른색이라는 것을 알게 되었다. 그녀의 머리카락이 어떤지 알고 싶었으나, 머릿수건이 그녀 자신과 한 몸인 양 항상 그것을 덮고 있었다.

그날 초저녁, 우리는 중요한 순간들을 함께 보내고 있었다. 우리 둘은 서로를 맡을 수 있는지에 대해 결정해야만 했다. 나는 이전 집보다 상당히 큰 새집에서 몇 주 동안 지냈다. 그 전에 살았던 집은 방 하나짜리인 데다, 당시 10년간 정체되었던 나의 경력이 다시금 막 시작될 즈음이기도 했기에 집 청소를 하는 데 누군가의 도움을 받을 필요가 없었다. 하지만 이 새집에서 나는 더 많은 가능성과 함께 책상에 더 오래 붙어 있고, 수도 없이 집을 비워야 하는 과외의 의무도 져야 하는 전업 작가로 전향하게 되었다. 바로 이 때문에 나는 정원에서 나이 지긋한 그녀와 말없이 마주해 서 있었던 것이다. 만약 누군가가 집안일을 맡아주지 않는다면, 침묵의 시절이 양산한 책들은 출판되지 못할 것이고, 나는 할 말들을 엮어낼 수 없을 것임이 분명했다.

이삿짐으로 도서관 장서만큼의 책들과 수선이 필요한 낡아빠진 가구들을 옮기자마자, 나는 곧바로 집안일을 도와줄 사람을 알아보기 시작했다. 주변 지역의 지인들 모두에게 문의했는데, 결국 옛날 학교 친구가 이 문제를 해결해주었다. 그 친구의 인척 집에서 나이 든 아주머니가 상당한 기간 동안 청소 일을 맡고 있는데, 그 어떤 젊은 사람보다 더 많은 일을 한다고 했다. 친구는 그녀를 진정으로 추천하면서, 우리 집의 일을 맡아줄 시간이 그녀에게 있었으면 좋겠다고 덧붙였다. 그녀는 집을 담배로 태워버리지 않을 것이며, 남자관계도 없고, 사람들에게 선물 주기를 매우 즐긴다고 일렀다. 만약 우리가 그녀의 마음에 든다면, 그녀는 어떤 물건을 가져오면 가져왔지 그 어떤 것도 가져가지 않을 것임을 보증한다고 했다. 그녀는 남편이나 자식을 둔 적이 없으며 조카 한 명이 정기적으로 방문하는데, 경찰 간부를 포함해 이 지역에서는 모두가 그녀를 좋아한다고 했다. 옛 친구는 따뜻하고 존경 어린 말투로 그녀에 대해 말했고, 에메렌츠는 공동주택의 관리인이기도 해서 거의 공무를 다루는 사람이라고 했다. 집안일의 대가로 지불하는 돈은 그녀에게 별반 중요하지 않으니 우리가 그녀의 마음에 드는 것이 중요하다고, 그녀가 우리를 받아들였으면 한다고 친구는 희망했다.

　에메렌츠에게 이야기를 조금 해보자고, 집으로 잠시 와달라고 부탁을 했을 때, 처음에는 나도 그리 미덥지 않았다. 에메렌츠 자신도 사근사근하지 않았다. 그녀가 관리인으로 일하는 공동주택의 마당에서 그녀를 만났다. 그녀는 우리 집 가까이에 살고 있었다. 우리 집 베란다에서 그녀의 집을 바라볼 수 있을 정도였다. 그녀는 순전히 옛날 도구를 이용해서 큰 불을 지핀 솥에다 침구를 삶았고, 그렇지 않아도 찌는 열기 속에서 숟가락 모양의 큰 나무판으로 침대 시트들을 들어 올렸다 내렸다 하며 옛날 방식으로 엄청난 양의 빨래를 했다. 골격이 다부지고, 나이가 들었는데도 장대했으며, 뚱뚱하지는 않지만 발키리(스칸디나비아 전설 속의 여전사—옮긴이)처럼 근육질에 힘이 넘쳤다. 주변에서는 열기가 뿜어져 나왔다. 머릿수건도 투구와 같은 모양으로 두르고 있었다. 그녀가 찾아오겠다는 것으로 이야기가 되었기에, 우리는 해질녘 정원에 함께 서서 마주하게 된 것이었다.

우리 집에서 일하는 것이 어떻겠느냐고 말하는 동안 그녀는 말없이 주의를 기울였다. 나는 말을 하면서도 만약 이전 세기의 대하소설 같은 데서 누군가에 대해 묘사하면서 마치 호수와도 같다고 표현한다면, 그를 절대 작가로 여기지 않을 것이라는 생각을 했다. 하지만 이후, 고전작품들에 대해 감히 의문을 가질 때면, 그런 생각을 했던 나 자신이 부끄러워졌을 따름이다. 어쨌든 에메렌츠의 얼굴을 단순하게 다른 것과, 말하자면 단조롭고 표정 없는 새벽의 수면과 비교할 수는 없었다. 내가 제공한 조건들에 그녀가 얼마나 관심이 있는지 알 수 없었다. 내게는 그녀가 집안일을 맡아주는 것이 상당히 중요한 일이었지만, 그녀에게는 직업도, 돈도 필요 없어 보였다. 그녀의 호수면 같은 얼굴은 의식의 소품을 연상시키는 머릿수건의 그늘 속에서 오랫동안 그 어떤 것도 내색하지 않았다. 마침내 대답을 할 때조차도 에메렌츠는 머리를 들지 않았다. 하지만 머잖아 그 일을 재론할 기회가 생겼다. 그녀가 일하던 어떤 한 집이 적합하지 않은 곳으로 바뀐 것이었다. 그 집의 남편과 부인이 항상 술에 찌들어 있는 데다 다 큰 아들은 망나니여서 에메렌츠는 그들을 더 이상

맡지 않게 되었다. 그녀는 만약 우리 집에 제멋대로 굴거나 고주망태가 되는 사람이 없다고 누군가가 확인해준다면, 그 일에 대해서 한 번 이야기해보자고 했다. 나는 그녀가 우리에 대한 평판을 원한다는 사실에 놀라서 듣고만 있었다. 이런 것은 처음 있는 일이었다.

"누구의 것이든 더러운 속옷은 빨지 않아요."

에메렌츠가 말했다. 맑고 제대로 된 소프라노였다. 그녀는 오랜 기간 부다페스트에서 살았을 법했는데, 내가 언젠가 언어학 공부를 하지 않았다면, 그녀의 모음 발음에서 우리 지방 출신이라는 것을 아마도 눈치 채지 못했을 것이다. 그녀가 기뻐할 것으로 생각하면서 실제로 허이두샤그(헝가리 대평원의 동북부 지역—옮긴이) 출신인지 물어보았다. 그녀는 인정하듯 그저 고개만 끄덕이며 나도리에서 부다페스트로 왔다고 했다. 더 정확하게는 나도리의 이웃 마을인 처버둘 출신이라고 했으나, 이 주제는 다루고 싶지 않다고 내색하듯 그녀는 곧 대화의 주제를 바꾸었다. 에메렌츠는 출신에 대한 이 질문을 대놓고 꼬치꼬치 캐묻는 것으로 여겼고 진정 기억하고 싶어 하지 않는 것 같았다. 그 이유 역시 몇 해가 지나서야 밝혀지게 되었다.

에메렌츠는 헤라클레이토스(고대 그리스의 철학자. "같은 강물에 두 번 발을 담글 수 없다"는 말로 유명하다—옮긴이)를 배우지는 않았으나, 나보다 더 잘 알고 있었다. 나는 사라져버린 것들을, 다시 되돌릴 수 없는 것들을, 내 얼굴 어딘가에 드리워진 고향 집의 그늘을, 그리고 잃어버린 한때의 내 집을 찾아 가능한 한 지속적으로 떠나온 고향을 오갔다. 물론 물방울들 사이에서 내 인생의 조각들이 휘말려버린 그 강은 이미 굽이져 흘러버렸으니 그곳에는 찾을 수 있는 것이 아무것도 없었다. 에메렌츠는 불가능한 것을 시도하는 사람들보다 훨씬 현명했는데, 과거를 위해 미래에 그 무언가를 할 수 있도록 자신의 에너지를 비축해두었다. 물론 이 모든 것에 대해 내가 인지하는 것은 아직 요원했다.

나도리와 처버둘. 이 두 지명을 처음 들은 그날, 나는 그녀에게 이 지명들은 그 어떤 연유로 인해 터부이자 입 밖에 내어서는 안 될 것이라고 느꼈다. 자, 이제 우리는 현실적인 것에 대해 이야기를 나누어야 했다. 나는 시급에 대해 합의를 보는 것이 그녀에게 좋을 것이라고 생각했지만, 그녀는 당분간 결정을 내리기조차 원치 않았다. 우리에 대한 평판을 들어보고, 우리가 얼마나 단정치 못하고 무질서하며 집안일이 얼마나 되는지를 알게 되면 내가 얼마를 지불해야 할지 그녀가 결정하겠다고 했다. 그녀는 우리에 대해 알아보겠다며 (학교 친구들은 왜곡된 정보를 줄 수 있으니 제외하고), 혹시 어떤 정보를 얻게 된다면 부정적인 회신이라도 알려주겠다고 했다. 나는 그녀가 저벅저벅 걸어가는 뒷모습만 쳐다보았다. 그리고 이 양반은 몰지각한 노파이니 아마도 일을 맡기지 않는 것이 모두에게 좋을 것 같다는 생각이 들었다. 이 건은 없었던 것으로 하자고 그녀의 등 뒤로 외칠 수도 있었던, 그런 생각이 들었던 찰나가 있었다. 하지만 나는 그렇게 하지 않았다.

에메렌츠는 곧, 일주일 뒤에 다시 왔다. 그사이에 나는 길에서 그녀와 한두 번 마주친 것도 아니었으나, 그녀는 단지 인사만 할 뿐이었다. 마치 결정을 서두르고 싶지 않다는 양, 열리지도 닫히지도 않은 문을 바보처럼 그녀 자신이 쾅 하고 닫아버리지 않는다는 양, 그렇게 내 곁을 휙 하고 지나쳤다. 그녀가 마침내 초인종을 울렸을 때, 격식을 갖춘 그녀의 복장을 보고 그것이 무엇을 의미하는지 곧바로 알아차렸다. 나는 드문드문 맨살을 드러낸 일광욕 복장을 하고선, 조금은 당황스럽게 그녀에게로 어색한 발걸음을 옮겼다. 에메렌츠는 검은색에 소매가 긴, 고운 천으로 만든 옷을 입고 있었다. 끈 달린 에나멜 가죽신을 신고는 마치 지난번 협의 내용을 잊지 않았다는 듯이, 일은 다음 날부터 바로 시작하고 급료는 그달 말경에 얼마가 될 것인지 말할 수 있을 것이라고 했다. 그 말을 하는 와중에 그녀는 나의 드러난 어깨를 꼿꼿이 바라보고 있었다. 30도의 더위에도 양복 상의에 넥타이까지 하고 앉아 있던 나의 남편에게서는 그녀가 최소한 흠잡을 것을 발견하지 못했다는 점이 그나마 다행이었다. 남편은 제2차 세계대전 이전 영국 신사의 복식을 폭염 속에서도 바꾸는 법이 없었다. 마치 그들만이 감지할 수 있는 것처럼, 내가 속한 원시 부족에게 예시를 보이고자 하는 듯, 그리고 인간의 존엄에 걸맞은 격식의 품위를 보여주기라도 하려는 듯, 둘은 내 옆에서 복장을 갖추고 있었다. 누군가가 어떤 표준의 관점에서 에메렌츠와 비교될 수 있다면, 이 세상에서 오직 남편만이 그럴 법했다. 하지만 분명 이 때문에 그 둘은 오랫동안 진정으로 서로 가까워질 수 없었을 것이다.

나이 든 부인은 우리 두 명 모두에게 악수의 손을 내밀었다. 한편, 이후 그녀는 피할 수만 있다면 나를 접촉하지 않았다. 내가 손을 내밀 때면 마치 파리를 쫓듯 내 손을 밀쳐냈다. 하지만 그날 저녁에는 그런 일이 일어나지 않았다. 만약 그랬다면 어울리지도, 맞지도 않는 행동이었을 것이다. 에메렌츠는 이제 우리 가족의 일원이 되었다. 헤어지며 남편에게 "안녕히 주무십시오, 주인님"이라는 작별인사를 했다. 남편은 그녀 뒤를 바라만 볼 뿐이었는데, 이 멋진 말이 조금이라도 어울렸던 사람은 이 세상에서 그이 외에는 없었을 것이다. 어쨌든 그녀는 마지막 순간까지 이렇게 인사를 했고, 남편이 이 새로운 호칭에 적응하기까지는 얼마간의 시간이 걸렸다.

※

에메렌츠가 우리 집에서 몇 시간을 채워야 하는지, 언제 도착해야 하는지에 대해서는 합의된 바가 없었다. 하루 종일 보이지 않다가 밤 11시가 되어 나타날 때도 있었는데, 그럴 때는 새벽까지 부엌과 찬간을 청소했다. 그녀가 욕조에 카펫을 담가두는 바람에 하루하고도 반나절 동안이나 욕실을 사용할 수 없을 때도 있었다. 변덕스러운 근무 시간은 놀랄 정도의 성과를 동반했다. 이 나이 든 부인은 마치 로봇처럼, 자신에게조차 자비 없이, 들 수 없을 것 같은 가구들도 들어 올렸고, 노동 강도와 힘으로 보자면 초인적이고 경악할 정도였다. 실제로 그 정도의 일을 할 필요가 없었는데도 다 맡아 처리했기에 더욱 그러했다. 에메렌츠는 눈에 보일 정도로 노동에서 기쁨을 느꼈고, 노동을 즐겼으며, 일이 없는 시간에는 무엇을 해야 할지 몰랐다. 자신이 맡은 모든 일을 흠결 없이 완수했고, 집 안 이곳저곳을 대개는 말없이 오갔다. 그것은 공연히 친하지 않은 척, 관심이 없는 척하려는 것이 아니라 쓸데없는 말들을 피하고자 했던 것이다. 내가 예상했던 것보다 더 많은 것을 요구했지만, 그녀는 그 이상의 것을 제공했다.

손님들이 방문할 거라고 알리거나, 예기치 않게 누군가가 방문할 때면 그녀는 자신의 도움이 필요한지 물어왔다. 그럴 때 나는 주로 그녀의 호의를 정중히 사양했다. 바로 나의 집에서, 내가 이름도 없이 지낸다는 것을 친구들에게 알리고 싶지 않았기 때문이었다. 에메렌츠에게는 내 남편에 대한 호칭만 있었을 뿐, 그녀에게 나는 여성작가도, 부인도 아니었다. 그녀의 삶에 마침내 내가 자리매김하기 전까지, 그녀의 관계망 속에서 내가 누구이며, 나에게 적합한 호칭은 어떤 것인지 그녀는 생각도 하지 않았을 그 기간 동안, 나에 대해서는 그 어떤 호칭도 없었다. 물론 어떤 류의 성격을 가진 사람인가에 대한 파악 없이는 그 어떤 정의도 내릴 수 없기에, 이 경우에도 그녀가 옳았다.

에메렌츠는 모든 관점에서 완벽했으나, 유감스럽게도 지독할 정도로 엄격한 그런 사람이었다. 그녀의 노동을 인정하는 수줍은 나의 말에, 그녀는 칭찬하지 말라는 말을 숨기지 않았다. 계속되는 우리의 반응을 원치 않으면서도, 자신이 수행한 성과에 대해서는 분명히 인지하고 있었다. 그녀는 항상 회색 옷을 입었고 축일이나 특별한 날에만 검은색 옷을 입었는데, 매일 번갈아가며 가슴을 덮는 앞치마로 옷을 가렸다. 화장지를 경멸했고 그 대신 딱딱거릴 정도로 풀을 먹인 새하얀 아마포 수건을 사용했다. 그럼에도 불구하고 그녀에게도 약점은 있었다. 그 약점을 발견했을 때 나는 실로 행복함을 느끼기도 했다. 예를 들어 내가 무언가를 물으면 그녀는 가끔씩 아무 이유도 없이, 반나절 동안이나 침묵하기도 했다. 나는 천둥번개가 칠 때면 그녀가 공포에 질린다는 것을 알아차렸다. 소나기가 가까워지면 손에 들고 있던 것을 내팽개치고는 아무런 말도 설명도 없이 집으로 내달렸고, 그곳에 숨어버렸다.

"에메렌츠에게는 항상 강박이 있는 것 같아요." 남편에게 말했더니 그는 머리를 가로저었다. 그녀의 공포는 강박보다 더한 것일 수도 덜한 것일 수도 있다고 남편은 말했다. 분명 이유가 있을 텐데, 우리와 관련된 바는 아닐 테지만, 글쎄, 그녀가 자신에 대해 무언가 실제로 중요한 것을 얘기한 적이 언제 있었던가? 곰곰이 기억해본다. 전혀. 에메렌츠는 말이 많지 않았다.

※

남편은 시험 때문에, 나는 치과의사가 그날 외에는 진료시간을 예약하기 어렵다고 하여, 오후에 소포를 대신 수령해달라고 부탁했을 때는 이미 그녀가 1년 이상 우리 집에서 일을 했을 때였다. 부재시 어디에서 누구를 찾으면 된다고 문에 메모지를 붙여서 배달원에게 알리고는, 황급히 에메렌츠의 집으로 달려갔다. 청소를 할 때 나 대신 소포를 수령해달라고 말하는 것을 잊어서였다. 우리 집에서 방금 일을 마쳤으므로, 그녀가 집에 당도한 지는 몇 분이 채 되지 않았을 것이었다. 문을 두드리자 문은 꿈쩍하지 않았지만 안에서 뒤척이는 소리가 들렸다. 그 문의 손잡이가 마비된 듯 움직이지 않는 것은 흔하게 경험할 수 있었는데, 누구 하나 에메렌츠 집의 문이 열려 있는 것을 본 사람이 없었다. 그녀는 아주 어렵사리 집을 나오는 경우도 있었지만, 집에 도착하면 즉시 모든 것을 걸어 잠갔다. 이에 대해서는 이미 주변의 모든 사람들이 알고 있었다.

나는 어딜 가야 하고, 맡길 어떤 일이 있으니 서둘러달라고 안으로 외쳤다. 처음에는 여전한 고요만이 내 목소리에 답을 했으나, 손잡이를 계속 흔들어대자 때리려는 것이 아닐까 하고 겁이 날 정도로 그녀가 쫓아 나왔다. 뒤돌아 문을 쾅 하고 닫더니, 업무 시간 이후에는 성가시게 하지 말라고, 이건 급료에 포함된 것이 아니라고 크게 외쳤다. 하등 이유 없이 목까지 붉어질 정도로 이상한 외침에 나는 부끄러워 그 자리에 그대로 서 있었다. 그녀의 영해領海로부터 불러내는 것에, 그녀가 뭔가 설명할 수 없는 이유로 품격 이하의 대접을 받았다고 느꼈다면, 더 차분하게 얘기를 할 수도 있었을 것이다. 나는 부탁할 말을 더듬거렸다. 그녀는 대답도 없이 도끼눈을 하고 내 앞에 서 있기만 했을 뿐, 그녀의 눈은 내가 마치 칼로 그녀의 팔을 찌르기나 한 듯 나를 노려보았다. 좋아. 나는 공손하게 인사를 하고 집에 돌아와서 전화로 치과 예약을 취소했다. 남편은 이미 집을 나섰으므로 집에서 혼자 소포를 기다리며 머물러야 했다. 책을 읽을 기분도 아니었기에 집 안을 어슬렁거리면서, 내가 무엇을 서툴게 행동했는지, 왜 그녀는 그렇게 드러나게 모욕감을 느꼈고, 더군다나 가끔씩은 거의 당황스러울 만큼 격식을 갖춰 행동할 줄 알던 평소 성격과도 다르게, 왜 그렇게 모질게 거절했는지에 대해 곰곰이 생각해보았다.

오랫동안 혼자 있었다. 공허하게 기다리기만 할 뿐, 해가 완전히 빛을 잃어갈 때까지 소포는 도착하지 않았다. 남편도 시험을 마치고 학생들과 함께 머무느라 항상 귀가하던 시각에 오지 않았다. 복제사진(오래된 사진을 다시 사진기로 찍어 현상한 사진—옮긴이)이 담긴 앨범만 넘기고 있었는데, 그때 밖에서 열쇠 돌아가는 소리가 들렸다. 우리가 흔히 나누는 인삿말이 들리지 않는 것으로 봐서 남편이 귀가한 것은 아니었다. 이런 어색한 저녁에 전혀 재회하고 싶지 않은 에메렌츠가 건너온 것이었다. 아마 지금은 분명 차분한 마음으로 내게 사과를 청하리라 생각했다. 하지만 에메렌츠는 쳐다보지도, 다른 말을 건네지도 않았다. 부엌에서 뭔가 달그락거리는 소리가 나더니, 곧 문이 닫히는 소리가 들렸다. 그녀는 가버린 것이었다.

남편이 왔고, 평상시처럼 저녁식사로 캐피어(일반 요거트보다 점성이 높은 발효유—옮긴이) 두 잔을 만들기 위해 부엌에 갔을 때, 얼음 위에 놓인 음식 하나를 보았다. 진홍빛 닭가슴살을 누군가 채 썰듯 저민 후 다시 조합해놓은, 마치 외과의사와 같은 전문적인 솜씨였다. 다음 날 나는 그 화해의 만찬에 감사를 표했고, 그녀에게 깨끗이 닦은 접시를 건넸다. 그녀는 "천만에요, 잘 드셨으면 됐어요"라는 말도 않고, 접시에 놓였던 닭 요리마저 모른다고 발뺌했다. 접시를 되돌려 받지도 않아서, 그 접시는 오늘날까지도 여기 우리 집에 있다. 한참 뒤에 전화를 통해 소포의 행방을 추적하며 알게 된 바는, 내가 배달되지 않은 소포를 쫓아 허둥거리며 하루 내내 집에서 무작정 시간만 보낼 때, 그녀는 닭 요리와 함께 그 소포를 가져와서 찬간 아래쪽 선반 밑에 두었다는 것이다. 에메렌츠는 대문 앞에서 감시하듯 기다렸다가 배달원에게 내가 남긴 메시지를 글자 그대로 읽어주고 난 후, 우편물을 건네받았다고 나에게 전하지도 않고는 다시 자기 집으로 들고 갔던 것이다.

　이때를 시작으로 우리는 그녀가 정신적으로 조금은 이상하고, 독특한 사고를 지닌 사람이라는 것을 앞으로도 염두에 두어야 한다고 생각했다. 그런 이유로 이 해프닝은 우리 삶에서 중요한 사건이었다.

　많은 것들이 나의 이런 생각을 확인시켜주었다. 그녀와 같은 공동주택에 살며, 시간이 있을 때면 항상 무언가 깎고 때우고 만드는 일을 하기에 주변에서 '만능인'이라고 불리는 공과금 수금원을 통해 전해 들은 정보들이 최소한 그러했다. 즉 그는 언제부터라고 말할 수도 없을 만큼 오래전부터 에메렌츠와 같은 공동주택에 살았는데, 지난날 공동마당을 사용하는 주민들 중 에메렌츠의 집을 다녀간 이웃은 거의 없었다고 했다. 그녀는 손님을 자기 집 안으로 들이는 경우가 절대 없었고, 누군가로 인해 그녀가 갑자기 집에서 나오게 될 때는 역정을 낸다고 했다. 그녀는 집 안에서 고양이를 돌보는데 밖으로 산책시키지 않아서 가끔 야옹거리는 소리만 들릴 뿐 그녀 집에 무엇이 있는지 알기란 불가능했다. 모든 창문은 어떤 경우에도 떼지 않는 나무판으로 가려놓았다. 고양이를 제외하고는 거기에서 무엇을 보호하고 있는지 누구도 알지 못했다. 그녀가 상당히 가치 있는 것을 숨기고 있다면 그 때문에 나중에 화를 당할 수도 있다는 생각을 누구라도 할 수 있기에, 설령 소중한 물건을 갖고 있다고 한들 폐쇄적인 것은 좋은 방법이 아닐 것이다. 그녀는 이웃들과 왕래가 없었고, 기껏해야 지인들 중 누군가의 장례가 있을 때 마지막 길을 함께하기는 했으나 마치 계속되는 위험에 내맡겨진듯 항상 서둘러 집으로 돌아갔다.

"그녀의 집 안으로 들어갈 수 없다고 하더라도, 언짢게 생각하지 마세요. 그녀는 조카, 그러니까 그녀 동생인 요제프의 아들도, 경찰 총경도, 여름이든 겨울이든 문 앞에서만 맞으니까요. 그들도 자신들의 출입이 금지되어 있다는 것을 오래전부터 알고 있어요. 그들은 그냥 웃어넘겨요. 익숙해진 거지요."

만능인의 입에서 흘러나온 에메렌츠에 대한 묘사는 아주 놀라웠다. 이로 인해 나는 그녀에 대해 평온한 마음을 더욱 가질 수 없었다. '어떻게 이런 폐쇄된 상태에서 살 수 있을까? 그리고 동물을 기른다면서, 공동주택에는 따로 담을 쳐서 마련한 정원이 있는데도 왜 산책을 시키지 않을까?' 한번은 그녀와 오랫동안 친분이 있는, 실험실 보조원의 미망인 아델카에게 그녀에 대한 장황한 이야기를 들은 적이 있다. 그 상당한 분량의 이야기에서 몇 가지 의아했던 바가 풀리기 전까지, 나는 그녀에게 실제로 정신적인 문제가 있다고 여겼다. 에메렌츠의 첫 번째 고양이는 대단한 사냥꾼이었는데, 전쟁 기간 중 그곳으로 이사 온 주민이 기르던 비둘기들을 마구 학살했다. 그러자 그 새로운 이웃은 이 상황을 극단적으로 처리해버렸다. 에메렌츠가 고양이는 말로써 납득시킬 수 있는 대학교수가 아니라서, 유감스럽지만 사람들이 잘 먹이더라도 그 본성 때문에 기꺼이 다른 동물을 죽인다는 이야기를 하자, 그 이웃은 그녀에게 집에서 동물을 가둬 기르라는 말조차 한마디 않고, 그 덩치 큰 사냥꾼을 바로 잡아서 에메렌츠의 집 문 손잡이에 매달아 죽였던 것이다. 집에 도착한 그녀가 이미 축 늘어진 사체 앞에 섰을 때 그 사람은 격식 있는 말로 그녀에게 훈계까지 했다. 유감스럽게도, 어쩔 수 없이 그가 선택한 수단으로 가족의 유일한 영양분이자 생계의 근원을 보호하고자 했다고 말이다.

에메렌츠는 아무 말도 하지 않은 채 철사줄에서 고양이를 풀어 내렸다. 그는 노끈이 아닌 철사로 고양이를 매달았던 터였다. 그녀는 주둥이가 멋대로 벌어진 공포스러운 사체, 그 수고양이를 정원에 묻었다. 그때까지는 아직 이장하지 않았던 슬로카 씨의 무덤에 매장했던 것이다. 그 고양이 사형집행인이 이 일에 경찰을 끌어들였기에 사람들은 그를 또다시 비난했으나, 다행히 이 건은 잘 무마되었다.

하지만 이 사건들이 배짱 두둑한 비둘기 사육자에게 축복을 가져다준 것은 아니었다. 에메렌츠는 투명인간처럼 그와 눈길도 마주치지 않았으며, 그와 공적인 일이 있을 때면 제3자를 통해 의견을 나누었다. 에메렌츠는 만능인을 통해 그에게 메시지를 전했기에 그는 이후 그녀와 직접 다툴 수도 없었다. 반면 동물들과는 마치 적대적 연대를 맺은 것처럼, 그의 비둘기들이 차례로 죽어나갔다. 그러자 다시 경찰이 등장했다. 그 경찰이 바로 오늘날 그녀에게 들르곤 하는 그 총경이었는데 당시에는 아직 경위에 불과했다. 비둘기 사육자는 독살 혐의로 에메렌츠를 고소했으나 부검한 비둘기의 위에서 독극물은 검출되지 않았다. 불명의 조류 바이러스에 의한 것이었고, 다른 사람들의 비둘기들 또한 죽어나갔기에 지역의 수의사는 이런 일로 이웃들과 기관 모두를 성가시게 하는 것은 쓸데없는 짓이라는 의견을 냈다.

이러한 공식 의견이 나오자 사람들은 고양이 도살자를 상대로 뭉쳤다. 가장 덕망 있는 부부인 브로더리치 씨 가족은 새벽에 계속되는 비둘기 울음소리가 수면을 방해한다는 진정서를 지역 평의회에 제출했다. 만능인은 비둘기들이 항상 자신의 베란다에 오물을 쏟아낸다고 했고, 한 기술직 여성은 비둘기들이 알레르기 증상들을 유발한다고 불만을 제기했다. 관청에서는 비둘기 부양자에게 '개체 해산' 명령을 내리지는 않고 경고만 주었다. 이웃들은 목이 옭매인 에메렌츠의 고양이에 대한 복수를, 실질적인 형벌을 원했기 때문에 이 조처에 크게 실망했다.

하지만 결국 그것은 이루어졌다. 고양이 사형집행인은 다시금 피해를 입었는데 새로 데려온 그의 비둘기떼가 이전과 똑같이 알 수 없는 이유로 또다시 폐사했던 것이다. 그는 또 한 번 신고를 했지만, 이번에는 경위가 수의사에게 검사를 명하지 않았고, 업무가 과중한 경찰을 이유 없이 성가시게 한다면서 아주 호되게 그를 질책했다. 이로써 마침내 그는 모든 상황을 인식하게 되었다. 이에 앞마당에서 큰소리로 에메렌츠를 저주하고는, 충분히 증명되지는 않았으나, 마지막 행동으로서 그녀의 새 고양이마저 처형했다. 그러고는 외곽의 숲 근처로 떠나버렸다.

그는 최종적으로 떠나간 이후에도 계속해서 이 공동주택의 관리인 에메렌츠를 상대로 고발을 남발하여 관청을 괴롭혔다. 관청과 경찰은 한결같이 에메렌츠를 신뢰하여, 그녀를 고발한 소장은 항상 무혐의로 종결되었다. 마치 자석 산이 번개를 끌어당기듯, 이 나이 든 부인의 고운 성격이 익명의 혐의를 만드는 것이라고 여기게 될 정도로 에메렌츠는 온화하고 청명한 마음으로, 현자의 유머로써 이 박해를 상대했다. 반면 경찰에서는 에메렌츠에 대해 별도의 파일을 개설하여 여러 가지 자료들을 한데 모아두었고, 각각의 고발장이 접수되어도 사람들은 손만 저을 뿐이었다. 지나친 묘사로 복잡하게 작성된 비둘기 사육사의 진술을 인정하지 않은 경찰은 초동수사조차 하지 않았다. 경찰은 가끔씩 그냥 커피 한 잔을 하거나 이야기를 나누러 에메렌츠에게 들르곤 했다. 지위를 높여가던 그 총경은 신참이 오면 줄곧 그녀에게 데려가서 소개했다. 누군가 입맛이 당길 때면 그녀는 가끔씩 저민 소시지, 스콘, 팬케이크를 만들어주기도 했다. 이 지역의 모든 경찰들은 그녀에게서 떠나온 고향을, 자신의 할머니를, 멀리 떨어진 가족을 떠올렸고, 자백을 강요하며 그녀를 괴롭히지도 않았다. 그녀에 대한 고발들 중에는 유대인 살해, 전쟁 중 약탈, 미국의 스파이, 비밀 송신기 취급, 장물 취급, 그리고 보물을 숨기고 있다는 것도 있었다.

　아델카에게 이런 이야기를 들은 이후 나는 실제로 마음이 놓였는데, 분실한 신분증 때문에 경찰서에 들렀을 때 이를 더욱 확신할 수 있었다. 내가 들렀던 바로 그때 그 총경이 청사에 있었다. 그는 나의 신상 자료에 대해 기록하면서 내 이름을 보더니 새로운 신분증이 발급될 동안 그의 자리로 부르는 것이었다. 그가 나의 일에 관심을 보였기에 내가 하고 있는 일들에 대해 알고 있다고 확신했으나, 오해였다는 것이 곧 드러났다. 그는 에메렌츠가 어떻게 지내는지, 무엇을 하고 있는지에 대해서만 물었지, 다른 얘기는 들으려고조차 하지 않다. 그녀가 우리 집에서도 일하고 있다는 것을 벌써 들었던 것이다. 그는 그녀 조카의 어린 딸이 병원에서 퇴원을 했는지 물었다. 그녀의 조카에게 어린아이가 있다는 사실도 나는 모르고 있었다.

생각해보면, 나는 처음에 에메렌츠를 두려워하고 있었다. 그녀는 20년 넘게 우리 집안일을 돌봤다. 처음 5년간 허용된 우리의 접촉은 진동각을 재는 기구로 측정할 수 있을 만큼 기계적이었다. 나는 거리낌 없이 친구를 사귀는 성격이라 낯선 사람과도 이야기를 나누지만, 에메렌츠는 필수불가결한 접근만 허용했다. 그녀에게는 항상 다른 일 혹은 일정이 셀 수 없을 정도로 있었다. 철저하게, 하지만 빠르게 자신의 일을 수행하며, 그녀의 삶은 하루 24시간을 꽉 채웠다. 벽 사이로 그 누구도 들여놓지 않았지만, 그녀 집 앞마당에는 온갖 소식이 다 모여들었다. 그 앞마당이 마치 통신실이라도 되는 양 모든 사람이 그곳에서 죽음, 스캔들, 기쁜 소식, 재앙 등 온갖 소식을 나누었다.

그녀는 환자들에게 음식을 제공하는 것을 낙으로 삼았는데, 거의 매일 그릇으로 덮은 접시를 들고 가는 그녀의 모습을 볼 수 있었다. 나는 접시의 형태로 그녀의 손에 무엇이 들렸는지 알 수 있었다. 누구에게 어떤 영양분의 음식이 필요한지 길에서 듣게 된 소식에 따라 그녀는 그 모든 사람들에게 보양식을 제공했다. 사람들은 에메렌츠로부터는 단지 진부하거나 모두가 아는 사실들만 들을 수 있다는 것을 알고 있었기에, 그녀에게 무언가 반대급부의 정보를 얻는다는 생각 없이 소소한 것들을 풀어놓곤 했다. 따라서 에메렌츠는 어디에 무엇이 필요한지를 항상 알고 있었고, 그녀의 행동은 그것의 일방적인 실행일 뿐이었다. 정치에는 관심을 두지 않았으며, 예술은 전혀, 스포츠에 대해서도 문외한이었다. 길에서 알게 된 불륜 건들은 듣고만 있었지, 어느 한쪽을 편들지는 않았다. 일기예보는 기꺼이 챙기곤 했다. 날씨에 따라 공원묘지 방문을 조정할 수도 있고, 이미 언급한 대로 그녀가 두려워하는 폭풍에 대비할 수도 있어서였다. 날씨는 이러한 이웃들과 관련된 사건들뿐만 아니라 에메렌츠의 가을과 겨울의 시간들도 조정했다. 매섭고 세찬 추위가 오면, 강설량이 그녀의 시간을 좌지우지하는 폭군이 되었다. 에메렌츠는 라디오를 들을 시간도 없이 밤이든 새벽이든 이웃의 거의 모든 큰 집 앞의 눈을 쓸었다. 그녀는 길을 걸을 때, 별을 보고 내일 날씨에 대한 정보를 얻었다. 선조들이 천체에 부여했던 별자리들, 그 빛의 강약이 일기예보가 아직 등장하지 않았을 때에도 기상의 변화를 미리 알려줬다는 것을 그녀는 알고 있었다.

※

그녀는 건물 11곳의 제설 작업을 맡고 있었다. 눈보라가 엄청나게 휘날릴 때는 자신을 알아채지 못하게 위장을 하는 듯했다. 항상 단정하게 차려입던 그녀는 거대한 헝겊인형 같았고, 빛나게 광을 낸 신발 대신 고무장화를 신고 작업을 했다. 사람들이 생각하기에, 한겨울에 그녀는 아마도 집에 있는 경우가 없으며, 마치 다른 운명을 지닌 사람처럼 잠도 물리치고 오직 길에만 머무는 듯했다. 그것은 어느 정도 사실이기도 했다. 에메렌츠는 몸을 정결하게 한 후 옷만 바꿔 입었지 절대 눕는 경우가 없었다. 그녀에게는 침대가 없었고, '연인들의 의자'라고 불리는 작은 소파, 그 안락의자에서 선잠을 잤다. 누울 때면 자신을 약하게 만드는 무언가가 머리에 떠오르기에 그녀는 오직 앉은 채 적당히 아픈 허리를 기댈 뿐이었다. 누우면 현기증이 나니까 침대는 필요 없다는 것이었다.

폭설이 내릴 때는 네 번째 집을 다 쓸 때쯤 첫 번째 집 앞 인도에 벌써 다시 눈이 쌓였으므로, 그 안락의자에서도 쉴 수 없었다. 에메렌츠는 큰 장화를 신고 커다란 자작나무 빗자루를 들고 집집마다 내달렸다. 휜 눈이 날리는 그런 날에는 그녀가 우리 집을 쳐다보지도 않는 것에 우리는 익숙해졌다. 그럴 필요도 없었지만, 나는 이에 대해 아무 말도 하지 않았다. 입 밖에 꺼내지도 않은 그녀의 논리는 내가 저지할 수 있는 것이 아니었다. 말하자면 우리에게는 한 몸 뉘일 집이 있었고, 그녀는 보통은 무난하게 맡은 일을 했으며, 다시금 시간이 날 때까지 우리가 기다리기만 하면 나중에 그녀가 밀린 그 모든 일들을 처리했다. 하지만 거기에 보태어 나를 조금만 더 상냥하게 대해주었더라도 해가 되지는 않았을 것이다.

실제로 눈보라의 발악이 그치자 에메렌츠는 곧 다시 나타나서 기적같이 집을 정리했고, 아무 말 없이 부엌의 싱크대에 구운 고기나 꿀이 든 생강빵을 놓아두었다. 나는 몰래 들여놓은 그 음식들을 하나의 메시지라고 이해했다. 처음에, 즉 그녀가 이해할 수 없을 만큼 무례했던 그 시기에 등장한 저민 닭 요리와 같은 메시지 말이다. 그 접시가 전하는 말은, 마치 우리가 아직 규정식을 따르지 않는 학생이기라도 하듯 '참을성 있고 좋은 아이들에게는 보상이 있어야 하는 법이지'라는 것으로 해석할 수 있었다.

한 몸으로 어떻게 그 많은 일상이 가능했는지 알 수 없으나, 에메렌츠는 거의 앉는 법이 없었다. 손에 빗자루를 들고 있지 않을 때면, 이웃과 나눌 음식을 들고 어딘가로 서둘러 가거나 또는 길을 잃고 헤매는 동물들의 주인을 찾아주었다. 주인을 찾지 못하면 그 길 잃은 동물들은 누군가에게 강제로 맡겨졌다. 보통은 그러한 시도가 이루어지곤 했지만 맡을 사람이 없을 경우 개나 고양이는 마치 쓰레기 더미 주변에서 배를 곯으며 어슬렁거린 적이 전혀 없었던 것처럼 주위에서 갑자기 그냥 자취를 감추었다.

그녀는 여러 곳에서 많은 일을 했고 돈을 꽤 벌었음 직했으나, 어떠한 형태로든 별도의 사례는 거절했다. 이를 대략 이해하기는 했지만, 선물들까지 거절하는 이유는 알 도리가 없었다. 이 나이 든 부인은 주는 것만 좋아했을 뿐 사람들이 어떤 선물로 깜짝 놀래키려 하면 미소를 짓지 않고 역정을 냈다. 나 또한 혹시나 내가 선사하는 것을 결국에는 받아들이지 않을까 싶어 몇 년간 공연히 선물을 건네려고 시도했다. 하지만 따로 보상을 바라서 한 일이 아니라는 거친 말을 듣고 나는 마음이 너무 상해서 봉투를 거두어들였다. 남편은 에메렌츠에게 구애하지 말라는 농담을 건네며 이렇게 된 상황을 바꾸려 애쓸 필요가 없다고 했다. 시간 개념이 없고 모든 규정을 무시하기도 하지만 우리 집에서 온갖 집안일을 맡아 한다면, 그녀에게는 덧없이 지나가는 그림자가 어울린다고, 그녀는 단 한 잔의 커피도 받지 않을 것이라고 말했다. 에메렌츠는 이상적인 조력자였다. 만약 일을 완벽하게 수행하는 것이 나에게 전부가 아니고, 모든 사람과 정신적인 교류도 하기를 원한다면, 그렇다면 문제는 나 자신에게 있는 것이다. 에메렌츠는 그 시절 모든 사람들에게 그랬던 것처럼 우리를 두고도 그녀가 결정을 내렸다. 그녀는 우리를 굳이 가까이 둘 필요가 없었음에도 우리와 함께하기로 했던 것이다. 그 이유를 알기란 쉬운 일이 아니었다.

예수의 형제자매들

실제로 수년 동안 그녀에게 우리는 필요한 존재가 아니었다. 그러다 남편이 병환을, 생사를 오가는 중환을 겪게 되었다. 그녀는 우리에게 무슨 일이 벌어지는지 확연히 눈에 드러날 정도로 관심을 두지 않았다. 그렇기에 이 충격적인 사실을 이야기한대도, 그녀의 감정계는 기껏해야 환자용 음식을 조리하는 정도일 거라고 나는 확신하고 있었다. 남편의 폐종양 수술을 위해 병원을 오가면서도 그녀에게는 아무것도 알리지 않았다. 집안이나 동네 사람들뿐만 아니라 그녀 역시 우리가 어디로 다니는지 알지 못했다. 그녀는 무슨 일이 벌어지는지 전혀 몰랐으며, 수술 직전의 검사들은 아무도 모르게 진행되었다.

수술이 끝나고 마침내 집에 당도했을 때, 에메렌츠는 안락의자에 앉아서 여러 개의 작은 티스푼을 앞치마에 올려놓고는 은식기를 닦고 있었다. 수술은 거의 6시간이나 걸렸다. 외과 수술실 출입문 위에서 반짝이는 신호램프를 본 적 있는 사람이라면, 수술받는 사람이 다시는 일어나지 못할 수도 있다는 것을 염두에 둘 터, 내가 어떤 상태로 집에 들어섰는지 설명하지 않아도 짐작할 수 있을 것이다. 에메렌츠는 내 삶에서 가장 중요한 순간에서 제외되었으며, 나는 자세한 설명 없이 현 상황만을 그녀에게 전했다. 그녀로서는 처음으로 겪는 바였다. 에메렌츠는 나를 쳐다보았다. 죽음으로 끝날 수 있는 수술 앞에서 공포에 질려 나는 마치 이방인처럼 그녀를 닫아버렸던 것이다. 나의 그런 응대에 그녀는 상처받지 않았고 화를 내지도 않았다. 지금까지 내가 경험하기로, 그녀는 우리 가족의 삶에 대해 전혀 관심이 없었다. 그러니 우리에게 일어난 일이 그녀의 감정에 어떤 영향을 줄 수 있을지 내가 어떻게 알 수 있었을까? 어쨌든 기분 나쁘게 받아들이지 않는다면, 혼자 있게 나를 내버려두라고, 오늘은 가벼운 날이 아니었고 일찍 잠자리에 들고 싶다고, 그리고 수술 결과는 아직 모른다고 그녀에게 말했다.

에메렌츠는 곧바로 자리를 떠났다. 그녀가 아마도 돌아오지 않을 것이라고 생각하자 조금은 마음이 상했다. 하지만 30분이나 지났을까? 집 안에서 뒤척이는 소리에, 약간은 가볍고 혼란스러운 선잠에서 놀라 깼는데, 그녀가 더운 김이 나는 고풍스러운 잔을 들고 다시 나타난 것이다. 주석 잔 받침이 있는, 두꺼운 감청색의 유리로 만든 예술작품 같은 잔이었다. 표면에 세공한 타원형의 화환 무늬에서 남녀의 두 손이 양방향으로 금판을 고정하고 있었는데, 여성의 손목에는 팔찌가, 남성에게는 레이스 장식이 있었으며, 금판에는 파란색 에나멜 글씨로 'TOUJOURS'('언제나', '항상'을 뜻하는 프랑스어―옮긴이)라고 적혀 있었다. 나는 잔 아래를 잡고 빛을 향해 잔을 들었다. 정향나무 향이 나는 어두운 액체가 그 속에서 김을 뿜고 있었다.

"마실 것!" 에메렌츠가 말했다.

나는 마시고 싶지 않았다. 고요함 외에는 그 어떤 것도 원치 않았다.

"마실 것!" 마치 버릇없고 이해력이 부족한 어린애와 얘기하듯 그녀가 다시 말했다. 그러고는 내가 잔을 내려놓고 입을 열지 않는 것을 보자, 그녀는 잔을 잡고서 나에게 갖다 댔다. 옷 앞섶의 파인 부분으로 그 끓인 포도주 같은 것이 몇 방울 튀었고 나는 비명을 질렀다. 그때 그녀가 나의 한 손을 잡더니, 강하게 잔을 내 치열에 갖다 댔다. 원하지 않으면 들이부을 기세였기에 나는 삼켜야만 했다. 고문 같을 정도로 뜨거웠으나, 세상에서 가장 좋은 음료였다. 5분이 지나자 몸에서 떨림이 전해졌다. 에메렌츠는 소파에 있던 나에게 처음으로 몸을 기울였다. 다 비운 잔을 내 손에서 가져가더니 그냥 앉아 있기만 했다. 마치 내가 무언가를 말하기를, 그녀가 알지 못하는 그 6시간과 수술의 결과에 대해 나 스스로 말하기를 기다리는 사람처럼.

나는 있었던 일에 대해 이야기할 수도, 말로 풀어낼 수도, 또는 앞서 일어난 일들의 전율을 전할 수도 없었다. 한입에 들이킨 음료 역시 그 효과가 남아 있었기에 깨고 나서야 내가 잠들었었다는 사실을 알았다. 전등은 귀가했을 때 그대로 비추고 있었고, 시계만 자정을 지나 2시를 가리키고 있었다. 소파에 여름 담요가 덮여 있었던 것으로 봐서 그녀가 침대를 들춰서 이부자리를 마련해준 것 같았다. 그녀는 일상적인 목소리로, 그 어떤 감정 없이, 나쁜 생각으로 이 밤을 새우는 것은 쓸데없는 일이며 아무 일도 없을 테니 나 자신 있는 그대로 놔두라고 했다. 그녀는 죽음을 감지할 줄 아는데, 주변에서 한 마리 개도 그 어떤 징후를 보이지 않았고, 그녀 집이나 여기 부엌에서 잔이 깨지는 일도 없었다고 했다. 물론 그녀를 믿지 않는다면 내게는 그럴 권리도 있으며, 만약 하느님을 찾는다면 성경을 가져올 테니 그녀와 이야기를 나눌 의무는 없다고 했다.

그때 나는 이미 그 데운 포도주라든가 그녀가 결국은 여기 내 옆에서 밤을 새웠다는 것은 생각지도 않은 채, 다시금 나를 아프게 찌르는 그녀의 조소만을 느꼈다. 그녀의 시시콜콜한 말들을 피하고자 일요일마다 내가 교회로 길을 에둘러 가는 것으로는 충분치 않단 말인가? 에메렌츠는 그 어떤 것도 이해하려고 하지 않았기에, 그녀에게 어떻게 설명할 수가 없었다. 눈에 보이지 않는 얼마나 많은 사람들이 수 세기를 날아와 예배 시간 60분 동안 내 주변에 앉아 있는지를, 그리고 이 시간이 내게는 돌아가신 아버지와 어머니를 만나는 유일한 시간이듯 사람들도 나처럼 그런 마음으로 기도하고 있다는 것을 말이다. 예배 시간은 우리에게 이런 의미라는 것을 에메렌츠는 전혀 이해하지 못했고 받아들이지도 않았다. 종교생활을 하는 순박한 진영을 향해 어느 원시 부족의 족장처럼 번쩍이는 '연회복'을 전장의 깃발처럼 흔들 뿐이었다.

그녀는 거의 16세기의 열정으로 교회에 맞섰다. 목사들뿐만 아니라 신과, 성경에 등장하는 모든 인물들과도 맞섰다. 하지만 직업 때문에 높이 평가한 성 요셉만큼은 예외였는데, 에메렌츠의 부친이 목수였다. 나는 나중에 그녀의 고향집을 본 적이 있었다. 울타리 관목 뒤로 품격이 우러나오는 그런 집이었다. 그 집의 두터운 베란다 위쪽에 두 겹으로 앉힌 지붕에서 한편으로는 농민바로크 양식이, 다른 한편으로는 극동의 파고다 양식이 연상되었다. 건물의 윤곽을 도면으로 옮긴, 고인이 되신 그녀 부친의 개인적 취향과 개성에 대한 무엇인가를 느낄 수 있었다. 에메렌츠가 육중한 플라타너스라고 불렀던 카우트리들이 거대하게 자라서 집 근처는 만개한 화원을 이루었다. 내가 갔을 때도 그 집은 협동농장의 대목수와 목공 들의 작업실로 사용되고 있었으며, 나도리에서 가장 아름다운 처소였다. 에메렌츠의 볼테르주의적인 종교적 회의론은 한편으로 논리적이지 못했는데, 오랫동안 나는 그 이유를 알 수 없었다. 어느 날 그녀의 또 한 명의 가까운 친구인 채소장수 슈투의 도움으로 그 조각조각들을 다 맞추어 완전한 이야기가 구성되기 전까지 그것은 나를 당황하게 했다.

종교와의 불화는 어렵게 견뎌낸 부다페스트 공방전 이후, 말하자면 제2차 세계대전의 마지막과 사회주의 국가라는 평화로운 시기의 첫 번째 사건으로 등장한 것도, 폐허로 변한 세상의 잔불들 사이에서 생겨난 철학도 아니었다. 그것은 스웨덴의 구호물자 때문에 발생한 원시적이고 1차원적인 앙갚음의 결과였다. 에메렌츠와 신자들은 스칸디나비아 교회에서 구호물자를 받았는데, 그때까지 거의 누구도 에메렌츠의 종교를 알지 못했다. 그녀는 항상 빨래를 하고 있었고, 일요일마다 가장 많은 빨랫감을 처리했다. 에메렌츠는 주로 예배가 시작될 때 늘 일을 하고 있었기에 매 일요일, 교회에서 그녀를 볼 수 없었다. 다른 사람들이 교회에 간 동안, 그녀는 보일러를 때어 집 안을 데우고 비누 거품을 냈다. 해외에서 신자들이 교회 공동체에 선물을 보냈다는 소식은 그녀에게도 물론 들려왔다. 친구인 폴레트는 신문을 들고 와서 알리기도 했다. 사정이 그러했기에 예배당에서 선물을 분배하기 시작했을 때, 교회에서 한 번도 보이지 않던 에메렌츠가 검정색 축일 복장을 하고 갑자기 나타나 자신이 호명되기를 기다리고 있었던 것이다. 이웃 사람들 모두 에메렌츠를 알고는 있었으나, 그녀의 출현을 염두에 두었던 사람은 아무도 없었다. 현장의 스웨덴 선교단원에게 통역을 맡은, 분배 업무에 선정된 부인들은 굳은 얼굴로 자신의 차례를 기다리고 있는 이 수척한 인물을 당황스러운 눈길로 쳐다보았다. 그녀가 이 교회를 다니지는 않으나, 분명 이 교회의 일원임을 그들은 곧 알게 되었다. 하지만 이미 양모나 면으로 된 것들은 모두 분배한 후였다. 바구니 바닥에는 이곳의 상황을 염두에 두지 않은 연회복만 남아 있었다. 쓸모없는 물건들을 모두 처분하는 스웨덴의 자선 행사 물품들이 여기와 있었던 것이다. 나중에 알려진 바로는, 그들은 그녀를 빈손으로 보내고 싶지 않았기에 그녀가 이 기부 의상을 어떤 연극 극장 혹은 문화관에서라도 팔 수 있기를, 또는 음식과 바꿀 수 있기를 바랐다. 에메렌츠는 자선 행사를 주재한 부인 대표들의 발치에 그 연회복을 내팽개쳤다. 그들은 결코 의도하지 않았을 테지만, 에메렌츠는 조롱을 당했다고 느꼈던 것이다. 이때부터 에메렌츠는 일 때문이 아니라 스스로의 다짐으로 교회에 다니지 않았으며, 예외적으로 시간이 나는 경우에도 그러했다. 그녀의 의식 속에서 그 자선 행사의 부인들은 신과 교회와 동일시되었다. 그녀는 신자들의 계급(카스트)을 비판할 수 있는 모든 기회를 놓치는 법이 없었으며, 교회의 축일 예배 시작 30분 전에 내가 성가집을 들고 대문을 나서는 것을 보면 나 또한 봐주지 않았다.

에메렌츠를 처음 만났을 때 나는 아직 그 연회복의 역사를 알지 못했고, 함께 교회에 가지 않겠느냐고 순진하고 무지하게 물었었다. 그녀는, 자신은 푸르죽죽하게 차려입고 스스로를 내보이기 위해 교회로 급히 행차하는 고명한 부인이 아니며, 만약 집 앞에서 빗자루질을 할 필요가 없더라도 그렇게 하지는 않을 것이라고 대답했었다. 성경 속 마르타의 삶은 끊임없는 도움과 노동이다. 그런 마르타야말로 성경에서 에메렌츠의 친척에 비견될 수 있는 인물임은 처음부터 명백한 것이었다. '어쩌면 저렇게 천상의 성녀와 닮을 수가 있을까?' 하고 생각했기에, 나는 놀라서 그녀를 바라보았다. 그 이유, 즉 연회복에 대해 알게 되었을 때 나는 화가 났다. 왜 그렇게밖에 행동하지 못했는지 물어보았으나 그녀는 어울리지 않는 웃음으로 나를 쳐다볼 뿐이었다. 에메렌츠의 세계에는 없는 그 웃음은, 눈물 어린 웃음도 기쁨의 웃음도 아니었다.

그녀에게는 목사도 교회도 필요 없으며, 헌금도 내지 않는다고 했다. 신의 조화로운 세상 운용을 전쟁 시기에 이미 경험했다고 했다. 목수나 그의 아들은 노동자였으니 어떤 문제도 없었지만, 정치인들의 허언이 그 아들을 어찌나 괴롭혔는지, 정치 지도자들에게 그 아들이 불편해지기 시작했고, 그는 어쩔 수 없이 정치적인 처형에 휘말릴 수밖에 없었다고 그녀는 말했다. 에메렌츠는 좋은 날이 있을 수 없었던 그의 어머니를 가장 불쌍하게 여겼다. 그럼에도 이상한 것은, 그의 어머니가 아마도 성금요일(예수가 사망한 날로, 부활절 전 금요일 — 옮긴이) 밤에야 처음으로 편안하게 잠들었을 법했다는 것이다. 그때까지 계속 아들 걱정만 해야 했기 때문이다.

그녀는 예수를 마치 조작된 재판에서 쓰러진 영웅처럼, 정치적 음모의 희생양으로 묘사했다. 그리고 마리아에게 있어 예수는 골치 아픈 걱정거리였으며, 그녀의 삶에서 마침내 퇴장하게 되는 존재라는 에메렌츠의 강의가 이어지는 동안, 나는 그녀에게 신의 번개가 내리칠 것이라고 생각했다. 내가 머리를 곧추 세우고 교회를 향해 갈 때, 에메렌츠는 심술궂게 내 뒤를 응시하며 내가 상처 입었다는 사실을 눈치 채고는 기뻐했다. 이 사람은 아마도 절대로 정치를 논하지 않지만, 그럼에도 전후 시기 우리에게 벌어진 일들로부터 매일 수수께끼 같은 모세관을 통해 무언가를 빨아들이는 특별한 피조물이라는 생각이 그때 들었다. 그리고 자신 속에 언젠가 분명 있었던 그 무엇을 다시 일깨울 수 있는 그런 목사를 그녀가 찾아야 한다는 생각이 들었다. 하지만 그것은 이래저래 그녀에게 상처만 줄 뿐이라는 것을 알게 되었다. 에메렌츠는 기독교 신자이지만 이 사실을 그녀에게 확신시켜줄 수 있는 목사는 없었다. 그 연회복의 반짝이는 장식은 이미 하나도 남아 있지 않지만 그 장식의 반짝임은 그녀의 의식 속에 들어와 깊이 박혀 있었다.

※

그날 밤, 물론 에메렌츠는 단지 나를 골려주고 싶었을 뿐이었으나, 이것이 이상하게도 나를 안심시켰다. 만약 그녀가 무슨 문제를 감지했다면 나를 괴롭히지 않았을 테지만, 감사하게도 그녀는 집적거리며 나를 즐겁게 해주었다. 일어나려고 하는 나를 제지하며 말하길, 만약 내가 말을 잘 듣는다면 얘기를 하나 해줄 테니 이리저리 뒤척이지만 말고 눈을 감으라고 했다. 나는 편안하게 누웠고, 에메렌츠는 벽난로에 기대어 서 있었다. 그녀에 대해 알고 있었던 것은 소소했다. 몇 해 동안 파편인 자료로부터 모자이크로 엮은 것일 뿐 거의 아는 바가 없었다. 이 비현실적인 밤, 삶과 죽음이 손을 맞잡고 있던 그 겨울 새벽녘에, 나의 공포스런 생각들을 떨쳐 내고자 에메렌츠는 자신을 소개했다.

"'너희는 예수의 형제들이다.' 우리 어머니께선 항상 이 말씀을 하셨어요. 아버지가 목수이자 가구를 만드는 사람이기 때문이었지요. 나의 대부이자 작업반장이었던 작은 삼촌은 내 세례식 이후 얼마 지나지 않아 돌아가셨어요. 모든 세레다시 집안 사람들처럼 손놀림이 좋았지요. 아버지는 아는 것이 많은 분인 데다가 체격도 좋으셨고, 어머니는 요정 그 자체였어요. 황금빛 머리카락이 땅에 끌려 밟히기도 했지요. 외할아버지는 어머니를 자랑스러워하셨어요. 농부에게 시집보낼 생각은 하지도 않으셨고, 물건을 만드는 장인에게 시집보내는 결정도 쉽게 내리신 것은 아니었어요. 정규교육을 받게 했고, 어머니에게 바깥일은 시키지 말라는 말씀을 아버지께도 하셨어요. 아버지는 어머니에게 돈 버는 일은 시키지도 않았어요.

아버지가 살아 계신 동안, 그러니까 내가 세 살도 되기 전에 불쌍하신 아버지가 돌아가셨으니 그렇게 오랫동안은 아니지만, 그때까지 어머니는 집에서 책을 읽으셨어요. 재미있는 것은, 마치 아버지가 외할아버지의 화를 돋우기 위해 스스로 자신의 죽음을 원한 것처럼, 외할아버지는 아버지가 감히 죽었다는 것에 대해 아버지를 증오하셨어요.

  그렇지 않아도 모든 것이 더욱 어렵게 되어버린 그때, 전쟁이 터졌지요. 어머니가 처음부터 그 작업반장을 좋아했다고는 생각하지 않아요. 스스로 그 공방을 꾸려나갈 수 없었으니, 글쎄 그렇게 재혼을 했어요. 새아버지는 책을 탐탁지 않게 생각했지만, 그보다는 주변의 모두가 군 입대를 한 것이 가장 큰 문제였지요. 불쌍한 새아버지는 자신에게도 입대 차례가 올 것을 두려워했어요. 하지만 새아버지가 우리들도 건사한 것을 보면 어머니 곁에서 그의 삶은 자리를 잡아간 것 같아요. 나를 학교에 못 다니게 했어도 나쁜 사람은 아니었어요. 교장 선생님은 이에 대해 유감을 표했지만요. 어머니는 음식을 할 수 없었기에 내가 추수하는 사람들을 위해 요리를 해야 했고, 쌍둥이도 내가 돌봤어요. 새아버지는 절대 그 애들에게 해가 되는 것을 하지 않았지요. 놀랍지도 않은 것이, 그 애들은 딱 동화 속 등장인물 같았거든요. 둘 다 어머니를 빼닮았어요. 동생인 요제프는 그 누구도 전혀 닮지 않았고요. 요제프의 아들은 당신도 알고 있는, 내게 오가곤 하는 그 조카예요. 요제프를 많이 볼 수는 없었어요. 아버지가 그렇게 되었을 때 디베크 외할아버지께서 데리고 가셔서, 여기 나도리에서 우리와 함께 있는 것보다 처버둘에 더 오래 있었기 때문이에요. 어머니의 일가친척들은 지금도 거기에 살고 있어요.

내가 학교를 다니지 못하게 되자, 교장 선생님은 그것이 얼마나 잘못되었으며 해가 되는 일인지 호통을 치셨어요. 새아버지는 남의 가족 일에 간섭하는 사람은 아주 천한 사람이며 내 옆에서 얼쩡거리지 말라고, 그랬다가는 머리통을 갈길 것이라고 했지요. 그리고 새아버지는 미망인과 4명의 자식을 거둔 것 외에도 매 순간 군에 차출될 수 있는 몸이며, 부인 혼자서는 일을 감당하지 못하는데 당신은 무슨 생각을 하느냐고, 나 에메렌츠마저 학교에 묶여 있으면 좋겠느냐고 교장 선생님에게 따졌어요. 또한 작업장에서도, 밖에서도 남자의 도움은 없는 데다 어머니가 무엇을 할 수 있겠느냐고, 농사일은 항상 일손을 필요로 하는데 가축을 돌보기에도 그 일손이 충분치 않다는 설명도 했지요. 말하자면 그는 교장 선생님에게 나름의 이유를 댔고, 나에게 일을 하라고 명했어요. 새아버지가 악하다고는 생각하지 마세요. 그는 단지 두려워했을 따름이거든요. 인간이 공포를 느낄 때 어떻게 되는지, 어떤 것을 할 수 있는지는 당신도 벌써 경험했겠지요. 처음에는 일에 익숙하지 않아서 맞은 적도 여러 번 있지만, 새아버지에게 화가 나지는 않았어요. 우리에게는 땅이 있었어요. 그 땅에 놀러 다니기는 했으나 일하러 간 것은 아니어서, 그때까지는 나와 상관없는 곳이었지요. 마치 새처럼 입대 영장들이 여기저기에 날아들자 새아버지는 두려워하기도, 저주를 하기도 했어요.

동생 요제프는 이미 집이 아닌 외할아버지 댁에 있었던 어느 날 저녁이었지요. 내가 쌍둥이들을 재웠고 마침내 조용해졌을 때, 어머니는 새아버지에게 얘기했어요. 말을 꺼내면 정말로 그 일이 일어나니, 이제는 그 항상 두려워하고 있는 것을 언급하지 말라고요. 어머니는 공포로 중얼거리며, 꿈을 꾸었고 불길한 예감이 든다고 했지요. 만약 새아버지가 입대하게 되면 더 이상 우리들을 못 볼 것이라고요. 글쎄, 볼 수 없었을 뿐만 아니라, 그는 나도리에서 입대한 사람 중 첫 번째 전사자였어요.

어머니는 공방에서 무엇을 해야 할지 몰랐어요. 목재 또한 정부에서 손도 대지 못하게 막아버렸지요. 사람도 일감도 없기는 했지만, 어머니는 그럼에도 처음에는 남자 없이 헤쳐 나가보자고 생각하셨던 것 같아요. 농장주의 딸이었고, 땅에 대해서도 알기에 혼자서 할 수 있을 것이라고 여겼지요. 어머니가 얼마나 애썼는지, 당신이 보았더라면 짐작은 할 수 있을 거예요. 나는 바보 같은 애는 아니었으니 할 수 있는 한 어머니를 도왔지만, 결과도 없을 일에 왜 그렇게 매달렸던지요. 아홉 살의 나는 모든 사람들에게 음식을 요리해줬고, 쌍둥이를 돌봤어요. 새아버지의 전사 통보가 왔을 때 어머니가 새아버지도 사랑했었다는 것을 나는 알게 되었지요. 새아버지의 묘는 없었지만 어머니는 아버지와 새아버지, 두 분의 장례를 치른 셈이었고, 그녀는 삶을 다시 시작할 수 없었어요. 당신 유의 사람들에게만 감정이 있다고 생각하지는 마세요.

어머니는 약했고, 무기력했고 또한 젊었지요. 아이들이 짓궂은 장난을 했던 어느 날, 나 역시도 어린아이였기에 거기에 마음을 뺏겼어요. 그러자 어머니는 주어진 일을 하지 않고 그 시간에 놀았다며 나를 때렸지요. 그때 나는 외할아버지가 항상 잘 돌보고 있는, 만약 일을 시킨다고 해도 조금만 시켰을 법한 동생 요제프를 따라 처버둘로 도망갈 생각을 했어요. 우리가 가버린 후 어머니가 할 수 있는 것은 무엇이든 해보라는 심정으로, 쌍둥이도 데려가려 했지요. 처버둘은 이웃 마을이니 가는 길을 알고 있었고, 걸어서라도 갈 작정이었어요.

금발의 두 동생 손을 잡고, 우리 세 명은 이른 아침에 길을 떠났지요. 하지만 그 애들이 곧 앉아서 먹을 것을 달라고 하는 데다가 물을 청했기에 타작마당까지밖에 가지 못했어요. 애들은 돌아서면 늘 물을 찾는다는 것을 이미 잘 알고 있어서, 나는 먼 길을 가지 않더라도 집에서도 항상 물컵을 갖고 있었어요. 양철로 만든 컵을 줄로 마냥 매달아 지니고 다녔지요. 그래서 어쩔 수 없이 내가 우물가로 달려갔어요. 우물가는 가깝기도 멀기도 했는데, 가까운 것이 뭔지 먼 것이 뭔지, 어린애가 뭘 알았겠어요? 그곳에 다다랐던 바로 그때, 폭풍우가 몰아쳤어요. 그렇게나 빠르게 쏟아지며 터지는 뇌우는 여태껏 본 적이 없었어요. 이 마을과, 그 주변 지역에도 있을 법하지 않을 정도로 천지가 뒤흔들렸지요. 이처럼 피해를 가한 것이 없을 정도로 엄청난 우뢰와 회오리가 몰아쳤어요. 하늘은 여느 때처럼 검게 변한 것이 아니라 보랏빛으로 한순간에 탈바꿈했고, 구름 사이로 마치 불을 피우듯 하늘에서 그 모든 것이 불타는 듯한 천둥이 쳤어요. 하늘에 그 소리가 굴러다녔기에 내 귀는 터질 것 같았지요. 쌍둥이 쪽을 돌아보니, 그 금발의 애들은 눈에 들어오지 않았고, 번개가 그들 위에 있던 나무로 내리치는 것이 보였어요.

나는 양철 컵을 내팽개치고는 되돌아 달려갔어요. 모든 것이 연기를 내뿜었고, 그 애들 가까이 갔을 때 이미 그 둘은 모두 죽었지만, 사람이라고 할 수 있는 그 어떤 것과도 닮아 있지 않았어요. 내가 보고 있는 것이 그 애들이라고 짐작할 수 없었지요. 억수 같은 비가 쏟아졌고, 퍼붓는 비는 땀처럼 내 몸에 딱 달라붙었으며, 나는 남동생과 여동생 앞에 서서 두 검은 숯덩이를 보고만 있을 뿐이었어요. 만약 무언가와 비교한다면 더 굽어 있고, 조금 더 작았을 뿐 아마 탄으로 된 땔감과 비슷했더랬어요. 나는 바보처럼 서서, 이것들은 뭔가 나의 동생들일 수 없기에, 금발의 동생들이 어디로 사라졌는지 이리저리 고개를 돌려 찾아봤어요.

어머니가 그 동네 우물에 몸을 던졌다는 것이, 글쎄요, 놀랍지요? 이 광경과 울부짖는 나, 폭우가 멈추자 저 멀리 도로에까지, 우리 집까지 비명소리가 들릴 정도로 발작적으로 울부짖는 나를 두고, 어쩌면 어머니는 그럴 수밖에 없었을 거예요. 어머니는 셔츠 바람에 맨발로 뛰어나와 나에게 달려들어 마구 때렸어요. 그녀의 눈물과 우울함으로부터, 영원한 걱정과 불평으로부터 내가 도망가고자 했다는 것도 어머니는 몰랐고, 무얼 해야 할지도 모른 채 절망에 빠져 나를 인정사정없이 팼어요. 그녀의 삶을 대신하여 손에 잡히는 그 누군가를 때리고자 했지요. 그러다 내가 왜 울부짖었는지 어머니가 알게 되었고, 아이들을 보자 갑자기 그녀의 얼굴에 활활 불꽃이 튀었어요. 어머니는 비를 맞으며 화살처럼 내 옆으로 방향을 돌렸지요. 풀어헤친 머리카락이 그녀 뒤를 따라 땅에 끌렸고, 그녀는 비명을 지르고 뛰어가기만 할 뿐이었어요. 새가 그렇게 울부짖곤 했었지요.

어머니가 우물로 뛰어내리는 것을 보았으나 꿈쩍할 수 없었어요. 나무와 시체들 옆에 서 있기만 했지요. 하늘의 천둥과 번개는 이미 그쳤어요. 우리 집은 국도 옆에 있었고, 타작마당은 우리 집 정원의 끝에서 시작되었으니, 만약 그때 누군가에게 도움을 청하러 달려갔다면 어머니를 구할 수도 있었을 거예요. 나는 신들린 사람처럼 그냥 가만히 서 있었어요. 내 머릿속에는 아무 생각도 없었으며, 두뇌는 마비되었고, 이마는 온통 젖어 있었지요. 다른 누구도 내가 두 동생을 사랑했던 것만큼 사랑할 수는 없었을 거예요. 나는 그 숯덩이들을 보고만 있었고, 여전히 그것들과 내가 무슨 관련이 있다거나 그럴 가능성이 있다는 것은 도저히 믿을 수 없었어요. 나는 도움을 청하려고 소리를 질렀던 게 아니라 그냥 넋을 잃고 바라만 보고 있었어요. 그냥, 별생각 없이 '어머니는 우물 바닥에서 저렇게 오랫동안 무얼 하시는 걸까' 하는 상념에 잠겼어요. 무엇을 하고 계셨을까요. 무엇을 했을까요. 그래요, 불쌍하신 어머니는 나에게서 떠나버린 거였어요. 나뿐 아니라 그 광경과 자신의 운명으로부터 말이에요. 모든 것에 지쳐서, 그분은 그냥 모든 것을 마감하고 싶었던, 그런 거였어요.

나는 한동안 두리번거리다가 그럼에도 아주 한가하게 거길 떠났어요. 비어 있는 집에는 왜 갈까 싶어 국도로 가서 그곳으로 오는 첫 번째 사람에게 오시라고, 마을 우물로 내려가신 나의 어머니와 이야기를 해보시라고 했어요. 나무 아래에서 금발의 두 동생들이 사라졌는데, 그 자리에는 무슨 검은 것들만 있다고도 말했어요. 그때 그곳으로 한 사람이 터벅터벅 걸어오고 있었거든요. 내 말을 들은 그 이웃은 뛰어갔고, 결국 모든 조치를 해줬어요. 사람들이 외할아버지를 모시러 가는 동안, 나를 선생님 댁으로 데려갔어요. 외할아버지는 나를 데려가서 건사하지 않았고, 동생 요제프만 데리고 계셨어요. 부다페스트에서 신사분들이 하녀를 구하러 내려왔을 때, 말 한마디로 나를 건넸지요. 장례식을 마치자 곧 그들이 나를 데려갔고요. 장례식에서 나는 아무것도 이해할 수 없었지만, 두 개의 관이 열려 있어서 동생들을 볼 수 있었어요. 쌍둥이는 하나의 관에, 어머니는 다른 관에 있었는데, 어머니는 쌍둥이 동생들처럼 이해할 수 없는 모습이었지요. 동생들의 그 금발 머리카락은 모두 녹아서 머리에는 아무것도 없었고, 실제로 그들은 머리조차 없었어요. 아이라고 하기에는 너무 다른 모습이었기에 나는 울 수도, 통곡할 수도 없었어요. 내게 닥친 것이 너무나 커서 그럴 여유가 없었던 거지요.

내가 왜 돈을 모으는지 아세요? 석조무덤을 위해서예요. 세상만큼이나 크고 그보다 더 아름다운 것이 없을 정도로, 모든 창이 제각각의 유리로 된 석조무덤 말이에요. 그 안에는 관을 얹어놓는 관대棺臺가 있을 텐데, 거기에 아버지, 어머니, 쌍둥이와 나의 관이 각각 놓일 거예요. 만약 내 동생 요제프의 아들, 그 조카가 지금과 같다면, 두 자리는 그들의 것이 될 수도 있겠지요. 벌써 전쟁 이전부터 필요한 돈을 모으기 시작했어요. 하지만 사람들이 다른 좋은 곳에 그 돈을 쓰자고 해서 그랬는데, 뭐 괜찮아요. 다시금 돈을 모았어요. 그러고는 도둑이 들었지만 또다시 모았지요. 내게는 외국에서 누군가가 보내오는, 정기적으로 송금되는 돈도 있는 데다가, 내 삶에서 단 하루라도 일을 쉰 날이 없었어요. 석조무덤에 필요한 돈을 모으면서 누군가의 장례에 참석할 때면 내가 설계한 그런 무덤이 있는지 없는지 항상 살펴보았어요. 지금껏 하나도 보질 못했어요. 내가 설계한 그것은 다른 사람들의 것과는 구별되는 것이 될 거예요. 해가 뜨고 질 때, 얼마나 멋진 빛줄기가 형형색색의 창문을 통해 관들에 드리워질지 당신은 나중에 보게 될 거예요. 내 상속자는 모든 사람이 그 앞에 멈춰 설 수 있는, 그런 석조무덤을 지을 거예요. 당신은 믿겠지요?"

비올라

나와 가까운 관계를 맺게 된 사람이 다시 만났을 때 반가워할 수 있도록 타인의 감정에 공감하는 것, 나에게는 이것이 항상 중요했다. 다음 날 아침, 에메렌츠의 철저한 냉담은 나의 자존심이 아니라, 그녀가 내 옆에 머물렀고 한때 어린 시절의 자신을 소개했던 그 비현실적인 밤 이후에 대한 나의 기대감에 상처를 주었다. 나는 그 새벽녘에 긴장과 공포를 접은 채 그럼에도 세상은 지속된다고 생각하며 잠이 들었다. 에메렌츠의 이야기가 내 마음속의 공포를 녹아내리게 했기에, 나는 한순간도 성공적인 수술을 의심하지 않았다. 그녀의 머릿수건은 지금까지 그녀라는 존재의 모든 중요한 부분들을 덮고 있었다. 하지만 이제 그녀는 외딴 시골 풍경의 중심인물로 변했으며, 그녀 뒤로는 번쩍거리는 하늘이, 그녀 앞으로는 탄炭으로 변한 시신들이, 그리고 우물의 두레박을 매단 장대 위에는 마른번

개가 그려졌다. 우리 사이에서 실제로 무언가가 최종적으로 해결되었다고, 에메렌츠는 더 이상 이방인이 아닌 친구, 나의 친구라고 여겨졌다.

집 앞의 눈 덮인 인도가 벌써 깨끗하게 쓸린 것은 그녀의 손길이 닿은 노동을 의미했으나, 일어났을 때 집에서도, 병원으로 가는 길에서도 그녀는 보이지 않았다. 나는 차로 가는 동안 에메렌츠는 분명 일을 하러 다른 집에도 다닌다고 스스로 되뇌며, 불안해하지도 마음 상해하지도 않았다. 병원에서는 좋은 소식만이 나를 기다리고 있을 것임을 예감했는데, 실제로 그랬다. 점심때까지 밖에 머물다가 허기진 채 귀가하면서, 집에서는 그녀가 앉아서 내가 어떤 소식을 가지고 왔는지를 기다리고 있을 것이 분명하다고 생각했다. 그러나 그것은 오산이었다. 기쁘거나 망연자실한 소식으로 누가 집에 들어서는지에 대해 아무도 궁금해하지 않는, 익숙해질 수 없는 경험을 그녀가 제공한 셈이었다. 네안데르계곡의 원시인이 의기양양하게 자신이 잡은 들소를 집으로 끌고 왔으나, 사냥의 경험을 나눌 누군가도 없고 그 사냥감을 보여줄, 자신의 상처들을 보여줄 그 누군가가 없음을 처음으로 경험했을 그때, 그는 분명 눈물 흘리는 법을 배웠으리라. 텅 빈 집이 나를 기다리고 있었다. 집 안 곳곳을 다니며 그녀를 찾고 이름도 외쳐봤으나, 남편이 살았는지 죽었는지 그것도 모르고 있던 그녀가 이날 다른 곳에 있었다고는 그냥 믿고 싶지 않았다. 눈은 그쳤기에 그녀가 밖으로 나갈 이유는 분명 없었을 것이다. 하지만 에메렌츠는 어디에도 없었다.

나는 부엌으로 가서 갑자기, 다시금 식욕을 잃은 채 점심으로 먹을 것을 데우기 시작했다. 나의 논리는 그 나이 든 부인에게 무엇을 원할 권리가 내게 없다는 것을 알렸으나, 논리 역시 그 모든 것을, 갑자기 떠오르는 공허함과 실망감을 정화하지는 못했다. 에메렌츠는 그날 청소를 아예 하지 않았고, 소파에 엉켜 있던 담요도 내가 빠져나온 그대로 있었다. 나는 집 안을 정리하고 설거지를 한 다음 더 좋은 소식을 기대하며 다시 병원으로 나섰다.

되돌아온 확신은 나를 더욱 굳건하게 하여, 만약 다시 그녀를 본다면 나는 의사들이 무슨 말을 했는지 한마디 말도 하지 않을 것이며, 개인적인 일로 그녀를 성가시게 하지 않겠다고 다짐했다. 분명 그녀는 관심도 없었다. 그리고 장황한 소설같이 있을 법하지 않은, 그 멀드와인(향료 등 첨가물을 넣고 끓인 포도주―옮긴이)을 마셨던 밤에 이야기한 사실들은 신빙성이 결여된 것들이었다. 도대체 나는 왜 그렇게도 많은 것을 에메렌츠와 나누려 하는지, 어쩌면 내가 미쳐 버린 것은 아닐까?

그녀는 그날 저녁 늦게서야 들렀다. 다시금 눈을 예보하니 내일도 집 안을 정리할 시간이 없을 수 있다고, 나중에 가능한 한 빠르게 밀린 일을 보충하겠다고 전했다. 그러고는 자신이 말한 대로, 남편이 나아졌는지 물어보았다. 나는 그녀가 들른 것에도, 그녀의 관심에도 아무런 주의를 기울이지 않았고, 눈에 띌 정도의 몸짓으로 책장을 넘기며 남편은 좋아졌으니 안심하고 가보시라고 했다. 에메렌츠는 편안하게 잘 자라는 말을 남기고, 부엌에 놓인, 내가 잊고서 그냥 둔 빈 캐피어 컵을 보고도 쓰레기통에 버리지 않은 채 곧장 집을 떠났다. 그녀는 난방을 살피지도, 그 밤에 다시 돌아오지도 않았으며, 끓인 포도주나 또 다른 이야기도, 그 어떤 것도 없었다. 이틀이 지난 후에야 들러서 꼼꼼하게 청소를 했는데, 그때는 남편에 대해 묻지도 않았다. 그녀는 직감적으로 남편의 상태가 호전되었다는 것을 알고 있음이 분명했다. 그녀는 필요 이상의 대화는 좋아하지 않았다.

  이후 그녀는 우리 집에서 평소보다 적은 시간을 보냈다. 우리 둘의 생활은 각각 다른 무언가에 의해 맞춰졌다. 나의 생활은 병원이, 그녀의 생활은 날씨가 조정했다. 나는 손님을 집으로 초대하지도 않았고 집에 있는 시간도 많지 않았다. 마침내 크리스마스를 즈음해서 남편은 퇴원을 했다. 에메렌츠는 완쾌를 바란다고 예의 바르게 그에게 인사를 건넸다. 그녀의 헌법에 명시된 바, 회복기 환자에게 전해지는 음식을 들고 우리 집에 출입했다. 이전에는 길에서 만나더라도 그녀의 손에 들린 것을 꺼내 볼 수 없었으나, 이제는 자세히 볼 수 있었다. 그녀가 가져온 음식 그릇은 지난번의 고풍스런 멀드와인 잔처럼 예술품이었다. 두 개의 손잡이가 달린 불룩한 항아리가 둥글고 작은 원판 받침 위에 있었는데, 도자기의 덮개에는 놀랍게도 코슈트(1848년 헝가리혁명을 이끈 정치인 중 한 명인 코슈트 러요시—옮긴이)의 이름과 초상이 헝가리 국기와 함께 그려져 있었다. 그녀는 빛나는 닭고기 수프를 가져왔다. 무엇보다도 그 그릇에 내가 놀라는 것을 보고, 그녀는 아주 유용한 식기라고 하면서, 유대법(제2차 세계대전 전후에 시행된 법으로, 이로 인해 유대인들이 많은 박해를 받았다—옮긴이)이 제정된 시기에 주인마님이었던 그로스만 씨의 부인에게 받았다고 했다. 물론 회복기 환자들에게 음식을 나르는 데는 사용하지 않았고 화분으로 사용했으나, 화분으로 쓰기에는 아깝다고 했다. 그녀에게는 멋진 도자기가 상당수 있는데, 끓인 포도주를 담아서 가져왔던 그 유리 제품 또한 그로스만 부인한테서 물려받은 것이었다.

멋지고 앙증맞은 것들이었으나, 혐오감이 들었다. 그렇지 않아도 다시금 이전의 경직된 그녀로 되돌아갔기에 나는 짜증이 났다. 이제는 피폐한, 주인 잃은 집에서 그녀가 이것저것을 쓸어 담아 짐을 싸는 환영만이 진정 필요할 뿐이었다. 제2차 세계대전 직전의 시기를 나는 매우 다행스러운 정치적 환경 속에서 보냈다. 주변의 헝가리 사람들보다 훨씬 더 많은 정보를 지니고 있던 외국인들 사이에서 보낸 것이다. 만약 한 번 실제로, 내 삶의 그 시절, 이에 대한 이야기가 거의 없었던 그 시절의 역사를 쓴다면, 가장 혈기왕성했던 내 청춘의 역사가 무심하게 들리지는 않을 것이다. 나는 열차 차량들이 무엇을, 누구를, 어디로, 그리고 어떤 목적으로 데려갔는지 알고 있었다. 가스실로 보내진, 모르는 사람이 남긴 물건들로 차려낸 음식을 먹었다는 생각에 이른다면, 남편은 반쯤 죽은 상태에서도 침대에서 뛰쳐나왔을 것이다. 남편에게는 당분간 세상과의 만남을 선별하여 허용했는데, 그를 일으켜 흥분시킬 이유는 없었다. 에메렌츠는 그 시절 다른 모든 사람들처럼, 만약 남편이 그 음식을 먹지 않는다면 그 음식의 다른 주인이 나타나리라고 생각했을 것이 분명했다. 그렇기에 나는 에메렌츠에게 그 음식이 담긴 용기를 흔쾌히 되돌려주려고 했으나, 아무런 설명 없이 그렇게 할 수는 없었다. 어쩔 수 없이 나는 남편이 그 수프의 마지막 방울까지 숟가락질하도록 놔두었다. 남편이 실제로 식욕을 느껴서 먹은 음식은 이것이 처음이었으나, 나의 소심한 복수로서 이 말만큼은 그녀에게 전하지 않았다.

반면 에메렌츠는 오랫동안 부엌에 머물렀다. 그녀가 감사의 인사를 절대 받는 법이 없었음에도 불구하고, 지금은 예외적으로 고맙다는 나의 인사를 기다리고 있음을 직감할 수 있었다. 나는 고맙다는 말도 하지 않고, 빈 그릇을 그녀 앞에 두고는 침실로 되돌아갔다. 등 뒤에서 그녀의 눈길을 느꼈는데, 그녀도 이제 무엇이 문제인지 이해하지 못했을 것이라는 사실에 나는 기뻤다. 거만하게, 조금은 경멸하듯 승리감에 도취되었다. 그리고 그녀가 왜 자기 집에 발을 들여놓지 못하게 하는지 그 이유를 알게 된 것 같았다. 영원히 닫혀 있는 그 문 뒤로 값어치 있는 것들이 있을 수 있다는 그 만능인의 의심은 그럴 만한 것이었다. 끌려가서 사형을 언도받은 사람들의 보물들을 여기저기 보여주는 것은 권할 만한 일이 아닌 데다, 만약 사람들이 조금이라도 그것을 알게 된다면 그 후 무슨 일이 일어날지 에메렌츠는 짐작할 수 있었을 것이다. 다른 사람들에게 알려지는 위험 없이 그 시절 그녀가 애써서 짐으로 싸둔 그 노획물을 팔 수도 없었을 것이다. 불쌍한 그로스만 가족은 무덤 하나도 없는데 타지마할을 위해 돈을 모으다니, 도대체 그녀는 어떤 인간인가! 고양이를 집 안에 감추고 있다면서 문도 열지 않지! 자신의 알리바이를 위해 동물을 집 안에서 인질로 기르고 있는 것은 그럴싸하지만 그것으로는 뭔가 부족했는데, 그것은 그로스만 가족의 결혼예물이 그 이야기에서 빠져 있었기 때문이었다.

그녀는 내심 놀랐을 법도 했으나, 나보다 더 거만하여 한 번도 내게 무엇 때문에 주변의 분위기가 갑자기 식어버리게 되었는지 묻지 않았다. 남편은 사교성이 많은 사람은 아니었고, 그녀와는 특히 그랬다. 말로써 표현을 할 수 있었는데도 그러지 않고, 몇 해 동안 눈에 드러나게 그녀의 존재를 불편하게 여겼다. 에메렌츠는 좋은 것과 나쁜 것을 모두 활성화시키는 새로운 원소처럼 발했는데, 그것은 우리 부부 둘과 단순하게 분리하여 생각할 수는 없는 원소였다. 반면 그녀는 더 이상 그 어떤 것도 우리에게 제공하지 않았다. 나는 그녀의 비밀이 밝혀졌다고 믿었기에 그녀가 지고하다는 그때까지의 감정을 더 이상 느끼지 않았다. 정말 현명했더라면 해방 이후 (1945년 소련군이 헝가리에서 헝가리-독일군 연합을 축출한 이후 — 옮긴이) 언제라도 자신의 지성을 다듬을 수 있는 기회를 분명 놓치지 않았을 것이었기에, 그녀가 유별나게 지혜롭다는 생각도 더 이상 하지 않았다. 전쟁 후 배움을 시작했더라면, 지금쯤이면 대사나 장관이 되었을 수도 있었겠지만 그녀에게 교양은 쓸모없는 것이었다. 단지 재물을 쌓아두는 데만 두뇌회전이 빨랐으며, 지금은 아픈 이웃에게 음식을 전하는 장물 그릇들로 자선활동을 하고 있는 것이다. 장터의 길거리 가수들에게서 들을 수 있거나, 혹은 그녀 할아버지의 다락방에 있음 직한 삼류 소설에서나 나오는 그런 말들로 감상적인 새벽 시간에 나의 정신을 혼미하게 한 것뿐이다. 폭풍, 번개, 우물, 이 많은 부조화들, 이것은 정도가 지나친 것이다. 이제 그녀의 정치적인 수동성과 반종교적 성향에 대한 것도 분명해졌는데, 그 어떤 모임에도 모습을 드러내지 않는 것이 실제로 그녀에게는 더 현명한 일일 수도 있다. 부다페스트가 소도시는 아니기에, 그로스만 가족의 친척이라도 남아 있을 수 있다. 누군가가 항상 닫혀 있는 집에 대한 소문을 듣게 된다면 곰곰이 그 이유를 생각해볼 것이며, 내가 생각한 것과 같은 결론을 내릴 것이다. 게다가 이런 사람들이 다니는 교회에 그녀가 나갈 어떤 이유가 있을까?

겨울은 매서웠고 에메렌츠의 일은 많았으며 나는 1분 1초를 남편의 병수발에 할애했기에, 우리의 길은 자주 엇갈렸다. 이제 우리의 진정한 대화가 절대, 다시는 시작되지 않는다고 해도 놀랄 만한 것이 아니었다.

그즈음 강아지 한 마리를 발견하게 되었다.

남편은 다시 밖을 나다닐 수 있을 정도로 회복되었다. 이전의 자신으로 돌아가기 시작한 와중이었지만, 나는 간호를 그치지 않아야 했다. 결혼 후 거의 35년 동안 죽음의 문턱에서 빠져나온 적은 한두 번이 아니었지만, 그는 모든 질곡에서 결국에는 더욱 젊어져서, 지금까지 의기양양하게 이를 극복해냈다. 남편에게 가장 중요한 것은 삶의 모든 영역에서 이겨낸다는 것이었다.

크리스마스 전날이었다. 눈이 흩날리는 저녁나절에 당직 의사에게 처방전을 받고 남편과 함께 느릿한 걸음으로 집을 향해 걷고 있었다. 그 길가 가로수 밑에서 눈이 목에까지 잠긴 새끼 강아지 한 마리가 눈에 띄었다. 극동 지역의 포로수용소에서 벌어지는 일을 다룬 전쟁 영화에서 이러한 방식의 처형을 볼 수 있었다. 누군가에 의해 귀까지 묻히고 입도 이미 모래에 덮인 채 단지 코로만 의사를 표시할 정도로, 말하자면 소리를 내지를 수도 없고 처량하게 신음소리만 내는 그런 장면. 이 강아지 역시 낑낑거렸는데, 누군가가 끝내는 이 강아지를 보호할 것이라고 생각한 그 유기자는 꽤 괜찮은 심리학자라고도 할 수 있었다. 예수가 태어난 날 저녁에 죽음의 문턱에 있는 한 생명을 누가 지나칠 수 있을까? 이 순간은 동물을 좋아하지 않는 남편 역시 무장해제를 당한 바로 그 순간이었다. 낯선 사람을 진정 집에 들이기 원치 않는 남편이, 강아지는 최소한 음식뿐만 아니라 교감 역시 필요함에도 불구하고, 얼어 있는 눈 속에서 그 강아지를 끌어내는 것을 도왔다. 실제로 우리가 영원히 그 강아지를 데리고 있을 것이라는 생각은 하지 않았다. 나중에 누군가가 맡아주리라고 상상했다. 어쨌든 새벽 나절에는 목숨이 붙어 있지 않을 것이기에 강아지를 여기 그대로 두고 갈 수는 없다고 생각했다. 한편 그 강아지는 오직 문제만을 예견하기도 했다. 음식보다는 수의사가 필요한 것이 한눈에 보였다.

"진정한 크리스마스의 깜짝 선물을 받는 경우는 흔하지 않은데, 어쩌면 이 강아지가 그 특별한 선물 같군." 강아지를 나의 외투에 넣고 아래 단추를 채울 때 남편이 말했다. 모피 깃 뒤에서 공포에 찬 검은 얼굴은 길을 찾아 재빨리 이리저리 움직였고, 그 와중에 강아지의 발과 배에서 녹은 눈이 외투 아래로 뚝뚝 떨어졌.

에메렌츠가 집에서 이미 대청소를 끝마쳤고 모든 방들이 반짝였기에, 강아지와 집으로 느릿하게 가는 동안 우리는 강아지를 어디에 둘 것인지에 대해 고민했다. 이미 고인이 되신 어머니의 방에, 고즈넉한 가구들로 가득 찬 난방도 하지 않던 그 방에 두자고 우리는 결정했다. "강아지가 18세기를 좋아했으면 싶구려." 남편이 말했다. "강아지는 두 살 때까지만 물어뜯고, 그 이후로는 스스로 그만두거든." 그 말은 사실이었기에 나는 대답하지 않았지만, 만약 여기 내 목에 깃들어 있는 이 불쌍한 강아지가 집 안의 가구를 다 물어뜯는다고 하더라도 다른 선택의 여지는 없었다. 크리스마스 이브에, 목에는 검은 성물을 지니고서 소수의 인원으로 구성된 이단종파의 비밀스러운 행진처럼 우리는 걸어갔다.

그 전에도 그 후에도 에메렌츠의 그런 모습은 볼 수 없었는데, 우리가 무엇을 데리고 왔는지 알게 되자 그녀는 나를 위해 목숨을 내놓기라도 할 듯했다. 자신이 전혀 경험하지 못한 모성애를 채우고자 하는, 애정 가득한 에메렌츠의 모습을 나는 그때까지 보지 못했다. 우리가 집에 들어섰을 때 그녀는 부엌에서 막 청소를 마치고 크리스마스 롤을 그릇에 담고 있었는데, 곧장 칼을 내던지더니 내 손에서 강아지를 낚아챘다. 그녀는 먼지떨이용 수건을 잡고서는 강아지의 이곳저곳을 세세히 닦아낸 후, 부엌 바닥에 내려놓고 강아지가 걸을 수 있는지 없는지 살펴보았다. 강아지는 어쩔 수 없다는 듯 여윈 엉덩이로 주저앉았는데, 눈 속에 파묻혀 있었기에 모든 것이 경직되어 있던 데다가 놀라기까지 하여 곧장 배설물로 바닥을 더럽혔다. 에메렌츠는 그 자리에 신문지를 덮더니 나에게는 모직으로 된 작은 목욕 수건을 벽장에서 찾아달라고 했다. 자신의 물건이 아닌 것에는 손을 대는 법이 없었기에, 그녀는 나에게 항상 모든 것을 개인적으로 정리해둘 것을 고집했다. 그리고 그때까지 내가 어디에 무엇을 두었는지도 모르고 있다고 그녀는 짐작했다. 이에 따르면 그녀는 우리 집 벽장 속 어디에 무엇이 있는지, 손을 대지는 않았지만 주목하고, 확인하고, 눈 여겨 보고 있었던 것이 분명했다. 에메렌츠는 다른 사람들의 비밀들을 참지 못하는 성격이었다.

나는 테리 천으로 된 침대 시트를 가져왔고, 그녀는 강아지를 마치 젖먹이처럼 절도 있게 감쌌다. 그러고는 현관의 층계를 오르내리며 강아지의 귀에다 무언가를 속삭이고 있었다. 진실로 이 강아지를 구하고자 한다면 우리가 시간을 지체하는 것은 있을 수 없는 바, 나는 수의사에게 전화를 하기 위해 방으로 들어갔다. 텔레비전에서 캐럴송이 울려 퍼졌고, 축일을 연상시키는 향과 조명 그리고 노래로 주변이 온통 크리스마스 분위기였다. 크리스마스의 낭만적인 분위기는 내 안에서 이미 사라진 지 오래였으나, 반짝임이 흩뿌려지는 축일의 느낌은 여전히 남아 있었고 성모 마리아의 품에 안긴 장엄한 아기는 그 느낌을 상징했다. 에메렌츠는 그 어떤 것도 보거나 듣지도 않고, 현관에서 강아지와 노닐고 있었다. 줄질하는 목소리로 무슨 노래인가를 읊었고 사시 눈을 짓더니 감동적이고 감각적으로 눈동자를 돌리며 벌써 예수의 탄생도 축하했다. 그녀는 왜곡된 모성으로, 품에 꼭 감싼 검은 강아지와 함께 마치 부조리한 성모 마리아처럼 비틀거리며 걷고 있었다.

그때 이웃집에서 초인종을 누르지 않았더라면 언제까지 강아지를 돌보고 있었을지는 오직 하느님만 알 수 있었을 것이다. 수도관이 터졌으니 조치를 해야 한다고, 브로더리치 씨가 이미 배관공들에게 전화를 했다고 하니 그녀는 얼른 집으로 가서 수도를 잠가야 했다. 그녀는 살인자 같은 흉악한 얼굴로 강아지를 나의 팔에 맡기고서는 흥건한 물을 훔쳐냈다. 성가신 수도 일을 하러 그녀의 집으로 향했으나, 15분이 채 지나지 않아 강아지에게 무슨 일이 있는지 보려고 다시 돌아왔고, 이는 계속 반복되었다. 그 와중에 친분이 있는 수의사가 와서 벌써 강아지를 돌보고 있었다. 에메렌츠는 수의사가 어떤 진단을 하든 불신한 채, 그의 말을 듣고 있었다. 그녀는 모든 의사를 모자라고 무지한 사람으로 여겼다. 그들과 섞이려고도 하지 않았던 것은 고사하고, 약제도, 예방주사의 효용성도 믿지 않았다. 의사들은 주사도 돈을 벌기 위한 목적으로 놓으며, 미친 여우나 고양이에 대한 전설 같은 이야기들도 돈을 잘 벌기 위해 그들이 퍼뜨린다고 했다.

강아지의 운명을 위해 몇 주 동안이나 애를 썼다. 그녀는 어떤 언급도 없이 강아지로부터 장염의 흔적들을 없애버렸다. 내가 집에 없을 때, 그녀는 자신의 확신에도 불구하고 강아지에게 약을 억지로 주기도 했으며, 항생제 주사를 줄 때는 강아지를 붙잡고 있기도 했다. 그러는 동안 우리는 그 강아지를 많은 사람들에게 추천했으나 그 누구도 맡으려 하지 않았다. 우리는 멋진 프랑스 이름을 지어주었는데, 에메렌츠는 단 한 번도 그 이름을 부르지 않았고 강아지 또한 이름에는 신경을 쓰지 않는 듯했다. 반면 강아지는 하루가 다르게 성장했고, 회복 기간에 잡종견의 특징인 아주 매력 있고 온화한 성격을 드러냈다. 결국 이후 건강을 완전히 회복하게 되었으며, 똑똑함에 있어서는 친구들의 순종 강아지들을 훨씬 능가한다는 것을 알게 되었다. 지나칠 정도로 많은 요소들로 개량한 품종과 비교해서 예쁘지는 않았으나, 이 강아지를 본 사람은 유난히 빛나는 매우 검은 눈동자를 보고는 지능이 거의 인간의 수준으로 측정될 수 있다는 것을 바로 느낄 수 있었다. 누구도 입양하기를 원하지 않는다는 것을 알게 되었을 때, 우리는 이미 이 강아지를 사랑하게 되었다. 강아지에게 필요한 소품들과 잠자리로 쓸 바구니를 구입했는데, 몇 주 지나 그것을 다 물어뜯고는, 집 안에 그 조각난 바구니를 온통 흩어놓았다. 잠자리에 들 때는 어떤 담요나 깔개도 없이 점점 더 북슬북슬해지고 부드럽게 굽이진 털을 두른 채 문지방으로 가서 누웠다. 강아지는 곧 생활에 필요한 단어들을 익혔으며, 그 어떤 경우에도 빠뜨릴 수 없는, 인성을 갖춘 가족의 일원이 되었다. 남편은 참을 줄 알았고, 평소 이상으로 똑똑하거나 쾌활할 때는 때때로 귀여워하기도 했다. 나는 그 강아지를 좋아했고, 에메렌츠는 좋아하는 그 이상이었다.

보양식과 데운 포도주를 담은 화려한 잔의 기억, 그리고 이와 관련된 연상들이 아직 남아 있을 때였다. 험담하기 좋아하는 사람들은 그 안에 사람을 가두었다는 허튼소리도 했으나 식용이나 판매를 위해 동물들을 가두어 봉인한 차량들이 저 멀리 사라지는 동안 한숨도 저항도 없이 그대로 지켜보기만 했던 동물 애호가들을 나는 이해했다. 에메렌츠가 동물을 지극히 좋아하는 것도 일종의 아이러니로 나는 해석했다. 거위나 오리, 암탉들이 자신을 보자마자 얼마나 좋아하는지 그녀 자신이 말한 바 있었다. 목에 걸린 씨를 빼주거나 친밀하게 자신의 안락의자로 너끈히 올라올 만큼 며칠 동안 그렇게나 길들여진, 곁에 두던 동물을 요리 재료로 삼는다는 것은, 그것들의 머리를 치고 모가지를 가르는 것은 물론 쉬운 일은 아닐 것이다.

그녀의 무방비적인 감정적 열정이 강아지에게만 집착하고, 그것이 강아지를 즐겁게 해준다고 나는 한동안 느꼈으나, 그녀가 강아지의 진정한 주인은 자기라고 생각하는 것을 알게 되었을 때는 화가 났다. 강아지는 우리 모두에게 각기 다른 척도를 두었고, 그 행동 또한 각기 다른 세 종류였다. 나와는 친밀했고, 남편 앞에서는 조용하고 거의 예의를 갖출 정도였으며, 그녀가 가까이 오면 문틈에까지 달려가 기쁨에 울부짖었다. 에메렌츠는 강아지에게 마치 어린애를 가르치듯 큰 소리로 똑똑 부러지는 발음으로 많은 것들을 설명했다. 숨기는 것도 없이 공공연하게 가르치면서, 마치 시처럼 계속해서 문장을 반복했고, 우리가 이를 어떻게 받아들이는지에 대해서는 관심도 두지 않았다.

"너는 주인마님과는 원하는 대로 해도 좋아. 뛰어 엉킬 수도 있고, 얼굴이나 손을 핥을 수도 있어. 소파에선 마님 옆에서 잘 수도 있지. 주인마님은 너를 사랑하기 때문에 모두 다 참는 거야. 주인님은 물처럼 고요한데, 물 아래는 어떤지 모르니 물을 휘휘 젓지는 마. 얘야, 너는 여기서 보살핌을 받고 있으니 주인님의 화를 돋우지 마. 강아지에게는 그 어떤 곳이라도 집 안에 있는 것이 좋은 거라면, 너에겐 좋은 보금자리가 있는 거잖아."

그녀가 무엇을 원하는지 강아지는 말이 없어도 이해했기에, 그녀 자신과 관련해서는 아무런 명령도 하지 않았다. 그즈음에는 이미 '비올라'라는 이름도 지어주었다. 수컷이었는데도 에메렌츠는 상관하지 않았다(비올라Viola는 여자 이름이다 — 옮긴이). 그녀는 가끔 가르치지 않고 길들이기도 했다. "비올라, 앉아! 앉지 않으면 설탕은 없어. 앉아!"

수의사가 설탕을 주면 안 된다고 했기에, 에메렌츠가 무엇으로 보상을 하는지를 처음 봤을 때 나는 한소리 했다. "의사는 바보예요." 에메렌츠는 대답을 하며, 강아지의 어깨부위를 아주 부드럽게 눌렀다. "비올라, 앉아! 앉으면, 맛있는 단것을 줄게. 설탕을 받는 거야, 너는. 설탕을. 앉아, 비올라, 앉아!" 그리고 비올라는 앉있는데, 처음에는 설탕 때문에, 나중에는 그냥 그것 없이도 길들여져서 말을 듣자마자 반사적으로 반응했다.

그녀가 눈을 쓸 동안은 온종일 그녀 집에 아무도 없으니 자기 대신 집을 지키기 위해서라면서, 가끔 비올라를 데려가고 싶다고 했다. 최소한 그때만큼은 비올라가 달려들지도 짖지도 않을 것이기에 남편은 이를 승낙했다. 하지만 그 집에는 고양이가 있다는 얘기도 들은 바 있어서, 나는 비올라가 그녀의 고양이를 무서워하지 않는지 물어보았다. 그녀는 비올라가 두려워하지 않는다고 대답하며, 다른 동물도 좋아해야 한다는 것을, 해를 끼쳐서는 안 된다는 것을 나중에 가르치겠다고 했다. 비올라에게는 무엇이든 가르칠 수 있었다. 비올라가 나쁜 행동을 했을 때 그녀는, 내가 금했는데도, 자신이 그렇게 좋아하는데도 불구하고 무지막지하게 때렸다. 비올라의 삶, 14년 동안 비올라는 나에게 맞은 적이 한 번도 없었다. 그러나 비올라의 주인은 에메렌츠였다.

다른 사람에게 절대 공개하지 않았던 그녀의 제국에서 비올라가 무엇을 했는지 기꺼이 들여다보고자 했으나, 출입금지는 여전했다. 실제로 비올라와 고양이가 그녀의 집 안에서 접촉했던 것은 벼

룩을 우리 집으로 옮긴 것으로 알 수 있었는데, 그때부터 벼룩과 한판 전쟁을 벌여야 했다. 그들의 첫 번째 만남은 사건 없이 이루어질 수 없었다. 비올라의 코에 상처가, 귀에는 깊게 할퀸 자국이 있었다. 전투가 벌어졌고, 분명 고양이가 승리했음을 비올라의 심기가 알려 주었다. 에메렌츠는 강력한 수단으로 고양이를 건드려서는 안 된다고 비올라의 의식 속에 각인시켰던 것이다. 비극적인 공격을 당하고 매 걸음마다 애달픈 청춘의 볼을 에메렌츠의 무릎에 꼭 붙이고는 집으로 왔다. 이후에는 이제 이런 것들은 문제가 되지 않았는데, 이는 내가 산책을 시킬 때 거리에서 비올라의 행동으로 알 수 있었다. 비올라는 화가 나거나 당황하는 바 없이, 앞에서 도망가는, 베란다 밑으로 숨은 길고양이들을 즐겁게 쳐다보았기 때문이었다. 그에게는 어떤 나쁜 의도도 없는데 왜 고양이들이 도망을 가는지 이해되지 않는다는 듯이 보였다.

겨울 내내 비올라는 에메렌츠의 집을 지켰다. 어느 일요일 저녁 술에 취한 채 집으로 돌아온 날, 그때부터 나는 이를 금했다. 그들이 집에 돌아왔을 때, 비올라는 비틀거렸고, 배가 오크통처럼 되어 있었다. 헉헉거리고 눈은 흰자위를 보였기에 처음에는 내 눈을 의심했다. 계속해서 쓰러졌기에 세울 수도 없어서 옆에 웅크리고 앉아서 살펴보았더니 비올라는 딸꾹질을 했고, 맥주 냄새가 났다. "에메렌츠, 개가 취했잖아요!" 나는 숨을 몰아쉬며 말했다.

"우리는 조금 마셨어요." 그녀는 차갑게 대답했다. "그것 가지고 죽지 않아요. 갈증이 났었는데, 비올라는 시원하다고 했어요."

"당신은 제정신이 아니에요!" 나는 일어났다. "그리고 더 이상은 비올라를 데리고 갈 수 없어요. 이걸로 끝이에요. 우리가 겨우 살려 놨는데, 당신이 술로 습관을 들여 죽일 순 없어요."

이 말에 에메렌츠는 놀랄 정도의 비통함으로 말을 이었다. "그 적은 맥주가, 비올라를 죽인다니요. 맞아요, 튀긴 오리고기를 비올라와 함께 나누었어요. 비올라가 청해서, 그가 애원해서 함께 맥주를 마셨어요. 비올라가 모든 것을 말할 수 있다면, 아니 실제로 이 음식과 맥주를 얼마나 좋아하는지 나에게 말하기도 했어요. 내가 뭘 했어야 했나요? 비올라는 그냥 보통 개가 아니에요. 나와 버젓하게 한 점심이, 그렇죠, 그를 죽이는 것이겠지요. 주어진 시간에 규정식을 먹어야만 했던, 접시가 아닌 손으로 먹이는 게 진짜배기인데도, 방에서 절대 손으로 먹이지 않았던 당신들에게서는 비올라가 그렇게 주린 배를 채우지 않았어요. 그를 키우고, 그와 이야기하고, 옳고 좋은 것을 가르친 내가 비올라를 죽이는 것이겠지요." 가장 성스러운 감정에 상처를 입은 교육자처럼 너무나 심각하게 그녀는 말했다. "당신들은 서로 이야기도 하지 않고, 한 명은 방에서 타자기나 두드리고, 다른 한 명은 다른 방에서 또 그렇게 하지요. 두 명의 우상처럼 집에서 빈둥거리기만 할 뿐이에요. 아마도 앉고 서고 달리고 공을 주워오고 인사하고 하는 것은 당신이 가르쳤겠죠. 그러면 비올라를 데리고 있으세요. 그 애와 어떻게 지내게 되는지 한번 보도록 하지요."

그녀는 구석으로 몸을 돌렸다. 중요한 일인 경우 에메렌츠는 이야기를 하지 않고 성명을 발표했다. 비올라는 주저앉아 코를 골았고, 자기가 여기에 남겨졌는지도 모를 정도로 취해 있었다.

문제는 즉시 시작된 것이 아니라, 바로 그다음 날 아침에 시작되었다. 지금까지 아침을 먹이고 산책을 시킨 후 주로 자기 집으로 데리고 갔던 에메렌츠가 개를 데리러 오지 않았기 때문이었다. 비올라는 스스로를 잘 조절했으며 대소변을 지리지도 않았으나, 6시 15분부터 내가 일어나야 할 정도로 짖었다. 그가 7대에 걸쳐 벌을 주는, 여호와와 같은 에메렌츠를 헛되이 기다리고 있다는 것을 이해하기까지는 조금의 시간이 지나서였다.

매일 아침처럼 비올라가 그녀의 집으로 가려고 했기에, 그 소동은 에메렌츠가 살고 있던 집 앞에서 일어났다. 바깥출입을 하지 않고 나와 함께 집 안 여러 곳을 돌아다닐 수 있는 여기가 에메렌츠의 집보다 얼마나 더 좋은지를 비올라가 모른다는 게 이해되지 않았다. 산책을 나서자 비올라는 목줄 때문에 어떻게 할 수 없다는 것을 알게 된 순간, 나를 급히 당기더니 빠르게 내달리기 시작했다. 그는 힘이 셌고, 나는 눈 덮인 길 위의 소심한 보행자였다. 도보를 따라 군데군데 있는 눈 더미는 모두 위험의 근원이었고, 나는 넘어질까, 어딘가 다칠까봐 겁이 났다. 그럼에도 혹시나 차량에 치일까 싶어 비올라를 놓아줄 수도 없었다.

비올라가 나와 함께 에메렌츠가 다니는 구역으로 내달렸기에, 나는 그날 아침, 그들 둘이 어디로 산책하곤 했는지를 알게 되었다. 그녀가 청소를 하는 열한 곳의 집 모두로 비올라는 나를 끌고 갔다. 내리치는 눈보라로 인해 반쯤 감긴 눈으로 미친 듯 내달리는 페르귄트(입센이 지은 희곡의 주인공 ─ 옮긴이)처럼, 이 집에서 저 집으로 비올라가 달리는 그 속도를 뒤쫓으며 나는 가쁘게 숨을 몰아쉬었다.

갑자기 강하게 당기는 바람에 나는 걸려서 넘어질 뻔하기도 했으나, 우리는 목적을 이루게 되었다. 그가 찾던 이를 드디어 찾았던 것이다. 에메렌츠는 우리를 등지고 있었는데, 비올라는 등 뒤에서 그녀를 거의 잡아당길 정도로 달려들었다. 그러나 에메렌츠는 젊은 나보다 열 배는 힘이 세어 보였다. 그녀는 등을 돌리더니 눈 속에 무릎을 꿇은 듯 앉아 있는 나를 보고는, 순간적으로 무슨 일이 일어났는지 알아차렸다. 에메렌츠는 느슨하게 처져 있는 목줄을 갑자기 세게 당겼고, 비올라가 낑낑거리자 계속해서 때렸다. 나는 겨우 일어났다. 비올라가 불쌍해 보였다.

"앉아, 이 악당아!" 에메렌츠는 사람에게 화를 내는 듯했다. "이게 무슨 짓이야, 이 부랑자 같은 놈!" 비올라는 그녀를 바라보기만 할 뿐이었고, 에메렌츠는 조련사처럼 시선을 떼지 않았다. "네 주인마님께서 이 목줄을 풀어주시길 바란다면, 그분의 말씀이 옳으니 다시는 술에 취하지 않겠다고 약속해! 내 생일이 언제였는지 너만 알고 있었으니 그 누구도 생일을 축하하러 오지 않았지! 내가 너에게만 말한 거였잖아. 조카에게도, 슈투에게도, 아델, 폴레트에게도 말하지 않았잖아! 그 경찰 총경은 이미 잊어버렸고 말이야. 어쨌든 술을 깨고 나면, 우리는 난봉꾼들처럼 행동해선 안 돼. 용서를 구해야지! 비올라, 일어나!"

비올라는 그때까지 배를 땅에 대고 누워 신음소리만 내고 있었다. 그녀가 때리는 와중에 움직이지도 않았으며, 몸을 돌리지도 않더니 그제서야 일어났다. "사과해!" 그렇게 할 수 있을 것이라고는 짐작하지 않았으나, 비올라는 왼발을 가슴에 대고, 마치 애국자의 동상처럼 오른발로 하늘을 가리킬 줄 알았다. "비올라, 사과한다고 말해!" 에메렌츠가 명령했고, 비올라는 뛰어올랐다. "다시 한 번!" 비올라는 조련사로부터 눈을 떼지 않았다. 그가 맡은 바를 잘하고 있는지 그렇지 않은지 보라는 듯, 그의 본능이 전하는 바, 앞으로의 일에 대해 지금이 결정적인 순간이라는 듯이 재차 뛰었다. "착하게 지낼 거라고, 지금 약속해!" 내가 이 말을 듣자, 비올라는 다리를 그녀에게 뻗쳤다. "나는 알고 있으니 내게는 말고, 네 주인마님에게!" 비올라는 내가 서 있는 곳으로 몸을 돌리더니, 성 프란체스코와 늑대에 대한 묘사처럼 고분고분하게, 죄의식을 지닌 채 앞발을 건넸다. 나는 비올라가 내민 발을 잡지 않았다. 무릎이 상당히 아팠고, 그 둘 모두에게 매우 화가 났다.

비올라는 자신의 청이 헛되다는 것을 보고는 다른 것을 시도했다. 명령도 하지 않은 경례를 했고, 이후 왼발을 다시금 가슴에 댔다. 나는 포기했다. 그들이 또 한 번 이겼다는 것을 우리 셋 모두는 알았다. "비올라에 대해선 신경 쓰지 마세요." 에메렌츠가 말했다. "오늘은 나와 함께 점심을 하고, 저녁에 데려갈게요. 피가 나네요. 발을 씻으세요. 그럼 안녕히 가세요."

머리를 조금 움직이고는, 눈으로만 명령했으나 비올라는 이해했고, 분명한 소리로 나에게 두 번 짖었다. 인사였다. 에메렌츠는 담벼락에 개줄을 묶고 계속 눈을 쓸었다. 그들이 나를 놓아준 것이다. 집으로 나는 터벅터벅 홀로 걸어갔다. 눈이 너무도 매섭게 내리고 있었다.

관계들

비올라를 집으로 들이면서 지인들의 범위도 넓어졌다. 이전까지는 친구들하고만 연락을 하고 지냈지만, 지금은 표면적이기는 하나 모든 이웃과 친분을 맺게 되었다. 에메렌츠는 아침, 점심, 저녁으로 비올라를 데려갔는데, 점심 산책은 갑작스러운 어떤 가욋일 때문에 수행하지 못할 때도 가끔 있었다. 그럴 때 비올라는 우리 집에 남아 남편이나 내가 대신 돌봤다. 우리는 항상 비올라가 이끄는 대로 다녔다. 규칙에 따라 우선 에메렌츠의 집까지 비올라의 목줄이 우리를 끌었다. 에메렌츠가 실제로 집에서 은둔하고 있는지 확인하기 위해 문에서는 항상 비올라를 풀어줘야 했다. 그의 코는 곧 그녀가 속이지 않았다는, 즉 집에 없다는 것을 알아챘고, 이럴 경우 우리는 계속 산책을 할 수 있었다. 반면 그녀가 집에 있는 경우도 있었는데, 비올라의 도움을 원치 않는 그런 일들로 그녀가 열중하고 있을 때였다. 이럴 때 우리는 무안한 얼굴로 밖에서 개와 함께 기다려야 했고, 비올라가 울부짖고 문을 긁어내리고서야 에메렌츠는 저주를 하며 나타나서, 방해를 한다고 호통을 쳤다. 새벽에 이미 만났는데도 저녁에 다시 만나자고 하는, 가끔은 막무가내인 손님처럼 구는 비올라에게 제대로 교육을 시키기도 했다. 그녀는 자신의 일에 훼방을 놓는 비올라에게 큰소리를 지르기도, 목을 쓰다듬기도, 입에 단것을 물리며 놀아주기도 했으나 이럴 때만큼은 끝까지 집에 들이지 않았다.

에메렌츠가 집에서 보이지 않으면 우리는 다른 집에서 그녀를 찾아야만 했는데, 만약 찾으면 그녀의 집 앞마당에서와 똑같은 의식이 밖에서 행해졌다. 단지 차이점은 에메렌츠가 비올라에게 똑같은 레퍼토리를 여러 번 반복시켰다는 것인데, 그러면서 내키지는 않았으나 사람들의 이목이 우리에게 집중되었고, 다른 때 같았으면 전혀 관계를 맺지 않았을 여러 이웃들과도 알게 되었다.

에메렌츠의 지인들이 모였을 때—물론 날이 좋을 때에만, 그녀의 집 앞에 놓인 벤치에 사람들이 도란도란 앉을 수 있는 그런 계절에—그녀가 명령하면 비올라는 다른 곳에 숨겨둔 사료 접시와 물그릇을 항상 찾아냈고, 손님들은 이 재주를 놀란 눈으로 쳐다보았다. 그녀의 '금지된 도시'를 사람들은 얼마나 묵종하여 받아들였는지, 가까운 지인들, 게다가 친구라고 할 수 있는 이들조차도 그녀 집 앞마당에서만 머물 수 있었다. 그 닫힌 문의 규정은 혈육인 조카에게도 적용되었다.

에메렌츠가 접근을 허용한 곳은 홀 같은, 넓은 사각형 형태의 공간이었다. 그곳에서부터 식료품실, 욕실, 그리고 쓰레기를 처리하는 장소로 이어지는 문이 열렸다. 그 '금지된 도시'는 분명 아무런 곳이 아니라 그로스만 가족의 물품들로 훌륭하게 꾸며져 있을 것이다. 앞마당은 항상 깨끗했고, 그녀는 계절이 허용할 때면 매일 두 차례 마당에 놓인 돌을 닦았다. 하루에 한두 시간 여유가 날 때는 그곳에 있던 탁자에서 집안일을 했다. 두 개의 벤치 사이에 탁자가 있었고, 나는 길을 가며 관목으로 된 울타리 너머로, 또는 우리 집 창문을 통해 각각의 연령층과 사회적 계층에 속하는 손님들에게 커피나 차를 대접하는 에메렌츠를 자주 보았다. 그녀는 멋진 모양의 도자기 잔에, 이미 셀 수 없을 정도로 많이 음료를 따랐던 사람처럼, 그리고 식탁에 관한 예법을 아무나에게 배운 것 같지 않게 아주 부드럽고 분명한 자세로 직접 음료를 따랐다. 버나드 쇼의 〈인간과 초인〉 초연에서 유명한 여배우가 블랑슈 역을 맡은 적이 있었다. 차를 내오는 장면에서 그 예쁘고 젊은 여배우가 누군가와 닮았는데, 그 닮은 사람이 누구인지를 공연 내내 골똘히 생각했었다. 그리고 금지된 구역 앞에서 모임을 마련했을 때에야 그 배우와 에메렌츠가 겹쳐졌다.

언젠가 우리 주변에 잘 알려진 인물 몇몇이 살았던 적이 있었는데, 그때는 길에서 종종 경찰들이 순찰을 돌았다. 그 정치인들이 이사를 가고 세상을 뜨며 점차 사라지자, 그들을 보호하던 사람들도 함께 사라졌다. 에메렌츠가 우리 집에 왔을 무렵, 제복을 입고 정기적으로 집 앞 거리에 나타난 유일한 사람이 있었는데, 그가 바로 그 총경이었다. 오랫동안 나는 이들이 서로 어떤 관계인지, 에메렌츠가 집 안에 그 어떤 것을 숨기고 있을 수도 있는데 왜 이 멋진 모습의 경찰 간부는 출입이 금지된 그녀의 집에 대해 당황스러워하지 않는지를 이해하지 못했다. 나중에야 그가 그녀의 집 안을 살펴본 적도 있었고 그 '금지된 도시'를 알고 있다는 것을 듣게 되었다. 그녀에 대한 고발 중에는 독극물로 비둘기를 죽였다거나 묘지를 훼손했다는 고발 외에도 정치적인 탄두가 될 만한 모략을 담은 것들도 있었다. 경찰은 최소한 한 번은 그녀의 집 안에 무엇이 숨겨져 있는지, 사람의 눈이 닿지 않은 비밀스럽고 가치 있는 것의 존재 유무를 살펴봐야 했다. 그때는 아직 경위였던 그 총경이 경찰견을 동원해서 철저하게 조사를 했다. 불평을 하면서도, 에메렌츠는 집 안 곳곳을 공개했다. 그는 에메렌츠가 그 집에 거주한 이래로 세 번째가 되는, 한 마리의 추한 고양이만을 발견했는데, 그 고양이는 경찰견을 보자 곧장 부엌 찬장 위로 내달릴 뿐이었다. 비밀 무선장치라든지 탈옥수나 장물들은 없었으며, 눈부실 정도로 깨끗하게 정돈된 부엌과 놀라울 정도로 멋진, 커버로 덮인 소파 세트로 치장된 방만 볼 수 있었다. 눈으로 봐도 거기에는 아무도 살고 있지 않았을 뿐만 아니라 그 누군가의 개인적인 물건들도 그 안에 있지 않았다. 조사가 끝난 후 그녀는 현관문을 다시 닫고서는, 초인종이 울리면 아무나 집에 들여야 한다고 명시된 규정이 있냐며 고함을 쳤다. 그 경찰 간부와 에메렌츠 사이의 우정은 그렇기에 사실 논쟁에서 시작된 셈이었다. 그녀는 왜 하릴없이 왔다 갔다 하는 사람들에게 문을 열어주어야 하는지, 경찰은 차라리 고발한 그 악당을 찾아야 하는데도 계속 그녀를 몸소 찾아주시니 그것이 치욕이라고 했다. 비둘기가 죽었을 때, 그리고 고양이 사체와 관련해서도 자신을 괴롭히더니 이제는 무기를, 전염병의 진원지를 찾는다니 경찰이라면 진절머리가 난다고, 이 정도면 이제 되었지 않냐고 했다.

경찰들은 이미 조금 방어적으로 되었다. 그 경위가 에메렌츠를 진정시키기 위해 온갖 달래는 말들을 꺼내들자 그녀의 목소리는 점점 더 커졌다. 여기에 살던 주변의 정치인들은 무기를 갖고 있었고, 무료함을 달래기 위해 그 무기들로 참새를 사냥하면서도 경찰들을 동원해 경비까지 세웠다고, 게다가 경찰들은 하늘이 무너지지나 않을까 그들을 걱정하며 순찰견을 앞세워 순시를 한다고 큰 소리로 외쳤다. 순찰견을 엉뚱한 데 사용하는 것은 어쩔 수 없으니, 그 불행한 순찰견이 아니라 단지 그 경위에게 화가 난다고 했다. 관청을 부끄럽게 하는 쓴잔을 여전히 계속 채웠던 것이다. 한편 어쩌면 있을지도 모를, 정원에 묻은 사체나 혹은 장물로 여겨지는 다른 물건들을 찾으려고 데려온 경찰견은 훈련 시 명령했던 바에도 불구하고 머리를 쓰다듬는 에메렌츠의 손에 고분고분했으며, 몸을 떨고는 꼬리를 흔들었다. 경찰견으로서 과업을 수행하는 대신 사랑에 흔들리는 눈빛으로 에메렌츠를 보는 것으로 이 소동은 정점을 찍었다. 경찰견의 낑낑대는 소리는 그의 모든 상관에게서 사과를 요청하게 하는, 이 모든 문제를 쉽게 풀 수 있는 코드였다. 경위는 다른 모든 사람들보다 이 낯선 여성에게 경찰견의 신뢰가 더 강하게 작동하는 것은 어쩔 수 없는 일이라고 말했다. 경위는 큰 웃음을 터뜨렸고, 에메렌츠는 고함을 그쳤다. 그녀의 어두운 얼굴도 천천히 밝아지기 시작했는데, 어떻게 하다 보니 이렇게 처음으로 서로에 대해 호감을 갖게 되었다. 그 경찰 간부는 이 정도에 이르기까지 그를 두려워하지 않는 집에는 다녀본 적이 거의 없었고, 에메렌츠는 공무를 집행하는 사람에게서 처음으로 유머와 산뜻함을 마주할 수 있었다. 그들은 서로를 기억하게 되었다. 수사관들은 사과를 청한 후 되돌아갔다. 후에 그 경찰 간부는 부인과 사별하여 홀로 남게 되었다. 젊은 부인이 갑작스레 사망했을 때, 드물 만큼 아름답던 우정은 그때도 그대로 간직되었다. 에메렌츠가 저 밑바닥에 있던 자신을 도왔다고, 총경은 한참이 지난 후 나에게 말했다.

비올라와 그녀의 협력 체계 속에서 시간이 흐르자, 건강식과 끓인 포도주 잔에 대한 나의 의심이 합당한가에 대해 천천히 의문이 들기 시작했다. 총경은 정기적으로 에메렌츠를 방문하는 데다, 이전에 그녀의 집 안에 어떤 것들이 있는지를 개인적으로 조사하기까지 했었다. 그녀가 물건들을 어떻게 입수했는지도 조사해보았음이 분명하므로, 그가 처벌을 하지 않았다면 나는 실수를 하고 있는 것일 수도 있었다. 그녀가 그로스만 가족에게 무언가를 해주었기에, 그 시기에 그 도움이라는 것이 무척이나 특별했기에, 그로스만 가족이 실제로 소장품들을 남겼을 수도 있을 것이다.

어쨌든 우리 지인들의 숫자는 계속해서 늘었다. 비올라도 에메렌츠도 점점 더 많은 사람들과 관계를 갖게 되었고, 그 사람들은 우리에게도 인사를 하기 시작했다. 에메렌츠의 절친한 세 친구인 과일상 슈투, 다림질을 하는 폴레트, 그리고 실험실 보조원의 미망인 아델카와도 이제는 점점 더 빈번히 마주했고 대화를 나누게 되었다. 어느 여름날 오후 그들 네 명은 무언가 매혹적인 향이 풍기는 빵을 커피와 곁들이고 있었는데, 식탁에서 자리를 같이하자고 에메렌츠가 안에서 나에게 손짓을 했다. 나는 비올라와 산책을 하고 있었는데, 그녀와 친구들의 마음을 상하게 할 수는 없었고, 그렇지 않아도 비올라는 벌써 결정을 한 상태였다. 나를 안으로 끌어당겼고, 벌써 탁자에서 음식을 구걸하기 시작했던 것이다. 비올라가 왕관이라도 두른 듯, 이제 집에 가자고 했을 때도 전혀 돌아갈 기색을 보이지 않았기에 나는 짜증이 났다.

그날 저녁, 에메렌츠는 잠자리에 들기에 앞서 다시 비올라와 잠시 산책을 하려고 나에게 들렀는데, 나는 그녀에게 비올라를 계속 데리고 있을 생각이 없는지 물어보았다. 우리는 처음부터, 말하자면 집이 아닌 피난처를 비올라에게 제공하려던 것이었다고, 그녀가 키운다면 비올라는 단 한 마디 명령에 문지방을 넘은 사람을 쫓아버릴 테니 문을 닫을 필요조차도 없을 것이라고 말했다.

내가 이야기하는 동안 그녀는 마치 꽃이나 갓난아이를 떠받들듯 그렇게나 부드럽고 사랑스럽게 비올라의 목을 어루만지면서도 고개를 가로저었다. "불가능해요." 만약 가능했다면 벌써 훨씬 오래전에 자신은 다른 개를 들였겠지만, 그녀가 서명한 임차 계약서에 따르면 집 안에서는 오직 닭이든 거위든 그 어떤 것이든 처분되기 전까지만 키울 수 있다고 했다. 또한 개한테는 자유롭게 움직일 수 있는 공간이나 마당이 필요한 반면, 그녀는 집에 거의 있지 않으며, 개에게 고통을 겪게 할 정도로 잔인하지 않다고 했다. 더군다나 비올라처럼 호기심 많고 모임을 좋아하고 모든 곳을 방문하려고 하는 개의 경우에는 포로처럼 잡혀 있는 개가 그녀의 고양이에게도 편한 건 아니라고 했다. 비올라가 집 지키는 일을 기꺼이 수행한다고 하더라도 그는 노예로 태어난 것이 아닐뿐더러, 조만간 개가 혼자 남게 되기에 나이 든 사람은 개를 길러서는 안 되며, 그때가 되면 개는 쫓겨나고 주인 없이 떠돌아다닐 수도 있다고 했다. 하지만 비올라가 그녀를 좋아하는 것을 두고 내가 마음의 상처를 입었다면 나중에 다른 방식으로 조치를 취하겠다고, 인간만 아니라 동물도 야생화시킬 수 있다고 했다.

  나는 그녀가 책임을 회피한다고 느꼈고, 그녀에게 비올라가 필요하지 않다면 왜 자기편으로 만들려고 했는지 진정으로 화가 났다. 이후, 한참이나 지나 에메렌츠가 생을 마감했던 징후들을 돌이켜 생각해본 적이 있다. 실제로 당시 어느 누구도 에메렌츠의 죽음에 대해 생각하지 못했고, 그녀는 봄에 자연과 함께 다시 깨어나며 어떻든지 우리가 살아 있을 때까지 우리 곁에 머물 거라고 나 역시 생각하고 있었다. 그녀의 저항은 닫힌 집에 대해 출입을 단호하게 금지한 것만 아니라 그 모든 것에, 그녀의 사라짐에 대해서도 유효하다는 생각을 했다. 하지만 그때 나는 에메렌츠의 대답은 진심이 아니라고 여겼다. 비올라를 그녀에게 맡길 수 없었으므로, 소심한 마음에 텔레비전이 있던 방에서 죄 없는 비올라를 떼어놓았다. 비올라는 텔레비전 화면에 푹 빠져 있었는데, 공이 나오면 머리를 좌우로 흔들었고 새소리와 야생의 자연을 담은 프로그램의 모든 소리에 귀를 기울였다. 누구 하나 가까이에 있는 야노시산에도 데려가준 적이 없었기에, 자신이 겪지 않은 것들을 텔레비전을 통해 경험했던 것이다. 일주일도 채 지나지 않아 나는 스스로가 부끄러워졌다. 비올라와 관련도 없는 그 어떤 것 때문에 내가 비올라를 벌할 수 없으며, 설령 관련이 있다고 하더라도 나에게는 그럴 권한이 없다. 나는 그녀와 비올라의 친교를 인지했고, 그것을 인정했다. 비올라와 놀아주거나 규칙적으로 산책을 데리고 나가기에 나는 아침에는 너무 졸렸고, 낮에는 너무 일이 많았으며, 저녁에는 너무 피곤했다. 남편은 종종 몸이 아팠으며, 우리는 장기간 해외 출장을 한두 번 떠나는 것도 아니었다. 비올라에게는 에메렌츠가 필요했다. 그렇다면 우리는 인정해야 할 것이다. 그 개의 실제 주인은 에메렌츠라는 것을.

왜 지금에서야 우리가 알게 된 이후 처음으로 그녀가 나이에 대해 언급했는지 곰곰이 생각해보았다. 이전에는 대화의 주제가 된 적이 전혀 없었다. 에메렌츠는 믿을 수조차 없을 정도로 무거운 것들을 들어 올렸고, 더 이상 무거울 수 없는 짐이나 가방을 들고도 층계를 뛰어올랐으며, 신화 속 인물처럼 힘이 셌다. 그러면서도 자신의 나이에 대해서는 언급한 적이 전혀 없었다. 단지 지난날을 들려주며 스스로 밝힌 것에 비추어보면 아버지가 돌아가셨을 때 그녀는 세 살이었고, 새아버지가 입대했을 때는 아홉 살, 그리고 1914년에 새아버지가 입대 후 곧 전사했다는 데서 그녀의 나이를 가늠해 볼 수 있었다. 만약 1914년에 아홉 살이었다면 그녀는 1905년에 태어난 셈이고, 그렇다면 그녀의 나이는 놀랍고도 오싹할 정도였다. 언젠가 중병이라도 걸리면 어떻게 할까라는 생각은 그녀로서 어쩌면 당연한 것이었다. 반면 그녀의 나이와 관련된 개인적인 사건들을 듣지 못한 사람들은 모두 에메렌츠의 나이를 제각각 추론할 수

밖에 없었다. 소독을 하기 전 열어본 서랍 속에서는 그녀 자신의 신상과 관련된 어떤 서류도 발견하지 못했기에, 그 잊을 수 없는 종소리가 울려 퍼지던 그날도 다시금 오직 총경의 도움에 의지해서만 장례를 치를 수 있었다. 아마도 그녀는 가능한 한 관청으로부터 자신의 삶을 완벽하게 감춘 유일한 국민이었을 것이다. 오래전, 총경은 그때까지만 해도 그녀에게 있던 자료들을 보았을 뿐 아니라 그 옛날의 하녀증을 확인하고 이를 근거로 그 시절 주민증을 그녀에게 발급했었다고 말했다. 하지만 한 장의 공문서도 남아 있지 않은 것을 보면 이후 무언가 영원히 알 수 없는 이유로 모든 것을 없애버렸음 직했다. 에메렌츠는 여권, 증명서, 심지어 전차 정기권도 혐오했으며, 날려 쓴 글씨로 개인적인 주민증을 스스로 만들었는데, 그녀의 물건들을 정리할 때 그것을 발견했다. 자신이 셰게슈바르에서 1848년 3월 15일에 태어났다(헝가리혁명과 해방전쟁이 발발한 날로, 이후 셰게슈바르 전투에서 헝가리 군대는 오스트리아와 러시아 군대에 크게 패했다—옮긴이)는 불가해한 내용이 쓰여 있는 그 주민증 역시 우리는 없애버려야 했다. 이는 약 올리는 듯한 가볍고 경박한 것이었고, 신분증이 요구하는 집요한 질문들에 대한 전형적인 에메렌츠의 복수였다. 에메렌츠의 작은 복수들은 심술궂고 유독했다.

에메렌츠가 그 거리에 오게 되었을 때 슈투는 사춘기 십대 소녀였는데, 나는 한참 후에 다음의 이야기를 슈투로부터 전해 들었다. 전쟁이 발발하기 전후 시기에는 신상 서류들을 소지하지 않고서는 직업을 가질 수도 없었을 뿐더러 이주도 불가능했다. 에메렌츠는 공동주택에 있는 집 한 채를 사택으로 받았으며, 서구로 가기 전에 이전의 집주인이 직접 꾸려놓은 것들로 그녀는 이 집을 소설에나 나올 법하도록 화려하게 꾸몄다. 분명한 것은 그 당시만 하더라도 그녀에게, 그리고 그녀의 동거인에게도 신상 서류들이 있었고, 그 동거인을 위해 그녀는 이미 그때 세상과 단절을 시작했다는 것이다. 그 동거인은 붙임성 있는 사람이 아니었다. 사실 그는 건강하지 못했기에 접근할 사람이 있지도 않았으나, 에메렌츠는 누구라도 그에게 접근하는 것을 두려워했고, 그것을 허락하지 않았다. 그에게는 모든 것으로부터 면제되었다는 서류도 있었다. 그는 거의 집 밖으로 나오지 않았으며, 군인으로도, 그 어떤 일에도 적합하지 않았다. 마냥 뼈만 남은 사람이었다. 에메렌츠는 자신 곁에 항상 이런 사람들을 두었는데, 동물을 데려올 때도 그랬고, 사람도 쓰러져가는 이들에게 관심을 두었다. 슬로카 씨 또한 분명 온전한 사람이 아니었던 데다 가족도 전혀 없었기에 죽을 때까지 그녀가 돌봤다는 것이다.

  슈투의 말이 워낙 뒤죽박죽이어서 두 번이나 되묻고서야 이해할 수 있었다. 그러니까 에메렌츠는 부다페스트 공방전 시기, 그리고 그 이전에도 누군가와 함께 지냈다. 말하자면 그녀 곁에 처음엔 고양이뿐 아니라 세를 든 사람이라든지 또는 누군가가 있었고, 성은 모르지만 무슨 슬로카 씨도 에메렌츠의 관심층에 속했다. 그는 방공防空 감시도 맡을 수 없을 정도로 심장 질환을 앓고 있었으며, 완전히 버려져 있었기에 도망을 갈 수도, 자신을 건사할 수도 없다가 이후 갑자기 가장 적합하지 않은 시기에 사망했다. 부다페스트가 포위되기 시작한 혼란스런 시기였다. 에메렌츠는 여기저기 다니며 사람들이 그 시체를 옮길 수 있도록 결과도 없는 노력을 기울였으나, 명절이 시작되자 아무도 이 일에 신경을 쓰지 않았다. 결국 시체 운반은 그들의 몫이 되었고, 마지막에는 그들이 이 불쌍한 시체를 묻어야만 했다. 에메렌츠는 슬로카 씨의 자전거를 받기로 하고 정원에 매장하는 일을 책임지게 되었는데, 나중에는 그 자전거도 사라져버렸다. 그녀의 동거인도 사라졌으니 아마도 그가 가져갔을 법한데, 그가 어디로 사라졌는지에 대해서는 슈투도 모르는 바였다. 에메렌츠는 슬로카 씨를 달리아 꽃들 아래 묻었는데, 시 평의회가 1946년 이른 여름에 마침내 이장을 결정했을 때 그의 시체는 곱게 가루가 되어 있었다.

   그때까지 지속적으로 그 공동주택에 사는 사람들이 바뀌었다. 거기에는 모든 국적의 사람들이 있었다. 에메렌츠는 독일인들에게도 러시아인들에게도 세탁을 해주었다. 그리고 세상은 정상화되었고 다시금 사람들은 평화롭게 지내게 되었다. 에메렌츠를 상대로 한 고소, 고발들은 사실 비둘기 독살에 대한 혐의나 정치적인 성격을 가진 모략이 아니라, 그녀의 효수된 고양이를 슬로카 씨의 무덤에 매장한 이후 사체 훼손에 대한 건으로 시작되었다. 하지만 그녀가 그 고양이는 자신의 유일한 가족이었다고 그 경위에게 설명하자, 그는 비꼬는 말투로 이런 일로 경찰의 업무를 증대시키는 주민들에게 존경을 표한다고 하며 비르메죄 지역을 복구하는 데 조력할 수 있도록 차후에 협동 과업으로 차출할 것이라고 했다. 그곳은 최소한 인간의 유골만큼 말의 사체도 있는 곳이었고, 아직도 유골들이 있다면 하나하나 구분하여 인간의 유골은 성스러운 곳으로 보내고, 동물의 것은 제 갈 길로 보내는 것이 그들의 과업이라고 경위가 말했다. 처절한 패배 이후 나라가 간신히 일어서려고 할 그때, 그들에게 이외에 다른 심각한 난제가 왜 없었을까? 총경은 그들을 얼마나 부러워했을까! 이 고양이와 관련된 것들을 그들이 그렇게나 들쑤시고 다닌다면, 세레다시 에메렌츠의 고양이를 더 이상 참지 못한 그 악한에 대해 경위 또한 조사를 시작할 것이라고 했다. 엄연히 동물보호법이 있는데도, 그가 고양이의 주인과 대화를 하지 않고 이런 살인자 같은 파시스트적 방법으로 문의 손잡이에 고양이를 매달았기 때문이었다.

※

하루는 에메렌츠가 산책을 시키는 시간에 비올라를 데리러 오지 않았다. 들르지 못한다는 그 어떤 말도 없었으나, 하루 종일 그녀를 보지 못했다. 가을이어서 아직 눈 내리는 계절까지는 꽤나 시간이 있었지만 그녀는 나타나지 않았다. 온기까지 느껴지는 가랑비가 날리는 가운데 나는 비올라와 산책을 했다. 비올라와 아침에 그녀의 집에 들렀으나, 예민한 코가 닫힌 문 안으로 그녀의 부재를 감지했기에 우리는 이웃집들을 차례로 다녀야만 했다. 비올라는 시장으로도 나를 이끌었다. 하지만 낙심한 몸짓으로 계속해서 우리 주변에는 그녀가 없다는 것을, 아마 우리 구역에도 없고, 비올라가 알고 있는 어떠한 곳에도 없다는 시늉만 할 뿐이었다.

집으로 돌아와 내가 청소를 하는 동안 비올라는 시름시름 앓았다. 그녀가 오지 않으면 사람들이 항상 우리 집에서 그녀를 찾았기에, 에메렌츠가 일하는 모든 곳으로부터 온 사람들이 초인종을 계속 눌러댔다. 그 지인들은 인도의 나뭇잎을 청소하지 않은 것에 대해, 그녀 집 앞에 대형 쓰레기통이 보이지 않는 것에 대해, 빨래한 옷을 가져오지 않은 것에 대해, 전날 저녁에 아이를 돌보지 않은 것에 대해, 그리고 그녀가 장을 보지도 않은 것에 대해 무슨 일이 있는지 매우 걱정했다. 물어보는 사람들 때문에 나는 쉴 새 없이 문을 여닫았다. 비올라는 짖고 으르렁거렸으며, 점심도 거른 채 그녀를 기다렸다.

무라노의 유리

에메렌츠는 늦은 저녁이 되어서야 나타났다. 안심이 되어 상상도 할 수 없는 소리를 내는 비올라를 산책시키고는 내 방문을 두드렸다. 무언가 나와 이야기할 것이 있다고, 남편이 그 이야기의 증인이 될 필요는 없으니 자기 집으로 갈 것을 청했다. 우리 집에서도 아무 방에서나 이야기를 나눌 수 있었는데도, 그녀는 자신의 집으로 동행하기를 고집했다. 그렇게 우리 셋, 그녀와 나, 그리고 비올라는 함께 집을 나섰다. 이렇게 늦게는 다른 개들과 조우하거나 싸울 염려를 하지 않아도 되었기에 비올라에게 목줄을 채우지 않았다. 비올라는 우리 앞에서 춤을 추듯 몸을 흔들며 걸어갔다. 앞마당에서 에메렌츠는 나일론으로 덮은 티 한 점 없는 탁자를 가리켰고, 나는 거기에 앉았다. 여기서는 항상 진하고 무거운, 소독제와 세정제, 그리고 무슨 공기청정제가 범벅된 역겨운 냄새가 풍기곤 했다. 반면 그

건물의 집들은 이미 아주 고요했고, 그 어느 창도 불을 밝히지 않았다. 낮에는 몰랐으나, 앞마당에 우리 셋만 있는 지금, 한밤은 아니지만 짙은 어둠 속에서 갑자기 에메렌츠의 집에 살고 있는 그것, 또는 그것들의 형상으로부터 나 역시 무언가를 느끼기 시작했다. 귀에 거슬리지는 않는 소음, 아주 고요한 가운데서 그런 소음이 들렸고 비올라는 소리가 나는 그 틈새에 웅크리고 앉아 크게 숨을 쉬기 시작했다. 비올라는 어디로 들어가고자 할 때 독특한 징후를 보였는데, 그것은 인간의 신음소리 또는 깊고 안절부절 못하는 숨소리와도 닮아 있었다.

모든 면에서 볼 때 왠지 모르게 쾌적하거나 조화롭지 않은, 그보다는 혼란스러움을 풍기는 이례적인 저녁이었다. 일상적인 환경에서는 내가 처한 상황을 분석하는 경우가 드물었으나 이런 생각이 떠오른 것은 에메렌츠에 대해 알고 있는 것이 거의 아무것도 없었기 때문이며, 실제로 그녀의 강박들과 더불어 멋있게 가공된, 그녀의 에두른 대답들만 알고 있었기 때문이었다.

"조만간 내게 손님이 와요." 그녀가 말을 꺼냈다. 마취 후 두뇌가 비틀거리는 의식을 애써 유지하고자 할 때 그렇듯, 분명한 발음이지만 비현실적인 목소리였다. "누구도 집으로 들이지 않는다는 것을 아시겠지만, 여기 들르는 그 사람을 지금 당신이 앉아 있는 이곳에 앉게 할 수는 없어요. 그럴 순 없어요."

경험은 나에게 절대 무언가에 대해 다그치지 말라고 가르쳤는데, 그것은 상대방이 두려워하기에 말수가 적어지기 때문이다. 만약 여기서 대접하는 것이 불가능하지만 집 안으로도 데려갈 수 없는 손님을 그녀가 기다리고 있다면, 그 손님은 분명 아무런 누군가는 아닐 것이다. 어쩌면 존재하지 않았을지도 모를, 단지 전설 속 이야기의 한 요소일 뿐인, 두 개의 탄으로 변해버렸던 금발의 동생들이 그녀를 방문하러 올 수도 있다. 아니면 그 손님은 양모로 된 옷 대신 연회복을 그녀에게 주었기에 그녀가 신앙을 버리게 된 하느님일 수도 있을 것이다. 그녀가 여기에서 손님맞이를 하는 조카와 총경보다는 급이 높을 터였다.

"내가 저기, 당신 집에서 그 손님과 얘기를 나누어도 될까요? 다른 사람은 뒤에서 수군거리지만 당신은 그러지 않잖아요. 마치 당신들의 손님인 듯 그렇게 손님을 맞고 싶어요. 주인님은 그날 오후 근무이고, 만약 당신이 청한다면 주인님은 모든 것을 감수하실 거예요. 그렇게 해주시겠어요? 내가 빚지고는 못 사는 사람이라는 것은 아실 거고요."

"우리 집에서 손님을 맞는다고요?" 그녀를 쳐다보았다. 에메렌츠가 극도의 엄정함으로 정확하게 표현했기에, 질문은 필요한 바가 아니었다. 그녀는 그것을 원하는 것이다.

"내가 당신들과 함께 그곳에 살고 있다는 것을 그 손님이 믿게끔만 해주면 돼요. 잔, 커피, 음료, 모든 것을 가져갈 것이고, 당신은 장소 외에는 그 어떤 것도 제공하지 않아도 돼요. 그렇게 하겠다고 말씀해주세요. 그 빚은 갚겠어요. 주인님이 저녁에 귀가할 때면 손님과 나는 이미 가고 없을 거예요. 수요일 4시, 괜찮겠지요?"

비올라는 문지방에서 한숨을 쉬었고, 밖에서는 가랑비가 날렸다. 에메렌츠의 손님은 어쩌면 프랑스 공화국의 대통령일 수도 있을 테지만, 그렇다고 해도 이미 아주 오래전에 국제 정세가 안정되었으므로 정치적 혼란을 야기할 수도 없을 것이다. 왜 여기에서 손님을 맞을 수 없는지, 그것은 불명확한 그 어떤 것에 아주 조금을 더 보탠 것일 뿐이었다. 에메렌츠는 어쨌거나 그 불명확한 것을 숄처럼 두르고 있었다. 나는 어깨를 으쓱하고는 그 손님이 와도 좋다고 했다. 그리고 그 손님과 둘만 있지 않고 나도 함께 집에 있기를 원한다면, 내가 보초처럼 어색하지 않았으면 좋겠다고 했다.

집으로 가면서, 무언가 분명하지 않은 일과 정제되지 않고 불확실하며 확인할 수 없는 것들을 가장 싫어하는 남편이 이 모든 것을 받아들이도록 하려면 어떻게 해야 할지에 대해 곰곰이 생각해보았다. 하지만 남편은 반대하거나 불평하는 대신 웃었는데, 그에게도 이 일에는 작가적인 상상력을 자극하는 뭔가 독특한 점이 있었던 것이다. 에메렌츠와 여기서 접대를 하게 될 손님! 그를 남편으로 맞아들이겠다는 말만은 하지 않기를, 그 낯선 사람이 무슨 구혼 광고에 대한 화답의 차원에서 오는 것은 아니기를. 자신의 집 문을 절대 여는 법이 없었던 에메렌츠가 우리 집에서 그 손님을 눈여겨보겠다는 것일까? 오세요! 집을 비운다는 것에 남편도 아쉬워했다. 남편이 안심하면서 전혀 알지 못하는 그 사람을 우리 집에, 우리와 함께 남겨둘 생각을 했던 것은 만약 그 손님이 해코지를 한다면, 비올라가 그의 뼈를 추려낼 것이기 때문이었다. 비올라는 자기의 이름이 들리자 남편의 손을 크게 핥더니 등을 굽히고 배를 내밀었다. 토닥여달라는 의미였다. 비올라가 모든 것을 이해한다는 건 익숙해질 수 없는 유쾌한 경험이었다.

예정된 그날, 에메렌츠는 스스로를 강철 같은 의지로 제어하는 광인과 같았다. 비올라 또한 모든 사람의 감정이 전이된 듯 평소 같지 않았다. 그녀가 자수로 된 받침을 덮은 온갖 그릇과 쟁반들을 가져왔기에 나는 놀랐다. 이 만찬을 그렇게나 비밀로 하고 싶으면서도 왜 사람들이 거리에서 볼 수 있을 텐데 그것들을 가져오는지 물어보았다. 그녀와 손님 모두 나병 환자도 분명 아니며, 우리 집의 접시와 식기로 식사를 못할 이유가 없었다. 우리 집에서 선호하는 식기를 사용해도 되고, 나의 어머니가 축일 때 사용한 은식기를 펼쳐도 된다고 했으나, 그녀는 무슨 생각을 했을까? 내가 꺼린다고 생각했을까?

에메렌츠는 고맙다는 말을 하지는 않았으나 이에 대해 언급하긴 했는데, 이럴 때는 좋지도 싫지도 않다는 제스처를 잊는 법이 없었다. 그녀는, 무엇을 숨기려는 것이 아니라 그저 가족 없이 혼자 산다는 것을 손님에게 보여주고 싶지 않으며, 왜 문을 열지 않는지 그리고 왜 이렇게 어렵게 사는지에 대해 설명하고 싶지도 않다고 대답했다.

어머니의 방에서 그녀가 상을 차리고 있었다. 그녀는 음식 장만도 무슨 마법처럼 했는데, 차게 저민 고기와 샐러드를 만들고 있었다. 그때, 나는 오래전부터 준비했던 그 조언을 지금 전하는 것이 적당하다는 생각이 들었다. 진정 평범하다고는 할 수 없는 증상, 즉 집에서 세상을 격리시키는 그 무슨 장애, 혹은 의사들이 무어라고 하는 명칭이 있던데, 어쨌든 그것은 분명 치료가 가능하며 그 분야의 의학 전문가와 상담할 생각이 한 번이라도 들지 않았는지 물어보았다. "의사라니요?" 가장 큰 축일에 사용하는, 목이 긴 샴페인 잔들을 이리저리 닦으며 에메렌츠는 나를 보았다. "나는 아프지 않고, 사람들에게 해를 끼치지도 않고, 내 방식대로 그렇게 살고 있어요. 의사들과는 말도 섞지 않는다는 건 당신도 알고 있잖아요. 의사가 이래라 저래라 하는 걸 좋아하지 않으니 그냥 놔두세요. 당신은 내가 무언가를 청하면 주기는 하지요. 하지만 미주알고주알 말고 그랬으면 싶네요. 그렇지 않으면 줘도 쓸모가 없어요."

나는 그녀를 놔둔 채 침실로 가서 내가 보지 못하는 것은 들리지도 않았으면 하는 마음으로 LP판을 플레이어에 올렸다. 에메렌츠가 우리 집에서 맞이할 그녀의 손님에 대한 흥미도 이미 가셨다. 에메렌츠는 언젠가 우리에게 진정 문제를 일으킬 것이며, 정말 미쳐 있는 것이다. 그녀는 누구를 집으로 데려오는 걸까? 비올라가 여기 없다면 나는 정말 두려울 것이다. 그리고 위장된 만남을 가질 그 사람에게 왜 그렇게 멋진 샴페인 잔이 필요한 것일까? 나 자신의 비밀들도 좋아하지 않는데, 하물며 남의 비밀이야 내가 간섭할 바는 아니었다.

LP판에서 흘러나오는 음악이 모든 사건을 덮어버렸고, 두 개의 방이 그녀가 상을 차리는 어머니의 방과 나 사이를 갈라놓고 있었다. 애써 책을 들었는데, 한 50페이지 정도 읽었을까? 나는 수상하게 여기기 시작했다. 에메렌츠는 나에게 그 미지의 손님을 소개시켜주겠다고 했는데, 그 손님이 글쎄, 어디에 있는지? 그리고 무엇을 하기에 이렇게 조용한지? 비올라도 침묵만 하고 있었다. 그 손님이 오기는 왔을까? 마침내 비올라의 짖는 소리를 들었을 때는 에메렌츠가 미리 알린 시각에서 거의 한 시간이나 지난 후였다. 금방 요리하여 무언가 떠들썩하고 따끈따끈한 음식이 아닌, 최소한 신선함은 남아 있을 정도로 식은 너비아니로 새 손님을 기다린 것도 실용적이라고 생각했다. 문이 한 차례 열렸을 때에도 나는 계속해서 음악을 듣고 있었다. 비올라가 방으로 들어와 침대 주변에서 춤을 추듯 움직이고 안절부절못하면서, 눈에 드러날 정도로 무언가를 설명하고 있었다. 그 상황은 어쨌든 특이했다. 손님이 개를 두려워했다고 해도 에메렌츠는 바깥 어딘가로 비올라를 보냈으면 보냈지 방 안으로 들이는 것은 허락하지 않았을 것이기 때문이었다. 그들은 비올라를 쫓아내고 그곳에서 무엇을 하고 있을까?

비올라가 나타난 후 조금 지나 그녀 또한 등장했기에 그것은 곧 밝혀졌다. 그녀의 얼굴은 그 어떤 것도 드러내지 않았고, 마치 농아 같은 그런 표정을 짓고 있었다. 비올라는 그때 이미 내 옆에서 프랑스식 침대에 배를 대고 누워 있었고, 에메렌츠는 비올라를 쳐다보지도 않았다. 기다렸던 손님은 오지 않았다고, 아예 오지도 않았다고, 그 손님이 예약한 호텔에서 만능인의 전화번호로 연락이 와서 그가 여기로 달려와 문을 열었던 것이다. 만능인은 에메렌츠에게, 손님의 방문은 사업 문제로 마지막 순간에 취소되어서 부다페스트에 오지도 않았고, 만약 방문길이 다시 현실화한다면 적절한 시간에 연락할 것이라는 말을 전했다.

이 일 때문에 나는 셀 수 없을 정도로 많은 공식적인 모임들을 취소했는데, 그 손님은 결국 오지 않은 것이다. 에메렌츠가 쓸데없이 상당한 비용을 지출한 것을 제외한다면, 손님이 방문하지 않은 것과 관련하여 나는 그 어떤 비극적인 면도 발견하지 못했다. 그러나 그녀는 폭풍처럼 방을 나가더니 쾅 하고 소리가 나도록 방문을 세게 내닫았다. 그녀를 쫓아나간 비올라에게 현관에서 어찌나 큰소리를 질렀던지, 그에게 무슨 일이 생겼나 알아보기 위해 나는 일어났다. 비올라는 그 어떤 행동도 하지 않았었다. 손님을 위해 식탁을 차렸던 어머니의 방에서 식기 부딪히는 소리가 들렸으며, 나는 처음으로 에메렌츠의 어휘들에 놀라움을 금치 못했다. 그녀의 입에서 저주와 상스러운 욕설이 쏟아졌다. 문을 열기는 했으나, 나는 문턱에 서 있을 수밖에 없었다. 그녀는 비올라를 때렸던 게 아니라 다른 사람을 저주하는 것 같았다. 비올라는 식탁 옆 어머니의 의자에 앉아 에메렌츠가 앞으로 당겨준 접시에 담긴 무언가를 먹고 있었다. 머리를 들이대고 얇게 저민 너비아니를 집어 삼키며, 한 발로 그릇 깔개를 받치고 있었다. 다른 한 발은 식탁 중앙에 놓인 무라노의 장식용 유리접시(베네치아의 무라노섬은 유리 세공으로 유명하다 — 옮긴이)에서 자꾸 미끄러지고 있었는데, 그 장식용 접시는 나 역시 살면서 한 번도 사용하지 않은 것이었다. 가장 큰 축일에도 식탁에 올리지 않은 그 장식의 중앙에서 은으로 된 촛대 다섯 개가 이리저리 흔들리고 있었다. 비올라는 가끔씩 입에서 먹던 것을 떨어뜨렸고, 그 장식용 유리접시의 얼룩진 기름자국 사이에서 그것들을 서둘러 집어 삼켰다. 나는 살면서 그렇게 화가 난 적은 없었다.

"내려와, 비올라! 바닥으로! 어머니의 장식이고 도자기란 말이야! 에메렌츠, 여기서 무슨 일이 벌어진 거예요? 당신 미쳤어요?"

그 이전에도 그 이후에도, 그녀에게 죽음의 순간이 가까이 왔을 때까지도 나는 에메렌츠의 통곡소리를 듣지 못했으나, 그때 그녀는 울음을 터뜨렸다. 에메렌츠가 비올라에게 금지 명령을 반복하지 않을 때까지, 위기의 순간에도 비올라는 나에게 고분고분하지 않았기에, 나는 어찌할 바를 몰랐다. 비올라는 여전히 냉정하게 저녁밥만 먹고 있었고, 에메렌츠는 식탁 저편에 서서 통곡을 하고 있었다. 비올라는 동정의 표시로 힐끔힐끔 그녀를 보고 있었지만, 엄선한 음식물을 거부할 수 없었기에 계속 먹고만 있었다. 식탁에서의 행동은 에메렌츠로부터 배웠을 텐데, 이 정도의 연기라면 무대에 등장해도 모자람이 없을 터였다. 사람들처럼 엉덩이로 앉아서는 거의 손색없이 식사를 하고 있었고, 앞발로 자신의 몸을 지탱한 채 그냥 음식을 취하는 것도 아니라 발 대신 입으로 먹고 있었다. 그 장면은 너무나도 부조리한 것이었고, 반면 한마디로 말하자면, 어떻게 표현할 수도 없을 정도로 나를 화나게 했다. 내가 명령을 하는데도, 누구의 개도 아닌 우리 집 개가 나를 쳐다보지도 않고선 어머니의 방, 어머니의 식탁에서, 축일에 펼치는 풍부한 식탁에 앉아 식사를 하는 장면. 비올라는 큰 케이크가 높이 솟아 있는 접시를 가끔 곁눈질하며, 그 케이크를 언제 먹을까 하고 눈에 보일 정도로 고민하고 있었다. 이 와중에 에메렌츠는 어떻게 해볼 수 없을 정도로 통곡을 하고 있었다. 적지 않은 비용을 들였을 것인데, 접시는 벌써 거의 다 비워져 있었다. 남은 음식만 봐도 여기에 도착하지 않은 그 손님이 얼마나 소중한 사람이었는지 알 수 있었다. 나는 속으로 점점 더 화가 치솟는 것을 느꼈다. 에메렌츠가 헝클어진 눈썹에 손등을 대고는 갑자기 얼굴을 닦아 내렸다. 그러고는 마취에서 단계적으로 깨지 않고, 급하게 흔들어서 정신이 든 사람처럼 즐겁게 밥을 먹고 있는 비올라에게 달려들어 포크 손잡이로 마구 때리는 것이었다. 그때 나는 거의 폭발 직전이었다. 그녀는 후안무치한 사람들, 충직하지 않은 사람들, 치욕적인 허언을 일삼는 사람들, 냉정한 자본가들, 그 모두에게 소리쳤다. 비올라는 낑낑거리더니 이해할 수 없는 판결을 다 감수하고자 의자에서 내려왔고 카펫에 몸을 뉘었다. 에메렌츠가 때릴 때 비올라는 꼼짝 않고 도망치지 않았으며, 전혀 피하려 하지도 않았다. 저기에서 벌어지는 일같이 그런 끔찍한 것은, 비현실적인 요소로 구성된 그런 건 꿈에서나 볼 수 있는 것이었다. 비올라는 맞는 동안 몸을 움츠리며 떨고 있었다. 맨 마지막에 먹은 한 입은 놀라서 삼키지도 못한 채 그의 입에서 어머니가 좋아했던 카펫으로 떨어졌다. 나는 에메렌츠가 포크로 비올라를 찌를 것이라고 생각했다. 노기등등한 기세로 때렸기에 그 순간에는 어떤 일이든 일어날 수 있다고 생각했다. 나는 너무 놀라서 비명을 지르기 시작했으나, 이후 그녀는 비올라의 옆에 웅크리고 앉더니 비올라의 머리를 들어 올리고 두 귀 사이에 입을 맞추었다. 비올라는 안심의 신음소리를 냈고, 그를 마구 때린 그녀의 손을 핥았다.

'아니야, 이건 도가 지나쳤어', 나는 그녀가 자신의 발작에 어울리는 다른 관객을 찾아야 한다고 생각했다. 서 있던 나는 몸을 돌려 어머니의 방에서 그 쓰레기들을 다 치워달라고, 너무 심한 바람이 아니라면, 따라갈 수 없는 그녀의 개인적인 삶의 사건에 대한 조연으로 우리를 선택하지 말아달라고, 무대로서 우리 가정을 택하지 말아달라고 요청했다. 그녀가 이해할 수 있을 정도로 차분하지만 강하게 이야기했다. 그녀는 이해했다.

안에서 무엇을 하는지 왔다 갔다 하는 소리가 들렸다. 나는 무슨 소리인지 당최 알 수 없었다. 나중에 알게 된 바로, 함께 손님을 기다렸던 조각 케이크, 샴페인, 그리고 그릇에 담긴, 아직 손대지 않은 다른 종류의 익힌 고기를 냉장고에 옮겨두었던 것이었다. 분명 우리를 위해 그렇게 했으리라. 비올라가 입을 댄 것은 그녀가 직접 비올라의 사료통으로 치웠다. 비올라는 한동안 움직이지도 않았고, 마침내 주변이 조용해졌기에, 나는 에메렌츠가 이미 가버렸다고 생각했다. 하지만 그녀는 비올라에게 목줄을 채우고 있었다. 비올라에게 어떻게든 상처를 주었을 때마다, 그녀는 항상 평소보다 긴 특별한 산책을 나갔기 때문이다. 다림질이나 반죽을 포기해야만 할 때에도 그 특별한 산책은 진행되었다. 그들이 숲이 있는 쪽으로 한 번 돌아보고 오겠다고 집 안으로 외쳤을 때는 이미 여느 때와 같은 모습이었다. 문턱에 개와 함께 서서 나에게 용서를 구했다. 조금의 겸손함이나 뉘우침 없이, 그 정도의 격식으로 누군가의 용서를 구한다는 것은 들어본 적도 없었기에, 나중에는 사실 그녀가 나를 놀렸다는 생각이, 더 나아가 아마도 그녀가 아닌 내가 어떤 잘못을 범했다는 생각이 줄곧 들었다. 물론 그녀는 설명도 없었고, 그렇게 그들은 산책을 갔다.

저녁에 남편에게, 에메렌츠와 오후에 어떤 일이 있었는지를 이야기하자, 남편은 손을 가로저었다. 남편에 따르면, 모든 일과 모든 사람에 대해 진지하게 생각하는 내가, 낯선 이의 삶의 일정 부분을 계속 감당하기 때문에 이런 일은 일어날 수밖에 없다고 했다. 그 비밀스러운 손님을, 어머니의 방이 그 손님의 격에 맞는 식당이 될 정도로 총경보다 더 높은 그 대단한 인물을, 에메렌츠는 자신의 집 마당에 있는 그 '클럽'으로 데려갔어야 했다. 그리고 손님은 오지 않았고, 몸이 쓰러질 정도로 요리한 음식들은 이제 쓸모없게 되었다. 남편은 우리 냉장고에 넣은 그것들을 다시 그녀에게 가져다주라고, 오지 않은 손님이 남긴 음식을 먹고 싶지 않다며, 자신은 비올라가 아니라고 말했다.

남편의 말이 옳지만, 모두 그런 건 아니라고 생각했다. 물론 남편이 원하는 대로 음식들을 다시 가져가기 위해 내가 들 수 있을 만큼 그릇에 채웠다. 나도 그녀에게 화가 났으나, 여기서 그날 오후 일어났던 그 일이 무엇이든 간에 에메렌츠의 입장에서는 그 자체가 상당한 전율이었을 것이다. 그녀의 통곡을 들었던 나는 남편의 말에 완전하게 동의할 수는 없었다. 그녀가 자리를 떠난 이후 몇 시간 동안, 어쩌면 이 사건은 우리들의 상처를 달래는 것보다 문제가 더 심각하다는 의심이 마음속에서 들 정도로 나는 진정되었다. 음식을 먹고 있는 비올라와 함께 내가 본 것은 어쩌면 단순한, 목가적인 장면이었을 수도 있다. 잘 생각해보면, 뜻하지 않은 음식을 받게 된 건 장한 개와 그 주인이 식탁에 있었던 것이 아니라, 어떤 공포스러운 향연에서 그리스 신화의 두 인물처럼, 에메렌츠의 연회는 다른 종류의 신화적인 격정을 표현한 것일 수도 있었다. 그리고 개가 입에 물었던 그 고기는 아마 보기에만 진짜 너비아니로 보일 뿐, 단순한 음식이 아니라 보이지 않는 살, 내장의 총체, 일종의 인간 제물이었을 법했다. 에메렌츠는 마치 추억을 떠올리며 선한 마음으로 그 누군가를 비올라에게 먹이는 듯했다. 그날 오후에 오지 않고 단지 전

갈만 남긴 그 누군가를, 누구에게도 이야기하지 않았던, 그녀에게 가장 소중한 것에 상처를 준 그 누군가를 말이다. 비올라는 죄 없는 이아손이었으며, 에메렌츠의 머릿수건 아래에서 피어오른 지옥의 잔불은 메데이아였다.

남은 음식으로 배를 채우는 것은 바라지 않았는데도, 그녀에게 음식을 돌려주어야 하는 것에는 가히 기쁘지 않았다. 나 또한 시골 사람이며, 시골 사람들의 감성으로 그녀가 상처받을 것임을 알았으나, 지금 그녀가 모든 경계를 넘어섰다는 것을 이보다 더 분명하게 느끼게 해줄 수는 없었다.

거의 견디기 힘들 정도로 접시가 무거웠기에, 어렵사리 대문을 열 수 있었다. 접시를 가져가는 동안 많은 사람들이 길에서 눈길을 보냈다. 에메렌츠는 그 어디에도 보이지 않았으나 닫힌 문 뒤로 지금은 여느 때와 달리 분명한 움직임 소리뿐 아니라 대화 소리도 들려왔다. 비올라에게도 항상 설명을 하곤 하는 것처럼, 고양이와 대화를 하고 있는 것이 분명했다. 유감스럽게도 연회 음식을 집에 둘 수 없어서 다시 가져왔다고, 여기 앞마당 탁자에 둘 테니 나중에 나와서 가져가라고 안으로 외쳤다. 그때, 고양이가 빠져나올 수도, 손님이 안을 들여다볼 수도 없을 정도의 한 뼘 가량의 틈새로 에메렌츠가 자신의 몸을 억지로 밀어 넣더니 모습을 드러냈다. 이미 축일 복장이 아닌 평상복을 걸치고 있었다. 그녀는 한마디 말도 않고, 쓰레기통이 있는 후미진 공간에서 손잡이가 달린 큰 대야를 꺼내더니 그곳에 모든 것을 쏟아부었다. 케이크에다 고기, 샐러드가 짓뭉개져 하나의 덩이가 되었는데, 이후 그것을 화장실로 가져갔다. 곧 순가락으로 변기에 음식물 버리는 소리, 물을 내려 씻겨 내려가는 소리가 들렸다. 비올라가 날뛰어도 그 음식을 내주지 않았으며, 마치 알지도 못한다는 듯 그녀 가까이 허락하지도 않고 비올라를 향해 발길질까지 했다.

그때 다시금 나는 에메렌츠가 두려워졌다. 실제적인 공포로 나는 비올라의 목줄을 세게 움켜잡았다. 만약 그녀가 갑자기 신경발작으로 나를 공격한다고 해도 비올라가 보호하는 것은 내가 아닌 그녀라는 것도 알고 있었다. 에메렌츠는 음료들로 마지막을 장식했는데, 병목을 잡고서는 문설주에 쳐서 깨뜨려버렸다. 샴페인은 폭발했고, 비올라가 놀라서 짖기 시작했으며, 에메렌츠는 병들을 쓰레기통에 던져 넣었다. 그녀는 포도주와 샴페인이 터져 나온 앞마당을 닦아냈는데, 술집 같은 냄새가 풍겼다. 이 15분 동안, 같은 운명에 함께 처해 있던 슈투, 아델카, 그리고 폴레트는 우리를 보자마자 고개를 돌렸다. 에메렌츠는 소리 없이 돌로 된 바닥을 알코올로 더럽혔고, 비올라는 울부짖었으며, 나는 성인聖人의 목상木像 같았기에, 그들에게 우리는 이성적으로 이해할 수도, 믿을 수도 없는 합주단이었을 것이다. 그들은 우리들로부터 저 멀리 떨어져 있어서 다행이었으며, 급히 서둘러 제 갈 길을 갔다.

오후에 어머니의 식탁에서 살인이 발생했다고, 에메렌츠는 음식과 함께 상징적으로 그 손님과도 청산을 한 것이라고 나는 그때 이미 확신했다. 하지만 몇 년 후 멋지고 날씬한 한 젊은 부인이 망자의 날(매년 11월 2일 ─ 옮긴이)의 소란스러움 속에서 내 옆을 헤치며 걸어갔는데, 바로 그녀가 그 희생자였음을 그때 알게 되었다. 그녀는 부다페스트에서 자신의 사업과 관련된 업무나 묘지 방문을 위해 이날보다 더 부적절한 날을 선택할 수는 없었을 것이다. 물론 에메렌츠의 안식처를 찾는 것보다 더 흥분되는 거래들은 잘 처리했겠지만. 그녀는 가져온 꽃을 동화에나 등장하는 석조무덤의 문턱에 내려놓았다. 나는 알고 있는 바, 셀로판지로 포장한 줄기가 긴 장미꽃들이 바로 그날 저녁에 사라질 것임을 그녀는 짐작도 하지 못했을 것이다. 그녀는 약속을 한 당시에 오지 못했던 것을 유감스러워했다. 당시 에메렌츠를 방문할 수도 있었을 것이나, 자신은 사업을 하는 사람이며 그녀의 부친과 원래부터 타지에 살던 삼촌이 은퇴한 이후 직접 공장을 운영했는데, 그때 유럽 쪽 사업과 관련하여 부다페스트에서 진행했어야 할 어떤 일이 생겼다고 했다. 하지만 그 일이 연기되었기에 방문할 의미가 없어졌으며, 뉴욕과 부다페스트는 한 걸음에 쉽게 오갈 수 있는 곳이 아니라서 에메렌츠를 찾는 것도 한 번에 진행할 수 있도록 다음 기회로 미뤘다고 했다.

그녀는 우리와 함께 저녁식사를 했다. 물론 에메렌츠의 축일 음식들과 무라노 유리장식 그릇의 반짝이던 초들은 온데간데 없었고, 냉장고에 있던 음식들로 식탁을 차렸다. 그녀가 방문을 취소한 것을 에메렌츠가 얼마나 심각하게 받아들였는지 내가 말을 꺼내자 그녀는 놀라워했다. 그런 일은 비즈니스 세계에서는 언제든 일어날 수 있다면서, 날짜를 한 번 변경한 것에 그녀의 마음이 그렇게나 상할 수 있다는 것을 이해하지 못했다. 반면 묘지에서도 그녀가 무덤에 켜놓은 초를 에메렌츠가 여전히 거부하는 듯 어떤 음습하고 불쾌한 차가움이 우리에게 불어왔던 것에 나는 주목했었다. 이 젊은 여성이 묘지에 다다랐을 때, 바로 그때 바람이 불어왔으며, 잔가지들로부터 그녀의 목으로 수액이 뚝뚝 떨어졌다. 마치 에메렌츠가 크게 심호흡을 한 후 그녀의 얼굴로 바람을 내뿜 것처럼, 터질 듯하던 모든 촛불이 꺼져버렸다. 한편 에메렌츠는 죽음 이후 셀 수 없을 정도로 소리 없이 우리를 향해 발꿈치를 핑그르르 돌리고서, 우리의 죄의식에, 혹은 그녀에게 접근하고자 하는 우리의 시도에 대해 주먹감자를 먹였다. 이럴 때는 그녀의 비밀 수백만 개 중 지금까지도 알려지지 않은 그 어떤 것이 수정처럼 우리를 향해 빛을 발하는 듯했다.

만약 그들이 만날 수 있었다면, 해를 끼치고자 한 것도 상처를 주고자 한 것도 아니었다는 그녀의 설명을 에메렌츠가 이해하고 수용했을 것이다. 하지만 가장 끔찍했을 법한 것은, 갓난아기에서 성장한 그녀가 에메렌츠의 그 열정적인 만남의 준비를 무시한 데 있는 것은 아닐 터였다. 그보다는 갓난아기 시절에 철저히 그녀가 의존해야만 했던 에메렌츠로부터 어떤 감정을 소환할 수 있는지, 그리고 한때의 하녀에 대해 그녀의 가족과 그녀 개인은 어떤 감사의 표시를 할 수 있는지 성인으로서 분명하게 그리고 있었던 그녀가 이제 어엿한 여성 사업가로 성장하여 자신의 삶의 여러 가능성들을 위해 의식적으로 자신의 업무들을 조정했다는 데 있었다.

눈물짓는 어떠한 회상도 없이, 그녀는 우리 집에서 건강식으로 차린 저녁식사를 함께했다. 어쨌든 에메렌츠를 만날 수 없었던 것은 아쉬워했는데, 그녀는 에메렌츠의 얼굴도 기억나지 않으며, 에메렌츠가 자신을 얼마나 좋아했든지 간에 그 시절 그녀는 너무 어려서 에메렌츠가 기억에 남아 있지 않다고 했다. 지금 에메렌츠를 보면 아마 처음 만나는 것 같을 거라고 말했다. 에메렌츠가 상상 속에서 그녀를 어떻게 죽였는지 알게 된다면, 거절되었다고 느낀 사랑의 빗나간 감정이 에메렌츠를 15분 동안이나 맨정신의 궤도로부터 벗어나게 했다는 것을 알게 된다면, 그리고 너비아니를, 즉 한때 그녀가 보살폈으나 그럴 만한 가치가 없었다고 드러난 소녀를 개에게 먹으라고 내던졌다는 것을 알게 된다면, 이 상냥한 분은 무슨 말을 할까라는 생각을 해보았다.

 물론 그날 저녁의 모든 것은 에메렌츠의 생각과 아주 동떨어진, 실제와는 상당한 거리가 있는 것이었다. 그 당시 집에 도착했을 때 느낀 것은, 내가 에메렌츠에게 모욕을 주었고 옳다고 할 수 없는 행동을 했다는 것이었다. 알지 못하는 손님을 부르는 것을 나는 허락하지 말았어야 했다. 알 수 없는, 비밀스러운 불분명함이 더 심화되지 않도록 어느 누군가의 앞에서 그녀가 가족을 이루고 사는 것처럼, 홀로 외로이 살고 있지 않은 것처럼 보이게끔 하는 것을 돕지 말았어야 했다. 하지만, 그럼에도 내가 그렇게 했다면 그녀가 그렇게도 보기 싫어했던, 우리에게 선물로 남겼던 음식을 그녀 눈에 보이지 않게 했어야 했다. 때로는 얼마나 바보 같은 오만함이 사람을 지배하게 되는가. 그녀는 대형 호텔의 주방에서도 가끔씩만 볼 수 있는 그런 음식들을 요리했다. 그러니 그렇게 열중했던 것에 그럼에도 그 어떤 효용이 있다고 그녀가 생각할 정도였다면, 내가 이해할 수는 없지만 어쩌면 그녀는 이런 유의 위기를 더욱 쉽게 극복할 수 있었을 것이다. 그녀에게 그 어떤 것도 되돌려주어서는 안 되었다. 이유가 있든 없든 나는 알 수 없겠지만, 누군가 그날 그녀에게 상처를 입혔던 것은 분명했다. 모든 것에는 논리적이고 단순한 설명이 있다고도 할 수 있는데, 에메렌츠만은 그 논리적이고 단순한 설명의 해석에 있어서 나와 달랐다. 다른 어떤 사람들도 감을 잡지 못한 것을 그녀는 단 1초 만에 파악하는 만큼, 반대로 그만큼 그녀가 이해하지 못하는 것들도 많았다. 왜 나 또한 그녀에게 상처를 주었을까? 그녀가 비올라를 때린 것에 관해서는 글쎄, 비올라는 맞으면서도 나쁘게 받아들이지 않았다. 그는 모든 것을 알고 있었으며, 다양하고 비밀스런 연결고리와 망을 통해 느끼고 있었던 것이다.

나는 기분이 좋지 않은 채로 잠자리에 들었다. 남편은 벌써 잠들었고, 나는 잠을 잘 수도 없었고, 진정이 되지도 않았다. 다시 옷을 차려 입었다. 세 번째 방에 있던 비올라는 어머니의 침대 앞에서 즉시 나의 움직임을 알아챘으나, 신음소리는 내지 않았다. 마치 남편의 주목을 끌고 싶어 하지 않는 것처럼 조용하게 문을 긁었다. '비올라, 좋아, 우리 둘이 가는 거야. 한 걸음에 갈 수 있는 길이지만, 야심한 밤에 혼자 나다니고 싶지는 않거든.'

어린 시절에 좋아했던 《아이네이스》의 영웅들처럼, 마치 그 서사시의 여섯 번째 노래에 등장하는 독실한 젊은 사제처럼 우리는 걸어갔다. 에메렌츠와의 관계에서, 우리들의 삶에서 무언가 최종적인 분수령이 되었던 때는 아마 이 순간이었던 것 같다. 고독한 밤에 그림자들과 저승 신의 황량한 거처들을 지나 그들이 나아갔던 어둠 (베르길리우스의 《아이네이스》의 한 대목—옮긴이). 짙은 어둠 속에서 비올라와 나는 천천히 발걸음을 옮기기만 했다. 대문은 닫혀 있었다. 초인종을 눌렀다. 그녀가 나타날 때까지 기다려야만 했는데, 자정은 이미 오래전에 지났지만 앞마당의 불이 아직 켜져 있는 것을 보았다. 불을 끄기 전에는 에메렌츠가 집에 들어가지 않는다는 것을 나는 알고 있었다. 실제로 그녀는 곧 나타났다. 격자로 된 철문 양쪽에 우리는 서 있었고, 비올라는 숨을 헐떡이며 문 너머의 바닥 돌에 다리를 들이댔다.

"주인님이 아프신가요?" 에메렌츠는 물었다. 초연하고 메말랐으며, 예의 바른 저음의 목소리였다. 잠들어 있던 집.

"아프지 않아요. 안으로 들어가고 싶은데요."

그녀는 우리를 허락했으며, 우리 뒤로 정원의 대문을 닫았다. 집 안에서 나와 있었으나 물론 여전히 집의 문은 조심스레 닫혀 있었다. 비올라는 문지방에 배를 대고는 좁은 문틈으로 고양이에게 코를 쿵쿵거렸다. 무슨 일이 벌어졌는지 나도 모르겠다든지, 또는 뭔가 일이 생겼으나 무슨 이유로 제정신이 아니었던 내가 오늘 오후에 더 현명하게 처신하지 못했던 것은 유감이라는 말을 전하고 싶었다. 내가 잘 알지는 못하지만, 실제로 무언가가 그녀를 격앙시킨 것 같은데, 그녀의 마음을 나도 함께 헤아린다는 것 같은, 나는 어떤 좋은 말을, 화해의 말을 건네고 싶었다. 하지만 머릿속에 아무 말도 떠오르지 않았다. 나는 무슨 말을 해야 할지를 이론적으로만 알았지, 실제 삶에서는 적합한 말을 겨우겨우 찾아내곤 했다.

"배가 고파요." 마침내 말을 꺼냈다. "집에 음식이 좀 남아 있을까요?"

갑자기 날씨가 변할 때, 그 어떤 법칙은 차치하고, 짙은 회색 구름들 사이로 태양도 그 정도로 뜻하지 않게 활짝 비추지는 않을 것이다. 에메렌츠가 미소를 짓자, 그녀는 아주 드물게 미소를 띤다는 생각이 들었다. 우선 욕실로 사라지더니, 물 튕기는 소리, 씻는 소리가 들려왔다. 에메렌츠는 손을 씻지 않고 음식에 손을 대는 적이 없었다. 그러고는 식품 저장 창고의 문을 열어 젖혔다. 나중에 알게 된 바, 그녀는 식자재뿐만 아니라 식탁보 등도 그곳 선반에 두었다. 비올라는 그녀를 따라갔을 테지만, 내가 목줄을 잡고 있었기에 그러지 못했고, 그녀가 머물고 있으라고 명령을 하자 땅에 누워버렸다. 에메렌츠는 접시, 나이프와 함께 황색의 다마스크직 식탁보, 그리고 그 손님에게 접대하려고 했던, 여기에 남겨진 고기의 어떤 부위가 아니라 강한 향료로 절여서 구운 것을 가져왔다.

상상도 할 수 없는 맛이었다. 맛있고 풍족하게 식사를 했으며, 비올라는 뼈를 받았다. 포도주도 내어왔는데, 일반적인 병이 아니라 호리병에 담긴 것을 따라주었으며, 나는 그것도 다 비워버렸다. 술을 좋아하지는 않지만 그날 밤 내가 그 모든 일을 하지 않으면, 나의 발걸음은 헛된 것일 터였다. 식탁에서 처신을 어떻게 해야 할지는 몰랐으나 지금은 그녀가 헛되이 기다렸던, 그 사람을 위해 모든 수고를 감내했던 그 어떤 누군가의 역할을 맡아야 된다는 것은 알고 있었다. 당시에는 누구인지 전혀 알 바 없었던, 그 알지 못하는 사람을 잘 표현하고자 나는 애를 썼다. 우리 둘은 비올라의 귀를 매만졌고, 비올라의 앞발을 가지고 놀았다. 이후 집으로 가려고 했을 때 에메렌츠는 내가 쾨바녀(채석장을 뜻하며 부다페스트 10구역의 다른 명칭이기도 하다 —옮긴이)로 혼자 걸어가는 것도 아닌데, 잠옷 바람에

슬리퍼를 신고 집까지 배웅했다. 그 밤, 마치 가장 중요한 것인 양 우리는 비올라의 행동, 이해력, 멋진 외모 등을 주제로 비올라에 관해서만 이야기를 나누었다. 그 누구도 오지 않은 손님을 입에 올리지는 않았다. 집에 닿았을 때, 에메렌츠는 내 손에 목줄을 건네고는 내가 정원으로 들어설 때까지 기다렸다. 그러고는 이 현실과 비현실적 요소들이 섞인 베르길리우스의 밤에, 마치 선서를 하듯 천천히, 또한 분명하게 그녀는 오늘 내가 했던 것을 절대 잊지 않겠다고 속삭였다.

  다시 남편 옆으로 몸을 뉘었을 때 그는 여전히 꿈결 속이었다. 오늘, 평소와는 다르게 동요된 비올라를 어렵사리 제자리로 돌려보냈다. 이후 비올라는 어머니의 방도 아닌 욕실 문턱에서 잠이 들었는데, 남자처럼 코를 골았다. 마침내 평온해진 것을 들은 셈이었다.

폐품 수거일

내 생각으로는 이때가 기점이었다. 에메렌츠는 마치 사랑이란 의무이고, 정말 위험하며, 이런 위험을 동반한 열정이라는 것을 알게 된 사람같이 실제로 조건 없이, 거의 병적으로 나를 아꼈다. 한번은 그해 어머니의 날 이른 아침에 갑자기 우리 집 침실에 그녀가 나타났다. 남편이 수면제에 취한 잠에서 어렵사리 깨어나는 동안 나는 곧장 일어났다. 열린 창으로 쏟아지는 신선한 햇빛 속에서 다시금 그녀는 축일 복장을 하고 있었다. 목줄을 채운 채 비올라를 침대에 데리고 나타난 에메렌츠를 보고서, 우리는 놀랄 뿐이었다. 비올라의 머리에는 낡은, 둥글게 말아 올린 중절모가 씌어 있었는데, 중절모의 리본에는 신선하게 자른 장미가 꽂혀 있었으며, 목줄은 꽃을 둘러 장식했다. 이후 어머니의 날 새벽에는 항상 비올라와 함께 나타나서 비올라의 이름으로 찬가를 부르며 축하의 인사를 건넸다.

나를 사랑하시고, 양식을 주시며,

부드러운 잠자리를 펴주시는 그 자애심에 감사하고,

선생님과 부모님의 가르침에 감사하오니,

주여 저 들판에 풍년이 들게 하소서

1905년의 러시아혁명 이후 몇 년 뒤 그리고 제1차 세계대전이 발발하기 몇 년 전, 그녀가 초등학교 3학년 즈음 학교의 축하행사에서 선생님에게 암송했을 법한 이 시가 에메렌츠의 변치 않는 그 목소리로 해마다 우리 침대 옆에서 울려 퍼졌다. 도대체 그 작은 모자를 어디서 구했는지는 신만이 알 수 있을 뿐, 비올라는 항상 모자를 벗겨내려 했으나 물론 그녀가 허락지 않았다. 에메렌츠는 매해 이 시에 의식의 마지막을 장식하는 첨언을 잊지 않았다. "소년인 나는 모든 것에 감사드리며, 내 모자에 꽂힌 장미를 주인마님께 드리네."

매년 어머니의 날에 그 모자에는 실제로 장미가 장식되어 있었다. 그 이후 둥글게 말아 올린 검은 중절모를 볼 때마다 그들 둘에 대한 기억이 항상 떠오른다. 축일 복장을 한 에메렌츠와 목에 화환을 두르고서 귀는 모자 챙 아래에 납작하게 펴져 있는 비올라. 향기로운 이른 아침이었지만, 푸른 수염을 가진 공작의 성에서는 아침저녁이 바뀌어갔다(프랑스 동화를 모티브로 삼은 버르토크 벨러의 오페라 〈푸른 수염 공작의 성〉을 말한다 ─ 옮긴이). 그녀의 것인 매일 새벽의 빛과 정원의 풀 이슬이 증발하듯, 에메렌츠도 머잖아 이 공간에서 영원한 시간을 맞을 것이다.

남편은 이 의식을 어찌나 짜증스럽게 여겼는지, 어머니의 날 전날 밤에는 대개 잠도 들지 않고 안락의자에서 잠옷 가운을 걸친 채 졸거나 어머니의 방으로 들어가서 문을 닫아버렸다. 옷도 갖춰 입지 않고 침대에서 새벽의 방문객을 맞는다는 것을 그는 견딜 수 없었던 것이다. 에메렌츠가 그렇게나 독특한 방식으로 나에게 베푼 호의도 남편에게는 실제로 못마땅한 것이었으리라.

왜냐면 에메렌츠가 좋아했던 방법은 평범한 그 어떤 것이 아닌, 그녀에게 있었다고 한들 한 번도 손에 쥐어보지 않은 성경에서 읽어본 것처럼, 또는 초등학교 3학년을 마친 시기에 사도들 곁으로 이끌린 사람처럼 호의를 베푸는 것이었기 때문이다. 에메렌츠는 바오로의 서간을 알지 못했으나 이를 실천했다. 내 삶의 아치를 지탱하던 부모님, 남편, 그리고 수양형제인 어건초시, 이 4인의 기둥 외에 누군가 조건 없이, 아낌없이 나를 사랑할 수 있는 사람이 있었다면 그녀 말고 다른 누군가를 생각할 수 없다. 그녀의 감정은, 자신의 감정계의 미로들 속에서 그렇게나 생채기 난 감성으로 배회했던 비올라를 연상시켰으며, 그렇기에 비올라는 나의 것이 아니라 그녀의 것이었다. 혹시나 내게 어떤 일이 필요하다는 생각이 들면, 그녀는 어디서 일을 하든지 갑자기 내려놓고는, 내게 어떤 것도 필요한 게 없다는 것을 확인하고서야 안심을 했고, 다시 일을 하러 달려갔다. 저녁마다 정기적으로, 그녀가 아는 한 내가 즐겨 먹는 음식을 차렸으며, 이뿐만 아니라 예고도 없이 과분하고 이유 없는 선물들을 가져오기도 했다.

한번은 우리 구역에 대청소가 있었는데, 거리 곳곳을 다니며 흥미롭고 비범한 온갖 물건들을 거두고는 잘 닦아서 제대로 갖춘 후 우리 집에 들여놓기도 했다. 나중에서야 그 가치를 인정받은 물건들을 그녀가 분명 하나하나 손으로 주워 모았을 때는 아직 향수 어린 물건들에 대한 유행이 일어나기 전이었다. 어느 날 아침 나는 테두리가 온전하지 않지만, 한참이 지나 소장 가치를 인정받은 그림 한 점과 번쩍이는 장화 한 쪽, 나뭇가지들을 붙들고 있는 박제된 매, 왕관이 장식된 공작의 물끓이개, 그리고 옛날 여배우의 화장품 박스를 서재에서 발견했다. 기실 그 박스의 짙은 향기로 그날 우리는 잠을 깬 것이었다. 위태로운 하루의 시작이었다. 비올라는 울부짖고 있었다. 분명 에메렌츠와 함께 수거 길을 나섰을 터이고, 그 모든 것에 쿵쿵거리고 냄새를 맡았을 것이다. 그녀가 집에 도착해서 그것들을 닦고, 뜻밖의 선물들이라고 여긴 컬렉션을 각각의 위치에 두는 동안 방해받지 않으려고 비올라는 어머니의 방에 갇혀 있었다. 그 컬렉션에는 작은 흠집이 난 황색의 강아지 조각상과 함께 정원에 두는 난쟁이도 포함되어 있었다. 실제로 그날 아침 비올라의 불안한 징후들 때문에 우리는 침실에서 나오게 되었는데, 내가 아니라 남편이 먼저 나가본 것이 상황을 폭발시켰다. 침실로 들어오고자 밖에서 비올라는 짖어댔고, 선물하는 사람의 사려 깊은 마음을 잘 배운 에메렌츠는 눈에 띄지 않게 그 보물들을 바닥에 놓아두었다. 남편은 침실에서 나가자 격노했다. 방바닥에서부터 천장까지 이어지는 그의 책꽂이에 꽂힌 영국 고전문학 전집들 바로 앞, 거기 카펫에 난쟁이가 장화 등의 잡화와 함께 능글맞게 웃고 있었다. 에메렌츠는《율리시스》를 책꽂이 안으로 밀어 넣고, 그 앞에 왕관이 장식된 물끓이개를 놓아두었다. 조화가 꽂혀 있었으며, 저기 위 벽

난로에는 벌써 매도 한 마리 앉아 있었다.

 목소리가 바뀐 남편의 음성을 듣자, 나는 침실 안으로 급히 뒷걸음질쳤다. 살면서 남편이 그런 고성으로 외치는 것은 들어보지 못했으며, 평온함과 더불어 그렇게 격정적인 화가 그에게 내재해 있는지도 알지 못했다. 그는 왜 자신의 집에서 마음대로 잠도 잘 수 없는지에 대해서도 불만이었고, 게다가 저기 카펫에 난쟁이가, 그 옆에는 독수리 날개 형상의 박차가 달린 기병의 단짝 군화 하나가 불경하게 있는 이런 일이 생긴다면, 인간의 삶에 대한 철학적 영역의 논쟁이 무슨 의미가 있는지에 대해서도 불만을 터뜨렸다. 화가 나서 그가 다룬 주제들도 들쑥날쑥했다. 공포스런 아침이었고, 나는 어떻게 해야 할지도 몰랐다. 부질없었으나, 에메렌츠는 자신의 마음이 끌리는 바에 따라 스스로를 표현했을 뿐이라고, 애써 남편에게 설명했다. 남편이 보고 있는 모든 것은 그녀가 사랑을 느끼게 해주려고 한 것이니 그렇게 생각해보라고, 에메렌츠는 극단의 감정을 이렇게 이상하게 보여주는 것일 뿐, 단지 자신이 선택한 것들을 스스로의 렌즈에 맞춘 것이라고 말했다. 그리고 이런저런 주제들로 건너뛰지 말고, 나중에 내가 모든 것을 정리할 테니 제발 듣기에도 공포스러운 소리는 말아달라고 청했다.

 남편은 집에서 뛰쳐나갔다. 실제로 나는 이렇게나 남편이 당혹해하고 황망해하는 것을 본 적이 없었기에 불쌍하게 여겨지기도 했다. 그때 에메렌츠는 밖에서 거리를 쓸고 있었는데, 남편에게 인사를 건넸으나 남편은 이를 외면한 채 황급히 달려 나갈 뿐이었다. 정중한 인사를 어떻게 하는지 알 수 있을 나이인데도 그러지 않으면 나중에라도 개선되어야 함을 가르치듯, 그녀는 마치 교육을 제대로 받지 못한 소년에게 하는 양 자신에게 그런 미소를 지었다고 후에 남편은 당황스러운 웃음을 지으며 말했다. 에메렌츠는 나와 남편의 관계를 그녀가 이해하지 못하는 비밀스러운 관계로 여기곤 했다. 이미 이렇게 형성된 관계에 대해 복잡하게 할 필요가 없다는 듯이 그녀는 그냥 받아들였다. 그녀가 문을 열지 않는 것을 내가 수용한 것처럼. "만약 주인님이 그렇다면, 어떻게 하겠어요. 제정신인 남자는 없는 법이지요."

반면 처음에는 눈치를 채지도 못했지만 그녀가 남편에게 주고자 했던 것은 선물들 중에서 단 하나였다. 그것은 쌓아올린 잡동사니들 중 눈에 띄는, 가죽으로 묶은 정말 아름다운 토르콰토 타소(16세기 이탈리아의 시인 — 옮긴이)의 책이었다. 나는 재빨리 다른 책들 뒤로 이 책을 숨겼다. 하지만 다른 선물들, 우선 예를 들면 뾰족한 모자 끝에 술이 달려 있던, 녹색 앞치마를 두르고 등도 달린 그 난쟁이는 어떻게 해야 할지 몰랐다. 나는 우리 집 부엌을 매우 특징적으로 꾸민 데다, 거기에는 증조할머니로부터 물려받은 물건들과 밀가루 뒤주, 나사 모양의 파스타를 만드는 기구, 순대 채우는 기구, 천칭 저울과 오래된 무게 추들, 게다가 당시 주방 용품들만 제조한 푸조라는 회사에서 생산되어 머잖아 산업 기념물로 여겨질 만한 커피 그라인더 등, 말 그대로 모든 것이 있었다. 난쟁이는 싱크대 아래의 빈 공간에 넣어둘 수 있었고, 공작의 물끓이개는 갖고 나와서 집 안을 청소할 때 세제를 풀어놓는 물통으로 쓰기에 좋았으며, 여배우의 화장품 박스는 내가 쓰는 액세서리들로 채웠다.

그림과 기병의 부츠, 그리고 매가 해결해야 할 문제로 남았다. 매는 비올라에게 맡겼다. 어머니의 방에서 비올라를 내보냈을 때 알게 된 바, 기대에 헛되지 않게 비올라는 매를 갈기갈기 찢어 몇 분 만에 잔해만 남겼다. 그 안의 해부 약품들이 비올라에게 해가 되지 않기를 바랐는데, 이미 독성물질이 그 새를 거의 보호할 수 없을 정도로 오래된 것으로 보였다. 깃털의 절반은 떨어져 내렸고 설치류가 군데군데 물어뜯은 것 같았으며 나무로 된 받침대도 바로 떨어졌다. 검은 파도가 치는 대양의 해변에서 물거품을 노려보는, 광분한 젊은 여성이 있는 캔버스의 그림은 액자에서 빼냈다. 그녀 뒤로 저택과 삼나무 가로수가 경사진 길 아래로 뻗어 있는 그림이었다. 부엌문 안쪽의 울퉁불퉁한 유리 창틀에 그림을 고정시켰고, 현관 벽 쪽으로는 부츠를 세워두었다. 에메렌츠가 아주 멋있게 닦아두었던 그 부츠는 우리 집에 우산함이 없으니 그것으로 적합하다고 생각했다. 부엌문에는 미친 여자, 기념물인 커피 그라인더, 수백만 개의 잡동사니가 놓여 있었고, 싱크대 아래 난쟁이 옆에는 다음과 같은 문구가 큰 글씨로 적힌 유지$_{油脂}$통이 놓여 있었다. '남편을 사랑하는 여성은 돼지기름으로 요리한다.' 이는 언젠가 할머니께서 부엌에 새긴 것이었다. 우리 집에 오는 사람들의 반응은 이 모든 것에 대한 효과로 인해 놀라고 당황하여 몸이 굳거나, 배꼽이 빠질 정도로 웃는 딱 두 가지로 나뉘었다. 부엌의 벽이 여느 집 같지 않아서 더욱 그랬는데, 채색된 벽을 벽지 대신 밀랍을 바른 아마포가 보충했으며, 거기에 다람쥐, 거위, 그리고 수탉들이 그려져 있었기 때문이었다. 상당히 많은 예술가들이 우리 집을 다녀갔다. 약간 정신이 이상한 이 공간이 그들의 눈에는 익숙한 세계였다.
  상상력이 부재한 일반적인 지인들에 대해서는 접어두고, 내가 부엌과 현관을 정신병동으로 꾸민 것에 대해 에메렌츠만큼은 참지 못할 것이라는 게 논리적으로 합당했다. 나는 그러한 그녀의 저항에 대해 마음을 단단히 먹고 있었으나, 그녀는 이런 독특한 사설 연극 무대의 장식들 사이에서 움직일 수 있다는 것에 대해 처음부터 기뻐했다. 이상한 잡동사니들에 대한 그녀의 감정은 호프만(독일 낭만주의 시대의 예술가—옮긴이)풍의 그것이었으며, 에메렌츠는 평범하지 않은 모든 것을 좋아했다. 에메렌츠의 청으로 어머니의 유품들 중 옛날 옷걸이 마네킹을 건넸는데, 그녀는 소중한 유물처럼 의기양양하게 그것을 자신의 집으로 가져갔고, 이는 그녀 삶에서 하나의 큰 이벤트이기도 했다. 그 비밀스러운 문을 열지 않을 거라면, 왜 집에다 불가해한 목적으로 잡다한 물건들을 모아두는지에 대해 어떠한 해석의 희망도 없이 나는 골머리를 앓았다. 도대체 이런 것들을 어디에 사용하는지 물어본 바 있었으나, 그녀가 대꾸도 없이 그것들을 애지중지하는 것에 현기증까지 났었다.
  또다시 한참이 지난 후 내 삶의 가장 비현실적인 순간들 중 한때인, 망자가 된 에메렌츠의 삶의 흔적들을 훑어보고 있었을 때, 얼굴 없이 아름다운 신체 형태로 만들어진 어머니의 그 옷걸이 마네킹을 정원의 풀밭에서 보았다. 휘발유를 뿌려서 불태우기 전에, 나는 거기에서 세속을 가르는 에메렌츠의 성스러운 벽화를 보게 되었다. 그로스만 가족, 남편, 비올라, 총경, 조카, 빵집주인과 변호사의 아들, 그리고 반짝이는 금발에 머리 장식을 한 채 하녀 복장을 입고 팔에는 태어난 지 몇 달 되지 않은 아이를 안고 있던 그녀, 젊은 에메렌츠. 우리들 모두의 사진이 옷걸이 마네킹의 가슴에 핀으로 고정되어 있었다.

❋

　독특한 물건에 대한 에메렌츠의 애호는 새로운 것이 아니었으나, 자신을 위해서가 아니라 이제는 나에게 그러한 것들을 수집해준다는 것에 그날 아침 놀랐던 것이다. 감히 그녀의 마음을 아프게 할 수도, 그것을 원치도 않았으나 귀가 부러진 강아지 조각상은 끝내 어떻게 해야 할지 몰랐다. 그것은 절망적인 모습이었고, 세상과 불화한 아마추어의 실수였다. 남편이 발견하면 쓰레기통으로 곧장 들어갈 것이라는 것을 알고 있었기에, 그 강아지는 손절구 뒤로 밀어두었다. 어쨌든 그 강아지만큼은 나의 인내를 벗어났다.
　에메렌츠가 나타났을 때 나는 이미 일을 하고자 홀로 타자기 옆에 앉아 있었다.
　"많은 사냥감들이 내던져진 걸 보았지요?" 그녀는 물었다. "다른 사람들에게 남겨진 게 없을 정도로 모두 가져왔어요. 기쁘지요?"
　어떻게 기쁠 수가 있을까. 이렇게 조화로운 아침은 아주 드물었다. 나는 대답하지 않았고, 계속 타자기를 쳤다. 이해할 수 없는 문장의 싹들이 화가 난 내 손가락을 따라 터져 나왔다. 에메렌츠는 차례로 방들을 다녔고, 내가 무엇을 어디에 두었는지 찾아보았다. 작은 난쟁이와 그림을 부엌에 둔 것에 대해 이런 진귀한 것들을 왜 숨겨두는지 한소리 했다. 찢어놓은 매 때문에 그녀는 비올라의 머리를 한 대 쥐어박았는데, 불쌍한 비올라는 그의 코 아래로 유혹하는 사체를 둔 나를 탓할 수도 없었다. 반면 에메렌츠는 그 멋지고 작은 강아지를 내가 어디 두었는지에 지대한 관심이 있었기에 비교적 쉽게 그 순간은 벗어날 수 있었다. 볼 만한 것이 아니어서 남편 눈에 보이지 않는 곳에 두었다고 하자, 그녀는 화가 나서 책상의 반대편에 서더니 내 얼굴을 향해 소리쳤다.

"어쩌면, 이 정도도 당신 마음대로 할 수 없는 그런 노예가 되었어요? 주인님이 이 동물을 좋아하지 않아서 이 조각상도 놔둘 수 없다니, 비올라도 필요 없는 건가요? 저기 작은 서랍장 위에 있는 낡은 조개보다 얼마나 더 예쁜데, 저 조개에 초청장과 명함을 쌓아두는 게 부끄럽지 않으세요? 강아지는 안 되고 조개는 된다는 거예요? 언젠가 깨뜨려버릴 테니까 내 눈 앞에서 치우세요. 손을 대는 것도 싫네요!"

그것은 키시메슈테르 가에 있던 집이 분배된 후 리클 마리어(작가의 외증조할머니 — 옮긴이)의 캐비닛 장식이 어머니한테로 오게 된 것이었다. 그녀는 산호로 받쳐놓은 그 자연산 조개를 집더니 명함과 초청장이 있는 채로 혐오스럽게 부엌으로 가져갔다. 그러고는 그것을 거친 밀가루와 가루설탕 옆에 두고는, 그 자리에 귀가 부서진 강아지를 앉혔다. 이것은 정도가 지나친 일이었다. 에메렌츠가 내 삶의 무대와 사건들 사이에 등장하는 것은 감당할 수 있으나, 그녀가 나 대신 내 환경을 바꿀 수는 없는 것이다.

"에메렌츠", 평상시와 다른 진중한 목소리로 그녀를 불렀다. "그 작은 조각을 다시 거리에 놔두든지, 아니면 버리기에 아깝다고 생각한다면 내가 놓아두었던 곳에 두고 눈에 안 띄게 해주세요. 예술품이 아니라 시장에서 파는 물건인 데다 깨지고, 취향에 맞지 않아서 집에 둘 수도 없어요. 남편이 참을 수 없어 하는 것뿐만 아니라 나에게도 필요가 없어요. 이것은 작품이 아니에요. 폐품이에요."

파랗게 번쩍이는 그녀의 시선이 나를 향했다. 그 시선에는 흥미, 호감, 관심 대신 맨살의 증오가 먼저 보였다.

"폐품이라니 무슨 말이죠?" 그녀가 물었다. "무슨 뜻인가요? 설명해주세요."

그 죄 없는, 하지만 불균형하게 만들어진 몸을 가진 시장의 강아지 조각에게 무슨 죄가 있는지, 그녀에게 이것을 어떻게 설명해야 하는지를 생각하니 머리가 아파왔다. 그것이 폐품인 것은, 진짜가 아니며 표면적이고 단순한 기쁨을 위해 사람들이 만들어낸 것이어서다. 그건 가짜, 대용품으로 쓰이는 위조인 것이다.

"이 강아지는 가짜인가요?" 화를 내며 그녀가 물었다. "이 강아지가 사람들을 속이는 건가요? 이 강아지에게 모든 것이, 그러니까 귀가, 다리가, 꼬리가 없나요? 당신은 동으로 된 사자머리로 서류함을 장식했고 그것을 애지중지하지요. 당신들의 손님들도 모두 그것을 좋아하기에 손으로 툭툭 노크하듯 두드려보기도 해요, 바보처럼요. 그 사자에게는 목도, 그 어떤 것도 없고 단지 머리만 있는데도 많은 손님들은 당신들의 서류가 보관된 그 서류함을 만져보지요. 몸통이 없는 사자는 가짜가 아니고, 있을 것은 다 있는 그 강아지가 가짜인가요? 여기서 나에게 이랬다저랬다 무슨 거짓말을 하는 거예요! 나에게 받을 만한 것은 아무것도 없다고 찬찬히 말씀해보세요, 그러면 되잖아요. 귀 끝에 홈이 있는 건 문제도 아니에요. 그 유리조각 아래에 아테네의 당신 친구가 어떤 섬에서 발굴한 무슨 단지 조각을 끼워 넣으면 되니까요. 검고 더러운 그 단지 조각도 '온전한 것'이라고 말할 수 있겠어요? 최소한 자신에게는 거짓말을 하지 말고, 주인님이 두렵다고 말씀하세요. 저는 이해해요. 단지 당신의 비겁함을 뭔가 다른 것, 폐품이라고 말하는 것으로 드러내 보이려는 시도는 하지 말아요."

진실이 무엇인지 거의 정확하게 꿰뚫었다는 것이 놀랄 만했다. 나 또한 그 강아지 상을 불쾌하게 느꼈으나 손절구 뒤로 밀어둔 실제적인 이유는 그보다 그녀가 말한 그것이었다. 나는 남편을 두려워했던 것이다. 크레타섬에 있는 이라클리오 박물관의 전체 전시물들도 다시금 남편에게 악몽 같은 순간들을 잊게 할 수는 없는 것이기에, 나는 어쭙잖은 미술 평론가처럼 허튼 이야기들만 늘어놓은 것이다. 에메렌츠의 빈정대는 듯한 침묵이 이어졌다. 그녀는 항상 가지고 다니던 장바구니 밑으로 그 강아지를 눕히고는 떠났다. 나가면서 현관 벽 옆 그늘진 곳에 세워둔 군화를 발견하고 그것을 뒤흔들더니 그 안의 우산들을 내 앞으로 내동댕이쳤다. 얼굴이 핏빛으로 붉어질 정도로 화를 내며 나에게 소리쳤다.

"당신 제정신이에요? 제정신을 가진 사람이 군화에 우산을 두다니, 무슨 생각을 하는 거예요! 내가 우산통으로 쓰라고 이것을 가져왔나요? 무엇이 어디에 어울리고, 어디에 쓰이는지도 모르는 나를 당신은 얼마나 바보로 생각했겠어요?"

그녀는 도구함으로 사용하던 현관 서랍을 열어젖히더니 드라이

버 하나를 손에 쥐고 군화에 어떤 작업을 하기 시작했다. 나를 등지고 빛을 마주보며 쉼 없이 저주를 퍼부었는데, 어릴 적에도 험한 말을 듣지 않았던 나에게는 특이한 경험이었다. 내 부모님께서는 조금 더 고단수의 방법으로 벌을 주셨는데, 말이 아닌 침묵으로 상처를 주었다. 누군가가 나를 말을 붙일 만한, 물어보거나 설명할 만한 존재로 평가하지 않을 때, 그것은 나에게 더욱 큰 정신적인 충격으로 다가왔다. 에메렌츠는 눈에 보일 정도로, 자신이 군화를 가져가겠다는 의도로써 그것을 겨드랑이에 꼈고, 떼어낸 박차를 내 앞으로 내던졌다.

"왜냐면 당신은 장님에다 바보이고 비겁하기까지 해요. 그 때문이에요." 그녀는 하나하나 열거했다. "내가 당신의 어떤 점을 좋아하는지 신만은 그것을 알고 계시지만, 그와는 별개로 당신은 그럴 만하지 않군요. 아마 나중에 나이가 들면 당신 자신의 취향도, 용기도 생길 날이 있을 거예요."

그녀는 가버렸고, 박차가 책상에 남겨져 있었다. 나는 그것을 집어 들었다. 남편이 그 어느 순간에도 올 수 있었기에 다시 흥분하거나 그녀와 논쟁하고 싶지 않았다. 붉은 볏 같은 박차의 중앙부가 크게 반짝였다. 누군가가 가넷을 조각하여 만든, 검게 산화되어 있던 예술작품을 손에 들고 나는 놀라서 망연자실한 채 서 있었다. 집으로 가져오기 전에 그것을 깨끗하게 닦았을 에메렌츠는, 밖에서 본 그것이 무엇인지 물론 알고 있었다. 우리에게 준 이유는 분명 반쪽짜리 군화가 아니라 닦는 와중에 발견한, 은으로 된 박차의 중간에 있던 보석 때문일 것이었다. 보석 세공을 하는 사람이 그것을 분리하면 장신구를 만들 수도 있을, 흠 없고 멋진 것이었다.

붉게 빛나는 가넷을 마주 보며, 다시 한 번 나 자신이 부끄러워짐을 느낄 뿐이었다. 에메렌츠의 뒤를 쫓아갈까 하다가 비이성적인 수단으로, 규율 없이 드러나는 그녀의 고착된 성향을 바로잡아놔야 한다는 생각이 나를 붙들었다. 그리고 지금은 알고 있지만 그때에는 알지 못했다. 애정은 온화하고 규정된 틀에 맞게, 또한 분명한 말로 표현할 수 있는 것이 아니며, 누구를 대신해서도 그 애정의 형태를 내가 정의할 수 없다는 것을 말이다.

남편은 신문을 한 무더기 갖고 왔다. 나가서 화를 가라앉혔고, 집 안은 이미 조용했다. 흠을 잡은 물건들이 사라졌는지 그는 조심스럽게 집 안 모든 곳을 살펴보았다. 부엌은 여전히 기절할 정도라고 했지만, 그때는 벌써 그도 상당히 마음이 누그러져 있었다. 그렇지 않아도 여기로 이사 온 이후 늘 그랬던 이 공간을 이 장식들이 망가뜨리거나 개선시키지 않는다는 것을 남편은 알고 있었다. 마치 조부모님의 사업장에서처럼 박제된 고래가 천장에 달려 있다면, 나의 장난스러운 성향은 지금까지도 거기에 불가해한 모든 물건들을 모으고 있을 것이다. 미친 듯한 시선을 던지는 그림 속 그녀와 공작의 물끓이개로 인해, 치료사들의 박물관 같은 부엌과 식사공간이 이제 최대한 확장된 셈이었다. 다행히도 싱크대 아래에서 돌출한 부분이 그늘져 있었기에, 남편은 그곳에 있는 난쟁이를 보지 못했다. 마침내 우리 집이 고요해진 것이다. 다시금 큰 태풍에 직면해 있으며 이 고요는 간사하다는 사실을 나는 알지 못한 채 이를 즐기고 있었다. 반면, 비올라의 풀죽은 머리와 완전히 힘이 빠진 품새는 무언가가 준비되고 있다고 나에게 충고라도 하는 듯했다.

 정오에 알게 된 바, 내가 비올라를 데려갔을 때 에메렌츠는 산책 시키는 것을 거부했는데, 내게 벌을 주려 한다는 것이 분명했다. '좋아, 그러면 산책은 내가 시키지.' 비올라는 마치 악마와도 같이 행동했기에 손목이 거의 끊어질 듯했다. 이날따라 경찰들이 순찰차로 가로수 길을 다녔으며, 그들 때문에 잔디를 가로지를 수도 없었다. 인도에는 여전히 대청소로 인해 내놓은 잡동사니들의 흔적이 남아 있었다. 비올라는 그 모든 것에 대해 냄새를 맡고, 우아하게 명함을 돌리고자 했다. 갑자기 아주 멀리서부터 에메렌츠가 보였다. 그녀는 페인트칠을 한 작은 상자를 잡으려고 막 허리를 숙이고 있었는데, 나는 그녀로부터 등을 돌렸고 화를 내는 비올라를 끌고 집으로 돌아갔다.

 저녁에 그녀는 건너오지 않았다. 대신 자주는 아니지만, 정기적으로 그녀를 방문했던 그 조카가 손이 작고 앙증맞은 미용사 부인과 함께 나를 찾아왔다. 아주 오래전에 에메렌츠가 그들을 소개시키러 데리고 왔었기에 우리는 이미 구면이었다. "제가 고모의 조카예요", 친절하고 밝은 청년이었다. 그 역시 환한 얼굴로 에메렌츠의 제국에는 들어갈 수 없다고 말했으며, 이로 인해 기분이 상하지도 않는 듯했다. 에메렌츠는 왜 아이를 더 갖지 않는지 계속해서 그들에게 짓궂게 물어보면서도 이 젊은이들을 좋아했다. 에메렌츠의 불평에도 불구하고 사실 집을 장만하고 장기 해외여행을 위해 돈을 모으고 있었기에 새 아기가 그들의 삶에 들어설 여지는 없었다. 에메렌츠는 그들이 여행을 하거나 자동차를 교체할 때 항상 다소의 금전적인 지원을 했다. 그녀에게는 꽤 돈이 있었는데, 매달 무슨 수당 같은 것을 외국에서 송금받기도 했다. 한번은 누가 그녀를 지원하는지 물어보았지만, 나와는 아무런 상관이 없다는 대답만 들을 뿐이었다. 실제로 나와는 아무 관련이 없었다.

그녀의 조카는 이 대청소 날에 사뭇 진지했으나 가끔씩 웃기도 하면서 고모의 말을 옮겼다. 에메렌츠는 일을 그만두고자 하니 대신 다른 조력자를 찾으라고, 다음 달 첫날까지 남은 열흘간은 아직 일을 할 테니 후임자를 찾기 위해 자기가 돌볼 수 있는 시간으로는 이 정도면 충분할 것이라고 전했다.

충격적인 아침 드라마가 서로의 우정을 더 깊게 하지는 못했다며 남편은 어깨를 으쓱했다. 나는 그 전언이 심각할 수도 있으며, 우리 집에서 하루의 그 어떤 때든 에메렌츠를 더 이상 볼 수 없다는 것은 상상도 할 수 없는 일이라고 느꼈다. 내심 그녀는 올 것이라고 믿고 있었는데, 지금은 폐품에 관한 내 강의가 마음에 들지 않았던지 발끈하는 것으로 생각했다. 나 때문이 아니라 비올라 때문에라도 그녀는 분명 계속해서 일을 하러 올 것이다. 하지만 그 조카는 낙관주의자가 아니었다.

"고모의 말씀을 가볍게 생각지 말아주셨으면 해요. 그분은 절대 농담을 하는 분이 아니에요. 무슨 말을 꺼내면 되돌리는 법이 없으세요. 다시는 오지 않겠다고 지금 결정하셨는데, 무슨 일이 있었는지 구체적으로 말씀하진 않으셨어요. 저는 이미 오래전에 고모를 이해하는 것을 포기한 데다, 제가 그분께 어떤 영향을 미친다는 것도 불가능해요. 고모는 지금 세상에 대해서는 한마디도 이해하지 못하고, 흔한 조치에도 오해를 하세요. 제가 토지개혁의 중요성에 대해 설명을 드리려 했을 때, 고모는 제 뺨을 때리면서 자신은 빼앗긴 것도 없고 어떤 변화도 없었다며, 1945년에 무슨 일이 일어났는지 관심도 없다고 하셨죠. 고모를 절대 납득시키려고 하지 마세요. 인민교화원들이 거의 미쳐버릴 지경이었는데요, 평화채권 구입에 한 푼도 서명하지 않은 유일한 분이셨어요. 총경님이 그 시절에 어떻게 고모를 보호하셨는지 생각도 하기 싫네요. 오늘 여기로 저를 보내면서도 고모의 메시지를 전달한 뒤 한동안은 저도 보기 싫다며 나타나지 말라고 하셨어요."

"우리가 그녀에게 애원하는 일은 없을 거예요." 남편이 말했다. "그녀는 자유로운 국민이죠. 반면 내 집에서 취향에도 맞지 않는 잡동사니들로 법석을 떠는 것을 허용하지 않아서, 내가 그녀의 마음에 상처를 줬네요."

그 조카는 잠시 생각에 잠기더니 말을 꺼냈다.

"박사님, 고모의 취향에는 아무런 문제가 없어요." 그는 남편을 쳐다보았다. "저는 이미 알고 계신 줄 알고 있었어요. 문제는, 고모가 어른에게는 절대 무엇인가를 가져다주지 않기에, 두 분께 줄 선물을 찾을 때는 항상 두 명의 아이들에게 주려는 것들을 선택했다는 거예요."

지난번에 식탁을 차렸을 때 그녀가 차린 음식과 그릇에 담는 방식이 생각났다. 에메렌츠의 취향은 사실 전혀 문제가 없었다. 하지만 그녀는 실제로 나 또는 남편과 관련된 것을 아이의 취향에 따라 선택했으며, 그것도 이와 뭔가 관련이 있을 만했다. 박차가 보석이라서 그녀의 눈에 띈 것이 아니라, 아직 어린 소년에게는 그 멋진 장화가 어울릴 거라고 그녀가 생각했을 수도 있을 것이다. 그리고 내가 비올라를 집에 데려왔으니 분명 강아지 석고상에 기뻐하리라고 생각했을 수도 있을 것이다.

또한 그 조카는 에메렌츠가 유언을 작성하고자 한다는 언질을 주었다. 지금 이 일은 분명 그 총경이 맡고 있을 것이고, 오늘 이후로 그녀는 이와 관련한 그 어떤 것에 대해서도 우리에게 도움을 청하지 않을 것이며, 그 자신은 유언의 관련자이기에 도울 수 없을 것이라고 했다. 에메렌츠는 재산을 그들 부부에게 남길 것이라고 했다. 그녀는 집을 무료로 제공받았고, 삶에 필요한 안팎의 옷가지들과 가구들 또한 언젠가 누군가가 제공해준 것이다. 땔감은 가로수나 숲에서 추슬러 해결했다. 음식에만 지출이 있었으므로 그들에게 남길 재산이 적지는 않을 것이라고 했다. 집에 기르던 고양이가 그녀의 가구들을 망가뜨렸을 법하지만, 그들 부부에게는 잘 꾸민 가구들이 있어서 중요하지 않은 반면, 돈은 그들이 집을 짓고자 하므로 필요하다고 했다. 고모처럼 마음 좋고 정직한 사람은 이 세상에 드물기에, 그녀가 아직 천년 동안은 살았으면 하고 진심으로 바라지만, 지금 자신이 방문한 것에서도 알 수 있듯이 그녀가 예측 불가능하고 성미가 급한 것도 사실이라고 했다.

조카는 고모가 세상에 태어난 이후 병을 앓았던 적은 없으며, 젊은 사람 다섯 명을 합친 것보다 더 많은 일을 하는 것처럼 그녀 삶에서 몸이 허약해질 수조차도 없었다고 했다. 하지만 만약 그녀가 아프거나 도움이 필요할 때는 전화를 걸어 알려달라고, 조카는 떠나면서 부탁했다. 어떤 상황이 되든 우리가 에메렌츠를 꺼리지 않으면 좋겠다고, 고모는 좋은 분이라고 했다.

남편이 에메렌츠를 칭찬하지는 않았더라도, 꺼려한다는 것은 말도 안 되었다. 그는 조금 부족한 만족감을 느꼈을 뿐이다. 반면 나는 걱정이 되었다. 우리는 집에 완벽한 질서가 잡혀 있는 것에 익숙했다. 우리 둘이, 주로 나였지만, 자신의 분야에서 일을 할 수 있는 데는 항상 모든 것을 처리하는 누군가가 있다는 생각이 그 기저에 있었다. 우선 생활에서 형성된 질서가 무너지고, 어쩌면 몇 주 동안 글쓰기를 할 수 없다거나 또는 집안일을 해결할 수 없을 것이라는 점이 아쉬운 게 아니었다. 에메렌츠가 정말 우리를, 몇 가지 조건을 붙인다면, 남편도 좋아했다는 것을 내가 알고 있다는 점이 마음 아팠다. 우리가 그녀 헌법의 어떤 엄격한 법 조항을 어겼기에, 귀에 상처가 난 한낱 강아지 모형을 거두지 않았다고 그녀는 이렇게 벌을 주는 것일까?

비올라는 제정신이 아닌 듯했으나, 나중에는 어떠한 것도 쓸모없는 것임을 알고서는 우리에게 만족해야 했고, 그때부터는 독이라도 주입된 듯 누워 있기만 했다. 비올라는 그녀 조카의 몇 마디 말이 무슨 뜻인지 어떻게 알 수 있었을까? 그것은 또다시 비올라의 비밀 중 하나에 속하게 되었다. 남편은 상황을 분석하기 시작했다. 종국에는 여기에서 일어난 일을 받아들일 수 없다고 했다. 우리만의 취향에 따라 주위의 물건들을 두고자 하는 것에 에메렌츠는 나쁜 마음을 품을 수 없을 것인데, 그럼에도 이 때문에 그녀가 악의를 가진다면 그녀와 함께할 수 없다고 했다. 나는 이미 그 정도가 현실적인 감각이 아닐 만큼 피곤함을 느꼈다. 나를 방전시킬 만한 일이 일어나지도 않았기에 내게는 피곤할 이유도 그럴 권리도 없었는데 말이다. 평소처럼 냉장고에 점심식사도 들어 있었다. 글은 물론 한 줄도 쓰지 못했지만, 글쓰기가 잘 되거나 안 되거나 하는 것은 운수 좋은 날에도 은총을 입어야만 했다. 분명 그 사건들이 나의 기운을 뺏은 것이다. 청명한 마음은 사람을 생기 있게 하고, 그렇지 않으면 사람은 기운이 빠지는 법이다. 지금은 행복하지 않다. 물론 다른 사람의 도움을 구해야 할 것은 아니며, 그보다 더 단순한 이유에서였다. 이제 마침내 스스로 인정해야 했다. 에메렌츠만 나에게 일상적인 동정을 넘어서는 호의를 가졌던 것이 아니라 나 또한 에메렌츠를 좋아했던 것임을.

통찰력 있는 모든 이는 그녀에 대한 나의 지속적이며 한결같은 상냥함이 단지 친한 척만 하는 감정을 넘어선 것이라고 벌써 오래전에 눈치 챘을 것이다. 실제로 이 세상에서 이 정도로 나와 관련을 맺고 있는 사람은 한 손에 꼽을 수 있을 정도였다. 어머니께서 돌아가신 이후 내가 가까이 허락한 사람은 에메렌츠가 유일했는데, 귀에 상처가 난 강아지 조각 때문에 그녀를 잃은 지금에서야 이 생각이 들었다.

남편이 상황을 진정시키기 위해 그 모든 일을 했음에도 불구하고, 힘든 저녁이었다. 남편은 비올라를 데리고 산책을 나갔다. 이것이 그에게 고문이 되리라는 점을 나는 알고 있었다. 비올라는 남편을 성가시게 당겼고 고분고분하지 않았다. 남편과 다녀야 할 때는 항상 무례했다. 남편은 라디오 청취만을 즐겼으나, 내가 텔레비전을 볼 때 곁에 와서 함께했다. 그는 도움이 되고자 실로 그 모든 일을 행했다. 우리는 어느 누구도 에메렌츠에 대해 말을 꺼내지 않았고, 둘 다 그녀에 대해 침묵했다. 남편에게는 어떤 종류든 승리를 체감하는 것이 필요했다. 그것을 통해 그는 젊어졌고 강해졌으며 더 건강해지기도 했는데, 에메렌츠가 선전포고를 한 날이 그에게는 승리의 저녁이었다. 머리에 얹은 승리의 월계관을 내가 느낄 정도로, 그는 그렇게 앉아 있었다. 비올라는 잠을 자러 물러갔는데, 불러도 누구에게 인사도 없었고, 꼬리를 내린 것이 슬픔을, 큰 슬픔을 드러냈다. 우리는 베란다로 나가 앉았고, 비올라는 어머니의 방으로 빠르게 들어갔다. 거기에서 마치 상처를 입은 듯 쓰러지는 것이 눈에 보일 정도로 안쓰러웠다.

대청소 기간의 두 번째 날 저녁이었다. 이때는 항상 어두워진 거리에서 많은 사람들의 움직임이 있었고, 우리는 에메렌츠와 그 주변 사람들에게 무슨 문제는 없는지 베란다에서 살펴보곤 했다. 다른 때는 줄곧 에메렌츠의 지도하에 있던 근무조들이 웬일인지 그녀 없이 움직이고 있었다. 에메렌츠에게는 항상 방문객들, 친한 지인들, 그녀에게 후원을 받는 사람들이 있었는데, 그들 중에는 길 구석 가판대에서 과일과 야채를 팔던 슈투, 실험실 보조원의 미망인인 아델카, 등이 굽고 나이 든, 다림질을 하는 폴레트처럼 특별한 후원을 받는 인물들도 있었다. 에메렌츠에 따르면 폴레트는 언젠가 가정교사로 일했고 이후 여러 언어를 가르치며 좋은 날들을 보냈으나, 어쩌다 보니 길 변두리로 내쳐지게 되었다고 했다. 에메렌츠가 아는 바로는 군인들이 완전히 그녀의 집을 쓸어버렸으며, 전쟁

후에는 가정교사나 언어 특기자들이 필요치 않았고, 그녀가 입주했던 가족은 그녀에게 마지막 달 월급조차 지불하지 않고서 폴레트를 남겨둔 채 서구로 달아났다고 했다. 길에서 오다가다 사람들이 다림질을 맡겼기에 벌이가 전혀 없는 것은 아니었는데도 그녀는 항상 허기져 보였다. 나이 지긋한 이 부인에게는 당황스러운 운명이었을 것이다. 그녀는 정기적으로 커피를 마시러 에메렌츠의 집에 들렀고, 점점 풍부해졌던 에메렌츠의 어휘들을 보면 폴레트는 실제로 프랑스어를 구사할 줄 아는 것 같았다. 에메렌츠의 여러 능력들 중 하나는 한 번 들은 외국어 단어들을 잊어버리지 않고, 들었던 발음 그대로 사용할 줄 안다는 것이었다.

이날 저녁 슈투, 아델카와 폴레트만이 어둠 속에서 몸을 굽히고 다녔는데, 그녀들은 모두 대형 가방을 들고 있었다. 에메렌츠에게는 이때가 본격적인 사냥의 시간이었고, 항상 그 큰 혼란스러움 속에서도 그녀의 움직임은 나의 눈에 들어왔으나, 지금 에메렌츠는 그 어디에서도 모습이 보이지 않았다. 물건들 사이에서 몸을 굽히는 그녀의 모습은 마치 폐품들의 전쟁터에서 부상 입은 것들 중에 아직 살아 있는 것은 없는지 찾고 있는 이 세상의 카니자이 도로챠 (16세기 헝가리의 귀족 부인으로 가난한 사람과 특히 전사자를 주로 후원했다—옮긴이) 같았다.

이번에 이 문제를 해결한 것은 첫 번째 새벽의 충돌이 있었을 때 원시적이지만 효과적인 해결책이었던 비올라가 아니었다. 아마도 나는 처음으로 에메렌츠가 강력하게 발하는 힘을 느낀 것 같았다. 그녀는 우리 쪽으로 한 발짝 발을 떼지도 않고 무슨 레이더의 파장으로 비올라를 무력하게 마비시키는 것 같았다. 의지를 전달하는 데는 상당히 많은 방법이 있고, 이것이 가장 차별되는 그녀의 방법이었다. 비올라를 매우 좋아했던 에메렌츠는 그녀 자신으로부터 멀리하는 것으로써 비올라를 다시 찾고자 했다. 생활이 덜커덩거리는 것은 여전했고, 나는 도움을 청하러 여기저기 쫓아다녔다. 우리에게는 매우 적합하지 않은 안누시가 며칠 동안 우리 집에 나타났는데, 그녀의 주된 활동은 30분 일하고 나서 욕조에 몸을 담그고 비누로 장난을 치는 것이었다. 물에 대고 고함을 지르다가 나중에는 몸을 식힌다는 이유로 발가벗은 채 집 안 아래위를 돌아다녔다. 에메렌츠는 안누시에게도 마법을 걸어 우리 집으로 보낸 것이다. 나는 길에서도, 주변에서도 일부러 그 누구에게도 말을 하지 않았는데, 내가 여기 집에 혼자 있다는 것을 안누시는 도대체 어떻게 알았을까? 처리하지 못한 일들로 꽉 차 있을 때, 안누시는 대단한 추천서들을 갖고서는 느닷없이 나타난 것이었다. 나는 그녀와 어떻게든 지내보려 했으나 그녀의 우정출연은 일주일을 넘기지 못했다. 욕실의 장면들 때문이 아니라 그녀를 보면 으르렁거리는 비올라 때문이었다. 비올라는 청소기나 청소 용구를 가지러 가까이 가는 그 모든 이에게 그렇게나 으르렁거렸다.

  에메렌츠는 우리 앞에서 사라졌으나, 마치 대서사시의 등장인물처럼 우리 주변의 세상을 마비시켰고 묽은 대기 속으로 흩어졌다. 그녀는 우리의 일과를 알기에 우리가 언제 거리에 있을지 또는 있을 수 있는지를 짐작하여, 가능하다면 서로 만나지 않도록 시간을 조정했다. 그녀와 조우할 수조차 없었던 것이다. 내가 벌써 세 번째로 문학과 관련된 위임 업무를 시간 부족으로 반려해야만 했을 때, 남편은 엉망이 되어버린 저녁식사 후 그 어떤 연출된 음성이 아닌 목소리로 말했다. 흠집이 난 귀를 가진 그 강아지가 우리에게 너무 비싸게 먹힌다고, 그것이 화해의 몇 마디보다 더 가치 있을 수 있다고 말이다. 에메렌츠 없이는 꾸려나갈 수가 없었기에 부정할 이유가 없었다. 손님들이 오면 내릴 요량으로, 가장 좋은 곳에 그 작은 조각품을 세워둬야 했다. 아직 완성되지 않은 소설들이 있어서 이런 것에 매달려 있을 수는 없었다. 우리는 일을 할 수 없었고, 집안일들은 내 몫이었기에 나는 남편보다 상황이 더 좋지 않았다. 에메렌츠에게, 그녀가 언급한 요구에 두 손을 들어야 했다.

옴짝달싹 못하게 하는 마법이 여전했는지 비올라는 함께 가려 하지 않았으므로 그를 카노사(중세의 '카노사의 굴욕' 사건에 빗댄 표현—옮긴이)로 데려갈 수 없었다. 비올라는 몸을 일으키지도 않았다. 마치 내 속에 감히 에메렌츠에게 가고자 하는 그 정도의 용기가 있는지, 내 결정의 배경에는 무엇이 숨겨져 있는지, 우리는 어쨌든 창작의 평온함만을 확보하고자 하는 그 정도만은 아닌지, 또는 이렇게 에메렌츠를 찾는 것으로 그녀의 인간적 존엄에 대한 의무를 내가 각성하고 있는지에 대해 깊이 생각하는 사람처럼, 그런 인간의 시선으로 나를 바라볼 뿐이었다.

앞마당에서는 그녀를 볼 수 없었다. 요즘은 전혀 출입하지 않는 것 같았다. 우선 나는 쓸데없이 문에 노크를 하고, 집 옆으로 가서 큰 소리가 날 정도로 나무판으로 된 덧문을 두드렸다.

"에메렌츠, 나와 보세요. 우리 할 얘기가 있어요."

그녀가 이 순간을 회피할 것이라고 생각했으나, 바로 그때, 벌써 문이 열렸다. 심각한, 아니 그보다는 슬픈 모습으로 그녀가 문 앞에 섰다.

"미안하다는 말을 하러 왔나요?" 그 어떤 노기도 없이 물었다.

또다시 정도를 벗어난 말이었다. 절제된 경계 사이에 우리 둘이 머물 수 있도록 나는 매우 조심스럽게 단어를 선택해야만 했다.

"아니에요. 우리는 취향이 서로 다르지만 그게 중요한 건 아니에요. 상처를 주려 한 것도 아니에요. 만약 원한다면, 그 강아지 조각상은 우리 집의 그 자리에 계속 있을 거예요. 하지만 우리는 당신 없이 꾸려나갈 수 없어요. 다시 와주시겠어요?"

"그 강아지 조각상을 받아주시는 건가요?"

정치인이 내거는 조건처럼 그녀의 목소리는 확신에 차 있었다.

"그래요." 나는 대답했다.

"어디에 둘 건가요?"

"당신이 원하는 곳에요."

"주인님이 계시는 곳도 괜찮은가요?"

"당신이 원하는 곳이라고 얘기했어요."

우리는 함께 집으로 갔다. 비올라는 아직도, 여전히 아무런 반응이 없었다. 문 앞, 계단에 이르러 에메렌츠가 조용하게 비올라의 이름을 불렀을 때, 나는 현관문이 부서지기라도 하는 줄 알았다. 에메렌츠는 예의 바르게 저녁 인사를 건넸고, 마치 우리 집에 두 번째로 입대하는 사람처럼 남편에게 다시금 손을 내밀었다. 기뻐 날뛰는 비올라를 어루만진 후 그녀는 주위를 둘러보았다. 강아지 조각상은 부엌 식탁에 놓여 있었다. 에메렌츠가 한눈에 볼 수 있도록 우리는 부엌문을 미리 열어두었다. 에메렌츠는 즉시 알아보았다. 그녀는 우리와 조각상을 몇 차례나 번갈아 보았다. 특별한 때를 위해 아껴둔, 잊을 수 없는 미소가 그녀의 얼굴에서 밝고 환하게 빛났다. 그 강아지 조각을 잡고 닦더니 다시 한 번 쳐다보고는 땅에 내팽개쳤다. 누구도, 어떤 말 한마디도 하지 않았다. 이 순간에 어울리는 그 어떤 말도 있을 수 없었다. 에메렌츠는 마치 군주처럼 깨어진 석고상 조각들 사이에 서 있었다.

그리고 몇 년 동안 평온한 것 이상으로, 행복하게 우리는 오데사(흑해의 유명한 휴양지 ─ 옮긴이)에서 살았다.

폴레트

　남편과 에메렌츠는 서로를 잘 참아냈다. 처음에는 둘 모두 감정으로부터 해방될 것이라는 어떤 기대도 없이 나와 비올라에 대해 집착했으나, 나중에는 각자의 그 표현들을 서로 잘 이해할 수 있었기에 자신들이 놀랄 정도로 상대방에 대해 호의를 갖게 되기도 했다. 남편은 에메렌츠의 표현이 갖는 형식적 의미를 완전히 익혔으며, 에메렌츠는 그녀가 당최 이해할 수 없는, 빈둥거리기까지 하며 가끔씩 반나절 동안 입도 꿈쩍하지 않는 그런 존재를 자연스럽게 받아들이기 시작했다. 그도 그럴 것이 남편, 혹은 나는 정원의 가장자리에서 포플러 나무들을 바라보곤 했는데, 눈으로 보기에는 아무것도 하지 않았으나 일을 하고 있는 중이라고 이야기하곤 했기에 에메렌츠는 이해하기 어려웠을 것이다. 그럼에도 흠잡을 데 없이 우리는 이 생활에 만족했다고 나는 생각한다. 우리 집에 처음 다녀가는 다른 이는 부엌 곳곳을 뒤지는 에메렌츠에 대해 우리 할머니 혹은 나의 대모代母라고 생각했다. 나는 그것에 대해 별 말을 하지 않았다. 우리 관계의 특징을, 순수한 열정을, 그리고 에메렌츠가 남편이나 나의 어머니와 닮지는 않았으나 다시 태어난 우리 둘의 부모라는 것을 하나하나 설명하기는 불가능했기 때문이다. 에메렌츠는 우리에게 꼬치꼬치 캐묻는 적이 없었고, 우리 또한 그러지 않았다. 그녀는 자신이 보기에 합당하다고 여기는 것만 얘기했고, 과거는 어차피 별로 중요하지 않고 아이들의 미래에 대해서만 관여하는 진짜 어머니들처럼 실제로 말수가 적었다.

해가 지날수록 비올라는 진중해졌으며 재주도 늘어만 갔다. 손잡이로 문을 열 줄 알았고, 명령을 하면 신문도, 실내화도 가져올 줄 알았으며, 이제 명명축일과 생일에는 남편에게도 축하를 했다. 에메렌츠는 우리들의 길에서 조금 물러서 있었는데, 남편에게 가장 많은 개인적인 자유를 제공했으며, 그다음이 비올라였고 내가 마지막이었다. 그녀를 찾던 이들과의 모임에서 내가 자리를 함께할 필요가 있을 때면, 커피를 마시라며 나를 자주 불렀고, 주로 아델카가 그녀의 문제에 대해 나와 이야기하는 것을 즐겼다. 아델카는 누군가로부터 받은 충고가 적절한지에 대해 곧 서너 명의 다른 친구들과 논쟁을 즐기는 부인이었는데, 이럴 때는 에메렌츠가 그녀의 논리를 눌렀다. 슈투와 폴레트는 말이 많지 않았다. 특히 폴레트는 말수가 점점 줄더니 전혀 입을 열지 않다가 어느 날 갑자기 우리들의 삶에서 빠져나갔다.

슈투가 우리 집으로 급히 뛰어와서 폴레트가 자살했다는 소식을 전했다. 슈투는 중앙시장에서 항상 새벽에 물건을 구매했는데, 에메렌츠를 제외하고는 그녀가 가장 먼저 이른 아침에 길을 나서곤 했다. 이보다 더 적절하지 않은 때는 없다고 생각하며 나는 불편한 심정으로 문을 열었다. 그 소식은 나를 전율하게 했고, 나는 슬픔에 빠졌다. 에메렌츠의 커피 친구들은 그녀와 잘 어울렸고, 그때 나는 이미 폴레트를 잘 알고 있었던 바, 그녀의 죽음에 우리 모두의 역할이 있었음을 나는 느꼈다. 어쨌든 그녀가 어떤 준비를 하고 있었든지 무슨 징후가 있었을 텐데, 우리는 그것에 주목하지 않았던 것이다. 폴레트는 슈투에게 절대 하지 않을 말을 에메렌츠에게는 할 정도로 둘은 가장 가까웠고, 어제도 그들은 점심식사를 함께했었다. 그렇기에 슈투는 이 말을 에메렌츠에게 어떻게 전해야 할지 나에게 물어보며, 나더러 그녀에게 알리라고 했다. 자신은 그 불행한 현장을 발견한 당사자이니 그곳에서 경찰을 기다려야 한다고 했다. 어쨌든 이 경우에도 폴레트가 얼마나 주의 깊은 사람이었는지 알 수 있었다. 그녀는 자신이 사라졌다고 사람들이 찾는 헛수고를 하지 않도록 정원의 호두나무에 목을 매었으며, 사람들이 문을 부술 필요가 없도록 집 안에 들어가지도 않았다. 그녀가 머리를 앞으로 당긴 채 모자를 쓰고 있었던 점은 특이했는데, 분명 그 누구에게도 공포를 자아내지 않기를 의도했을 것이다. 하지만 동銅으로 둥글게 감싼 축하행사 모자가 목에까지 닿은 채 매달려 있는 것을 갑자기 보는 것은, 말할 필요도 없이 그 자체로 끔찍한 광경이었다. 아델카는 슈투가 이 비보에 상심했으나, 가게를 몇 시간씩 비워둘 수 없으니 급히 가야 한다는 것을 이미 알고 있었다. 에메렌츠가 적절한 시간 내에 이를 접하지 못하면 무슨 일이 일어날지 알고 있었기에 나는 그녀에게 서둘러 가야 했다. 그녀는 영원한 마음의 상처를 입을 것이며, 또한 화가 나면 무시무시하다는 것은 이미 아는 바였다.

에메렌츠에게 새로운 것을, 새로운 소식을 전하다니! 그녀는 모든 것을 알고 있었다.

내가 건너갔을 때, 그녀는 콩 껍질을 벗기고 있었다. 나를 보고서는 다시금 접시를 향해 명경같이 맑은, 냉정할 만큼 차분한 얼굴을 돌렸다. 여느 때보다 조금은 더 창백해 보였는데, 젊었을 시절에도 홍조 띤 얼굴은 가능하지 않았으리라는 생각이 들었다. 나는 예정 없이 폴레트 때문에 온 것이었는데, 그녀의 말투는 비올라가 다시 산책을 하러 갔는지 아닌지에만 관심이 있는 것 같았다. 새벽에 비올라가 짖었을 때, 그녀는 그 소리에 나가서 모든 것을 보았다. 우리는 일어나지 않았던가? 일어나지 않았다. 남편은 자고 있었고, 비올라가 실제로 시끄러웠기에 나는 그 소리에 귀를 기울이고 있었다. 자정이 지나 한동안 길게 울음소리를 냈는데, 도대체 비올라는 몇 종류의 소리를 낼 수 있는지에 대해 생각해보았던 것이다. 비올라는 망자에 대해 알린 것이었다. 여전히 잦아드는 목소리로 그녀는 말을 이어갔다. 어디에선가 불빛이 나오는 창은 문제를 알리는 것이 분명하기에, 그녀는 불 켜진 집을 찾아보기 위해 주변을, 동네를 다녀볼 생각을 했다는 것이다. 몇 주 동안 이미 무덤의 크기를 잰 사람 같았던, 나이 든 뵈외르 부인을 의심했다. 하지만 불을 밝힌 창은 어디에도 없었다. 정원들 안을 들여다보았을 때 너무나 우연히도 폴레트를 발견했다. 만약 폴레트가, 그녀가 살던 그 작은 집의 문을 열어두지 않았다면, 에메렌츠는 들어가지 않았을 터였다. 폴레트는 허름한 집 안에 있는 것을 두려워했고, 문을 열어둔 채로 잠드는 경우가 절대 없었기에 에메렌츠는 그녀에게 무슨 일이 일어났다고 곧 생각했다. 집은 비어 있었고, 에메렌츠는 불을 켜서 간이침대에 아무도 없다는 것을, 이부자리도 펴지 않았다는 것을 확인하고는 다시금 폴레트가 어디에 몸을 숨기고 있는지 찾으러 나갔다. 그때 정원의 나무에서 달빛에 갈색 모자를 머리에 쓴 채, 검게 보이는 폴레트를 발견했다.

나는 아무 말도 할 수 없었고, 놀라서 에메렌츠를 바라볼 뿐이었다. 그녀는 슬퍼하지 않는 것은 아니었으나 보기에는 매우 담담하게 이를 받아들였다. "모자에 대해서 얘기를 나누지는 않았어요." 그녀는 완두콩을 만지작거리며 말을 이었다. "모자를 쓰겠다고 한 것은 아니었고, 옷에 대해서만 얘기를 나누었지요. 그리고 나중에 장례를 치를 때 어떻게 할 것인가에 대해서도요. 폴레트에게는 검은 슬립이 없어서 내 것을 주었어요. 목까지 내려온 모자는 아주 이상했어요. 신발이 떨어졌는데 찾지 못했어요. 혹시 찾았나요?"

어쨌든 나는 에메렌츠에게 물어봐야 했다. 그녀가 말한 바에 따르면, 폴레트가 어떤 생각을 하고 있었는지 그녀는 알았던 게 아닌가?

에메렌츠는 어떻게 몰랐겠느냐고 대답을 하더니 콩을 한 번 섞고는 이 정도 양이면 우리 모두가 먹기에 충분한지 가늠해보았다. 게다가 독극물을 들이키지 않은 것도 그들은 함께 결정했다. 그녀가 형사의 집에서 일했을 때 항상 자살 현장을 들렀던 집주인이 말하길, 독극물을 들이킨 대부분의 경우에는 틈이 있는 문 바로 앞, 문지

방에서 사체가 발견된다고 했다. 음독한 이들이 마치 자신의 생각을 바꾸기라도 한 듯, 숨을 쉴 수 없게 되자 밖으로 나가려 했던 것이다. 자살자가 부유한 경우에는 지역의 관할 의사가 처방하지 않는 다른 종류의 약물을 구할 수 있기 때문에 예외로 하더라도, 음독사는 고통스럽다. 하지만 목을 매다는 것은 그냥 행하면 되는 것이기에 이보다 더 나은 것은 없다는 것이었다. 백군들 치하에 있을 때는 백군들이, 적군들 치하에서는 적군들이 교살하는 것을 그녀는 여기 부다페스트에서도 지긋지긋할 정도로 보았다. 처형 전에 낭독했던, 포로들을 더럽힌 그 글들도 서로 비슷했으며, 어떤 색의 이름으로 매달았든 간에 그 매달린 사람은 똑같은 모습으로 발버둥쳤다. 총살은 항상 성공하는 것도 아니었고, 총살당하는 사람은 몇 번이나 그에게 겨눠지는 총구를 쳐다만 봐야 했다. 또한 종국에는 다시 한 번 그 총살의 대상 인물에게 다가가 확인을 했고, 만약 죽지 않았다면 그의 머리가 박살났든지 아니면 후두를 관통당했다. 그렇기에 교살은 나쁘지 않고 총살보다 더 깨끗한 것이었다. 이런 종류의 처형들 또한 그녀는 알고 있었으며 상당히 많이 보기도 한 것 같았다.

  이 유월의 어느 날과 비슷한 감정을 가장 최근에는 미케네에서, 아가멤논의 무덤 앞에서 느낀 바 있었다.

  옹이진 에메렌츠의 손가락 사이에서 콩의 낱알들이 여전히 맴도는 동안 나는 시간 속에서뿐만 아니라 공간과 역사 속에서 생각에 잠겼다. 일찍 여읜 아버지, 물의 요정 같았던 어머니, 갈리치아(제1차 세계대전의 치열한 격전지 —옮긴이)에 남게 된 새아버지, 그리고 동네 우물 옆에서 울퉁불퉁한 원 모양의 탄으로 변해버린 쌍둥이와 함께 있던 어린 시절의 에메렌츠. 나는 그런 어린 에메렌츠만 아니라 젊은 소녀 에메렌츠도 보았다. 그녀의 말에 따르면 형사의 집에서도 집안일을 맡았던, 젊은 소녀 에메렌츠도 보았던 것이다. 어쩌면 그 형사는 한 명이 아닐 수도 있을 것이다. 적군들의 목을 매단 그 형사가 백군들을 감금한 이와 동일한 인물이라고는 거의 상상할 수 없었기 때문이다.

폴레트가 무슨 생각을 하고 있는지 그녀가 알았다면, 폴레트의 마음을 되돌리도록 시도해봤는지 에메렌츠에게 물어보았다.

"그런 생각은 들지도 않았어요." 에메렌츠가 말했다. "앉으시겠어요? 앉아서 콩 까는 걸 도와주세요, 이것으로는 우리 네 명에게 부족해요. 가고 싶은 사람은 가야죠. 여기 왜 머물러야 하겠어요. 우리는 그녀의 삶이 원하는 바를 이루게 해준 거예요. 집에서도 그녀는 고통받지 않았으며, 대가 없이 그 허름한 집에서 사는 것도 허락되었지요. 게다가 나는 그녀에게 모임도 주선했어요. 슈투도, 아델도 그리고 나도, 그녀에게는 우리 모두가 충분치 못했지만, 그녀의 그 모든 이상한 고정관념을 좋은 마음으로 다 들어주었고 우리가 이해하지 못했던 것들마저 들어주었어요. 가끔 프랑스어로 말했거든요. 프랑스어로 말해도 우리가 대부분 알아들을 수 있었던 것은, 오직 그 얘기만을 갈라진 목소리로 읊어댔기 때문이에요. 그녀가 고독하다는 것을요. 나도 알고 싶은 게, 고독하지 않은 사람이 어디 있겠어요? 누군가와 함께 있는 사람도 단지 생각을 하지 못할 따름이에요.

그녀에게 수고양이를 한 마리 데려다주었는데, 그 집 건물에 사는 사람들은 용인했으나, 고양이는 친구가 아니라며 화를 냈지요. 만약 우리도 동물도 아니라면 누가 그녀에게 적합한지 정말 몰랐어요. 그 고양이는 한쪽 눈이 파란색이었고 다른 한쪽은 녹색이었는데, 야옹거리지 않고 보고 있기만 해도 사람들은 그 고양이가 무엇을 원하는지 알 수 있을 정도였어요. 그러나 우리가 동물이 아닌 것처럼, 그 고양이는 사람이 아니었으니 폴레트에게는 충분치 않았지요. 물론 우리가 동물들보다 더 완벽하진 않아요. 동물들은 신고도 비방도 할 줄 모르잖아요. 그리고 만약 무언가를 훔치더라도 동물들은 가게나 식당에 들어갈 수 없어서 그랬다는 이유라도 있어요. 그녀의 고독에 적합하지는 않더라도, 악당 같은 누군가가 내다버린 고아처럼 혼자 집도 없이 죽게 될 정도인 아직 어린 고양이니까 입양하라고 간청까지 했어요. 그녀는 아니다, 아니다, 아니다였죠. 그러니까 그녀에게는 사람이 필요한 거였어요. 좋아요, 그럼 여기 주변에는 우리와 고양이뿐, 다른 것은 없으니 시장에서 구해보라고 일렀어요.

그래도 지금은 묏자리의 비목碑木을 친구로 하나 뒀으니 혼자는 아니네요. 당신을 여기로 가라고 한 사람이 슈투였나요, 아니면 좀 모자란 아델인가요? 폴레트가 그들에게 말하지 않은 것도 사실이지만, 이런 준비를 하고 있었다는 것을 누구 하나 눈치 채지 못하다니 둘 다 얼마나 바보였는지요. 나와 비올라에게는 폴레트가 말할 필요도 없었겠지요. 우리는 그녀가 떠날 것을 감지하고 있었으니까요. 모자는 벗기지 않았어요. 어떻게 되었는지, 고이 죽었는지, 그렇지 않았는지 나는 볼 수 없었지만, 대신 당신이 볼 수 있을 거예요. 나는 아직 그녀를 용서하지 않았으니 가지 않을 거예요. 그녀가 목을 매달았다고 한들 내가 어떻게 하겠어요. 우리 셋 모두는 그녀가 기뻐하도록 장단을 맞춰주었고, 비올라도 그녀를 좋아했어요. 그녀의 한탄을 참아가며 들어주었어요. 반려동물도 권했으나 맡지 않았지요. 그렇게 가고 싶어 했으니 여기 남아 있을 이유가 있었겠어요? 이 세상에 그녀가 할 일은 이미 없었어요. 복통이 지속되었고, 우리들 그 누구보다 멋지게 다림질을 했지만 일도 더 이상은 맡을 수 없었지요. 폴레트가 다림판 옆에서 일하는 것을 한 번 보셨어야 했는데 아쉽네요. 자, 이제 콩이 다 되었어요. 당신은 거기로 가실 건가요, 아니면 여기 계실 거예요? 만약 슈투를 보게 되면 오늘 월동 준비로 체리 병조림을 해야 하니, 가게 문을 닫자마자 저를 도우러 여기로 오라고 전해주세요."

미케네 정문에서 사자들이 움찔거렸다. 두 눈 모두 이글거리는 짐승의 눈 그것이었다. 한쪽은 녹색, 다른 한쪽은 파란색에다가 미케네의 사자들은 야옹거리기까지 했다. 나는 밖으로 힘없이 발걸음을 옮기며 슈투와 만나지 않기를 기도했다. 하지만 에메렌츠는 슈투 앞에서도 내게 한 말을 숨기지 않을 것이기에, 슈투를 만난다면 무슨 말을 할지도 마음속으로 생각해보았다. 최소한 관청에는 에메렌츠의 말을 언급하지 않도록 슈투를 설득해야 했다. 폴레트가 죽음에 이르도록, 불운한 그녀가 쉽게 이해할 수 있게끔 에메렌츠가 실제적인 조언을 제공하지 않고 방기한 것으로 드러난다면 관청 사람들은 어떻게 생각할는지.

내가 떠나려 했을 때, 에메렌츠는 벌써 체리를 다루고 있었다. 체리를 끓이려고 가마솥을 끌어내고 있었는데, 내가 그녀를 처음 만나 집안일에 대해 이야기를 나누었을 때 이불을 삶던 그 가마솥과 비슷했다. 나는 멈춰 섰다.

"에메렌츠," 조심스레 말을 꺼냈다. "경찰서에서 다른 사람들이 이야기할 것에 대해 의논해봐야 하지 않겠어요? 슈투가 쓸데없는 말을 내뱉을 수도 있어요."

"됐어요!" 그녀는 손을 내저었다. "폴레트에게 누구 하나라도 언급할 만한 가치가 있다고 생각하는 것은 아니겠지요? 목을 매단 그 늙은 부인에게 누가 관심이나 있겠어요. 게다가 그녀가 편지에 설명까지 해뒀는데 왜 그러겠어요? 내가 그녀로 하여금 유서를 쓰게 하지 않았다고 생각하는 거예요? 모든 것에는 정도正道가 있는 거예요, 죽음에도요. 나는 그녀와 모든 것에 대해, 옷에 대해, 유서에 대해서도 이야기를 나눴어요. 유감스럽게도 수컷들이 부검을 하며 구석구석 그녀의 몸을 더듬는 것은 막아줄 수 없네요. 폴레트를 본 남자가 없고, 그 부검의가 첫 번째일 텐데 말이에요. 하기야 부검의는 많은 시체에 익숙하니까 처녀의 몸이 새로운 것은 아닐 테지요. 나는 부검의 집에서도 일을 했었어요."

아가멤논의 무덤은 더 깊이 내려앉았다. 그녀는 부검의에 대해 지금까지 내게 그 어떤 말도 한 적이 없었다.

"내가 몇 번이나 얘기했는데도," 에메렌츠가 말을 이었다. "낯선 사람들은 당신이 얼마나 이해력이 부족한지 믿지도 않아요. 당신은 삶이 영원히 지속되고, 지속될 만한 것이라 믿지요. 그리고 요리하고 청소하는 누군가가, 음식이 가득한 접시와 온갖 낙서가 된 종이들이, 게다가 당신을 사랑하는 주인님도 항상 있을 것이라고도 믿지요. 또한 동화에서처럼 여기서 영원히 살 것이고, 의문의 여지없이 큰 불명예인, 당신에 대한 나쁜 기사가 신문에 실리는 것 말고는 다른 문제는 없을 거라고 생각하고 있어요. 왜 그렇게 악한이라면 아무라도 오물로 당신을 더럽힐 수 있는 그런 급이 낮은 분야를 선택했나요? 당신이 어떻게 명성을 얻게 되었는지는 모르겠어요. 아마 똑똑해서 그렇겠지요. 하지만 그것으로는 모자라요. 당신은 사람들에 대해선 전혀 몰라요. 폴레트에 대해서도 말이에요. 자, 몇 번이나 커피를 같이 마셨지만, 당신은 폴레트에 대해서도 모르잖아요. 나는 사람들을 알아요."

그녀는 체리를 솥에 쏟아부었다. 씨를 뺀 과일, 상처의 피처럼 삐져나오기 시작한, 점점 더 불어나는 과즙. 검은 앞치마를 두른 에메렌츠. 그늘 속에서 두건 같은 머릿수건, 솥, 바로 그 완벽한 평온함. 지금은 그 모든 것이 이미 신화 같았다.

"난 폴레트를 좋아했어요. 어떻게 그걸 이해 못하세요? 하지만 그것으로는 그녀에게 충분치 못했어요. 슈투 또한 그녀를 좋아했지만 그것 역시 모자랐지요. 그 아둔한 아델은 그녀를 존경하기까지 했으니 우리 셋 모두는 그녀를 좋아한 것이었지요. 우리에게는 직업이 있고, 아델은 연금을 받으니 폴레트에 비해 형편이 더 낫긴 했어요. 그래서 폴레트에게 벌이가 없을 때 궁핍하게 살지 않게끔 우리는 그녀에게 모든 걸 주었어요. 음식, 땔감, 저녁도 문제없이 갖다 주었지요. 하지만 그녀에게는 다른 것이, 더 많은 것이 필요했고, 내가, 우리가, 뭐라고 할까, 그녀는 반려동물도 원하지 않았지만, 만약 원했다면 그 먹이도 내가 주었을 거예요. 그랬다면 아마 거기까지가 내 도움의 경계였을 거예요. 왜 그녀는 끝없이 푸념했을까요? 우리가 도울 수 없는 사람을 도울 필요는 없겠지요. 만약 그녀가 삶은 이 정도면 되었다고 한다면, 누구에게도 그걸 막을 권리는 없어요. 경찰에게 쓸 말에 대해 내가 찬찬히 불러줬고 그녀가 썼어요. '나, 도브리 폴레트는 독신이며, 자신의 의지로 병과 노쇠함, 그리고 가장 중요한 이유로서 고독감 때문에 삶을 마감합니다. 남은 나의 물건들은 나의 친구인 바모시 에텔카, 퀴르트 언드라시의 미망인 아델과 세레다시 에메렌츠가 가질 것입니다'라고 말이에요. 이것은 분명한 것이고, 그날 밤 그녀의 다리미를 내가 가져왔는데 무슨 논쟁이 있을 수 있겠어요. 이외에 궁금한 것이 뭐가 있겠어요?"

에메렌츠 주변에서 발생했던 다른 그 많은 복잡한 일들의 경우처럼, 이번에도 총경이 폴레트 건을 처리했다. 컴퓨터를 통해 나중에 확인된 바로, 본명이 도브리 폴레트 오르탕스인 그녀는 1908년 부다페스트에서 출생했다. 그녀의 부친 도브리 에밀은 전문 통역사였고, 모친은 케메네시 카탈린이었다. 학력은 무학, 최종 직업은 다리미질하는 사람으로 기재되어 있음을 총경을 통해 알게 되었다. 종교와 관련된 서류는 발견하지 못했지만, 에메렌츠는 그녀가 개신교도였다고 확신했기에 장례 예배를 청했으나 목사는 달가워하지 않았다. 에메렌츠뿐만 아니라 폴레트도 교회에 나오지 않았으며, 만약 누군가가 스스로 죽음의 시간을 결정한다면 그것은 하느님께서 좋아하실 만한 일은 아니라고 했다. 에메렌츠는 자신의 옛일, 자선 행사의 부인들과 있었던 그 일들을 끄집어냈다. 그 선물 증정 행사에 폴레트도 있었지만 그녀는 에메렌츠처럼 반짝이는 장식이 달린 연회복조차 받지 못했으며, 오히려 자선회의 부인들은 폴레트가 거만하게 행동한다고 뒤에서 수군거렸던 사실 등을 언급했는데 다행히도 목사는 에메렌츠가 한 말을 듣지 못했다. 어쨌든 그 이후 에메렌츠뿐만 아니라 폴레트를 예배에서 더 이상 볼 수 없었던 것도 사실이었다. 다른 사람들의 예배 시간에 폴레트는 주일날이든 아니든 그들의 옷가지를 다림질해야 했기 때문이었다. 당시만 해도 이 구역에는 전선이 다 놓이지도 않았고, 전기도 시간을 제한하여 공급했으므로 그녀는 숯으로 된 다리미로 작업을 해야 했다. 폴레트의 머리는 숯 연기로 쪼개질 듯했는데, 분명 '거만하다'라는 단어는 그 상태를 의미했을 것이다.

※

하필이면 당시 나는 고집스럽게도 소녀 시절의 생활양식에 집착했다. 어릴 적에 집과 학교에서 하던 대로 대축일 때는 두 번이나 교회에 가곤 했는데, 에메렌츠의 눈에 띄면 그녀는 항상 나를 냉소적인 시선으로 보았다. 시간이 되는 사람만 교회에 다닌다는 항상 똑같은 말을 듣기 전에 나는 그녀와 마주치는 것을 피하려고 서둘러 걸음을 재촉했다. 다른 많은 것들 중에서 그녀의 말이 사실이 아닌 분명한 이유는, 나는 실제로 그 어떤 것에도 시간적 여유가 없었고, 타자기 앞에 앉아 있지 못한 그 시간들을 밤에 벌충했기 때문이다. 글이란 것은 온화한 양반이 아니어서, 쓰다가 중단한 문장들은 절대 그 처음의 수준으로 이어지지 않으며, 새로운 작문에서는 글의 아치가 굽어지기에 문장 간의 역학 관계가 무너져버린다.

어쨌든 나는 목사를 설득했다. 극빈자의 권리로 치러지는 장례라면 최소한 폴레트는 크게 칭송해도 논란의 여지가 없는 그런 명성을 가진 분이었다고 했다. 한편 파르카슈레트 공원묘지에서 폴레트의 마지막 길을 배웅한 사람들은 모두 에메렌츠의 작별 인사에 대해 놀라워했다. 주요 자리인 유골함 아래, 몇 송이 점잖은 조화 옆에 그녀는 화환 대신 화분을 놓아두었다. 붉게 핀 제라늄에 묶은 미색의 상장喪章에는 이런 조사가 적혀 있었다. "여기, 이제 고독은 없으니 평화롭게 잠드소서. 에메렌츠." 유골함은 가장 저렴한 종류였고, 좋은 묏자리도 아니었다. 장례식에 참석한 인원 역시 거의 없었기에 다행히 짧게 끝날 수 있었다. 에메렌츠는 여전히 밖에서 나무판으로 된 묘비 앞에 있었다. 유골함을 묘석으로 덮고 시멘트로 봉인한 후, 남편과 나는 지인들의 묘지를 둘러보았다. 그리고 마침내 출구 쪽으로 무겁게 발걸음을 옮길 때 에메렌츠와 다시 마주하게 되었는데, 그녀는 분명 자신의 특별한 진혼곡을 그때 마쳤을 것이다. 한껏 울음을 터뜨린 눈, 부푼 입술. 그녀가 이 정도로 상심한 모습을 나는 여태껏 보질 못했다.

그녀가 저녁에 비올라를 데리러 왔을 때 비올라도 반가운 모습은 아니었으며, 산책의 기쁨으로 날뛰지도 않았다. 다시 데려왔을 때 에메렌츠는 비올라에게 담요가 있는 자리로 가라고 명령했으며, 비올라는 그 어떤 항의도 없이 잠자리에 들었다. 에메렌츠가 말을 걸었을 때, 나는 찬장을 정리하다 말고 뒤를 돌아 그녀를 바라보았다.

"당신은 짐승을 죽여본 적이 있나요?" 그녀가 물었다.

나는 그런 적이 없다고 대답했다.

"나중에 죽일 거예요. 때가 되면, 비올라에게도 주사를 놓게 해서 당신이 죽일 거예요. 누군가에게서 모래가 빠져나가기 시작하면, 그것을 저지하면 안 된다는 것을 알아두세요. 죽어가는 그에게 당신은 삶을 대신할 그 어떤 것도 줄 수 없으니까요. 내가 폴레트를 좋아하지 않았다고, 그녀가 삶이 지겨워 떠나고자 했을 때 나와는 상관없는 일로 여겼다고 생각하지요? 하지만 사랑을 위해서는 죽일 수도 있어야 해요. 참고해두면 나쁘지 않을 거예요. 그렇게나 진심어린 관계를 맺고 있는 하느님께 물어보세요. 그들이 만났을 때 폴레트가 하느님께 무슨 말을 했는지 말이에요."

나는 머리를 흔들었다. '그녀는 무슨 화를 끝없이 돋우는 것일까? 지금은 조롱이나 할 때가 아니잖아.'

"나는 폴레트를 좋아했어요." 에메렌츠가 다시 말을 이었다. "그러고도 당신은 이해하지 못하다니, 왜 내가 했던 말을 또 하겠어요. 당신은 그 정도로 바보인가요? 내가 호통을 치면 사람들은 고분고분해지곤 하니까, 아마 내가 그녀를 좋아하지 않았다면 어떻게든 죽음을 저지했을 거예요. 유순하게 굴지 않으면 곤란해질 것을 알고 있었기에 폴레트는 나를 경계했지요. 파리에 대해, 사람들이 항상 꽃을 바치는 한 여인과 사람들의 경멸만이 가득한 황제가 묻힌 묘지에 대해 다른 누가 내게 이야기해줬다고 생각하세요? 폴레트가 아직 삶에 대해 어떤 의미를 지니고 있었을 때, 그녀 말고 그 누가 나에게 이런 얘기를 해줄 수 있었겠어요? 그 어떤 것으로도 내가 그녀를 도와줄 수 없다는 것을 알고는, 마지막 말은 다른 사람이 아닌, 지독한 궁핍과 아픈 허리, 그리고 수치가 아닌, 그녀 자신이 할 수 있도록 힘을 실어주었어요. 그렇게나 많은 것을 가르쳐주었던 그녀에게 그밖에 어떤 감사를 표할 수 있었겠어요?

슈투는 사실 폴레트의 개인사 때문에 그녀를 좋아하지는 않았고 경멸하기까지 했지요. 지금까지 이런 이야기는 하지 않았지만, 이제는 뭐 상관없겠지요. 폴레트의 윗세대 누군가가 도둑인지 뭔지였는데, 망나니에게 처형되었어요. 사람들은 그 가족들도 찾았는데 모두 몸을 피해 이렇게 헝가리와 연을 맺게 된 거였어요. 그녀는 부끄러워하지 않았어요. 그래서 이에 대한 이야기를 했는데, 아델은 탐탁지 않게 받아들였지요. 아델이 왜 그렇게 거만했는지는 잘 모르겠어요. 아델의 아버지는 잭나이프를 쓰다가, 그리고 절도와 도둑질로 감옥에 갔고, 수형은 피했지만 폴레트의 가계보다 훨씬 좋다고는 할 수 없었어요. 아델은 참수되었다는 말에 웃음만 터뜨렸는데, 그녀는 얼뜨기, 바보라서 폴레트의 이야기들을 좋아하지도 이해하지도 못했지요. 아, 그래도 닭은 잘 잡았어요. 한 번 제대로 칼질을 하면 빠르게 대가리가 떨어져서 칼로 난도질할 필요가 없었어요. 폴레트는 맹세하기를, 윗대 누군가에게는 죄가 없었다고, 단지 정치적인 문제로 잡혀 끌려갔을 뿐이라고 했어요. 나도 슈투도 그 말을 믿었는데, 왜냐면 실로 그랬던 것이, 우리나라에서도 무고한 사람들이 수없이 그렇게 죽었으니까요. 내가 아직 젊었던 시절, 내 약혼자였던 제빵사는 참수당한 게 아니라 몸이 갈기갈기 찢겨 죽었어요. 믿을 수 없지요? 그러면 믿지 마세요. 그는 아무것도 하지 않았지만 군중들에게 갈기갈기 찢겨 죽었어요. 그 사람이 가게 문을 열자, 사령관이 군인 외에 다른 사람에게는 빵을 주지 못하게 했어요. 사람들이 딱해 보였으니, 글쎄요, 빵이 남아 있을 때까지 조금씩 나누어주었지요. 나중에 빵이 없게 되자 사람들은 그를 믿지 못하고 밖으로 끌어내 죽여버렸어요. 마치 빵처럼 갈기갈기 찢어서요. 군중들이 누군가를 처리할 때는, 짧은 시간에 그러지 않아요. 그 죽음은 천천히 진행되지요.

자, 그럼 갈게요. 그냥 이것까지는 말하고 싶었어요. 만약 나에게 침대가 있다면 오늘만큼은 예외적으로 누워서 자고 싶네요. 하지만 그러지 못해요. 그로스만 씨의 조부모께서는 젊은이들을 다른 곳에 피신시키고, 에바 또한 돌본 후 청산가리를 마셨어요. 나는 침대에서 그들을 사체로 발견했고, 그 이래로 안락의자나 소파에서만 잠을 청할 수 있었지요. 자, 안녕히 주무세요. 비올라에게는 어떤 것도 주지 마시고요. 충분히 먹였거든요."

정원이 보이는 테라스에 앉아 꽃들을, 그리고 하늘을 응시했다. 시간과 저녁과 향기가 멈추고 고요함이 깃들었다. 정신적으로 더 이상 히틀러를 견디지 못했던, 내가 모르는 그로스만 씨의 조부모와 함께 내 머릿속에 폴레트, 위그노 교도, 제빵사, 약혼자가 똬리를 틀고 있었다. 기요틴 옆에서 닭들은 어떻게 죽음이 생겨나는지 지켜보고 있었고, 진한 누룩 향이 진동했다.

에메렌츠는 그 제빵사에 대한 이야기는 더 이상 절대 하지 않았다. 나중에 옷걸이 마네킹에서 그의 사진을 우연히 보게 되었지만, 그 사진 속의 인물이 누구인지 나는 곧장 떠올리지 못했다.

정치

 에메렌츠는 마치 폴레트가 존재하지 않았던 것처럼, 그녀에 대해서는 더 이상 어떤 말도 하지 않았다. 한편 그 어느 때보다 우리 집에서 많은 시간을 보냈는데 실제로 당시에는 항상 우리와 함께 있고 싶어 하는 것 같았다. 우리의 상호 유대감은 마치 사랑과도 같이 정의할 수 없는 복합적 인자들의 결과였다. 서로를 맞아들이기 위해 우리는 상당한 배려를 감당해야 했다. 에메렌츠의 관점으로는 손으로, 신체적인 힘으로 수행하는 일은 시간만 잡아먹는, 거의 속임수처럼 간단한 일이었다. 나는 항상 신체적 과업을 높이 평가하긴 했으나 정신적인 일보다 더 빛난다고 생각지 않은 것도 사실이었다. 만약 내 인생 여정 전반에서 장 지오노(20세기 프랑스 작가, 평화주의자 — 옮긴이)의 영향이 지독히도 컸더라면, 나는 개인 우상화 시절에도 이런 생각을 유지했을 것이다. 책이 내 세계의 근간을 이루었고, 나의 측량 단위는 문자였다. 하지만 에메렌츠가 그 자신을 측량의 기준으로 생각하는 것처럼, 나 혼자만이 세상을 구한다고 여기지는 않았다.

반反인텔리주의자, 그러니까 에메렌츠가 언젠가 그 자신에 대해 이렇게 표현했을 수도 있고, 이 표현을 알거나 사용했을 법도 했으나 그랬던 기억은 없다. 하지만 반인텔리주의자, 그녀가 바로 그랬다. 에메렌츠는 반인텔리주의자였으며, 그녀의 의식 속에서 오직 그녀의 감정들만 가끔씩 예외를 행했다. 이른바 물렁한 양반 세상에 대한 그녀의 생각은 독특하게 형성되었는데, 그녀의 눈에는 자신의 손으로 해야 할 일을 수행하지 않고 타인이 그 일을 대신하는 그 모든 사람들이 즉시 인텔리겐치아로 인정되었다. 이는 말하자면, 과거든 지금의 새로운 세계(사회주의체제 — 옮긴이)든, 그 속의 사회적 구조에서 새로운 잣대들이 금권계층의 탄생을 약속하는 것으로 그녀는 보았다. 지난 세기 초, 재능 있는 장인이었던 그녀의 아버지는 집과 땅, 상당수의 고급 목재들과 값비싼 장비들이 있었는데도 목수들 중 전형이 되는 인물이었기에, 손수 일하는 사람으로 여겼다. 세상의 그 어떤 보물들을 다 준다고 해도 에메렌츠는 이 수치스러운 타협적 용어, 부르주아를 입 밖에 내지 않았을 것이지만, 그녀는 부르주아라는 그 단어의 의미 그대로 살았다. 하지만 그녀가 일했던 수많은 일터는 훌륭한 태도만을 가지게끔 그녀를 훈련시켰을 뿐 정신을 교육시키지는 못했다. 그 어떤 중요한 업무를 수행하든, 그녀의 눈에 공구들을 돌리고 조이지 않는 남자들은 모두 기생하는 사람들이었다. 물론 질서를 다루는 그 총경은 제외하고. 각종 구호들로 연설하는 부인들도, 처음에는 나를 포함하여 빵을 축내는 사람들이었다.

　에메렌츠가 보기에는 종이 한 장, 책상과 팸플릿, 그리고 모든 책이 의심스러웠다. 그녀는 마르크스를 알지도 못했고 신문도, 그 어떤 책도 읽지 않았는데도, 내 생각으로는 마치 만성적인 노동 기피자를 대하듯 우리들도 낮춰보았다. 하지만 그녀가 다른 삶의 양식으로 전환될 때는 그런 신념이 흔들렸다. 예를 들어 우리 집의 문지방을 넘을 때 그녀의 반감은 왜 그런지 약해졌는데, 우리가 두드리고 있는 것이 기계이기는 하지만 그것도 우리가 밥벌이하는 데 작은 기여를 한다고 스스로를 확신시켰음이 분명했다.

　제공되는 일자리를 마다할 정도로 반인텔리주의가 그녀를 지배한 것은 아니었다. 정치적 변화의 결과로 점점 더 공급 부족이 된 그녀의 직업은 완전한 안정을 보장했다. 그녀는 각각의 주인들에게서 무언가를 배웠으나 그 모든 것에 대한 자신의 의견만은 분명했다. 에메렌츠는 책의 먼지를 털어낼 때만 우리 집의 책들에 눈길을 던졌으며, 초등학교 3학년 시절에 외웠던 것들은 여러 해가 층층이 굳어지는 동안 이미 오래전에 그녀의 머리에서 사라졌다. 시도 어머니의 날을 축하하는 그 하나만 남았을 뿐이었다. 타작마당 우물가에서 일어난 사건 이후 각각의 고용주들과 그녀의 삶 그 자체가 에메렌츠의 문학적 소양을 형성했다. 반면 헝가리는 수십 년 동안 그녀가 혐오해온 수사적인 것만을 추구했고, 이로 인해 오늘날 시학에 대한 관심은 거세되어버렸다. 다른 것에라도 귀를 기울였으면 더 좋았을 테지만, 이미 그녀는 정신을 풍부하게 하기를 원치 않앉다. 과꽃혁명(1918년 10월 헝가리의 혁명. 왕정이 무너지고 공화국이 성립되었다—옮긴이) 기간에 사람들은 그 제빵사를 짓이겨버렸으며, 나중에 얘기했듯 그녀의 진정한 사랑의 영웅도 그녀 앞에서 사라져버렸다. 그럴 만한 가치도 없었던 그다음 이는 그녀의 재산까지 훔쳐 달아났다. 에메렌츠는 자신이 소설 《바람과 함께 사라지다》의 거리낌 없는 주인공 레트 버틀러처럼, 어떻게든 결정을 해야 하는 상황이었음을 전혀 알지 못했다. 그녀는 더 이상 그 누구를 위해서도, 그 무엇을 위해서도 마음을 두려고 하지 않았다.

제2차 세계대전 이후 끝없는 경계가 그녀 앞에 펼쳐졌다. 그녀가 원했던 정도는 자신의 몫으로 돌릴 수도 있었을 것이다. 분석적이고 차가운 두뇌와 빈틈 없는 논리는 좋았으나 그녀는 교육을 받으려고도, 높은 지위에 올라가려고도 하지 않았다. 공동체를 위한 일에 앞장서거나 정치 캠페인에 관련된 활동도 원치 않았다. 왜, 그리고 누구를 위해서 발걸음을 옮기는지, 얼마만큼의 걸음걸이가 될 것인지는 스스로 결정했다. 그녀는 여전히 얼룩 고양이들과 함께 지냈으며, 동네 사람들의 건강을 위해 음식을 챙겨주었다. 신문을 읽지 않았고 뉴스도 듣지 않았다. 그녀는 정치라는 단어를 자신의 세계 속으로 허용하지 않았고, 우연하게라도 그 말, '헝가리'라는 말을 입에서 꺼낼 때는 그 어떠한 눈물진, 또는 의식적인 격한 어조를 입에 담지 않았다.

에메렌츠는 1인 제국의 1인 국민이었으며 그 통치권은 로마 교황보다 더 강력했다. 그녀의 행동, 대중에 대한 완벽한 냉담은 우리 사이에서 가끔 낯선 장면들을 연출했다. 만약 우리를 증언하는 사람이 있었다면, 이 장면들이 어색한 사람들 앞에서의 카바레 곡조처럼 들렸을 것이다. 나는 아르파드가家(7~14세기 동안 이어진 헝가리 최초의 왕가—옮긴이)까지 이어지는 우리 가계를 들며, 화가 나서 거의 울부짖었다. 우리나라에서 전후에 시작된 발전이, 농지개혁이, 나의 계급이 아닌 그녀의 계급인 노동자 계급이 무엇을 의미하는지, 그리고 앞으로 펼쳐진 거대한 가능성들로 에메렌츠를 납득시키고자 했다. 이에 그녀 자신은 농민들이 어떤 식으로 생각하는지 알고 있으며, 그녀 또한 농부의 가족이고, 그들에게는 누가 계란이나 유제품을 사든지 상관없는 바, 단지 더 나은 삶을 원할 뿐이라고 대답했다. 노동자들은 자신들 또한 주인이 될 때까지 단지 자신들의 권리를 위해 사납게 대들 뿐, 그녀는 프롤레타리아트 대중들—이 단어를 사용하지는 않았으나 이를 묘사하고 의미하는 표현을 썼다—에게 관심이 없고, 반면 무위도식하며 거짓을 일삼는 양반들을 가장 혐오한다고 했다. 목사는 거짓을 말하고, 의사는 무식하고 돈만 밝히며, 변호사는 살인자든 피해자든 누구를 대변하든지 알 바 아니고, 엔지니어는 재료를 아껴서 우선 자기 집 지을 벽돌 계산만 하며, 대형 생산시설, 공장, 학술 기관들은 단지 범죄 집단이라고 말했다.

 우리는 서로 고함을 쳤다. 나는 로베스피에르(프랑스혁명 당시의 급진적 지도자—옮긴이)로서 인민권력의 대표자였다. 하지만 하필이면 바로 그 시기에, 사실 나는 일을 할 수 없을 정도로까지 몰려 있었다. 일을 수행할 수 없는 굴욕을 이미 겪은 남편과 함께 나는 게토로 지정된 곳으로 보내져 다시금 괴롭힘을 당했었다. 나 스스로 여기서 떠날 것을, 그리고 떠난다면 살아온 삶을 포함하여 어떤 형태로 떠날 것인지, 아니면 단지 이 나라에서만 떠날 것인지 내가 결정하기를 그들은 의도했으나, 그 증오가 나를 곧추세웠다. 그 증오에 대해서는 항상 알고 있었던 바, 내쫓는 사람은 그 자신의 비열한 이력에만 관심이 있을 뿐이었다. 국가가 출산의 격심한 고통 속에서 몸부림칠 때 치욕스런 산파들을 침대 곁에 배치했던 것이다. 스파라푸칠레(베르디의 오페라 〈리골레토〉에 등장하는 자객 ─ 옮긴이)들의 세상이 배양되도록 강제되었으며, 성 라슬로(11세기 헝가리의 왕 ─ 옮긴이) 시절에는 푸줏간의 손도끼로 잘라냈을 법한 그 더러운 손에 권력을 쥐어준 것이었다. 그들은 수십 년 동안 국가의 재산을 훔쳤기 때문에 도둑들보다 악했다.

　에메렌츠는 나이가 들었지만 그럼에도 큰 변화가 이루어졌을 그때, 최소한 그때만큼은 그녀 앞에 모든 가능성이 열려 있었다. 하지만 그녀는 냉소로 역사의 잔물결을 대했다. 자신에게 그 누구도, 그 어떤 것에 대해서도 연설하지 말 것을 인민교화원들의 면전에 대고 말했다. 일을 견뎌낼 수 있는지 물어보는 사람 없이 그녀는 아직 어린 나이에 요리를 하도록 내던져졌으며, 열세 살 나이에 이미 부다페스트에서 가정부로 일을 했다고 말했다. 그러니 교회의 설교 같은 소리는 말고, 왔던 그곳으로 지금 곱게 돌아가시라고, 앞마당에서 사라지라고 인민교화원들에게 일렀다. 그녀는 그들처럼 입으로 먹고사는 게 아니라 육체의 노동으로 먹고 살기에, 그 바보 같은 소리를 들을 시간이 없다고 했다. 폭풍우가 몰아쳤던 그 시절에 그녀를 구금하지 않은 것은, 기적이 에메렌츠를 살린 것이라고 할 수 있었다. 모든 것에 반대하는 그녀의 경멸 속에는 기형적인 무언가가 있었으리라.

에메렌츠국國의 철학을 인민교화원들에게 전했을 때 그들은 살면서 가장 좌불안석의 곤란한 순간들을 겪었을 터였다. 그녀의 눈에는 호르티, 히틀러, 라코시, 카로이 4세가 똑같은 인물들이었다. 권력을 가진 그 누구, 명령을 하는 그 누구, 그리고 누구에게나 아무 때나 지시를 할 수 있는 그 누구는 항상 무슨 추상적인 명분으로 그것을 행했다. 좋든 나쁘든 위에 있는 사람, 만약 에메렌츠를 위해서 저 위에 존재하고 있다고 하더라도 그들 모두는 한결같이 억압하는 자들이다. 에메렌츠의 세상에는 빗자루질을 하는 사람과 그렇지 않은 사람, 이렇게 두 부류의 사람들이 있었는데, 빗자루질을 하지 않는 사람은 그 어떤 짓도 할 수 있는 사람이었다. 어떤 슬로건을 내걸든, 어떤 깃발 아래에서 국경일 행사를 하든 그들은 모두 똑같았다.

에메렌츠의 생각을 바꾸게 할 논리가 없었기에 그 인민교화원은 마음속으로 질겁을 하며 그녀 가까이에서 멀찍이 떨어졌다. 에메렌츠는 대적할 수도, 멈춰 세울 수도 없는 존재였다. 그녀와는 허물없는 사이가 될 수도, 친구지간으로 지낼 수도, 게다가 잡담을 나눌 수도 없었다. 그녀는 용감했고 매혹적이며 악할 정도로 영리했고, 사람을 부끄럽게 만들 정도로 뻔뻔했다. 만약 어쩔 수 없이 사람의 부류에 대한 그녀의 구분 방식을 받아들여야 한다면, 그리고 각자 모두의 존엄이 빗자루질을 하는 것과 또는 그로부터 면제된다는 사실에 따른다면, 정부는 1945년(헝가리에 사회주의 정권이 들어섰을 때 — 옮간이)에 어느 쪽에 속할 수 있는지 선택의 권한을 그녀에게 부여한 바 있었다. 빗자루질을 하는 것이 아니라 빗자루질을 시키는 부류에 속하기를 원하는지 아닌지는 오로지 에메렌츠 자신에게 달렸다는 것을 그 누구도 그녀에게 납득시키지 못했다. 인민교화원은 이제 던질 것이 없게 되자 마지막 카드로서, 지상의 어떤 일에서도 열외이자 멍하니 앞만 보고 있을 뿐인, 어떤 일을 하기에도 나이가 들어버린 가난한 노파로서 에메렌츠를 등장시켰다.

"할머니, 이미 늦은 때라니요. 무슨 말씀을요." 그 젊은 선전원은 희망을 불어넣었다. "할머니 앞에는 그 모든 길이 열려 있어요. 농민 출신이시잖아요. 어떻게 늦을 수 있겠어요. 학업을 하도록 보내드리거나, 말씀하시면 제대로 바로잡을 수 있는 사람을 보내드릴 거예요. 그 사람은 특출한 할머니의 능력을 확인할 테고 할머니께서는 짧은 시간에 모든 것을 벌충하실 거예요. 학업도 마치고 교육을 잘 받은 분도 되실 수 있어요."

'교육을 잘 받은 사람이라고?' 문자에 대한 그녀의 혐오를 모든 사람들 앞에서 직접 언급했기에 에메렌츠의 독특한 정신 세계가 갑자기 드러나는 듯했다. 이는 그녀의 반인텔리주의 유정油井에 도화선이 되었다. 대단하고 타고난 연설이었다.

그녀는 겨우 읽을 줄 알았고 글씨는 어렵사리 삐뚤삐뚤 쓸 수 있었다. 기본 연산은 딱 두 가지, 더하기와 빼기만 머릿속에 남아 있었으나 기억력은 컴퓨터처럼 작동했다. 창문을 통해 흘러나오는 라디오 방송이든 텔레비전 방송이든, 그 소리가 긍정적으로 울릴 때면 즉각 반박했으며, 부정적일 때는 칭찬을 했다. 세상 이곳저곳이 어디에 있는지 전혀 알지도 못했으나 그곳의 정부에 대해 들은 뉴스를 나에게 완벽한 발음으로 전했고, 헝가리 정치인이든 외국 정치인이든 항상 논평을 곁들여서 그들의 이름을 열거하기도 했다.

"그들이 평화를 원한다는데, 당신은 믿으세요? 난 믿지 않아요. 평화롭다면 누가 총을 살 것이며, 교수형과 약탈을 주장할 수 있는 근거가 없어질 텐데, 게다가 지금까지 전혀 있지도 않았던 세계 평화가 왜 지금에서야 생기겠어요?"

이런 그녀의 태도는 많은 여성운동 간부들의 심기를 상하게 했다. 그녀를 집회에 참석시키려 했을 때, 또는 반동적인 무관심으로부터 그녀를 깨우려 했을 때, 주민 담당자와 평의회 회원은 마치 천재天災처럼 그녀에게 눈을 떼지 않았다. 신부 또한 이러한 관점에서 그들과 전적으로 동일한 의견, 즉 에메렌츠는 타고난 메피스토이며 모든 것을 부정한다는 견해를 가졌다. 언젠가 나는 그녀에게 스스로 행운을 쫓아내려고 더 이상 싸우지 않는다면, 어쩌면 첫 번째 여성 대사나 수상이 되었을 것이라고 말한 적이 있었다. 나는 그녀의 이성과 지성이 학술원의 그것보다 더 높다는 것도 알고 있었다. "좋지요." 에메렌츠는 말했다. "단지 대사가 무슨 일을 하는지 내가 모르는 것이 아쉽네요. 나는 이미 석조무덤 말고는 원하는 것이 아무것도 없어요. 사람들이 그냥 놔두면, 가르치려 들지 않으면, 아는 것은 적겠지만 그것만으로도 충분해요. 당신 말에 따른다면 사람들이 원하는 모든 가능성으로 점철되어 있다는, 그런 국가나 잘 간수하세요. 내겐 그 누구도, 그 무엇도 필요 없다는 것을 이제는 알아주세요."

실제로 그녀에게 국가는 필요 없었고, 빗자루질을 지시하는 편에 서기도 원치 않았다. 그 어떤 요구도 하지 않았다. 자신이 항상 부정적으로 정치 이야기를 지속한다는 것 자체를 그녀는 인식하지 못했다. 만약 호르티(1920~1944년에 헝가리 왕국의 섭정으로 있었던 정치가―옮긴이)가 집권하던 시기에도 이렇게 행동했다면, 그 당시 그녀를 고용했던 사람들은 재미있다고 웃고 넘어갈 수 있었을 것이다. 하지만 그녀는 그때 선동적인 발언을 했다는 이유로 며칠 동안 유치장에 있었다고 그녀의 조카가 알려주었다. 에메렌츠의 생애에서 그 모든 시기는 지긋지긋한 장면의 반복이었다고 할 만했다. 그녀의 연설이 시작되었을 때 그 말은 가려듣는 것이 현명했으며, 유리 가가린의 우주비행이나 강아지 라이카(1957년 소련의 인공위성 스푸트니크 2호에 실렸던 개의 이름―옮긴이)에 대해 그녀가 언급하는 것을 들은 사람들은 그 자리를 내빼기도 했다. 라이카의 심장박동 소리가 중계되었을 때 그녀는 동물 학대라며 저주하기 시작했다. 나중에는 시계가 째깍째깍거리더니 똑똑한 강아지 한 마리가 그 탄환인지 뭔지에 서둘러 들어가고 창공을 돌아다니는 것을 누가 믿기나 하겠냐고 자신을 위안하기도 했다. 가가린에 대해서도 그의 불길한 앞날을 예언했다. 가가린은 이런 과업을 맡아서는 안 되었던 것이, 신은 우리가 무언가를 청할 때 보통 그것을 들어주지 않지만 우리가 두려워하는 것은 항상 내려주기 때문이라고 했다. 그러니 이웃사람 누군가가 그녀의 꽃밭을 짓밟아놓으면 그녀도 그 이웃에게 똑같이 그렇게 하듯, 하느님도 하늘을 뚫고 들어오는 사람에게 똑같이 할 것이라고, 천상은 하늘과 우리 사이에 누가 와서 빈둥거리며 왔다 갔다 하라고 있는 게 아니라고 했다. 공포스럽고 충격적인 세상의 반응을 겪어야 했던 가가린이 죽은 날, 그녀는 인간이 권한을 넘어선 것에 대해 신이 참지 않을 것이라고 벌써 얘기한 적이 있다며, 바깥 앞마당에서 선동했다. 이때는 어떻게 손을 써볼 수 없을 정도로 모자란 아델까지도 그녀를 피했다. 에메렌츠는 다른 말로 표현했으나 요지는 이것이었다. 지구상에서 별처럼 산화한 젊은 남성들 중 그녀가 유감스럽게 생각하지 않는 유일한 이는 가가린이며, 케네디나 마틴 루터 킹에게 느꼈던 만큼의 애석함을 느끼지 못한다는 것이었다. 그녀는 동정과 편견 없이 양대 진영을 살펴보았는데, 미국에도 빗자루질을 하는 사람과 빗자루질을 시키는 사람들이 있다는 것이었다. 케네디도 빗자루질을 시키는 사람이었다. 또한 화려한 무대에는 오르지 않았지만 계속해서 여기저기 다니면서 등장하는 그 흑인도 빗자루질을 시키는 대장이었다. 하지만 모두 한 번은 죽음과 마주하게 되고, 그때가 되면 그녀는 눈물을 감출 수 없다고 했다.

한참 뒤 에메렌츠의 묘지에서 그녀의 조카를 우연히 만났을 때, 우리는 에메렌츠의 그러한 고정된 세계관에 대해서도 몇 마디 말을 나누었다. 그 젊은 청년은 두 손을 무력하게 펴면서 평화가 고모에게 너무나 늦게 당도했다고 자신의 생각을 전했다. 그의 아버지는 지나간 어려운 시절을 여전히 잘 기억하고 이성적으로 생각했으며 당시에 대해 만족하고 진보적이었던 데 반해, 고모의 부정적인 성향은 그녀의 삶 끝까지 이어졌다고 했다. 그녀의 이 저항은 개인의 특징적인 것이며, 거의 목적 없는 것이었음을 나는 알 수 있었다. 그녀는 좋은 영향도 있었지만 어쨌든 나라의 역사에 영향을 끼쳤던 다른 인물을 반대했던 것처럼 페렌츠 요제프(1867년 오스트리아-헝가리 제국을 탄생시킨 황제—옮긴이)에 대해서도 그렇게 비판을 가했다. 변호사의 아들에 대해서 들었던 바가 있기에, 이 모든 이유가 아마도 그에게 있으리라고 나는 생각했다. 마침내 총경이 우리 대신 언급하길, 에메렌츠는 권력이 그 누구의 손에 있든 분명 그것을 증오했으며, 만약 6대주의 모든 문제를 해결하는 사람이 언젠가 있다면, 순전히 그가 승리했다는 이유만으로 에메렌츠는 그 사람에 대해서도 반감을 품을 것이라고 했다. 그녀의 의식 속에서 신, 서기, 당원인 노동자, 왕, 사법-행정가, 유엔 사무총장 등 이 모든 이들에게는 공통분모가 있었다. 우연하게라도 누군가와 연대의식을 표명해야 했을 때 그녀가 동정하는 대상은 광범위했으나, 꼭 그럴싸한 사람들하고만 연대를 한 것이 아니다. 모든 사람이 그 대상이었다. 그 누구든지. 죄수들과도.

 내 앞에서는 그녀가 가끔 이야기를 했었기에, 최소한 이에 대해서는 누구보다 내가 사람들에게 사실을 전했어야 했다. 내가 어리석었다고 생각하지는 않지만, 에메렌츠에 대한 파악은 부족했다. 한번은 그녀가 내 앞에 무릎을 꿇고 비올라가 카펫에 털갈이한 것을 물걸레로 훔쳐내고 있었다. 나는 그녀의 연설을 타자기 옆에서 들었다.

 "자비로운 하느님," 에메렌츠는 물걸레에 대고 말했다. "독일군의 다리가 너덜너덜해졌기에 제가 숨겨줬지요. 기관총이 한쪽 다리를 앗아가버려 그렇게 된 것인데, 그가 발견된다면 머리가 박살나 버릴 것이라고 생각했어요. 나중에는 그 사람 옆으로 소련군도 한

명 밀어 넣었지요. 그들은 닫힌 지하실 구석에서 서로 멀뚱멀뚱 쳐다만 보았어요. 당신은 이런 걸 여태껏 보지도 듣지도 못했겠지요. 앞으로도 그럴 거고요. 하지만 만약 이 말이 퍼진다면, 내가 당신에게 어떻게 할지 보게 될 거예요. 내가 이사를 왔을 때, 그 저택에는 누구도 살지 않았지요. 절뚝거리는 늙은이, 나중에 내가 땅에 묻어주었던 그 슬로카 씨만 있었어요. 그때 집주인 가족들은 이미 스위스로 떠났고, 다른 주민들은 아직 누구도 그곳으로 흘러 들어오지는 않았더랬지요. 지하실부터 다락까지 모든 곳을 샅샅이 훑었어요. 지하실에서 작고 앙증맞은 공간을 하나 봐두었지요. 길게 팬 장작을 적당히 쌓아둔다면, 그 뒤에 창이 없는 작은 문 하나짜리 방을 만들 수 있겠다 싶었어요. 그래서 방 앞에 위장을 하기 위해 나무를 놔두었어요. 그러고는 숨겨야 할 사람 모두를 거기에 항상 숨겼어요. 그 소련군을 거기로 숨겼을 때, 그들 둘이 어떤 장면을 연출했을지 한 번 상상해보세요. 그 소련군은 피에 거품이 껴 있었는데, 아마 총알이 폐를 관통한 것 같았어요. 그들은 서로 신음소리를 내며 말을 나누었지만, 상대방의 말은 이해하지 못했지요. 그들의 무기는 내가 감추어뒀어요. 달그락거려서 사용할 만한 가치가 있는 것 같진 않지만 지금도 갖고 있어요. 장교였던 주인님은 대단한 사냥꾼이었거든요. 나도 사용하라면 사용할 줄은 알지요.

그들은 더 친해질 수 있었겠지만 모두 죽고 말았어요. 밤에 그들을 집 앞에다 묻었지요. 둘이 나란히 그렇게나 평화롭게 누워 있을 수 있다는 것을, 오늘날까지 아마 그들이 묻힌 그 길도 이해하지 못할 거예요. 브로더리치 씨도 그곳에 숨겨주었어요. 라코시(스탈린주의자로서 1945~1956년에 헝가리 최고 권력자였다 — 옮긴이)가 사람들을 시켜 뒤쫓았거든요. 글쎄요, 라코시가 나에게 부탁했더라면 그냥 넘겨줬을 거예요. 브로더리치 씨는 땅을 파러 다녔는데 항상 헬멧을 쓰고 있었고, 돌아왔을 때는 손이 기름투성이였어요. 간첩, 그는 그 망할 놈의 간첩이었어요. 나중에 사람들이 그런 말을 하더군요. 그가 그 간첩이라고요. 나는 사람들이 데려가도록 그를 나중에 내버려둘 거라고 했어요. 하루 종일 닦고 청소를 했던 그 부인 혼자 남겨지도록 말이에요. 시간이 지나 브로더리치 씨는 사람들에게 존경과 감사를 표했지요. 내가 밖에서 솥의 불을 피울 때, 몇 번이나 내 옆으로 와서는 웅크리고 앉아 어떻게 하면 석탄을 아낄 수 있는지를 그가 가르쳐주었어요. 나는 불의 비밀이 무엇인지를 그에게서 배웠어요. 모든 것에는 비밀이 있으니까요, 숯불에게도요.

　라코시의 사람들이 오면 나는 대문을 열어주었지요. 그들은 그를 찾았어요. '여기 있을 리가 있나요? 이미 새벽에 다른 사람들이 데려가버렸는데 말이에요. 그 사람이 과일 절임 비용을 저에게 빚졌으니 꼭 찾으세요'라고 그들에게 말했어요. 모두 힘들었지만 내 집에서 위기는 넘겼지요. 이후 얼마 동안 그 은신처는 비어 있다가 정원에 쓰러져 있던 국가보위부 요원을 그곳에 숨겨주었어요. 꽤 괜찮은 정보부 요원이었지요. 내 팔이 부러졌을 때, 위험을 감수하고 내게로 와서 빨래 건조대를 설치해주기도 했어요. 그런 사람을 왜 숨겨주지 않았겠어요? 이후에 숨겨준 사람들에 대해서는, 글쎄요, 더 이상 내 손을 불 가까이 대면 안 되겠네요. 어쨌든 그 사람도 며칠 동안은 데리고 있었어요. 공포에 질려 땀으로 범벅이 되어 있던 비참한 몰골이었으니 그럴 수밖에 없었어요. 사람 손에 몽둥이가 들렸을 때 개가 그런 모습을 하곤 했지요."

　나는 듣고만 있었고, 어떤 말도 하지 않았다. 처버둘 출신의 성 에메렌츠는 모든 이를 구원한, 비판의 여지가 없는 자비의 광인이었다. 쫓기는 사람은 구원해야만 했다. 분명 그렇기에 그로스만 가족도, 그로스만 가족을 쫓던 사람들도 구원했을 것이다. 그녀의 깃발한 면에는 빨래 건조대가, 다른 면에는 브로더리치 씨의 헬멧이 그려져 있을 법했다. 이 노파에게는 최소한 국가의식이 아니라 그 어떤 종류의 의식도 없으며, 번득이는 머리가 빛나기는 하지만 희미한 증기 아래에서 그럴 뿐이었다. 그 모든 것에 대한 극심한 갈증과 그 많은 능력은 무위에 그칠 뿐.

　"말씀해보세요," 그녀에게 한 번 물어본 적이 있었다. "당신은 단지 남을 구하는 것을 좋아하는 건가요? 아니면 누군가를 신고한 적도 있나요?"

　에메렌츠는 혐오하듯 나를 쳐다보았다. 내가 그녀를 어떻게 보고 있느냐는 듯. 그녀에게서 모든 것을 앗아갔던 그 사기꾼 이발사를 그녀는 신고조차 하지 않았다. 꿈조차 거짓인 인물이었으나 그가 노획물을 챙겨 떠났을 때도 에메렌츠는 어떤 말도 하지 않았다. 필요하다면 가져가도록 놓아두었다. 하지만 이후 그녀에게 접근하는 모든 남성은 그 이발사 같은 인물로 인식되었고, 다시는 그녀가 모은 것들을 주지 않았으며, 금전이야 말할 필요도 없었다. 그녀는 자신의 미래를 설계했다. 하지만 그 속에 이발사라든지, 케네디, 우주로 향한 강아지는 없었다. 그녀와 그녀가 허용한 망자들만이 있을 뿐 다른 이는 없었다.

  어떤 환자에게 처방을 받아주어야 할 약이 갑자기 떠올라 에메렌츠는 손에 들고 있던 것을 내던지더니, 급히 서둘렀다. 집을 떠나며 혹시나 사올 것이 없는지 나에게 물어보았다. 그녀의 뒷모습을 보며, 왜 자신과 그렇게나 다른 내게 그녀가 집착하는지 곰곰이 생각해보았다. 나의 어떤 면을 그녀가 좋아하는지 이해할 수 없었다. 그때는 내가 아직 젊었다고 이미 밝힌 바 있다. 사람을 끌어당기는 힘이라는 것이 얼마나 비논리적이고, 운명적으로 뒤엉켜 있으며, 예측 불가능한 감정인지를 나는 철저히 분석할 수 없었다. 하지만 나는 열정 이외에는 그 어떤 것에 대한 것도 아닌 그리스 문학을 알고 있었고, 죽음, 사랑, 애정이 맞잡힌 손과 그 손에 쥐고 있던 번득이는 우리 둘의 도끼도 알고 있었다.

나도리-처버둘

에메렌츠는 자신이 태어난 지역에 대해 한마디도 언급한 적이 없었는데, 그곳은 내가 태어난 곳과도 멀지 않았다. 지금 사는 이곳의 물과 공기는 여전히 내 마음에 들지 않는다. 이른 봄 아직 야트막한 언덕들이 눈에 덮여 있을 때, 하지만 땅은 이미 무언가를 빨아들여서 뿜어내기 시작하는 그런 때는 향수가 찾아들었다. 고향에 가고 싶었고, 향수가 발동하면 그 어떤 것도 거들지 못했다. 그녀 또한 봄이 전하는 그 향기를, 여린 가지들 사이에서 초록의 여명을 느꼈다. 그것은 엷게 가려진 베일도 아니었고, 새싹도 잔잎도 아닌 무언가가 땅에서 시작되었다는 것이고, 우리의 시골 마을에서 다시금 태어난 빛이 봄을 깨우는 것이었다. 봄에는, 어떤 문제도 고민도 없이, 그곳에서 뛰고 춤을 추었던 한때의 어린아이에게 그 봄의 프리즘이 항상 퍼져 나갔다. 내가 그때의 그 어린아이였고, 그녀 역시 그랬다.

그러한 늦은 2월의 어느 날, 처버둘의 도서관 사서가 나를 초청했다. 나는 곧 에메렌츠에게 달려가서 그 초청을 수용하면 나와 함께 갈 수 있는지 물어보았다. 강의를 들을 필요 없이 나와 동행만 하면 되었고, 내가 강의를 하는 동안 그녀는 묘지로 나가보거나 친척들에게 들러볼 수 있을 것이었다. 그녀가 대답도 않고 그냥 그렇게 있어서 나는 분명 거절한 것이라고 생각했지만 어쨌든 강의는 맡기로 했다. 예정된 날까지는 8주가 남아 있었는데, 거의 한 달이 지나고서야 에메렌츠는 그 여정에 대해 말을 꺼냈다. 거기서 하룻밤을 보내야 하는지를 물어보면서, 만약 그렇다면 그녀에게는 불가능한 일정이라고 했다. 하지만 경우에 따라 아침에 출발해서 저녁까지 되돌아온다면 나와 함께 갈 여지가 있다고 했다. 슈투가 거리 청소를, 아델카가 길가의 쓰레기통을 맡을 것이며, 그러니 내가 데려갈 수 있다면 그녀는 갈 수 있다고 했다. 여느 때와 다른 이 결정은 항상 창백한 그녀의 얼굴에 퍼진 한 방울의 작은 색조였다. 그녀는 우리가 처버둘에 가게 되면, 그녀가 나와 어떤 형식으로 관계를 맺고 있는지에 대해 그 누구에게도 얘기하지 말 것을 부탁했다. 아니 누가 그녀를 일개 고용인으로 대할까 싶어, 나는 그 말에 화가 났다. 나의 친척이라고 소개하면 그녀의 일가가 알아볼 테니 그럴 수는 없지만, 남편의 친척으로 소개한다면 모르는 부다페스트 사람의 혈족이니 피해갈 수 있다고, 이렇게 하면 괜찮겠느냐고 물어보았다. 그녀는 전에 없이 조롱기가 담긴 눈길로 나를 쳐다보았다.

"주인님께서 기뻐하시겠네요." 메마른 목소리로 그녀가 말했다. "그 정도까지 애쓰실 필요는 없어요. 그냥 그러실 수 있을까 궁금했을 뿐이었는데, 그렇게 해주신다니. 당신은 수다스런 바보이고 그 어떤 감정도 없으니 그렇겠죠. 내가 이렇게 커서 뭐가 되었다고 사람들이 생각할 것 같은가요? 당신 생각은 어때요? 왕이 되었다고 사람들이 생각할 것 같아요? 이미 난 어릴 때부터 일에 내맡겨졌어요. 내 가족은 그렇게 몽상을 하는 사람들이 아니에요. 집안일을 맡고 있다고 나중에 말하겠어요. 그것도 직업이니까요."

그때는 이미 그녀에게 화가 나서 분노로 떨리기까지 했다. 그녀가 백정이라고 하든, 짐승의 가죽을 벗기는 사람이라고 하든, 그 무엇이라고 해도 나에게는 상관 없다. 하지만 그녀가 여러 층의 공동주택과 셀 수 없이 많은 집을 청소하고, 게다가 내가 글을 쓸 수 있도록 우리 집안일을 맡아 하는 것에 대해 하찮게 생각하는 사람은 없을 것이다. 특히 맨 마지막에 언급한 일 덕분에 사람들이 그녀를 인정할 터였다. 그녀는 믿지 않음에도 불구하고 그녀가 아무렇지도 않은 일이라고 생각하는 그 글들 때문에 처버둘에서 나를 초청했기 때문이다. 그리고 바로 그녀가 태어난 그곳에는 작가를 노동회피자로 취급하지 않는 사람들이 여전히 있을 것이며, 그들은 그녀와 달리 어러니 야노시나 페퇴피 샨도르(둘 모두 19세기를 대표하는 헝가리 문학 작가—옮긴이)의 이름에 손을 내젓지 않을 것이다. 그녀는 더 이상 말하지 않았고, 그 방문에 대해 다시금 언급도 하지 않았다. 그래서 마지막 날까지 그녀가 갈지 말지 몰랐으나, 그녀를 닦달하지는 않았다. 내가 강제하면 그녀는 끝내 집에 머물 것이라는 걱정이 앞섰기 때문이었다.

그 강연 이전까지 에메렌츠는 하던 대로 책장을 닦고 우편물을 수령했다. 내가 라디오에 출연할 때면 그 어떤 평도 없이 그것을 들었고—그녀는 무관심했다—, 언제나처럼 그렇게 지냈다. 우리가 가끔씩 포럼이나 회의, 문학 모임의 강연, 그리고 부정기적으로 헝가리어 수업에 참석하는 것을 그녀는 알고 있었다. 책에 우리 이름이 적혀 있는 것을 보고는 책장을 청소한 후 마치 촛대나 성냥갑을 놓듯 그렇게 놓아두었다. 그녀에게 그것은 과식이나 과음처럼, 한 번은 눈감아 줄 수 있는 그런 비행 같았다. 그럼에도 나는 뭔가 유치한 열망으로, 내 생각에는 저항할 수 없는 매력을 가진 헝가리 고전문학에 그녀의 마음이 끌리도록 하고 싶었다. 한 번은 그녀에게 〈엄마의 암탉〉(페퇴피의 시로 다음과 같이 시작한다. "어이쿠, 이 뭔가! 암탉, 여보게 당신은 방 안 여기에 살고 있는가?"—옮긴이)이라는 시를 읽어주었는데, 그녀는 집에서 기르는 날짐승을 좋아하기에, 이 시가 그녀에게 가까이 갈 수 있을 것으로 생각했다. 그녀는 먼지떨이를 쥔 손을 멈추고 나를 보더니, 소리를 내며 크게 웃음을 터뜨렸다. 도저히 믿을 수 없는 문장들을 읊는다고 했다. 어이쿠, 이 뭔가! "이 뭔가"가 뭐냐고? "여보게"가 뭐냐고? 누구도 이렇게 이야기하지는 않는다. 나는 답답한 마음에 방을 나와버렸다.

 에메렌츠는 나와 함께 나들이 길을 나서지 못했다. 그날, 가판대 승인 건으로 평의회가 슈투에게 출석을 요구했는데, 그녀는 출발 전날 저녁에서야 에메렌츠에게 이를 알렸다. 어쩔 수 없는 일 때문에 에메렌츠의 일을 대신할 수 없는 것을 슈투는 매우 유감스러워했다. 평의회에 출석해서도 슈투는 자신의 차례가 언제가 될지, 얼마 동안 그곳에 있어야 할지 가늠할 수가 없었는데, 이는 그 누구의 잘못도 아니었다. 그들 사이에 일어난 장면의 잔인함은 거의 표현할 수 없을 정도였다. 슈투의 잘못이 아니라는 것을 더욱 분명히 이해할수록 에메렌츠의 실망은 더욱 사나워졌다. 실제로 그녀가 수없이 경험한 바처럼, 만약 누군가가 어떤 일을 그날의 이런저런 시간대로 옮겨버리면 그 모든 것은 뒤틀어져버리게 된다. 또 다른 누군가가 또 다른 곳에서 또 다른 조치를 취해야 하기 때문이었다. 슈투도 우리 누군가들처럼 그렇게 어딘가에 묶여 있는 사람이라는 것을 그녀는 알고 있었다. 그리고 어디에서 출석을 요구하면 다른 일을 핑계 댈 수도 없다는 것도 알고 있었다. 따라서 슈투와 논쟁하는 것도, 여기저기 상처를 주는 것도 의미가 없었지만, 에메렌츠는 그렇게 했다. 슈투는 코리올라누스(고대 로마의 용맹스러운 장군 — 옮긴이)처럼 물러났는데, 이전의 좋은 관계로 회복되기까지는 오랜 시간이 걸렸다.

 내가 출발하던 날, 에메렌츠는 여느 때와 같이 아침이 아닌 새벽에 잠에 겨운 비올라를 산책시켰다. 아침부터 여정을 준비하는 동안 내 곁을 떠나지 않았고, 머리며 옷이며 그 모든 것에 흠을 잡았다. 마치 내가 궁정 무도회라도 가는 듯 모든 것에 무슨 참견이며 훈수가 그렇게나 많은지 나중에는 나도 신경이 날카로워졌다. 그녀는 나의 머리를 애써 다듬으며, 1945년 이후 고향에 다녀온 적이 없다고 했다. 그 당시에도 내려가자마자 그나마 있던 약간의 먹거리를 여기저기 건네고는 열차 편이 허락하는 대로 그냥 되돌아왔을 뿐이라고 했다. 반면 1944년에는 그곳에 일주일간 머물렀는데 그때도 고향 방문을 즐기지는 못했다면서, 사실 당시 그녀의 집안에 그렇게 밝고 긍정적인 사람들만 있었던 건 아니었다고 했다. 할아버지는 항상 거대한 폭군이었고, 모계 쪽 친척들 또한 그 난리에 안절부절못하던 상태였다고 했다. 그 '난리'란 에메렌츠의 사전에서는 항상 국가적인 대격변을, 이 경우에는 제2차 세계대전을 가리켰다. 여자들은 노심초사하고 탐욕스럽고 멍청해지며, 남자들은 광폭하게 파괴와 칼질을 일삼는 그러한 모든 상황을 의미했다. 물론 역사의 뒤편에서 말이다. 만약 에메렌츠에게 권한이 주어진다면, 그녀는 3월 청년단(1848년 정국에서 적극적으로 활동했던 문학청년 모임 — 옮긴이) 단원들을 모두 지하에 가두어놓고, 문학이라는 것도 없애고, 소리도 지르지 말 것이며, 뭔가 유용한 활동을 선택하라고 했을 것이다. 또한 그녀가 한 사람 한 사람 모두에게 조치를 할 테니 혁명 구호는 듣지도 말 것이며, 커피숍에서 나와 농사일이나 공장일을 하러 가라고 그들을 가르쳤을 것이다.

　나도리-처버둘이라는 지역명을 칠한 문화회관의 자동차가 굽이져 들어오는 것이 보일 때가 되어서야, 그녀는 나에게 소임을 주었다. 에메렌츠는 내게 그곳에 도착하면 가족의 묘지가 어떤 상태인지 둘러봐줄 것을 청했다. 그리고 가능하다면 자기가 태어난 나도리 끝자락에 있는 그 오래된 집에도 가고, 또 시간이 된다면 처버둘의 역으로 가서 그 교차로 저 끝까지 걸어주었으면 한다는 부탁도 했다. 그 교차로는 중요하다고 했다. 그녀의 조카가 친척들과 서신을 주고받으니 친척들은 분명 있을 텐데, 그녀의 직계인 세레다시 성을 가진 이들은 없고 모계 쪽, 즉 디베크 성을 가진 친척들만 살고 있을 법했다. 만약 내가 그녀의 친척을 우연히 만난다고 해도 그녀가 전할 말은 없으며, 나 또한 말을 많이 나누지 말라고 했다. 혹시 그들이 물어보면 그녀는 그럭저럭 잘 지내고 건강하다는 사실만 말해달라고 했다. 나는 아무런 약속도 할 수 없었다. 뭐랄까, 내 시간이 어떻게 될지도 몰랐고, 그러한 여러 만남들은 가는 길이 어떻게 될 것인지에만 달려 있는 것이 아니라, 그 지역에서의 사정들로 인해 변경되는 경우도 있기 때문이었다. 청중들을 기다려야 히므로 제시간에 행사가 시작되는 경우는 거의 없으며, 게다가 만약 도서관 사서가 점심식사까지 준비했다면 내가 그 묘지에 대해 물어보는 건 적절하지 않을 것이다. 하지만 나에게 여건이 되는 한 해보겠다고 했다. 자동차는 예상보다 훨씬 일찍 나를 데리러 왔다. 아마도 아주 열심히 서두른다면 그 모든 과업을 시간 내에 완수할 수 있을 것 같았다.

마지막 순간에 슈투가 길에 나타나 집중사격을 가했다. 에메렌츠가 벌써 문의 방범용 잠금장치를 교체했는데 집에 머무르게 되었다고 그녀를 놀려댔다. 슈투는 에메렌츠가 자신도 믿지 못한다고 짐작했던 것이다. 그도 그럴 것이, 모두가 이미 알고 있던 바, 에메렌츠가 나와 동행하는 그날 도둑이 든다면, 누가 비올라를 맡기로 한 슈투보다 더 큰 의심을 받을 수 있었을까? "뒈져!" 에메렌츠가 차갑게 말했고, 슈투는 조용해졌으나 떠나지 않고 그대로 거기 머물고 있었다. 저주는 뜬금없는 것이었고, 슈투의 의심처럼 그냥 내뱉은 말에 불과했다.

이것이 떠나기 전 내가 차에서 본, 나란히 서 있던 그들의 모습이었다. 슈투는 머릿짓을 해가며 에메렌츠를 응시하고 있었다. 그들은 마치 가라테라도 하는 듯했고, 에메렌츠의 손이 슈투의 급소라도 친 것처럼 슈투는 더 이상 움직이지 않았다. 나는 최대한 빨리 귀가할 것이며, 자정 이전에는 집에 도착하고 싶다고 에메렌츠에게 일렀다. 하지만 그때는 이미 이야기를 할 수 없을 정도로 피곤할 테니 그녀에게 건너갈 힘은 없을 것이라고 말했다. "피곤할 것이라니, 왜죠? 이미 가축들을 먹이고 젖을 짜고 잠재우며 오백만 가지 일을 마친 사람들을 문화회관 안으로 밀어 넣었으니, 당신의 강의를 듣는 그 많은 불행한 사람들이 피곤할 테죠. 그들의 일이 어떤지 당신은 전혀 감을 잡을 수도 없을 거예요. 그냥 앉아서 횡설수설할 따름이니까요."

바깥의 소음 때문에 창문을 닫고 혹서기에 통풍을 시킬 수도 없는 강의실에서 몇 시간 동안 집중해야 하는 것이 얼마나 많은 에너지를 필요로 하는지에 대한 설명은 꺼내지도 않았다. 그냥 운전사에게 출발하자고 했다. 나는 조금 실망했다. 에메렌츠가 이번만큼은 예외적으로 까칠하게 굴지 않고, 대신 무언가를 내게 요청하기를 나는 바랐다. 말하자면 고향집 관목 울타리로부터 잔가지 하나라든지, 또는 뭐라고 할까, 내가 집에 갈 때면 항상 가져오는 2킬로그램짜리 빵이라든지 뭐 그런 것을 요청하기를 기대했었다. 하지만 그녀는 그 어떤 것도 요청하지 않았다. 출발할 때 비올라는 마치 이 이별은 영원한 것이 아니며 오늘 밤까지 우리 둘 모두 잘 견디자고 다독거리는 사람처럼, 무심한 듯 짖어댔다.

가는 길은 무난했다. 도착 전에는 아무것도 먹지 않는 것에 익숙했기에 어디에서도 차를 세우지 않았다. 대부분의 경우 초청한 도서관에서 음식을 제공하곤 하는데, 만약 그 음식에 입을 대지 않으면 그것도 결례였다. 나도리는 아름다운 시골이었다. 공동묘지는 물어볼 필요도 없이 그 지명의 알림판이 있는 곳에서 시작되었다. 오래되고 움푹 파인 묘지들 위로 야생화와 세이지 향이 나를 덮쳐왔다. 나는 차를 세우고 묘지 안으로 걸어 들어갔다. 차를 세우고 묘지 안으로 들어갔더니 이름 모를 한 부인이 담벼락에서 꽃에 물을 주고 있었다. 세레다시나 디베크라는 이름을 들어보았을 법한 꽤 지긋한 연세였는데, 자신은 여기에서 태어나지 않았고 여기로 시집을 왔을 따름이며, 목수 가족에 대해서는 알지 못한다고 했다. 공동묘지가 이제 운영되지 않는 것을 한눈에도 알 수 있었다. 오래되어 재가 되었거나, 대개 어떤 표식도 없이 남겨진 묘는 언덕 아래에 있었다. 대부분의 묘석이나 묘비는 가져가거나 훔쳐갔으며, 중요한 인물이었다면 그 가족이 이장을 했을 것이다. 정돈된 망자들의 안식처는 없었고, 조금 전의 그 노파가 옆에서 몸을 숙여가며 돌보던 그런 묘지는 기껏해야 스무 기 정도였다. 한동안 나는 토끼굴과 두더지가 파서 만든 두둑들 사이에서 비틀거렸으나, 여름의 버려진 묘지에는 뭔가 슬프지만은 않은, 사람을 끄는 무언가가 있었다. 잡초가 무성한 한때의 무덤들 사이에서 발걸음을 옮기기는 했으나 볼 만한 것은 있지 않았다. 무언가 희미하게 새긴 것을 아직도 식별할 수 있는 곳에는 내가 찾던 이름이 없었다.

하지만 처버둘에서는 중앙 광장에서, 내리자마자 운이 따랐다. 붉게 칠한 간판에 적힌 에메렌츠 어머니의 성이 나를 맞아주었다. '디베크 처버의 전통적인 쿼츠 시계, 디베크 부인 카프로시 일디코의 장식과 보석.' 한 젊은 부부가 그 점포에서 일하고 있었다. 만약 내가 제대로 왔다면, 그리고 고故 세레다시 요제프 부인, 본명이 디베크 로잘리아인 그녀가 그들 가계에 속했다면, 부다페스트에 살고 있는 그들의 친척, 세레다시 에메렌츠에 관해 내가 소식을 가져왔다는 말이 큰 센세이션을 일으킬 것이라고 상상했다. 하지만 오산이었다. 그들은 에메렌츠와 아무런 교류가 없었다. 그러나 에메렌츠를 알고는 있었다. 시계 장인은 나에게 꼭 그의 대모이자 그 부다페스트 친척의 사촌인 디베크를 만나보라고 했다. 그들은 어린 소녀 시절 함께 자랐는데 나를 보면 아주 기뻐할 것이며, 특히 그렇게나 오랜만에, 부다페스트로 데려간 이후 한 번도 만나지 못했던 에메렌츠 할머니의 딸에 대한 얘기를 들으면 무척 기뻐할 것이라고 말했다.

그때, 그곳과 관련하여 내가 아는 바가 부족하다는 것이 드러나지 않도록 조심해야겠다는 생각이 들었다. 에메렌츠에게 아이가 있었다는 것도 그때 처음 듣게 되었다. 내가 이리저리 떠보니 그들은 기억을 떠올렸다. 그들도 앞서 살았던 사람들이 전한 말로 알고 있을 따름이라며, 에메렌츠가 전쟁 마지막 해에 한 팔에 어린 여자애를 안고 나타났고, 그 어린애는 이후 거기에 살았거나, 아니면 몇 년간 외증조할아버지가 데리고 있었다고 했다. 이 젊은 사람들은 그들의 가족 묘지에 대해 아는 바가 없으나, 그 시계 장인의 대모는 분명 모든 것을 기억할 것이라고 했다.

나는 점포를 나와 도서관으로 향했다. 강의 시간뿐만 아니라 점심시간까지도 상당히 많은 시간이 있었다. 사서는 내가 그때까지의 프로그램을 제안하는 것에 다행스러워했고, 기꺼이 동행했다.

그 사촌은 자신의 집에 살고 있었다. 에메렌츠와 닮았으며, 그녀와 비슷하게 마르고 키가 큰 체격이었다. 발걸음에서도 권위와 옹골찬 데가 느껴졌다. 나이가 들어서도 긍정적인 생활을 하고 있다는 것을 한눈에 알 수 있었다. 넓은 창을 통해 집 안으로 햇볕이 쏟아졌다. 고상한 취향의 인테리어로 집 안을 꾸몄고, 경제적 자립을 자랑스러워하는 분위기를 느낄 수 있었다. 고풍스럽고 화려한 부엌 장식장에서 접시를 꺼내어 케이크를 내어왔는데, 그 가구는 에메렌츠의 아버지가 제작한 것이라고 했다. 그는 내가 아는 그냥 단순한 그런 목수가 아니라 예술적인 가구를 만드는 장인이었고, 나도리에서 집단농장이 필요에 의해 공방을 접수했을 때, 할아버지가 그 부엌 장식장을 가져오게 했다고 이야기해주었다. 그녀 또한 알고 싶었던 것이, 멋진 결말이든 비극적인 결말이든, 그들의 눈에서 사라졌을 때 에메렌츠가 그 딸아이를 데리고 어디로 갔는가 하는 것이었다. 그들의 조카인 동생 요제프의 아들은 그 딸아이를 본 적도 없다고 했기에 더욱 궁금하다고 했다. 우리가 두툼한 황색 케이크를 먹고, 테이블와인을 마시는 동안, 그녀는 그들의 외할아버지가 융통성이 없는 분이었다고 말했다. 외할아버지는 그 어린 소녀 에메렌츠가 부다페스트에서 일을 맡는 게 위험하다는 것을 전혀 이해하지 못했다.

에메렌츠가 어린아이와 함께 나타났을 때, 사람들은 에메렌츠가 외할아버지에게 맞아 죽을 것이라고 생각했다. 만약 그가 그때 뇌졸중을 겪은 후가 아니었더라면 아마 그랬을 터였다. 그때는 발병

후 오래 지나지 않았을 때였다. 물론 오늘날에는 이런 것들을 중요하게 여기지 않고, 만약 가족들이 반기지 않는다면 그들에게 아이를 보이지도 않는다. 지금은 내가 아는 한 관청도, 사회도 그런 젊은 이를 보호하지만, 그때는 지금이 아니었다. 그 당시에 누가 아이의 아버지인지 알고 싶어 하는 사람들의 관심은 이유 있는 것이었으나, 에메렌츠는 그 어떤 말도 하지 않았다. 그 어린아이의 공식적인 서류들도 가져오지 않았는데, 만약 외할아버지가 그 정도로 존경받는 분이 아니었다면, 그리고 서기에게 때마다 이런저런 선물을 지속적으로 건네지 않았더라면, 문제가 생겼을 법도 했을 것이다. 하지만 서기는 평탄하게 일을 처리했고, 잊어버린 부다페스트의 공문서 대신 무슨 서류를 그 여자아이에게 만들어주었다. 어쨌거나 아이의 아버지는 누구인지 알 수 없었으며, 아이 또한 디베크라는 성을 가지게 되었다. 아이에게는 어머니도 그 누구도 없었기에, 종국에는 할아버지와 그 증손녀 간에 더 바랄 나위 없는 관계가 형성되었다. 그녀는 할아버지를 좋아했고, 안기고 어리광을 부렸는데, 에메렌츠가 가족들로부터 아이를 다시 데리러 갔을 때 디베크 할아버지는 울음을 터뜨리기까지 했다. 그렇게나 귀여웠던 아이를 왜 데려가도록 놔뒀을까 하시며 돌아가실 때까지 불평을 했다고 했다. 반면 그들은 에메렌츠 혼자든, 또는 분명 이제는 부인이 됐음 직한 그 여자아이와 함께든 언제라도 기꺼이 만나겠다고 했다. 유감스럽게도 외할아버지께서는 마치 그녀의 불쌍한 남편처럼 돌아가셨는데, 디베크 가로는 그들만 여기에 살고 있으며 가족들은 여기저기 흩어졌다고 했다.

그 친척은 호의적이었으며, 찌는 더위에도 묘지로 데려다주겠다고 제안했다. 외할아버지와 그녀 부모님의 무덤은 여기에, 에메렌츠의 가족은 나도리의 폐쇄된 공동묘지에 있다고 했다. 이 대목에서 그녀는 당황한 듯 말소리를 조금 낮추었다. 외할아버지는 당신의 딸이 세레다시의 부인이 되는 것을 처음부터 반대했던 이후, 그 목수도 쌍둥이도 자신의 딸도 가까이 허락하지 않았고, 이에 대해 모두는 좋게 생각하지 않았다고 했다. 목수는 세상을 떠날 때까지 벌이도 좋았으며, 소름끼치는 그 비극에 관해서는 전혀 어떻게 할 도리가 없었기에, 외할아버지가 왜 그랬는지는 아무도 알 수 없었다고 했다. 그들의 장례도 나도리에서 치렀다. 모든 이가 세레다시의 희생양이라도 되는 듯 세레다시 옆에서 안식을 취하고 있는 것이다. 그 시절 그 친척은 아직 어렸기에, 물론 모든 것을 좋지 않게 기억하고 있는지도 모를 일이다. 묘지로부터 거리를 두는 누군가도 있다고 했는데, 그들을 좋아했기에 묘지를 보는 것만으로도 우울해져서 그렇다고 한다. 반면 에메렌츠 어머니의 두 번째 남편은 안식처조차 없다고 했다. 하지만 갈리치아에서 다른 이들과 합장했다고 에메렌츠가 분명 말한 바 있었다. 어쨌든 작년 이후 나도리와 처버 둘의 지방 행정관청이 통합되었기에, 만약 부다페스트의 조카가 조치를 취하고자 한다면 늦지 않도록 해야 한다고 했다. 머잖아 오래된 묘지는 파묘할 수도 있으며, 자신은 어린 시절 이후 그곳에 다닌 적이 없어서, 그곳 어디에 세레다시 가의 묘지들이 있는지 알지 못한다고 했다. 그녀는 디베크 가의 딸이었으나 코프로 가의 부인이 되었으므로, 여기에 잠들어 있는 디베크 가와 코프로 가의 묘지를 함께 둘러볼 수 있었다.

아직 시간이 남아서 이후 나는 고상한 취향의, 화강암으로 제작된 오벨리스크를 둘러보았다. 거기에는 망자의 이름들 위로 바빌론의 물결과 버드나무와 그 잔가지에 매달린 바이올린들이 우아하게 그려져 있었다. 그 친척은 나에게 선물도 주었다. 서랍에서 어렵사리 오랫동안 찾은 두 장의 사진이었다. 에메렌츠의 어머니는 정말 예쁜 신부였으나, 진정 나를 놀라게 한 것은 그 사진이 아니라 아주 오래된, 물결 모양으로 가장자리를 깎은 평범한 사진이었다. 거기에는 팔에 어린아이를 안은 에메렌츠가 보였다. 조명이 좋지 않았으나 소녀 한 명만큼은 분명히 보였다. 그때도 에메렌츠는 머리에 두건을 두르고 있었지만 복장만큼은 조금 더 알록달록했다. 그녀에게 썩 잘 어울리지는 않았는데, 아마 그녀가 일하던 어떤 곳에서 찍은 것 같았다. 얼굴은 크게 바뀌지 않은 것 같았으나, 눈에서만큼은 심술 대신 뭔가 상냥하고 청명한 것이 내비쳤다.

한편 내 강의에는 디베크 가와 코프로 가의 사람들이 모두 왔다. 처음에는 분명 누구도 참석할 생각을 하지 않았을 것인데 내가 그들을 방문했기에 예의를 갖춘 것이리라. 강연회 참가 인원이 이렇게 드물 때도 있었다. 이 참석자들은 관심이 있다는 그 어떤 반응도 없이 강연을 들었다. 모두가 더위에 지쳤었고, 나는 수백 번 강연했던 내용을 전하며, 에메렌츠의 팔에 안겨 있던 그 아이는 어디로 가버렸을까 하고 곰곰이 생각해보았다.

나는 되돌아오는 길에 잊지 않고 역 방향으로 한 번 둘러서 갈 것을 사서에게 부탁했다. 사서는 놀랄 법도 했으나 어떤 내색도 하지 않았다. 에메렌츠가 원한 대로 나는 그 교차로를 끝까지 걸어갔다. 다른 곳에 있는 것과 다를 바 없이, 높고 거대한 콘크리트로 된 방치된 시설물 같았다. 돌아오는 길에 나도리에서 운전사가 에메렌츠의 옛날 집에 차를 세웠는데, 거기서 알게 된 바, 오늘날 사람들은 그 집을 "세레다시의 집"으로 부른다고 했다. 막 석양이 지기 시작했을 때였기에, 그 집은 더욱 멋져 보였다. 태양이 시나브로 햇살을 거두지 않고, 갑자기 그냥 사라져버렸다. 그리고 그 어둑함 뒤로 오렌지색과 파란색과 보라색이 여전히 각종 띠를 이루어 빛났다. 그 순간은 비현실적인 여름 저녁들 중 하나였다. 그 옛날의 무대를 발견한 것이다. 그곳은 에메렌츠가 얘기한 그대로, 전면과 옆 벽들이 페인트로 칠해져 있었으며, 건물 면적과 높이도 그녀가 말한 규모 그대로였다. 에메렌츠가 이를 묘사하며 더하지도 빼지도 않고, 그 비율에 대해서도 정확하게 기억했다는 것이 더 놀라웠다. 그녀가 아름다운 어릴 적의 집 대신 동화 속의 성을 꿈꾼 것은 아니었으며, 세레다시 요제프가 세운 집답게 패나 멋진 집이었다. 단순한 호감이 아니라 사랑으로 집을 설계했다는 그들의 말은 영원히 지속되는 고백처럼 감동적인 말이었다. 옛 공방 자리에는 지금도 공방이 있었으나, 그 안에는 전기톱이 있었고 사슬에 묶인 큰 개들이 나를 향해 짖고 있었다. 작은 정원이 있었고, 장미들은 나무가 되어 늙어가고 있었다. 누군가가 플라타너스 옆에다 한 쌍의 단풍나무를 심었는데, 그사이에는 호두나무도 자라고 있었다. 가지에 그녀가 매달려 있었고, 나무 아래에서 아이들이 놀고 있었다.

타작마당은 찾을 수 없었다. 그 대신 군인들처럼 줄 맞춰 서서 풍작을 알리고 있는 옥수수 밭을 보았다. 나는 그 자리에 서서 땅이 그 많은 피와 시신과 막혀버린 꿈과 실패를 덮어버리고 있을 때, 그 땅의 기억은 어떠할까에 대해 깊이 생각해보았다. 이러한 기억들을 어떻게 참고 작물들을 길러낼 수 있을까? 아니면 그러한 기억들이 있어서 생산을 할 수 있는 것일까? 농장장은 젊은 남성이었는데, 내가 차에서 내리는 것을 보고는 코몬도르 개를 분양받으러 온 것으로 생각했다. 나는 개가 있다고 대답하고는, 지금 나와 같은 거리에 살고 있는 누군가가 언젠가 여기에 살았기에, 그냥 건물을 물끄러미 바라볼 뿐이라고 했다. 나에게 코몬도르가 필요 없다는 것을 알게 되자 그는 즉시 내게서 관심을 거두었다. 에메렌츠에게 주고자, 오래된 나무에서 장미 한 송이를 그에게 부탁할까 하고 망설였으나 그러지 않았다.

잘은 모르겠지만, 지금까지 그녀가 자신에게 아이가 있다거나 최소한 있었다는 말을 하지 않은 것을 보면, 에메렌츠의 기억의 우물은 그 심연이 얼마나 되는 것일까 싶었다. 여기에서, 부정할 수 없이 실존하는 그녀 삶의 한때의 무대에서, 내 의식 속에 에메렌츠라는 존재의 실제적인 좌표들을 그려보고자 했다. 하지만 그것은 성공하지 못했다. 여기에 이미 그녀의 집은 없다. 지금 그녀가 살고 있는 거기에도 아직 집이 없다. 말하자면 그녀의 집은 그런 환경 속에서는, 만약 있다고 하더라도 세상과 단절된 그런 집인 것이다. 빛을 잃고 땅거미를 채색하고 있는 저 줄무늬들 사이에서 푸르러지는 이 저녁에, 단 하나의 사실만은 분명했다. 그녀에게 이 마을은 사라졌다. 에메렌츠는 그녀를 받아준 도시로 떠났지만, 그 도시를 받아들이지 않았다. 실제로 그녀와 그 도시를 이어주는 유일한 매개물은 닫혀 있는 문 뒤에 있으리라 예감했다. 언젠가 그녀가 그것을 보여 준다면 알 수 있겠지만, 그녀에게는 그럴 의도가 전혀 없다. 다시 차로 돌아와 앉았다. 기억을 묻어두고자 관목 잎 하나도 꺾지 않았다. 우리는 집으로 향했다.

에메렌츠가 집에서 기다리지 않을 것임을, 여전히 오래진 자신의 삶의 조각들이 어땠는지 전혀 들을 마음이 없고, 자기가 그것에 관심을 가지고 있다는 것을 어떻게든 드러내지 않을 것이기에 오히려 더 기고만장할 것임을 나는 알고 있었다. 비올라와 함께 화려한 점심을 했다고 전하는 남편에게 나는 귀가 인사를 하고는 그녀에게 건너갔다. 비올라가 앞장서서 앞마당으로부터 정원 쪽으로 달려갔는데, 에메렌츠는 일어서지도 않은 채 그곳 벤치에서 바람을 쐬고 있었다. '가만히, 조금만 기다려보세요. 이제 곧 핵폭탄이 내려칠 거예요. 짐작하고 있지요? 당신 삶의 여러 일들 중에서 당신이 잊고 전하지 않은 몇 가지가 이제 내가 하는 말에 등장하리라는 것을요.' 나는 우선 그 시계 장인을 언급했으며, 그러고는 탐침을 더 깊이 밀어 넣었다. 그녀의 사촌이 얼마나 쾌적한 환경에서 살고 있는지를 묘사했고, 외할아버지는 정말 완강한 분이었을 법했다고 전했다. 왜 망자들을 벌했는지, 그렇지 않아도 그들은 이미 충분할 정도로 불행을 겪었던 사람들인데 왜 그랬는지, 그분의 생각을 이해할 수 없다는 말을 꺼냈다. 왜 무덤들이 폐허가 되도록 놔두었는지, 그런 것은 무척이나 예의에도 어긋나는 일이라고 이야기했다.

에메렌츠는 나와 상관없는 희미한 그 무엇을 보고 있는 사람처럼 멀리 허공을 응시했다. 갑자기 부끄러움이 파도와 같이 나를 덮치는 듯했다. '글쎄, 나는 왜 개인사의 영역으로 에메렌츠를 밀어 넣는 걸까? 그녀에게서 무엇을 바라고 있을까? 고백이라도 바라는 것일까? 그 수많은 해 동안 1센티미터도 그녀는 나를 가까이 허락하지 않았는데, 혼외자식에 대해 그녀가 알려주기를 나는 원하고 있지 않은가?' 그 시절에 그것은 분명 그녀에게 문제만 되었을 법하고, 경멸과 어떻게 할 수 없는 물의만을 의미했을 텐데 말이다. '내게 도착증이 있는 것일까, 가학증이 있는 것일까? 그녀의 젊은 시절 사고방식에 따르면 부정할 만한 그 어떤 것을, 지금은 자랑스러워할 것이라고 나는 바랐던가?' 에메렌츠는 비올라의 머리를 자신의 무릎에 붙이고는 정원 쪽으로 등을 돌리더니, 이후 오직 나만 바라보았다. 이렇게 묘사한다는 것이 우스운 일이지만, 비올라는 항상 에메렌츠의 딸에 대해 알고 있었다고 나는 느꼈다. 왜냐면 에메렌츠는 비올라에겐 내가 궁금해하던 그 모든 것을 이야기했기 때문이다.

"당신에게 이미 얘기했었지요." 일상의 대화 톤으로 그녀가 말을 꺼냈다. "벌써 오래전에 돈은 다 모았지만, 석조무덤으로 안장될 나 자신의 죽음을 기다리기로 결정했고, 그때가 되면 조카가 모든 것을 처리할 거라고요. 외할아버지를 증오하지 않아요. 그냥 그런 분이니까요. 질투심 많고 냉정하며 그분에게서 어머니를 데려간 아버지를 절대 용서하지 않으셨고, 나를 좋아하지도 않았지요. 그분께 이를 비난하지는 않지만, 그분의 죽음으로 망자들이 쫓겨난 것, 그것은 아직도 계속되고 있어요. 일부는 내가 모시고 올 거예요. 당신이 보겠지만, 우리의 석조무덤은 부다페스트에 아직 세워지지 않은 그런 것이 될 거예요. 나중에 내가 말하는 대로 당신이 아는 화가나 아니면 조각가 친구가 도안할 거예요. 처버둘에서 사람들이 수군거릴 것을 외할아버지가 두려워했다면, 이 정도로까지 되지는 않았을 테지요. 게다가 나는 그 어린아이까지 맡겼고, 그 늙은이는 악마보다 더 똑똑했으니 알았던 거지요. 말하자면 부끄러웠던 거예요. 그리고 무덤을 돌보지 않는 것으로 나를 가장 크게 내리치는 거지요. 무덤에다 비아냥거리는 거예요. 그러니까 그냥 그 목판으로 된 묘비가 썩도록 놔두었던 거지요. 나는 부다페스트에 살았으니 묘지에 다닐 수가 없었고요."

아, 그녀가 먼저 말을 꺼낸 것은 정말 다행이었다. 나는 그 사진들을 그녀에게 건넬 수 있었다. 에메렌츠는 두 장의 사진 모두를 오랫동안 보았다. 얼굴에는 감정이 없었는데, 나는 그녀가 아마 감동을 받거나 얼굴이 붉어질 것이라고 상상했었다. 내가 왜 그렇게 진정으로 믿고 있었는지 모르겠지만, 그리고 에메렌츠의 금지된 도시에 무슨 물건이 있는지 내가 어떻게 알 수 있으랴마는, 저 안에 그녀의 어린아이의 사진들이 앨범 하나 분량으로 있다고 생각했다. 하지만 그녀는 한 명의 어머니처럼, 아니 최소한 자신의 과거가 지금 드러나서 충격을 받은 어머니처럼 그 사진들을 보는 것이 아니었다. 그보다는 전장에서 항상 승리를 거두는 것에 너무나 익숙한 한 명의 군인처럼 사진들을 보고 있었다.

"얘는 에바예요." 그녀가 설명했다. "저번에 그 애를 기다렸지요. 미국에 살고 있는데, 내게 송금을 해요. 소포들도 보내는데, 그걸 받으려면 서류 때문에 여기저기를 다녀야 해요. 그중에서 필요 없는 화장품이나 크림은 당신에게 주곤 하잖아요. 처버둘에서 부다페스트로 데려왔을 때, 그 애는 사진처럼 이랬어요. 지금은 어떤 얼굴을 하고 있든 보고 싶지 않네요. 내가 불렀을 때 오지 않았으니까요. 내가 부르면, 저번에 부른 것처럼요, 그러면 그 애는 와야만 해요. 세상이 두 쪽 난다고 해도 그래야 해요. 내가 아니었다면 벽에 짓이겨져 죽었거나 가스실로 보내졌을 테니까요."

그녀는 마치 자신에게는 필요 없다는 듯, 나에게 그 사진을 내밀었다.

"단순했을 거라고 생각하나요?" 이에 관해 얘기하는 것이 지금도 그녀에게는 쉬운 것이 아님이 느껴졌다. "그때까지는 모두 나를 존중했고, 나 세레다시 에메렌츠는 분명하고 올바르고 제대로 된 삶에 대한 하나의 용어로 통했어요. 남자들이 어떤 존재들인지 그 에메렌츠는 자신을 희생해가며 배우게 되었지요. 그는 가버렸어요. 그리고 몇 해 동안 모았던, 적은 자산이었던 돈과 그 모든 것을 이발사가 갖고 도망쳤을 때, 에메렌츠는 양잿물을 마시지 않았어요. 어떤 일도 일어나지 않은 것처럼 자신을 다잡았지요. 그녀에게 다시는 약혼자가 없을 것이며, 남자를 절대 가까이 두지 않을 것임을 선언했고요. 남자들은 다른 사람을 바보로 만들고 약탈할 뿐이라고 생각했어요. 그러고는 그 누구도 나를 건들지 않았어요. 글쎄요, 어떻게 생각하세요? 팔에 아이를 안고 외할아버지 앞에 등장해서 떡하니 그분 앞에 그 아이를 세우는 것이 얼마나 즐거운 일이었겠어요?

'부다페스트에서는 먹여 살릴 수도 없고, 응석을 받아줄 시간도 없으니 여기서 애가 빈둥거리는 게 나아요. 어떤 악당 녀석이 나를 건드려서 지금 여기 이 애가 있는 것이니 내가 어떻게 하겠어요? 전쟁이 끝날 때까지 제 아이를 맡아주세요.'

부다페스트에서 아이를 키울 수는 없었어요. 위험했고, 아이를 갇혀 지내게 할 수는 없었어요. 아이는 몸을 놀려야만 하고 신선한 공기가 필요하니까요."

관목들이 바스락 소리를 냈다. 비올라는 에메렌츠의 신발에 머리를 올려둔 채 잠이 들었다.

"글쎄요, 아직 그 유대법들을 기억하지요? 늙은이들은 청산가리를 마셨어요. 젊은 사람들은 돈을 내고 도망갔지만, 어린아이를 데리고 두 손 두 발로 산길을 헤치며 갈 수는 없었지요. 그들은 내게 그 아이를 건넸어요. 그로스만 부인은 알고 있었어요. 나에게 에바가 어떤 존재이고, 에바에게 나는 또 어떤지 말예요. 누구라도 가까이 오면, 그 어린아이는 울면서 어머니의 품에서도 내 품으로 오려 했어요. 독일인들이 모두 강도는 아니었어요. 이 저택은 독일 공장주의 것이었는데, 그로스만 씨 가족이 빠져나갈 수 있도록 그 사람이 주선했지요. 그가 여기에 나를 집사로 고용했고, 자신의 고국으로 돌아가기 전에 모든 것을 나에게 맡겼어요. 내가 이 집에 들어오고, 젊은 그로스만 씨 가족은 국경을 넘기로 얘기가 되었지요. 그리고 나는 그 어린것을 시골로 데려갔고요. 그 아이가 부모와 함께 사라졌다고 사람들이 믿는 것이 더 현명한 일이었지요. 그리고 그곳에 닿은 후 내가 어떻게 취급받았는지에 대해서는, 그것은 보통 이상이었으니 묻지 마세요. 나는 다시는 고향에 가지 않겠다고 생각했어요. 그래요, 나를 차고 때리라고, 누구에게 그 어떤 얘기를 해도 괜찮으니 어린애만큼은 그냥 놔두시라고 외할아버지에게 말했어요. 그리고 애 돌보는 비용으로 쓰시라고 그로스만 씨 가족에게 받은 돈과 귀금속을 건넸어요. 외할아버지는 내가 전쟁의 혼란을 틈타 훔쳤다고, 그로스만 씨 가족을 털었다고 생각했어요. 내가 건넨 게 적은 것은 아니었기 때문이었지요. 걱정 마세요, 할아버지는 그것을 받았으니까요. 그것으로 그들은 몇 년 동안 그 어린애를 보살폈어요. 그때 그로스만 씨 가족이 돌아왔고, 나도 아이를 데리러 갈 수 있었지요. 그 불쌍한 사람들은 여기서 새로운 삶을 시작했지만, 이후 다시금 낯선 사람들 속으로 되돌아갔어요. 그들에게 남아 있었던 것들과 내가 이미 이 집으로 옮겨두었던 가구들을 감사의 표시로 나에게 주었어요. 그리고 그들은 또 사라졌지요. 이미 라코시가 다시금 난리를 치기 시작해서 여기 머무르는 것을 두려워했거든요. 교차로에는 들르셨어요?"

나는 그렇다고 대답했다.

"꿈에서 자주 보았어요. 내 뒤로 가축들이 따라 내렸던, 항상 내가 마지막으로 보았던 모습 그대로였기에 한 번 보고 싶었어요. 빵 색깔의 어린 암소가 한 마리 있었지요. 송아지 때부터 내가 키웠고, 내 눈에는 두 명의 어린 동생 외에 그 어린 암소가 세 번째 아이였어요. 그 쌍둥이의 머리칼같이 비단결 같은 털을 하고 있었어요. 코는 분홍색에다, 부드럽고 우유 냄새를 풍겼는데, 마치 내 동생 같았어요. 그 어린 암소가 나를 따라다녔기에 사람들은 웃곤 했어요. 이후 그 암소를 팔아야 했을 때는 나를 천장 위에 있는 다락방에 가두고는, 내가 따라오지 못하게 사다리를 아래로 치웠더랬어요. 시골에서는 그때까지 아이가 생떼를 부리는 것이 전례 없는 일이었고, 애들을 흠씬 패곤 했지요. '어떻게 할까, 아직도 이 상황을 이해하지 못하면 널 패죽일 거야'라고 사람들이 말했어요. 지금은 다를 수 있겠지만 그곳에서 요즘도 이 모든 것이 허락되는지 모르겠어요. 어쨌든 나를 흠씬 두드려 패고는 다락문도 닫아버렸어요.

그래도 나는 내려갔지요. 만약 그 어린 암소를 팔게 된다면 열차로 데려갈 것임을 알고 있었으니까 교차로로 달려갔어요. 하지만 내가 도착했을 때는 벌써 화물차에서 다른 주인들이 판매한 가축들 옆으로 그 암소를 밀어 넣고 있었어요. 암소는 그 위에서 울고 있었고, 나는 그 이름을 소리쳐 불렀지요. 아직 문을 채 닫지 않았던지라, 암소는 내가 부른 소리에 그 높은 곳에서 뛰어내렸어요. 아이가 바보였던 거죠. 불렀으면서도 뭘 해야 할지 나는 몰랐어요. 암소는 양발로 뛰어내려서 두 다리가 모두 부러졌어요.

암소를 잡기 위해 사람들이 집시를 불렀지요. 할아버지는 욕설을 퍼부었지만 그 소중한 암소가 아닌, 그렇게 쓸모없고 소용없는 내가 차라리 죽고 싶었어요.

사람들이 그 암소를 잡아서 고기 근을 매겼어요. 도살하고 토막내는 광경을 나에게 끝까지 보여주었어요. 내 느낌이 어땠는지는 묻지 마세요. 누구도 죽음에 이를 정도로 사랑하지 말라는 교훈을 당신이 얻었으면 해요. 슬퍼하게 될 거예요. 지금 바로 그렇지 않다면 나중에라도요. 누구도 사랑하지 않는 것이 가장 좋아요. 그렇다면 당신의 그 누군가를 도륙할 일도 없을 것이고, 그 대상 또한 열차에서 어디로 뛰쳐나갈 필요가 없겠지요. 자, 이제 집에 가세요. 우리 둘은 이미 많은 이야기를 나눈 것 같아요. 비올라도 지쳐 있네요. 집에 데려가세요. 비올라. 그 어린 암소를 집에서 비올라라고 불렀어요. 더군다나 어머니께서 그 이름을 지어주셨지요. 이제 출발들 하세요, 비올라가 졸려 하네요."

불멸의 초상은 하루 종일 일을 했던 나도 아니고, 오가며 청소하고 거리를 청소했던 그녀도 아닌, 비올라다. 교차로에, 또는 개의 모습으로 우리의 거리에 있던 그 비올라다.

그녀가 바란 대로 나는 집으로 갔다. 에메렌츠는 내가 전한 말들을 곱씹으며 혼자 있기를 원한다고 생각했다. 지금은 그녀 주변의 모든 것이 분명하게, 한꺼번에 등장했다. 그로스만 가족과 나쁜 사람이 아니었던 그 공장주, 처음에 혼자만 살았던 그 빈집. 나중에는 지속적으로 그 집의 주민들이 바뀌었다. 우선 독일인들이, 그러고는 헝가리 군인들이 그곳으로 몰려들었다. 그들이 사라지자 헝가리의 나치주의자들, 그 뒤로는 소련인들이 들어왔다. 에메렌츠는 그들 모두에게 요리와 빨래를 해주었다. 그 집이 국가의 소유가 되었고 그로부터 공동주택이 되었다는 것은 나 또한 알고 있는 바였다. 이 모든 것들 사이에, 아래에, 뒤에, 그곳에는 생채기가, 짓이겨진 그 제빵사가, 악당인 그 이발사가, 처버둘에서 수치를 안겼던 그로스만 에바가, 그 어린 암소가, 손잡이에 목이 매달린 그 고양이가, 그리고 진정한 사랑이 있었다는 것도 내가 알고 있는 바다.

에메렌츠는 그 고양이도 과연 그렇게 불렀을까, 비올라라고?

영화 촬영

대학 시절에 나는 쇼펜하우어를 지독히 싫어했다. 나중에서야 감성적 관계는 공격 대상이 될 수 있다는 그의 테제들 정도는 수용해야 한다고 생각했다. 그리고 사람들의 접근을 허용하면 할수록 더 많은 채널을 통해 나에게 위험이 닥칠 수 있다는 것도 알게 되었다. 에메렌츠에게도 이제부터 신중해야 한다는 나의 인식은 단순한 문제가 아니었다. 그녀의 존재는 이미 내 삶의 한 부분이 되었고, 언젠가 그녀를 잃을 수도 있다는, 그리고 내가 그것을 극복한다고 하더라도 그녀가 남긴 흔적의 더미 속에 더 많은 그녀가 있을 것이라는 생각이 미리 나를 공포로 몰아넣었다. 모든 곳에 현존하는 그녀가 그 어떤 곳에도 고정되어 있지 않다는 점이 나를 황폐하게 만들었고, 절망에 빠뜨렸다.

에메렌츠의 행동은 예상할 수 없는 요소들로 인해 일관성이 없었다. 그녀는 낯선 사람들도 나의 인내심에 놀랄 정도로 가끔씩 거절과 무례함으로 나를 대했다. 그렇다고 해도 그녀에 대한 나의 이런 인식은 바뀌지 않았다. 이미 오래전에 나는 에메렌츠의 표면적인 지형의 변화에 대해서는 눈길을 거두었기에 거절과 무례는 중요하지 않았다. 그녀도 그랬을 법한데, 그녀는 또다시 모험에 자신의 마음을 내맡기고 싶어 하지 않았으나, 버틀러처럼 그녀 자신의 마음에 똬리를 트는 나에 대한 집착만은 막을 수 없었다. 내가 아플 때면 그녀는 남편이 직장에서 아직 돌아오지 않았을 동안 나를 간호했다. 에메렌츠는 아픈 법이 없었고, 부엌일이나 다른 일 중에 겪은 사고들에 신경도 쓰지 않았기에 나는 결코 비슷하게라도 이를 갚을 수는 없었다. 기름이 그녀의 발에 튀거나 고기 저미는 칼에 상처가 나도 소리 한 번 지르지도 않고, 집에 있는 것들로 스스로 처치했다. 에메렌츠는 불평하는 사람을 경멸했다.

  나중에는 서로의 집을 찾는 것에 이미 그 어떤 이유나 동기도 필요하지 않았다. 우리 둘 다 알고 있었으니 어떤 말을 할 필요도 없었다. 우리는 함께 있는 게 좋았던 것이다. 집에서 혼자 머물고 있을 때 그녀도 나도 시간이 나면, 우리는 이야기를 나누었다. 나의 어떤 책 한 권이라도 그녀가 읽을 수 있도록 납득시키는 것은 여전히 불가능했다. 하지만 사람들이 비판적으로 나의 작품을 받아들이면, 이는 이제 그녀에게도 영향을 주었다. 문학정책에 몰아치는 파도가 나 개인을 대상으로 향하는 공격이라고 그녀는 느꼈으며, 비평에 분노하여 분을 삭이지 못하기도 했다. 한 번은 총경에게 그 비평가를 고발하는 것이 어떻겠냐고 묻기도 했다. 아무리 화를 가라앉

히려 해도, 이럴 때 그녀의 노기와 증오는 커져갔다. 나의 일을 어떤 종류의 성과로 보는 것에 반대하는 노력을 이제 그녀는 이미 하지 않았다. 그렇다고 글쓰기를 완전한 가치를 지닌 것으로 여기지도 않았으나, 자신이 경멸하지 않도록 그녀는 거기에 하나의 사상을 부여했다. '글쓰기라는 것은 어린이가 진지하게 생각하는 놀이와도 같은 직업이며, 그 어떤 중요한 것과두 상관이 없다. 그럼에도 애를 써서 수행하지만, 그것은 그냥 놀이일 뿐이다. 게다가 실제로 피곤해지기까지 한다.' 무無에서, 단어에서 어떻게 소설이 만들어지는지, 작가가 신문기자나 독자에게도 실질적인 답변을 할 수 없는 그런것에 대해 그녀는 꼬치꼬치 캐물었다. 나는 그녀에게 창조의 일상적 마술에 대해 설명할 수 없었고, 어떻게 어디서부터 문자가 빈 용지에 닿게 되는지 그녀가 느낄 만큼 말로 설명할 수 없었다. 영화 제작에 대한 이해는 그녀가 더 쉽게 접근할 수 있는 것으로 보였다. 스튜디오에서, 혹은 야외에서 무엇이 창조되는지, 우리가 영화를 촬영한다는 것은 무엇을 의미하는지에 대해 그녀가 관심을 가지기 시작했을 때, 나는 드디어 그녀를 나의 영역으로, 최소한 그 가장자리로 이끌 수 있겠다는 희망을 가졌다.

그러던 어느 날, 한 번은 영화 일을 할 기회가 생겼다. 매일 아침 스태프의 자동차가 나를 데리러 왔고, 우리는 스튜디오로 서둘러 출근했는데, 내가 귀가했을 때 그녀는 어떤 일이 있었는지, 다른 사람 누가 거기에 있었고 무슨 말을 했는지, 하루가 어떻게 지나갔는지, 거기에서 실제로 우리가 하는 일은 무엇인지 등을 심문하며 나를 고문했다. 하루는 그녀에게 다음 날 스튜디오로 함께 가자는 말을 꺼냈다.
　그녀는 공원묘지를 제외하고는 집에서 멀리 나간 적이 없었기에, 사실 나는 그녀가 오는 것을 바라지는 않았다. 하지만 다음 날 이른 아침 그녀는 대문에서, 명절 옷차림으로, 깍지 낀 손가락 사이에 티 하나 없는 손수건과 한 송이 마저럼을 들고 기다리고 있었다. 우리가 스튜디오 안에서 나누는 냉소적인 그 모든 평들, 게다가 가끔 서로 간에 벌어지는 격렬한 다툼, 이보다 더 나쁜 것은, 시간은 빠르게 지나가고 촬영할 때는 모든 시간이 비용이기 때문에 다시금 서로를 찌를 시간이 날 때까지 우리가 분을 삭이고 복수심을 억누르고 있는 것, 이 모든 것들이 그때 떠올라 나는 갑자기 얼굴이 달아올랐다. 그녀가 명절 옷을 입고 무언가를 보기 위해 기다리고 있으며, 생사가 달린 양 이 방문을 심각하게 여기고 있는 것이었다.
　반면 그 누구도 에메렌츠가 영화 촬영인들 가운데서 무엇을 하려는지 꼬치꼬치 캐묻지 않았다. 수위실에서 그녀를 엑스트라로 믿을 정도로 에메렌츠는 스튜디오의 마당에서 그렇게나 자연스럽고 편안하게 걸음을 옮겼다. 그녀는 마치 한 명의 또 다른 작가, 또 한 명의 배우 같았다. 에메렌츠는 그녀의 자리로 표시된 곳에 앉아 스튜디오를 주시했다. 질문도 하지 않고 움직이지도 않았으며 그 누구도 방해하지 않았다. 어려운 장면들의 연속이었다. 그 장면들은 본능적으로 되어야만 하는, 그러지 않고는 효과가 나지 않는 장면들이었다. 항상 하던 대로의 분주함이 가득했고, 준비된 익숙한 요소들이 순서대로 뒤따랐다. 분장, 대사 반복, 조명, 거리 측정, 세팅, 레디, 액션. 그리고 우리는 다시 이를 반복했고, 머르기트섬에서 촬영을 이어갔다. 에메렌츠는 자동차 안에서 놀란 눈으로 밖을 쳐다보았다. 언젠가 한 번이라도 본 적이 있는지는 모르겠으나, 그렇더라도 이후 수십 년 동안은 이 너지호텔에 오간 적이 없는 듯한 시선이었다. 외부 장면은 밖에서 촬영했는데, 헬리콥터에서 2번 카메라맨이 촬영을 담당하고 있었다. 에메렌츠는 한 번은 그를, 또 한 번은 다른 카메라맨이 타고 있는 기중기를 보았다. 지고한 사랑의 장면에서 촬영은 사랑을 그려내는 배우들의 것이라기보다는 여기서는 최소한 기계와 기술자들의 것이었다. 남녀 배우는 감정의 기복으로 마치 현기증이 난 듯했고, 숲이 그들을 덮치기라도 하는 듯했다. 숲과 땅과 세상이 떠다녔다. 그들은 촬영한 부분을 모니터로 다시 보았다. 모든 장면을 성공적으로 완벽하게 담아냈다. 이런 경우는 드물었다.

  우리는 무언가를 먹고 있었는데, 에메렌츠는 너지호텔에 들어가 앉을 생각도 하지 않았다. 이미 그때 그녀는 적대적이고 비우호적이었으며, 둘러보려고도 하지 않았다. 나는 그녀의 여러 표정들을 알고 있었다. 지금의 표정은, 이제 진력나게 보았으며 더 이상 머물지 않겠다는, 집에 가자고 재촉하는 표정이었다. 나는 무슨 문제가 있다는 것을 느꼈고, 이미 여러 번이나 그랬던 바, 다시금 왜 그런지 그 이유를 풀어낼 수 없었다. 나중에 집에 도착하면 그녀가 얘기할 것이라고 생각했다. 다행히 나의 일도 끝났기에 작별 인사를 하고 에메렌츠와 함께 집으로 향했다. 차 안에서 그녀는 마치 숨이 막힌다는 듯, 즉시 그 명절 복장의 목에 달린 단추 두 개를 풀었다. 무엇이 그녀의 마음을 상하게 했는지 마침내 밝혔을 때, 그때만큼 그녀의 목소리가 씁쓸한 적은 좀처럼 없었다.

    에메렌츠는 우리가 거짓말쟁이, 사기꾼이라고 했다. 그 어떤 것도 사실이 아니라고 했다. 우리가 나뭇가지에 달린 무성한 잎들만 보이게끔 무언가 속임수를 써서 나무를 옮긴다고, 헬리콥터가 선회하면서 촬영을 하니 포플러나무는 움직이지도 않지만 관객인 그녀는 그 나무가 날뛰고 춤을 추며 숲 전체가 돌아가는 것으로 믿게 된다고 했다. 이것은 완전히 사기이고 구역질나는 짓이라고 했다.

    나는 그녀의 말이 사실이 아니라고 방어했다. 춤추게 만든 나무는 관객이 그렇게 느끼기 때문에, 그럼에도 불구하고 춤을 추는 것이다. 그 식물이 정말로 움직이는지 그렇지 않은지, 또는 전문 기술자가 어떻게 움직임의 이미지를 만드는지 하는 것들은 우리가 상관할 일이 아니며, 단지 그 효과가 중요할 뿐이다. 나무뿌리가 나무를 굳게 받치고 있을 때 숲을 여기저기로 움직이게 하려면 어떻게 해야 하는지, 그럴 경우 도대체 그녀는 어떻게 생각하는지 물어보았다. 그녀는 실제처럼 보이게끔 하는 것은 예술이 아니라고 생각하는 것일까?

    "예술이지요." 씁쓰레한 목소리로 이 말을 반복했다. "만약 당신들이 실제로 그렇다면, 예술가들이라면, 그러면 모든 것이 사실이겠지요. 그 춤도 그렇고요. 그렇다면 당신들은 바람을 날리는 기계나 그 무슨 놈의 다른 기계가 아닌, 말로써도 무성한 잎들을 날릴 수 있겠고요. 하지만 당신들은 스스로 아무것도 못하잖아요. 당신도, 다른 그 어떤 사람들도 말이에요. 모두 광대들이에요. 그리고 당신들은 사기꾼보다 더 비열하고 나빠요."

마치 내가 보는 데서, 그녀가 무언가 내게는 이해할 수 없는 게헨나(성경에 등장하는 저주받은 장소 — 옮긴이) 깊이 떨어진 듯, 마치 우물 밑바닥으로 떨어져서 이제는 거친 숨소리만, 그리고 저주만 들리는 듯했다. 나는 놀라서 그녀를 쳐다보았다. 그 카메라맨이 사람들을 향해 손을 들 필요도 없고 헬리콥터조차 필요 없는 순간이 물론 있다고, 마지막에는 속삭이는 듯한 목소리로 그녀가 말했다. 식물계는 저절로도 춤을 추기 때문이라고 했다. 하느님 맙소사, 그녀의 삶에서 이 파우스트적인 순간은 어떤 때였을까? 언제 그녀는 시간에 대고 멈추라고 소리를 질렀을까? 그녀 주변을 나무들이 감싸 돌고 있었기에 그랬던 것일까? 그때가 언제인지 나는 알 수 없을 테지만, 어디에선가 그런 때는 있었을 것이다.

한 번은 그녀가 우리 집에서 녹음기의 구조에 대해 알게 되고 이미 발화된 문장 또는 곡조가 재생될 수 있다는 것을 배웠을 때, 만약 인간의 삶을 하나의 테이프에 고스란히 담는다면 어떨까, 다시 되돌릴 수 있다면, 그리고 원하는 대로 멈추거나 반복할 수 있다면 어떨까 하고 그녀가 이야기한 적이 있었다. 그녀는 있었던 그대로에 대해, 그리고 죽을 때까지 일어날 것에 대해, 하지만 자신이 원하는 부분을 되돌린다는 조건으로 그것을 수용할 수 있을 것이라고 했다. 나는 그녀의 삶 어느 부분에서 그 기계를 멈추고자 하는지 감히 물어보지 못했다. 하물며 그 이유도 묻지 못했다. 물어본다 한들 말하지 않았을 것이다.

그 순간

　나는 묻지도 않았다. 하지만 그녀는 말했다. 그녀가 이유를 밝히거나 혹은 논리적이 될 때는, 그런 환경들에 놓여 있을 때가 아니라 때가 되었다고 그녀가 느낄 때였다. 에메렌츠에게 어떤 것에 대한 믿음이 있다면 그것은 시간에 대한 믿음이었다. 그녀가 지닌 개인적인 신화 속에서 시간은 물레방아가 끝없이 도는 방앗간 주인의 제분 작업과 같았으며, 누구의 포대가 맡겨지는가에 따라 제분기가 사건들을 솎아냈다. 에메렌츠의 믿음에 따르면, 그때까지 살지 못한 사람은 있어도 그 누구도 제외된 사람은 없었다. 그 방앗간 주인은 죽은 사람의 곡식도 제분해서 포대에 담는데, 다른 사람들은 단지 그 밀가루를 등에 지고 가져가서 그것으로 빵을 만들 뿐이었다. 나의 포대는 이미 그녀가 지닌 감정의 백열이 사랑만이 아니라 완전한 믿음 또한 의미했을, 크게 잡아 3년 이후에야 그 순서가 되었다.

모든 사람들이 에메렌츠를 신임했으나 그녀는 그 누구도 믿지 않았다. 더 정확히 말하자면, 믿음의 빵가루들을 선택된 사람들에게만 나누었다. 총경과, 나, 세상을 떠난 폴레트, 조카 등등에게, 누구에게는 이런 것을, 또 누구에게는 저런 것을 주었다. 그녀는 판단하고 이해한 바에 대해, 그리고 당사자에게 해당하는 것에 대해 이런저런 이야기를 아델카에게, 총경에게, 슈투에게 했고, 만능인에게는 또 다른 종류의 이야기를 했다. 한참이나 지나서야 알게 된 것을 예로 들자면, 처음 나에게 털어놓았던 그 쌍둥이가 죽은 이유를 그녀는 조카에게는 절대 얘기한 바 없었다. 에메렌츠는 조카의 아버지가 그녀에게 단 한 명의 동기라는 관점에서, 그 조카를 자리매김하고 있었던 것이다. 사후에도 우리 모두의 화난 모습을 보고 싶었던 듯, 에메렌츠는 자신의 완전한 전체 모습을 그 누구에게도 보이지 않았다. 우리는 그녀의 개인사를 끼워 맞추고자, 각자에게 주어진 정보의 조각들을 다른 사람들의 것과 맞추어보았다. 그녀는 망자들을 매개로 우리를 놀리기라도 하는 것 같았다. 최소한 3개의 핵심적인 정보는 그녀가 영원히 가져가버렸다. 그녀의 모든 행동에 대한 설명은 항상 완전하지 않았고, 아마 앞으로도 절대 완전하지 않을 것이다. 사후에 그녀가 우리를 뒤돌아보았다면 이에 만족했을지도 모를 일이다.

신화 속 그녀의 방앗간 주인이 이제 나의 포대를 순서에 맞춰 올려놓은 그날을 나는 정확하게 기억하고 있다. 그날이 종려주일이었기 때문인데, 나는 늦을까봐 걱정을 하며 교회로 가고 있었다. 그녀가 나를 멈춰 세워서 달갑지 않았다. 나는 주님과 대화를 나누러 멀리, 소녀 시절에 다녔던 친근한 퍼쇼 개신교회를 다녔다. 그 교회는 내가 부다페스트에 왔던 시절, 그 의심과 환희의 기억을 지금도 간직하고 있다. 에메렌츠는 바로 우리 집 문 앞을 쓸고 있었는데, 이것도 하나의 메시지라는 것을 나는 알고 있었다. 다시금 그녀는 교회에 가는 시간에 내가 여기에서 그녀와 마주치도록 빗자루질하는 시간을 맞춘 것이다. 이로써 그녀의 영원한 메시지, 즉 자신 앞에 음식이 놓여서 예배 후 먹을 준비만 한 채 집에 당도하는 사람은 얼마나 쉽게 독실해질 수 있는지를 내가 깨우치라는 것이었다. 그녀는 내가 지은 죄로부터 벗어났다면 점심식사 후 자신에게 들르라고, 나와 얘기할 어떤 일이 있다고 했다. 그 제의가 가히 기쁘지는 않았다. 종려주일은 내가 특히 좋아하는 축일이라서 그렇기도 하거니와, 어머니의 유골을 파르카슈레트 공원묘지에 모신 이래, 항상 일요일 오후에는 예정된 일정이 있었기 때문이었다. 그녀는 4시에 건너와 줄 것을 청했고 나는 3시라고 답했다. 그녀는 절레절레 머리를 흔들었다. 3시는 불가능한데, 3시에 그녀의 친구 한 명과 조카를 그곳으로 불렀다고 했다.

"그러면 2시로 하지요."

"2시도 불가능해요."

2시에 그녀는 슈투와 아델카에게 점심식사를 주므로, 내가 그들을 방해하지 않게 4시에 오라고, 이제 되었다고 했다. 나는 죄의 고백에도, 죄의 용서에도 필요한 내 안의 고요함이 부족하여 축일 성찬을 받지 않았다. 에메렌츠가 나를 화나게 했기에, 평온함 대신 긴장된 신경 상태로 귀가했다. 비올라가 집에 없다는 것을 와서야 알게 되었는데, 그녀가 비올라도 점심에 초대했다는 이유로 데려간 것이었다.

에메렌츠는 가장 거칠고 험악한 것들보다는 가장 고상한 감정들을 불러일으키는 데 분명 적합한 인물이었다. 하지만 나는 그녀를 좋아했던 것과 동시에 가끔씩 나 자신의 감정에 놀랄 정도로 그녀에게 화가 나기도 했다. 비올라를 일정한 경계까지만 다룰 수 있다는 데 나는 이미 익숙해졌으나, 비올라를 점심식사에 초대했다는 그런 터무니없는 소리를 듣지 않았다면 아마도 그렇게까지 자제력을 잃지는 않았을 것이다. 그 말로 인해 나는 그 길로, 교회에 갔던 차림 그대로, 화가 난 채 에메렌츠에게 달려갔다. 한 번은 작가협회의 모임이 어떤 서구 대사의 저녁 만찬과 시간이 겹치는 바람에, 우리는 만찬에 거의 한 시간이나 늦은 적이 있었다. 이후 그들은 우리를 다시는 초대하지 않았으며, 국경일 행사에서도 우리와 동선이 겹치지 않도록 했다. 어쨌든 그 저녁 만찬 이후 대사 부인은 자신의 우월적인 지위와 비교해서도 매우 호의적으로 우리를 이해한다는 제스처를 보냈는데, 불청객인 내가 들어섰을 때 에메렌츠가 나를 대한 태도도 이와 같았다. 그녀는 앞마당에 화려하게 차린 식탁에서 슈투와 아델카와 깊은 이야기를 나누며 앉아 있었다. 내가 들어서며 마당의 철문이 삐걱거리는 소리를 내자, 비올라가 나에게로 달려오더니 내 옷으로 뛰어올랐다. 에메렌츠는 일어서지도 않고 눈을 한 번 들어 시선을 던지고는 닭 수프를 건넸다. 내게 자리를 만들어주려고 슈투는 저 안쪽으로 물러났다. 에메렌츠는 그렇게 하지 말라고, 내가 여기 머물지는 않을 것이라고 눈짓으로 일렀다. 나는 그 모든 것 때문에 말로 표현할 수 없을 정도로 화가 나서 한마디 말만 내뱉었다. "비올라를 집으로 데려가겠어요."

"좋을 대로 하세요. 하지만 아직 점심을 먹지 않았으니 먹이도록 하세요."

비올라는 제자리에서 뛰어오르더니, 식탁 옆에서 꼬리를 흔들었다. 신선한 수프 향이 퍼지며 표백제와 방향제의 냄새를 쫓아내고 있었다.

"가자!" 비올라에게 말했다.

에메렌츠는 음식을 접대하고 있었다. 비올라가 온순하게 길을 나섰고 뒤도 돌아보지 않았기에 모든 게 순조롭다고 생각했으나, 대문까지만 나와 함께 왔을 뿐 거기에 서서 계속 꼬리를 흔들었다. 공연히 자신을 화나게 하지 말라고, 자기는 식사를 하고 싶다고 말하는 것만 같았다. 나는 비올라에게 명령하는 것으로 나 자신의 격을 떨어뜨리지 않았다. 에메렌츠는 마치 녹화기를 다루듯 그녀의 생각들로 비올라를 움직일 수 있었다. 비올라는 망설임도 없이 나에게 등을 돌리더니, 정신이 나간 모양으로 재빠르게 에메렌츠의 식탁으로 되돌아갔다. 그 행동은 집에서 수프를 삼킬 수도 없을 정도로 나를 화나게 했다. 책 한 권을 들고 베란다에 나가 누웠으나 글이 눈에 들어오지도 않았다. 베란다에서는 에메렌츠 집의 앞마당이 보였다. 책장을 들척이며 그곳에 눈길을 주지도, 주려고도 하지 않았다. 하지만, 저 건너에서 무슨 일이 일어나는지 보였다. 슈투와 사람들이 음식을 먹고 있었고, 서로 머리를 맞대고 의논을 하고 있었다. 에메렌츠의 조카가 나타나자 바로 그때 둘 모두는 가버렸다. 조카에 이어 총경이 등장했는데, 에메렌츠는 이들에게 음식을 대접하지는 않았으나 포도주와 어떤 접시를 식탁에 놓았는데, 아마 구운 페이스트리 같았다. 조카는 식탁에 놓인 종이를 향해 고개를 숙였으며, 총경과 함께 그것을 보고 있었다. 모든 것을 접고 베란다에서 집 안으로 들어와버렸기에, 더 이상은 알 수 없었다.

4시에 오라고 에메렌츠가 청했지만 그들이 나를 데리고 장난치지 않게끔 가지 않으리라고 마음을 먹었다. 4시가 지났고, 4시 15분, 4시 반이 지나갔다. 더 이상 그녀가 무엇을 하고 있는지 알고자 밖을 엿보지 않았다. 이후 4시 45분경에 초인종이 울렸다. 남편이 문을 열어주려고 가더니, 같은 복도의 이웃이 전한 말을 가지고 돌아왔다. 비올라가 밖에, 대문 저편에서 움직이지도 않고, 불러도 대답도 않으며, 목줄도 입마개도 없이 땅바닥에 배를 대고 누워 있다는 것이었다. 일요일이라 관청에서 점검할 것 같지는 않지만 그래도 비올라를 데려가는 것이 안전할 것 같다고 그 이웃 사람이 전했다.

처버둘 출신의 메테르니히(19세기 오스트리아 정치인으로 당대 실력자였다—옮긴이) 에메렌츠, 연출팀 최고의 막후 장인이여! 내가 비올라 때문에 집에서 곧장 내려갈 것임을 알기에, 지금 그녀는 웃고 있을 것이다. 비올라는 나를 보기 전까지는, 아니면 그녀로부터 다른 명령을 받기 전까지는 일어서지도 않을 것이다. 그녀는 분명 비올라에게 시켰을 것이다, '저를 데리러 오세요, 데려가 주세요'라고 말이다. 자신의 가능성에 대해 적의를 갖고 있지 않다면, 이 특징적으로 조합된 능력과 금강석처럼 빛나는 논리로 그녀는 더 큰일을 할 수 있을 것이라는 생각이 걸어가는 동안 다시금 떠올랐다. 이스라엘과 영국의 여성 총리인 골다 메이어와 마거릿 대처 옆에 함께 있는 에메렌츠를 그려보았는데, 그 장면이 전혀 이상하지도 않았다. 그보다는 그녀가 왜 자신을 위장하는지 이해할 수 없었다. 그녀는 제자리에서 세 번을 돌고 나서, 머릿수건과 청소 복장을 풀어 내리고 얼굴도 벗겨내며, '이것들은 무대복이며 가면이에요. 내가 태어날 때 신이 나에게 점지한 바였으나, 이제는 더 이상 입고 있을 필요가 없지요'라고 발표할 것이라고 나는 믿는다. 그렇게 믿지 않을 이유가 없다.

이것을 가장 잘 알고 있었던 비올라는 이제는 걱정 없겠다는 듯 그녀 주위에서 춤을 출 것이다. 항상 그랬듯, 에메렌츠가 다시 승리한 것이다. 반면 이제 나는 화가 나지도 않았다.

식탁에는 아직 자르지 않은 페이스트리가 망사로 된 천에 덮인 채 나를 기다리고 있었다. 에메렌츠는 내가 무엇을 좋아하는지 알고 있었다. 그녀는 머리 하나 반 정도 나보다 키가 컸다. 나를 아래로 쳐다보면서, 말 한마디 하지 않고 그냥 머리만 흔들고 있었다. 나의 행동이 잘못되었고 사려 깊지 않으며 올바르지도 않다는 것을, 비올라와 함께 그들 둘 모두는 이해한다는 듯했다. 하지만 나는 이유 없이 그 어떤 것도 일어나지 않는다는 것을 알기에 이미 충분한 나이다. 에메렌츠는 비올라를 집 안으로 들여보냈다. 문틈을 통해 밖에서보다 더 강렬한 살균제 냄새가 페이스트리의 달달한 내음에 찌를 듯 섞여들었다. 그녀는 내게 벤치의 자리를 가리켰다. 그녀 앞에 몇 겹으로 접은 종이가, 비올라가 갖고 노는 둥근 모양의 큰 자갈돌에 눌린 채 놓여 있었다. 나에게 그것을 내밀었다. 안에서는 그 어떤 소음도 들려오지 않았다. 비올라가 잠자리에 들었다고 생각했는데, 어디서, 어디 위에서 자고 있는지 무척이나 보고 싶었으나 그 비밀들 가운데로 접근하는 것은 비올라만 가능했고, 내게는 불가능했다. 그녀는 나를 나무랐다.

"소름끼치는 성격의 소유자시군요, 당신은요." 에메렌츠가 말했다. "개구리처럼 자신을 부풀리고는, 나중에 한 번 터뜨려버리시네요. 친구들을 시켜 헬리콥터로, 사기로 나무들을 춤추게 하는 것은 잘하지만, 당신은 아무것도 몰라요. 당신은 문이 앞에 있는데도 항상 뒤로 들어가려고만 해요. 앞문으로 들어가면 된다는 이 단순한 것을 절대 이해하지 못할 거예요."

나는 대답을 할 수 없었다. 실제로 맞는 말인지 아닌지조차 가늠할 수 없었다.

"주일을 내가 망쳐놨지요, 그죠? 하지만 이럴 때 이런 일을 처리하곤 하지요, 주일에 말이에요. 이럴 때 말하는 게 좋죠. 죽은 뒤에 무슨 일이 진행되었으면 하는가, 그런 거요."

몇 겹으로 접은 종이에 무엇이 쓰여 있는지 이제는 알 수 있었다.

"주인님도 함께 모시고 싶었지만 우리 둘이 항상 일치된 의견이 아니었다는 것은 당신도 잘 알고 계실 거예요. 좋은 사람이 아니라서 그런 것은 아니고, 주인님은 무슨 일이든 공유를 하지 않으니 저도 그럴 뿐이에요. 우리 각자는 자신의 삶으로부터 상대방을 쫓아낼 수도 있으니 정말 호의적인 관계는 아니지요. 중간에 말은 자르지 마세요. 지금은 제가 이야기를 하고 있어요."

그녀의 얼굴은 다시금 변했다. 마치 어떤 봉우리에서, 햇살을 받고 서서 그 뒤에 얼마나 길고 험한 길이 남아 있는지, 자신도 등골이 서늘한 채 뒤를 돌아보는 사람 같았다. 피곤했던 여정, 위험, 힘겨웠던 도강과 빙하를 뼛속 깊이 간직하고는 자신이 왔던 그 계곡을 되돌아보는 사람. 얼굴에는 연민에 겨운 동정심도 있었다. 길이 어떤지 아직도 모르고, 황혼녘의 산꼭대기가 장밋빛인 줄로만 알고 있는, 불쌍하고도 불쌍한 당신들.

"어쨌든 이 건과 관련하여 당신은 관련자라서 부르지 않았던 거예요. 내 동생도 부르지 않았지요. 아델과 슈투와 모든 것을 이야기했고, 그들이 서류에 서명을 하고 나서야 당신을 불렀어요. 변호사 댁에서 일을 한 적도 있었으니 나는 알아요, 유언을 어떻게 작성해야 하는지 말이에요. 큰 기술이 필요한 것이 아니에요. 유효한 유언이 될 거예요. 믿어도 좋아요."

변호사. 변호사에 대해 말을 꺼낸 적은 없었다.

"지금 무엇을 보고 있나요? 외할아버지는 내가 13살일 때 나를 하녀로 건넸어요. 그 변호사가 데리고 갔지요. 그로스만 씨 가족에게는 나중에야 가게 되었어요. 그때는 이미 변호사 가족들이 저를 참지 못했고, 데리고 있고 싶어 하지도 않았어요. 왜냐면 우리 둘 모두가 커버렸기 때문이지요. 저도 그들의 아들도 말이에요. 식사 시간에 당신들을 부르지 않은 것은 음식이 아까워서 그랬던 게 아니에요. 이럴 때는 우리 모두 함께하는 것이 맞다는 것은 나도 알고 있어요. 더군다나 예수가 친구들과 함께 마지막 점심을 나누었다는 것 정도는 나도 종교 수업 시간에 배웠어요. 아, 진정하세요, 저녁식사였다는 것을 알고 있어요. 그리고 종려주일이 아니라 성목요일이라는 것도요. 하지만 예수는 항상 시간이 있었던 반면 저는 아니에요. 점심에 당신도, 내 남동생도 부르지 않았지요. 왜냐면 당신들은 상속인들이니까요."

예수는 마지막 저녁식사를 베타니아의 어디에선가 나누었는데, 아마도 나사로의 집이었을 것이다. 베타니아를 예루살렘으로 여기기도 한다. 성인의 손, 거기에 유언이 있고, 그 오른편으로는 아델과 함께 슈투가 앉아 있으며, 왼편으로는 조카와 총경이, 그리고 반대편에는 나와 비올라가 있는 장면을 보고 싶지는 않았다. 보고 싶지는 않았지만, 나는 보았다.

"자, 잘 들어보세요. 남동생과 얘기가 된 바, 사후에 남은 돈은 그의 것이 될 거예요. 친척들은 그 누구도 여기에 관여시키지 않았어요. 당신이 말한 대로, 제 직계들의 무덤에 신경도 쓰지 않았고 게다가 모두 잘 살고 있으니까요. 조카는 지금까지 그 모든 것으로 볼 때 신뢰가 가요. 내가 기리고자 하는 망자들을 그 애가 나중에 모두 거두어서, 만약 석조무덤이 완성되면 나도 거기로 데려갈 거예요. 조카는 건축물과 운구 비용을 우체국 예금에서 찾을 수 있을 거예요. 다른 돈은 일반 예금으로 남겨두었고, 통장은 나에게 있어요. 집 안에 있는 모든 것은 당신에게 상속할 거예요. 내 동생도 그 총경 앞에서 내가 요구한 바를 수용했고, 반론도 그 어떤 말도 없을 것이라고 서명했어요. 당신에게 주는 건 그 애에게 어차피 필요도 없는 것들이에요. 취향이 달라서 그 애가 뭘 어떻게 할 수도 없는 것들이지요. 만약 뭘 어떻게 한다고 해도, 제가 그 애에게 충분한 금액이 돌아가도록 했어요. 어마어마하게 많은 돈을 상속받을 거예요. 고마워하지는 마세요. 화를 낼 테니."

나는 무릎만 응시하며 석조무덤 건축에 얼마가 드는지 이장 비용은 또 얼마나 되는지를 셈해보았다. 하지만 묘석 가격만 알고 있었을 뿐이며 나의 가족은 석조무덤에 안장되지도 않았다. 내가 어떤 상속을 받게 되는지에 대해서는 생각도, 상상도 하지 못했다. 마치 꿈을 꾸는 듯, 그 정도로 비현실적인 순간이었다. 에메렌츠는 일어섰고, 커피 플라스크 아래로 불을 붙였다. 항상 나보다 커피를 잘 끓였다. 도대체 어디서 배웠을까? 지금까지 말하지 않은 어느 집주인에게서 배웠을까?

"왜 다른 때도 아닌 지금 죽음에 대해 생각했어요?" 마침내 내가 입을 열었다. "아픈 것은 아니지요?"

"아니에요. 라디오에서 그 변호사의 아들이 사망했다고 아나운서가 알렸을 뿐인데, 그 뉴스가 다시금 머릿속에 모든 것을 떠올리게 했어요."

어릴 적, 나비를 눈으로 쫓으면서 거친 의지로 이런 암시를 주었다. '내려와, 이제는 내려와.' 나비를 잡고 싶지는 않았다. 단지 보고 싶었다. 가까이에서.

"며칠 동안이나 라디오에서 애도하는데, 나중에 뉴스에서 그 장례에 대한 장면을 한 번 보세요. 나는 보고 싶지도 않고 장례식에도 가지 않겠지만요. 나는 가지 않겠어요. 많은 사람들이 애도를 표했던데, 왜 나한테는 물어보지 않았는지 아쉽네요. 그 망자가 어떤 사람이었는지 나도 한마디 했으면 좋았을 거예요. 사람들이 그 사람은 누구였는지, 어떤 사람이었는지 이러쿵저러쿵하는 것을 들었을 때 나는 생각했어요. '좋아, 그 많은 사람들이 저런 소리를 하면, 나는 같은 말은 하지 않겠어. 내가 그의 사람이 되고 싶었던 것을 그도 외면했으니 말이야'라고요. 상당히 오랫동안 나는 그에게 죽은 사람이었고, 너무나 힘들게 다시 일어설 수 있었어요. 나에게는 값비싼 유흥이지요. 글쎄요, 나에게 있는 것이, 내가 바라는 대로 당신들에게 갈 수 있도록 유언을 썼어요. 내가 모은 것들 중 그 어떤 것도 누군가가 갈기갈기 날려버리지 않게, 그러기 위해서요. 한 번 빼앗겼으니, 또다시 그렇게 되도록 내버려두지는 않겠어요. 누군가 내 고양이를 죽인 적이 딱 두 번 있었지요. 하지만 그 누구도 나의 재산, 내 영혼의 평온함으로부터 나를 다시 빼앗을 수는 없어요."

그녀의 눈이 다이아몬드만큼 차고 빛났다. '하느님 맙소사' 나는 생각했다. '에메렌츠는 브로더리치 씨와 국가보위부 사람만 그랬던 게 아니라, 그 사람도 숨겨주었던가? 그랬다면, 도대체 언제, 어떻게?' 언론이 다른 것은 다루지도 않은 채 오로지 그의 사망 소식만 알리고 있었다. 실로 거대한 상喪이었다. '그때가 언제쯤이었을까?' 1930년대일 것은 분명했다.

"그의 부인이 어떤지 나중에 극장판 뉴스가 나올 때 보세요. 사람들이 살기등등하게 그를 찾고 있을 때 누군가 문을 두드렸지요. 그때는 아직 약혼녀가 없을 때였어요. 모든 위협에서 벗어났을 때에서야 그는 지금의 부인을 만날 수 있었을 거예요. '당신에게 가 있으려고, 숨으려고 해. 당신이 나를 숨겨주는 거야.' 그 사람이 말했지요. '에메렌츠, 당신한테는 신뢰가 가. 순수하지. 물처럼 말이야.'

우리가 술래잡기 놀이나 한 것으로 생각하지는 마세요. 원컨대, 당신은 나를 알고 있다고 생각해요. 나를 안다면 그도 알 수 있을 거예요. 나는 누가 쫓는지 묻지도 않았고, 하녀의 숙소에 있는 제 방에 그를 숨겼어요. 그때는 이미 그 나이 든 분들이 나를 젊은 사람들에게, 젊은 그로스만 씨 가족에게 넘겼을 때였어요. 그들은 그 어떤 것에 대해서도 전혀 생각도 못하고 있었지요. 당신은 젊은 그로스만 부인이 하녀의 숙소에서 무슨 일이 벌어지고 있는지 관심이라도 두었을 거라고 생각하세요? 어린 에바는 아직 태어나지도 않았을 때였어요. 그들은 계속해서 여행을 다녔어요. 유흥을 즐겼고요. 그 저택에는 하녀의 숙소가 별채에 따로 있었어요. 거기에서 우리 둘이 살았어요. 커피 다 마셔요. 놀란 눈으로 쳐다보지 말고요. 다른 사람도 사랑했을 때가 있는 거예요.

그가 해외로 도망갔을 때 나는 미쳐버리는 줄 알았어요. 하지만 미쳐버렸으면 큰일 날 뻔했지요. 그 사람을 다시 만났으니 말이에요, 그것도 가장 부적절한 때에. 자, 당신과 영화 촬영장에서 본 것처럼, 그때 여기 이 집에서 나무들이, 관목들이 마구 흔들렸어요. 달빛이 그의 얼굴을 비추자, 그의 뒤에서 소나무가 깨춤을 추었죠. 다른 것 때문에 그가 다시 여기에 온 것이라고 생각했어요. 아마도 외국에 있던 그 시간 동안 무슨 생각이 들어 지금 최종적으로 나에게 다시 돌아왔다고, 그도 아니면 나를 데려갈 거라고 생각했지요. 그로스만 씨 집에서 내가 어떻게, 어디로 옮겨졌는지 만약 그가 벌써 추적해봤다면 말이죠. 그가 약속을 한 것은 아니지만, 나를 찾은 이유는 이것일 수밖에 없다고 여겼어요. 나에게 절대 어떤 약속도 하지 않았으니, 그가 거짓말을 한 것은 아니에요. 그가 곧 왜 왔는지를 밝혔어요. 다시 도피처를 제공해달라는 거였지요. 가짜 서류와 증명서, 식량배급표는 있었고, 머물 곳만 필요했어요. 임시로 말이에요. 그 사람이 발각되지 않도록 나보다 더 조심할 사람은 아무도 없었으니까요. 그러고는 가능한 한 서둘러서, 그렇게 그 사람은 가버렸지요. 여기 나를 남겨둔 채로요. 그 사람이 지금 죽었어요."

커피를 한 모금도 삼킬 수 없었다. 그녀를 바라만 보았다.

"그때, 복수심으로 그 이발사와 함께했어요. 사람들이 뒤에서 많이들 수군거리지 않던가요? 내가 필요한 존재라는 것을 확신만 시켜주는 사람이라면, 나는 악마라도 받아들였을 거예요. 하지만 그는 나와 무슨 문제가 있는 것 같았어요. 떠나가기만 한 게 아니었지요. 소중한 것들을 훔쳐가기도 했으니 말이에요. 그래도 나는 비열하지 않았어요. 무슨 상관이 있겠어요? 그에게 목매달지 않았어요."

약간의 침묵이 흘렀다. 그녀는 손으로 박하 잎을 가루 내더니, 냄새를 맡았다.

"알아두세요, 인간은 그렇게 쉽게 죽지 않고, 거의 죽을 정도로만 된다는 것을요. 나중에는, 다시 한 번 더 바보가 될 수 있다면, 완전한 바보가 될 수 있다면 하고 바랄 정도로 자신이 겪은 것으로 인해 현명해지죠. 글쎄요, 나는 현명해졌어요. 사람들이 나를 밤낮으로 훈련시켰기 때문에 그것이 놀랍지도 않아요. 그는 2년 동안 그로스만 씨 가족의 하녀 숙소에서 나와 함께 살았어요. 한동안은 여기에서도 지냈고요. 내게 시간이 나면, 그는 자기가 알고 있는 것을 말하고, 말하고, 말하기만 했어요. 인민교화원의 말을 내가 살면서 끝까지 듣고만 있었을 것이라고 당신은 생각하나요?"

반인텔리주의와 문화에 대한 무시도 지금 이 자리에 끼어들었다. "그가 떠나고 전쟁도 막바지에 이르렀을 때, 그는 또다시 나타났어요. 그래요, 살려고, 나와 지내려고 온 게 아니라, 내가 원하지 않았는데도 다시금 설명만 하러 왔지요. 나는 다른 것을 원했어요. 새 세계와 해방 세상에도 다른 것의 여지는 있었을 거예요. 질리도록 교육을 시켰으니 이제는 그만하자고 한소리 했지요. 그 사람은 나를 학교에도 등록했을 테지만, 내가 학교에 가는 것은 기대만 할 수 있었을 거예요. 훈장을 제안하기도 했어요. 만약 내가 훈장을 받으러 국회에 가게 되면 지금까지는 없었던 그런 스캔들을 거기서 보게 될 거라고 말했어요. 그 사람이 계획한 것, 동료들과 함께 꾸몄던 그 일들에 내가 흥미를 가졌을 것 같아요? 당신은 어떻게 생각해요? 내가 그를 좋아하는 동안 그 사람은 나를 좋아하지 않았던 건가요? 나는 그 사람을 좋아했어요. 듣고 계세요? 내일모레면 나에게서 그를 앗아간, 배움으로 가득했던 그의 머리와 학식이 아니라 그의 육신이 땅에 묻혀요. 이미 지금은 아무 상관없어요. 그 사람이 부인에게 내 이야기를 많이 했다는데 믿지 않으시죠, 그죠? 나에게 그 부인을 소개시켜주려고도 하더군요. 호통을 쳤어요. 나는 그런 것 필요 없으니 부인과 함께 그냥 잘 있으라고, 부다페스트를 잘 재건하라고 했지요. 나 또한 나의 삶을 잘 꾸릴 것이라는 말도 잊지 않았고요. 그리고 나는 그 이발사와 함께했어요. 그가 알고는 화를 냈어요. 화를 내서 기뻤지요."

기뻐하는 사람처럼 보이지 않았다. 그녀의 얼굴은 가면이었고, 그녀의 입은 일자를 그리고 있었다.

"그것 아세요? 1950년에 영국의 스파이라는 혐의로 그를 데려가서 거의 반죽음에 이르게 했을 때 내가 얼마나 좋았는지 말이에요. 그들이 계속 개처럼 그렇게 때린다고, 그도 나처럼 그렇게 고통을 겪는다고 생각했어요. 그는 영어도 하지 못했어요. 그가 다녔던 피아리스터 고등학교에서는 독일어, 라틴어와 함께 프랑스어만 가르쳤거든요. 나는 그 선교사들의 일도 했었기에 고등학교 시절 학생들이 무엇을 배우는지 알고 있었어요. 이런 말도 안 되는 혐의라니! 하지만 기뻤어요. 나는 사악하고 바보이며, 시샘이 많으니까요. 지금은 이미 지난 일이에요. 화려한 장례식이 곧 있다고 해요. 하늘이 내린, 모든 헝가리와 외국의 훈장도 받았으니 벨벳으로 된 장식이 그것들을 받치고 있겠지요. 그의 이력에 나를 거론하지는 않았지만 그래요, 그 안에는 나 또한 있었다고 생각해요."

"에메렌츠, 당신을 거론했어요." 내가 말했다. 그러고는 마치 싸움을 한 듯 엄청난 피로감이 몰려왔다. 그 순간 최근의 역사에 대해 나는 그 어떤 때보다 더 잘 이해할 수 있었다. "당신의 이름은 아니지만, 오랫동안 숨겨져왔던 많은 사람들을 매우 건실한 조력자들로 거론했어요. 어제 세 번째 소식으로 뉴스에서 전한 것을 내가 들었어요."

"그 사람은 항상 정확했으니까요." 메마른 목소리로 대답했다. "자, 얘기가 길어졌네요. 어쨌든 그가 내 안에서 유언장을 이끌어냈어요. 그렇게 용감하고, 원기왕성한 사람이었지요. 절대 죽지 않을 것 같았던 유쾌한 사람이었어요. 그리고 그 많은 독서량과 끝없는 학구열이란! 말해보세요, 그 많은 걸 누가 배우고 싶다고 하겠어요? 저는 분명 아니에요. 이 때문에 그가 사기꾼이라고는 생각하지 마세요. 다시 한 번 말하지만, 그는 나에게 그 어떤 것도 약속하지 않았다고요. 기억해두세요. 나에게 몸을 숨긴 것은, 그가 잘한 거였지요. 만약 감히 나를 건드리려 했다면 밖으로 내던져버렸을 거예요. 내가 그 정도로 바보예요. 자, 이제 가세요. 지겨울 만큼 이야기를 나누었잖아요."

그녀는 접시를 하나 꺼내더니 페이스트리를 가득 담았다.

"주인님은 단것을 좋아하니까요."

나는 일어섰다. 하지만 그녀가 다시금 작은 틈 정도로 문을 열고는 비올라를 내보내느라 주춤했다. 또다시 안에서부터 그 독특한 냄새가 코를 찔렀다. 에메렌츠가 나를 보고 있다는 것을 느꼈고, 나 또한 그녀를 쳐다보았다.

"하나 더 말해둘 것이 있어요." 그녀가 말했다. "당신이 상속받을 게 또 하나 있는데, 그것도 알고 있으면 좋을 거예요. 이 집은 고양이로 가득 차 있어요. 그 고양이들을 당신에게 맡겨요. 그 고양이들은 나와 비올라 외에는 누구와도 마주친 적이 없어서, 당신은 나중에 그 고양이들을 어떻게 해야 할지 모를 수도 있을 거예요. 혹시 우연히라도 그 고양이들이 길거리로 나가게 된다고 해도 도망가지 않을 거예요. 개를 친구로 생각하기 때문이지요. 내가 만약 죽는다면, 비올라를 접종한 당신의 지인인 그 수의사가 그 불쌍한 것들을 죽음에 이르도록 해주세요. 당신은 고양이들에게 이보다 더 큰 것을 해줄 수 없을 거예요. 고통의 가능성을 허락하지 않는 것이니까요. 아홉 마리 고양이가 저 안에, 이 집에 살고 있다는 게 알려지면 어떻게 되겠어요? 그래서 문을 열지 않아요. 단 한 마리도 다른 사람에게 주지 않을 거예요. 그리고 더 이상 이 집에서 목이 매달려 죽는 고양이도 없을 거고요. 갇혀 사는 죄수들이지만, 그들은 살고 있어요. 그들이 내 가족이고, 다른 건 남지 않았어요. 자, 가세요. 나에게도 일이 있어요. 오늘 오후는 길었네요."

사순절

 며칠 동안 나는 눈앞에 닥친 일 외에 실제로 다른 것은 거의 할 수 없었다. 종려주일 오후에 에메렌츠는 자신만의 특별 국회를 소집했다. 우리의 의견이나 견해는 묻지도 않고, 그 어떤 사전 안내도 없이 교황처럼 그녀의 칙서를 발표했다. 그녀의 조카도 나처럼 이 거센 파도를 겪었다. 그는 나에게 전화를 해서 함께 모여 이야기를 해보자고 제안했다. 나에게 오겠다고 하여 다음 주 화요일에 우리 집에서 만나기로 했다. 내게도 그 만남은 중요했다.
 이 모든 것에 따르면 적지 않은 돈을 가지고 있는 에메렌츠는 두 종류의 통장을 집에 보관하고 있는 것이었다. 만약 누군가가 어느 통장이라도 훔친다면 은행이든 우체국이든 그것을 제시하는 사람에게 돈을 지불할 텐데, 그러니 그 돈을 다른 형태로 놔두어야 하지 않을까, 그것이 현명하지 않을까 하는 생각이 그 조카를 불안하게 했다. 저금통장 건에 대해서는 나도 생각해보았는데, 내가 불안한 것은 다른 이유에서였다. 비올라가 집으로 들이는 유일한 사람이 바로 나이기 때문에, 만약 에메렌츠가 어떤 형태로든 어쨌든 그것을 잃어버린다면, 나는 어쩔 수 없는 상황에 놓이게 될 것이었다. 그리고 논리적이지는 않다고 하더라도 그녀 조카가 가질 법한 어쩔 수 없는 의심은 내 삶에서 진정 필요치 않았다. 어떻게 해야 할지 우리는 숙고했는데, 그 젊은 친구는 돈 때문에 긴장했고 나는 생각지 않게 터져 나온 책임감에 기겁을 했다. 여기에서 비올라가 갑자기 중요한 역할을 맡게 된 것은 무언가 비극적이었다. 에메렌츠의 공화국에서 비올라는 경호실장이자 안전 요원이며 보물창고의 관리자인 셈이었다. 고양이들에 관한 생각은 멀리 쫓아버리고자 했다. 그들의 개체수도 나를 혼란스럽게 했으나, 에메렌츠가 사후에 요청한 조치가 나를 더욱 황망하게 했기 때문이었다. 나는 헤롯 왕이 아니다. 에메렌츠가 통장을 공개할 수 있도록 그녀와 다시 한 번 논의를 해보자고 조카가 제안했다. 또는 만약 그가 제외된 상태에서 내가 총경과 함께 이 건을 다룰 수 있다면, 그는 그것을 가장 바란다고 했다. 그는 마치 돈에 죽고 사는 그런 사람처럼 보이고 싶지 않으며, 어쨌든 그 돈을 안전하게 하고 싶지만, 그 어떤 일이라도 일어날 수 있다고 했다. 만약 에메렌츠가 어쩌다 가스를 켜둔 것을 잊거나 비올라가 죽거나 또는 난방이 고장 나서 겨울에 그녀가 부재한 때 불이라도 난다면 어떻게 될까? 나도 그것에 대해 생각해보겠다고 약속했으며, 총경에게 함께 물어보자는 데까지 조카와 이야기가 되었다. 그러고는 더 이상 이야기가 진전되지 않았다. 인간에게는 무언가 바보스러운 조신함이 있다.

　나는 우선 현명하고 고상한 형태로 에메렌츠에게 언질을 주고자 했으나, 종려주일 이후 그녀는 눈에 띄게 나를 피했다. 그렇게 작은 지역에서, 그것도 우리 앞에서 그녀는 숨어버렸다. 마치 투명인간처럼, 무無로 변신하는 것도 그녀의 여러 능력들 중 하나인 것처럼, 어떤 음모도 멀리하는 이상적인 동료처럼 말이다. 예배 전에 묘지에 잠시 들르고자 성금요일에 나는 평소보다 더 일찍 길을 나섰다. 마침내 우리 집 대문 앞에서 거대한 자작나무로 만든 빗자루를 들고 거리를 청소하던 그녀를 만났다. 그녀는 이럴 때는 하느님이 분명 두 배로 셈하실 테니, 자선 행사의 여성들이 기뻐할 수 있도록 많은 것을 사람들에게 나누어주라고 말했다. 다시 지난번처럼 그녀가 화를 내는 것도, 내가 예배에도 참석하지 못하게 되는 것도 원치 않았기에 나는 그녀로부터 비켜섰다. 그리고 최소한 성금요일에는 냉소로부터 나를 평화롭게 놔둔다면 감사하겠다고 말했다. 또한 예수의 고통은 진정 커다란 비극이므로, 연극으로 이를 본다면 그녀도 눈물 없이는 볼 수 없을 것이라고 했다. 그리고 내게 부탁을 청하면 나는 보답을 기대하지 않은 채 들어주겠지만, 최소한 나를 자극하지는 말아달라고 했다. 또한 일을 마쳤으면 부탁하건대 자두수프를 끓여달라고, 부엌 찬장에 자두가 있다고 말했다.

　에메렌츠는 나를 뚫어지게 보더니 상당히 단단한 자루로 된 그 빗자루를 나에게 건넸다. 시험 삼아 조금이라도 자기 빗자루질을 도와줄 수는 없는지 청했다. 말하자면 나는 주님의 고통을 기억하고 그 고통에 눈물을 흘리러 교회에 가는 것이기에, 빗자루질이라는 약간의 일로 고통을 겪는 것도 해가 되지는 않을 것이라고 했다. 빗자루는 무겁고 손가락들로 나뭇자루를 움직일 수 있는 것이 아니어서 그렇게 쉽지는 않겠지만, 그녀에 따르면 육체적인 노동을 아는 사람만이 예수를 애도할 권리가 있다는 것이었다. 나는 그녀를 쳐다보지도 않고 차량으로 발걸음을 재촉했다. 아침의 애잔한 평온함이 내 속에서 사라져버렸다. 그녀는 왜 항상 나를 화나게 할까? 어떻게 그녀는 선물 꾸러미 하나 때문에 경건한 교단의 전체 역사와 선에 대한 노력을 부정할 수 있는 것일까?

　이 비열한 발언들로 그녀는 손실에 대한 보상을 얻고 있다고 나는 생각했다. 하지만 그것은 사실이 아니라는 것을 즉시 알았기에, 그 생각은 거기서 딱 멈췄다. 에메렌츠는 손실을 보상받고 있는 게 아니었다. 그것은 더 복잡하고 더 흥미진진한 것이었다. 에메렌츠는 관대하고 좋은 사람, 기꺼이 자기 것을 남에게 주는 사람이다. 그녀는 부정하지만, 행동으로 하느님을 존경하며 헌신적이다. 나 자신이 스스로에게 의식적으로 강제해야 하는 그 모든 것이 그녀에게는 자연스러웠다. 그녀가 이에 대해 모르고 있다 해도 중요치 않다. 에메렌츠의 훌륭한 점은 바로 이 자연적이라는 것이다. 이에 반해 나는 단지 그렇게 교육을 받았을 뿐이며, 일정한 윤리적 표준을 염두에 두고서 나중에 스스로를 옥죄었던 것이다. 언젠가는 에메렌츠가 이 주제에 관해 한마디 말도 않고서, 내가 신앙이라고 믿고 있는 것은 불교의 한 종류이며 전통에 대한 존중일 뿐이라는 것을 나에게 확인시켜줄 수 있을 것이다. 그리고 나의 윤리 또한 단지 훈육이며 어린 시절 집안에서, 내가 다닌 학교들에서, 지금의 가정에서, 그리고 나 자신이 부여한 훈련의 결과일 뿐임을 확인시켜줄 것이다. 성금요일에 대한 나의 생각들이 무너져 내리고 있었다.

점심에는 자두의 '자'자도 없었다. 아스파라거스 크림수프와 캐러멜 푸딩을 곁들인 매운 닭요리가 준비되어 있었다. 자두는 씻지도 않고 가공되지도 않은 채 내가 놓아둔 찬장에 파란색 그대로 있었다. 할아버지 댁에서 아버지가 배웠던 것처럼, 성금요일은 아버지가 금식을 하고자 했던 유일한 날이었다. 그날 우리에게 유일한 영양분은 점심때의 자두 수프였다. 저녁 식탁은 차려지지 않았고, 누구도 저녁식사를 하지 않았다. 성토요일에는 빵 없이 캐러웨이 열매로 만든 수프로 아침식사를 했다. 금식은 성토요일 점심이 되어서야 해제되었다. 육류가 없는 일상적인 음식이지만 축일 음식은 아니었다. 우리 가족이라는 작은 세계에서 실제로 영양분을 보충할 수 있는 음식은 저녁식사 때가 되어 우리 앞에 놓였다. 하지만 여기에서도 누군가가 과식을 하는 것은 결례로서 금지되었다. 광적으로 음악을 좋아하는 집안사람들이 음악을 연주하지 않게끔, 혹시라도 이를 잊은 사람이 있을 법하기에 성목요일에는 아예 피아노 덮개를 열쇠로 잠갔다. 에메렌츠는 내가 집에서 배운 이것을 여전히 지킨다는 것을 몇 년 이래로 알고 있었다. 이에 대해 어떤 말도 하지 않았으며, '주인님'에게만큼은 자신이 만든 특식을 가져다주었다. 이 순간에 그들 둘은 나를 상대로 항상 연대했고, 그들 사이에는 나를 상대로 무언가 즐기는 듯한 모의가 행동에까지 이르곤 했다.

나는 점심식사를 하지 않았다. 저녁에는 다음 날 식사를 준비하느라 화가 난 채로 되는 대로 넣어서 무슨 맛인지도 모를 캐러웨이

사순절 217

열매 수프를 끓였다. 그때는 이미 배가 고파서 거의 앞도 분간할 수 없을 지경이었다. 숟가락으로 수프를 휘휘 젓고는 에메렌츠에게 건너갔다.

그해에는 일찍 봄이 찾아왔고, 그녀는 바깥 벤치에 앉아서 밖을 주시하고 있었다. 마치 내가 오기를 기다리는 듯했다. 나는 그녀가 황당한 일로 사람을 자극하고는, 자신이 가할 수 있는 그 지점에서 내 마음을 상하게 한다고 말했다. 그녀는 내 말을 끊지 않고 듣고만 있었다. 매운 닭요리는 맛도 보지 않았으니 그렇게 의기양양해 하지 말 것이며, 그녀가 한 일은 내가 요청하지도 않은 동네 미화 업무이니 비용도 지불하지 않을 것이라고 나는 덧붙였다. 흩날리는 어둠 속에서도 에메렌츠가 짓는 미소를 보았다. 나는 여차하면 식탁을 엎어버릴 생각이었다.

"들어보세요." 밝은 목소리로, 그 어떤 화도 내지 않고, 마치 잘 이해하지 못하는 어린애를 인내심 있게 훈육하듯 그녀가 이야기했다. "지금 당신이 느낄 수 있을 만큼, 세게 당신을 내리칠 거예요. 비록 내가 당신을 좋아하게 된 것은, 이전에 그때 당신이 맞는 것을 견뎌내서 그랬지만요. 당신의 삶이 어떻게 바뀌는지 나는 주시하고 있었어요. 당신의 고정관념이 어떤 것인지는 관심이 없어요. 그리고 닭을 절개하는 것보다 자두를 나에게 맡긴 것이 손이 덜 가는 일이라고 당신은 생각할 수도 있겠지요. 하지만 나는 지금까지 항상 요리를 했고, 당신은 그 음식을 먹으며 하늘에서는 어떻게 여기실까를 생각했어요. 당신에게는 놀라울 정도의 하느님이 계시고, 당신의 그분은 자두로 측정을 하시지요. 나의 하느님은, 만약 계신다면 그분은 모든 곳에 계세요. 우물 바닥에도, 비올라의 영혼에도, 그리고 아주 아름다운 죽음을 맞이했기 때문에 뵈외르 셔무 부인의 침대에도 계세요. 이미 그런 말이 필요 없을 정도였던, 너무 훌륭하다고 할 만한 그녀 또한 그렇게 덧없이 가버렸어요. 고통 없이 기품 있게 말이지요. 왜 그렇게 놀라세요? 아침에 내가 비질을 하고 있을 때 뵈외르 셔무 부인의 손녀가 반대편에서 달리고 있었는데 당신도 보았지요? 아니면 다시금 자신에 대해서만 신경 쓰고 있었나요? 그 아이는 나를 보러 왔고, 나는 곧장 가겠다고 했어요. 죽음의 시간에 내가 손을 잡는 그 사람은 쉽게 죽지 않는다는 것을 당신은 믿나요? 손을 깨끗이 씻고, 길 떠날 채비를 했어요. 당신들에게, 지금 이렇게나 감사해하는 그 점심 요리를 하면서 시간을 할애한 것은 가히 묘기였다고 나는 말할 수 있어요. 지금 당신을 때릴 테니 조심하세요. 당신에겐 그럴 만해요. 주인님은 오래 살지 못할 것인데, 당신도 그건 알고 있어요. 자두를 드시면 혈기왕성해진다고 생각하세요? 떠나는 모든 이는 무언가 짐을 싸야 되지요. 글쎄요, 주인님이 어떤 기억을 갖고 그곳으로 갈 것 같으세요? 뵈외르 셔무 부인은 정직함을 가져간 것을 나, 세레다시 에메렌츠가 보았어요. 그리고 그 손녀에게는 내가 돌봐줘야 할 일이 생길 거예요. 당신도 돌봐줘야 할 일이 생길 거고요. 그건 내가 장담해요. 왜냐면 나는 그 아이가 이런 돌봄 없이 살도록 내버려두지 않을 테니까요. 기증한 것들을 나눠주는 자선회에 평생 쫓아다니지 않도록 말이에요. 자선회를 여는 사람들은 뵈외르 셔무 부인에게 손녀가 한 명 있다는 것도 모르겠지만, 당신만큼은 이제 그것을 부정할 수 없겠지요. 내가 매일 이야기할 테니까요. 글쎄요, 주인님께 자두를 드리며 길을 떠나보내지 마세요. 당신이 하는 그 맛없고 묽은 다이어트 음식도요. 어디로 급히 갈 때도, 여기 집에 있을 때도 당신은 하루 종일 타자기를 치는 것, 그리고 지금도 그분과 함께 있지 않고 기도를 하러 가는 것, 그런 것들로 주인님의 길을 떠나보내지 마세요. 주인님을 크게 한 번 웃게 한다면 그것이 주의 기도예요. 마치 개인적으로 아는 사람이라도 되는 것처럼 말들 하지만, 예수 그 자신에 대해, 하느님에 대해 당신은 무엇을 믿을 수 있어요? 얼마나 값싸게 사람들이 당신한테 구원을 파는 것인가요? 나는 당신의 일주일간의 종교적 경건함을 위해 한 푼도 내지 않겠어요. 당신은 집에서는 엉망인 채 삶에서는 질서를 좋아하지요. 이제 질색이에요. 하늘과 땅이 무너지는 한이 있어도 월요일 오후 3시면 치과의사에게 이를 보이고, 시간이 없으니 택시로 돌아오지요. 매주 목요일은 미용실, 매주 수요일은 빨래, 다른 때는 절대 아니지요. 그리고 그 옷이 마르든 아니든, 목요일에는 다림질. 축일과 주일에는 교회, 그리고 언어를 잊지 않으려고 화요일에는 오직 영어로만 이야기하고, 금요일에는 독일어로만 이야기하죠. 반면 타자기는 끊임없이 때리고 있어요. 주인님은 저승에서도 들을 거예요, 타자기가 탁탁거리는 소리를요."

나는 울음을 터뜨렸다. 내가 사실이었던 것에 울었는지, 사실이 아닌 것에 그랬는지, 이미 지금은 어떤 말도 할 수 없었다. 에메렌츠는 완벽한 빨래와 풀 먹인 긴팔 앞치마에 민감했다. 깨질 듯이 다림질한 앞치마 주머니에서 깨끗하디 깨끗한 흰 손수건을 꺼내어 지금 내 앞에 놓았다. 만약 누군가가 목도했더라면, 한 유치원생이 너무나 부끄러워서 이후 분명히 잘못을 고칠 정도로 혼이 난 것을 연상했을 것이다.

"실제로는 닭고기 때문에 온 게 아니지요?" 에메렌츠가 물었다. "주인님이 살아 있는 동안에, 그 집에서 사순절은 없을 거예요. 최소한 나는 사순절 음식을 요리하지 않을 거예요. 이 축일 저녁에 왜 여기서 시간을 허비하세요? 오늘은 금요일이니 집에 가서 언어 연습을 하세요. 이럴 때 독일어로 뭐라 뭐라 하잖아요. 이제는 비올라도 웃어요. 무슨 연습을 하시는지 말씀해보세요. 하느님은 모든 종류의 언어를 알잖아요. 한 번 배운 것을 벌써 잊어버리지는 않잖아요. 당신의 두뇌는 송진 같아서 그래요. 한번 딱 달라붙어서는 거기서 빠져나오지 않지요. 당신은 당신과 문제가 있었던 모든 사람에게, 그리고 내게도 되갚는 분이에요. 그리고 최소한 고함을 칠 텐데도 미소만 짓지요. 당신은 지금까지 내가 만난 사람들 중 가장 복수심에 불타는 사람이에요. 칼을 벤 채 자고 있지요. 그러고는 그 시간이 되면 그 칼로 찌를 기회만 엿보는 거예요. 당신은 칼집만을 내지는 않을 거예요. 만약 그 어떤 일이 심각한 것이라면, 살인을 하겠지요."

그녀에게 되갚는다니! 어떻게? 무엇으로? 내가 유일하게 그녀에게 상처를 줄 수 있는 그것은 처음부터 그녀의 것이었다. 비올라는 그녀의 소유였지 우리의 것이 아니었다. 그녀가 좋아했던 그 사람은 장례를 치렀고, 그녀는 메죄 임레 가(피우메이 가 공원묘지가 있는 거리의 옛 명칭—옮긴이)로 가지 않았다. 나는 얼굴을 단장했다. 에메렌츠의 손수건은 차고 향이 났다. 나는 그녀의 조카가 에메렌츠에게 어떤 요청을 했는지를 전했으며, 그녀의 입술선에 어린 노기를 보았다. 그날, 나는 그녀의 모든 표정을 보았다. 그녀는 우울한 표정만큼은 이 말을 들었을 때 지었다. "돈."

"자, 보세요. 나에게 충고를 전언하지도 말고 당신을 괴롭히지도 말라고 그 비열한 녀석에게 전하세요. 저금통장들은 그대로 있을 거예요. 그 어떤 변경도 없이 말이에요. 그리고, 통장에 벼락은 내려치지 않을 거래요? 내 집에서 통장을 발견하는 그 사람은, 그걸 가져갈 만한 사람이에요. 바보 같은 당신들 중 누구도 경험하지 못한 그 불이 왜 우리 집에 나겠어요? 내가 우리 집을 돌보고 있는데 말이에요. 그 강아지 같은 녀석이 분명 나를 묻어버리겠네요. 조언이 하나 더 있다고 전하세요, 유언장에서 조카를 빼버리고 당신에게 모든 것을 상속한다고요. 당신에게 소송을 하라고 이르세요. 감히 그럴 수 있다면요. 내가 부탁한 망자들을 여기저기서 찾아서 석조 무덤을 만든 성스러운 부인은 그럴 만한 가치가 있어요. 게다가 당신은 거기에서 진정한 기도를 할 수 있을 거예요. 단지 내가 이렇게 하지 않는 것은 그 배은망덕한 녀석이 소송을 걸 것이기 때문이에요. 돈 때문에 처버둘의 사람들과 화해할 것이고. 글쎄요, 당신에 대한 내 의견이 어떻든지 간에 있긴 하지만, 더 이상 말하지 않겠어요. 어쨌든 당신은 그럴 자격이 있어요. 자두의 여왕이잖아요. 자, 이제 집으로 가세요. 금요일이에요. 독일어 성경을 읽으셔야죠."

나는 쫓겨났다. 비올라가 명령을 기다리며 그녀를 올려다보았다. 에메렌츠는 비올라의 이마에 손바닥을 갖다 댔고, 비올라는 그에 대한 대답으로 눈을 감았다. 마치 다른 방법으로는 비올라에게 감정을 전달할 수 없다는 듯했다. 비올라는 끝없는 노동으로 변형된 그녀의 손가락에서 퍼져 나온 구원을 이해했다. 나는 몸을 돌려 천천히 그리고 무겁게, 무척 노쇠한 사람처럼 발걸음을 옮겼다. 이날의 모든 사건들과 그에 앞서 일어난 일들이 무쇠처럼 나를 짓눌렀다. 재스민 관목 울타리로 된 담벼락에 이르러서야 비올라뿐 아니라 에메렌츠도 나를 배웅하고 있다는 것을 알게 되었다. 그녀는 가능한 한 집에서는 핏줄이 드러나 보이는 발에 천으로 만든 신발을 신고 있었다. 펠트를 바닥에 댄 신발이어서 그녀의 발자국 소리를 듣지 못했던 것이다. 그녀가 왜 나의 뒤를 따라오는지 씁쓸한 마음으로 생각해보았다. 그녀가 그린 나의 초상에서 그녀는 나를 위선자로, 형식주의자로, 속물로 여겼다. 게다가 남편의 영원한 죽음에 대한 인식을 내가 겉으로는 모른 체 한다는 것도 이해하지 못했다. 만약 남편에게 무슨 심각한 문제가 있다면, 분명 또다시 나는 평온한 마음으로 일을 하고자 앉아 있을 수 없을 것이다. 또다시 말이다. 그녀는 가장 순수하고 깨끗한 마음으로, 주님과 함께 싸우고 있는 전사인 나를 비난하고 있는 것이다.

"자, 그냥 다시 돌아오세요. 주인님은 비올라가 아직 집에 없다는 것에 좋아하고 있을 거예요. 그때까지 라디오와 음악을 듣고 있겠지요. 다시 돌아오세요, 상처주지 않을게요. 정말 당신에게 상처주고 싶은 마음은 전혀 아니었어요. 당신은 똑똑하지 않아요. 이해를 못한다고요. 내가 재잘거리는 말을 왜 마음에 담아두나요? 자, 지금은 이제 나에게 당신만이 남았다는 걸 못 느끼세요? 당신과 비올라 그리고 고양이들만 남았다는 것을요."

우리는 그냥 서 있었다. 집에서부터, 닫힌 창문들 뒤로 미세한 소음이 흘러나왔다. 에메렌츠의 집 위층에는 조용한 사람들이 살고 있었다. 그들은 저녁 방송의 볼륨을 낮추었으나, 그럼에도 흘러나오는 그 음악이 모차르트 레퀴엠의 검은 황금색 환영이라는 것을 나는 알 수 있었다. 그녀가 새로운 무언가를 말하지 않았기에 나는 대답할 말이 없었다. 우리가 서로 호감을 가지고 있기 때문에, 내가 무릎을 꿇을 때까지 그녀가 나를 칼로 찌를 수 있다는 사실을 그녀는 이해하지 못했다. 그녀가 나를 좋아하기 때문에, 그리고 나 또한 그녀를 좋아하기 때문에, 바로 그 때문이다. 나와 관계가 있는 사람만이 내게 고통을 안겨줄 수 있다. 그녀는 오래전에 이것을 이해했어야만 했으나 자신이 원하는 것만을 이해할 뿐이다.

"다시 되돌아오세요, 고집부릴 필요가 없어요. 얼푈디 출신이라서 당신도 나와 함께 이런 저주스런 성격을 가진 거예요. 이제 오세요. 그렇게 나를 쳐다보지 말아요. 아무런 이유 없이 당신을 부르는 건 아니에요."

왜, 아직도 무엇을 원하는 것일까? 그녀는 거울에 이미 그림을 다 그려놓고는, 그것을 내 얼굴에다 갖다 댔었다. 그녀가 그 어떤 현자라 하더라도 거울의 뒷면을 볼 수는 없을 것이다. 그 거울로 내 머리를 크게 쳐버렸을 뿐이었다.

"오세요, 선물을 드릴게요. 토끼, 부활절 토끼가 그려진 계란이에요."

어린 마법사 같은 목소리로 말했다. 길에서 그녀가 누군가에게 이렇게 말하는 소리를 들으면, 나는 항상 뒤를 돌아보거나 서곤 했으며, 비올라도, 어린이들도 이런 소리에 모여들곤 했다. 부활절 토끼. 성금요일. 그녀는 자두를 요리하지 않았고 부활절을 맞아 예수에 대한 나의 장례 방식을 비웃었다. 하지만 당연한 듯 그녀는 부활절 선물을 샀고 그것을 나누어줄 수 있으나, 나는 아니다. 나는 그럴 수 없다.

"에메렌츠, 가지 않을래요. 우리는 서로에게 모든 것을 이야기했어요. 나에게 한 부탁은 당신 조카에게 전화로 전할게요. 당신이 원한다면 여기서 비올라를 밤새 데리고 있어도 괜찮아요."

갑자기 날이 흐려졌다. 그녀의 얼굴이 보이지 않았다. 나는 하루 종일 비를 기다렸다. 이 비는 지금까지 지체되어 있던 것이었다. 성금요일에는 거의 항상 바람이 불고 비가 몰아쳤다. 지금도 예수의 탄식이 나타났으나 조금은 늦었다. 나는 대문 밖으로 나갈 수가 없었다. 반면 굵은 빗방울이 떨어지고 바람도 신화에 등장하는 것처럼 불기 시작했다. 갑자기 터지는 폭풍우 전에 종종 이런 장면이 등장하는 것처럼, 마치 모든 것이 가쁘게 숨을 몰아쉬거나 또는 우리 귀로도 느낄 수 있을 정도의 숨소리가 시작되는 듯했다. 에메렌츠를 벌벌 떨게 하는 유일한 것이 폭풍우임을 나는 알고 있었다. 내가 따라가지 않는다면 그녀가 끌고 갈 것이라는, 거부가 의미 없다는 것도 나는 알고 있었다. 비올라는 꼬리를 말고 낑낑거렸으며, 벌써 다시 앞마당에 서 있었다. 지속적으로 닫힌 문을 긁으면서, 안으로 숨으려 했다. 번개는 이미 하늘을 찢기 시작했고, 비올라는 천둥소리를 삼키며 울부짖었다. 모든 것이 전기였다. 갑자기 천지가 푸른 불꽃으로, 사방에 번진 물로, 그리고 온통 어둠만으로 가득했다.

"비올라, 조용히! 잠시만, 비올라. 잠시만."

하늘이 파래지더니 회색으로 변했고, 한 차례 큰 천둥이 울렸다. 에메렌츠가 조각날 정도로 잘 다림질된 주머니에서 집 열쇠를 찾고 있다고 내가 느끼는 동안, 번개는 그 짧은 시간에 완전한 빛을 뿜었다. 비올라가 신음소리를 냈다.

"조용히 해, 비올라. 쉿!"

열쇠를 돌렸다. 번개가 빛날 때, 우리는 서로를 보았다. 에메렌츠는 나에게서 시선을 거두지 않았다. 나는 착각을 하고 있는 것이라고 생각했는데, 착각이어야만 했다. 그 문은 절대 열린 법이 없었다. 지금도 열려서는 안 된다. 그건 불가능한 일이다.

"자, 들어보세요. 만약 말을 퍼뜨리면 당신을 저주할 거예요. 그리고 내가 저주했던 사람은 모두 비참한 결말을 맞았어요. 누구도 보지 못했던 것, 내 장례를 치르기까지 앞으로도 볼 수 없는 어떤 것을 지금 당신이 보는 거예요. 하지만 당신의 눈에 가치 있을 만한 다른 것은 내게 없어요. 오늘은 응당한 것 이상으로 내가 당신을 더 심하게 때렸어요. 그래요, 나에게 있는 그 유일한 것을 보여주겠어요. 어쨌든 나중에 보게 되겠지요. 실제로 당신의 것이니까요. 하지만 아직 내가 살아 있는 오늘, 당신은 벌써 보는 거예요. 안으로 들어오세요. 겁내지 말아요. 자, 조심해요. 들어오세요."

그녀가 먼저 들어갔고 내가 뒤따랐다. 비올라는 곧장 문틈에서 날카롭게 안을 향해 짖었다. 처음 들어선 순간, 나의 발이 타르같이 검은 불안함으로 걸음걸음을 시도하는 동안 그녀는 불을 켜지 않았다. 비올라는 헐떡이더니 신음소리를 냈다. 익숙한 목소리 외에도 작은 소음이 들렸는데, 쥐가 한밤중에 움직일 때처럼 그렇게 낮은 소리였다. 지금까지 그렇게 어둡고도 어두운 곳을 다닌 적이 없었기에, 나는 도저히 발걸음을 뗄 수 없어 멈춰 섰다. 물론 나중에서야 덧문들이 있다는 생각이 들었다. 우리가 여기에 머물던 이래, 그것이 열린 채 있는 것은 그 누구도 보지 못했다.

이후 우리 주변에서 퍼져나간 그 환함, 그것은 거칠었으며, 노랗지 않은 순백이었다. 에메렌츠는 빛에도 인색하지 않았는지 최소한 100와트 전구는 되어 보였다. 우리가 서 있던 곳은 큰 방이었다. 넓고 순백의 깨끗한 방으로, 신선하게 석회 칠이 되어 있었다. 가스레인지가 그 안에 놓여 있었고, 싱크대, 책상 하나, 의자 둘, 두 개의 큰 장식장, 그리고 작은 소파가 하나 있었다. 술이 찢어진, 거대하고 낡은 벨벳 커버로 덮인, 좋은 날들을 보았을 법한 보랏빛의 그것은 언젠가 유행했던 좁은 '연인들의 소파'였다. 구식 찬장의 반투명 커튼 뒤에 열을 지어 서 있는 그녀의 잔들처럼, 에메렌츠의 보금자리는 깨끗했다. 구식이긴 했지만 얼음을 사용하는 냉장고도 있었다. 벌써 몇 년 동안 이곳에 얼음장수가 다니지 않는데, 어떻게 저 안에 얼음을 채웠을까 곰곰이 생각하며 그것을 물끄러미 바라보았다. 비올라는 소파 아래로 몸을 숨겼다. 이제야 진정한 폭풍이 시작됨을 알리는 행동이었다. 방에는 표백제와 방향제에서 나곤 하는, 재채기를 부르는 냄새가 났다. 어쨌든 애정과 정성으로 꾸며진, 그 어떤 호기심의 눈길도 거부하는 주방 겸 거실이라는 느낌을 주었다. 이 안에는 비밀로 할 것이라든지 또는 눈에 띌 정도로 이상한 요소가 없었기 때문이었다. 하나의 예외라고 할 수 있는 것은 그 평범치 않은 인테리어 소품으로, 그것은 부엌으로부터 실제적인 거주 공간을 묘하게 차단시켜놓았다. 놀라울 정도로 거대한 철제금고가 문 앞으로 당겨져 있었던 것이다. 도둑들이 하나의 조직을 이루어 덤벼들지 않으면 안 될 정도로, 그 누구도 움직일 수 없을 듯했다. 그로스만 가족의 옛날 철제금고라고 나는 생각했다. 그 너머에는 에메렌츠에게 남긴 가구도 있을 테지만, 누가, 언제, 어떻게, 도움도 없이 그것들을 금고 뒤편으로 들일 수 있었을까? 그녀 자신도 못했을 것이다. 바깥에는 천둥이 치고 비가 쏟아졌다. 얼굴은 죽은 사람처럼 창백했지만 에메렌츠는 자신을 제어할 줄 알았다. 나중에 밝혀진 바, 그 철제금고는 머그잔으로 가득 차 있었다.

나는 당황하여 주변을 둘러보았다. 집 안에는 꽃병에 꽃도 있었고, 광택이 나도록 닦은 석재 바닥에 작은 카펫 조각들도 있었다. 마치 폭풍이 할퀴고 간 동방의 페르시아 카펫에서 쓸 수 있는 부분만을 누군가 정성스럽게 조각내어 맞춘 듯했다. 그때, 세상의 시선으로부터 에메렌츠가 가리고자 했던 것들, 하지만 고양이의 위생에는 빠질 수 없는 잡다한 것들이 눈에 띄었다. 여러 개의 접시, 모래가 든 철판 그릇들이었다. 싱크대 아래, 찬장과 벽 모퉁이 옆에 아홉 개의 에나멜 접시가 빈 채로, 하지만 음식의 흔적이 묻어 있는 채로 아홉 개의 작은 철판 그릇들과 함께 놓여 있었다. 두 개의 찬장 사이에는 동상처럼, 어머니의 옷걸이 마네킹이 자리하고 있었다. 마치 맨몸의 여자 원수元帥같이, 다른 것은 걸치지 않고 오직 훈장들만 달고 있었다. 몸은 온통 사진들에 찔린 채였다. 오래된 신문에서 가져온 사진 한 장도 핀에 꽂혀 있었다. 열정적인, 옛날 모습을 한 젊은이의 얼굴이었다.

"맞아요, 그 사람이에요." 묻지도 않았으나, 에메렌츠가 대답했다. "그가 가버렸을 때 얼룩 고양이 한 마리가 눈에 띄었어요. 그 고양이가 매달려 죽었던 거죠. 나를 불쌍하게 여기지는 마세요. 나는 그럴 만한 사람이 못 돼요. 너무 좋아해서는 안 되는 거예요. 사람도, 동물도 말이에요."

비올라가 신음소리를 냈다. 천둥이 크게 칠 때마다 마치 대답으로 비명을 지르듯 그렇게 반응했다.

"다른 고양이를 발견했죠. 주변에는 항상 길고양이들이 있어요. 사람들이 내던지고 쫓아버린 것들인데, 처음에는 사람들이 고양이를 어린아이들의 장난감으로 여기지요. 이후 그 수가 늘어나기 시작했을 때, 그들은 멀리 가져가기도 하고 모르는 사람의 정원에 내던지기도 해요. 말할게요. 목매달아 죽인 고양이 대신 또 다른 고양이를 구했어요. 그 고양이를 누군가 독극물로 죽였는데 분명 목매달아 죽였던 사람과 동일인의 짓일 거예요. 그때는 이미 아무 말도 하지 않았지요. 반려동물들은 밖으로 나다닐 필요가 없고, 나중에는 신사들이 데리고 있는 애완견처럼 집 안에서 살면 된다는 생각이 들었어요. 그러니까 나는 네 개의 벽 사이에서만 그 고양이의 생명을 유지시킬 수 있는 거예요. 처음엔 이 정도로 동물들이 있지 않았어요. 미치지 않고서는 그럴 수 없지요. 늙은 첫 번째 고양이, 그러니까 안식을 주기 위해 사람을 불러서 내리쳤던 그 고양이만큼은 내가 원해서 집으로 들였어요. 두 번째 고양이는 아픈 몸으로 여기저기를 떠돌아다녔어요. 내가 치료를 해주고 나니 쫓아낼 마음이 들지 않는 거예요. 고양이들은 친절하고 온순했으며, 내가 집에 돌아오면 기뻐했어요. 누군가 집에 들어섰을 때 그 사람이 온 것에 대해 기뻐해줄 이가 아무도 없다면 살지 않는 게 더 현명해요. 어떻게 아홉 마리나 된 것인지는 죽인다고 해도 모르겠어요. 한 마리는 악령천惡靈川에서 발견했어요. 거기 천변에서 날카로운 소리를 내고 있었지요. 바깥으로 헤집고 나왔을 테지만, 계속 다시 굴러 떨어졌어요. 두 마리는 청소부가 넣어둔 거였어요. 아시지요, 그 점잖은 사람 말이에요. 그가 비닐에 그 불쌍한 놈들을 담아서 쓰레기 사이에 두었지요. 그 고양이들이 살 수 없을 것이라고 생각했으나, 가장 예쁜 녀석들이 되었어요. 난방공이 죽고 나서 홀로 남은 게 저 회색 고양이예요. 세 마리의 흑백 얼룩 고양이는 그 악령천 고양이의 새끼들이고요. 서커스단의 광대같이 그렇게 이상한 녀석들이지요. 새로 번식된 것들은 내가 죽여버리는데, 그 어떤 다른 방도가 있겠어요? 하지만 이 세 마리 광대는 도저히 그렇게 할 수 없었어요. 그것들은 가슴에 별(유대인의 상징 —옮긴이)을 달고 있는 것들이에요. 이런 것들을 땅에 묻어서는 안 돼요."

나는 서 있기만, 서 있기만 했다. 폭풍이 멀어졌고, 천둥은 잦아들었다. 이제 하늘은 이미 번쩍임을 멈추었고 큰 빛을 발하는 에메렌츠의 전구만이 타고 있었다.

"그들은 모두 위험한 순간들을 기억하고 있으며 죽음까지 느끼기에, 납작하게 엎드려야 한다는 것을 알고 있어요. 당신이 주사기를 들고 올 때, 무엇을 준비하고 있는지 저 고양이들이 짐작하지 못할 거라는 생각은 마세요. 그렇다고 단 한 마리에게도 자비를 베풀

지도 마시고요. 거리를 헤매는 것보다, 위험에 처하는 것보다, 내침을 당하는 것보다 더 자비로운 건 죽는 거예요. 죽이기 전에 고기로 모두를 잘 먹이세요. 고기에 익숙하지 않은데, 만약 적은 양의 수면제를 넣어둔다면 그들을 쫓을 필요도 없겠지요. 그리고 이 고양이들을 아는 사람은 아무도 없으니 말을 퍼뜨리지 마세요. 이제 지금은 당신만 알고 있는 거예요. 고양이들 모두 죽음의 문턱에 있었지만, 지금은 조카보다도 나에게는 더 가까워요. 만약 몇 마리가 있는지 이 건물 사람들이 알게 된다면, 그들은 일곱 마리를 밖으로 내보내라고 압박할 거예요. 또는 보건국 사람들이 날 괴롭히기 시작하겠지요. 합법적으로는 두 마리만 허락되잖아요. 당신에게 이것들을 맡긴 것, 당신을 여기 안으로 허락한 것, 이 이상 더 많은 것을 당신에게 줄 수는 없네요. 고양이들은 겁쟁이들이니까 움직이지 말고 보기만 하세요. 고양이들은 나 외에 아무도 몰라요. 비올라만은 알지요. 비올라, 어디 있어? 바보같이 굴지 마, 폭풍은 지나갔잖아. 네 자리로 가!"

비올라는 앞으로 기어 나와서 소파에 뛰어올랐다. 나는 소파 중간에 난 구멍을 보았는데, 비올라가 그곳에서 맘 편히 누웠던 것이리라.

"저녁 먹어!" 에메렌츠가 소리쳤다. 처음에는 아무 일도 일어나지 않았다. 그러고는 다시 한 번, 그녀가 이번에는 조용히 말했다. 그때 방이 움직였다. 또다시 그 특징적인 소음이 들렸고, 나는 에메렌츠의 가족, 모두 아홉 마리의 고양이들을 보았다. 안락의자들 뒤에서, 찬장 아래에서, 그들은 은둔했던 곳에서부터 하나둘씩 나타났다. 나를 쳐다보지도 않았다. 비올라가 꼬리로 치는 흥겨운 북소리가 유일하게 울린 소음이었다. 고양이들은 빈 접시들 옆에 서 있었고, 그들의 보석같이 반짝이는 눈길이 에메렌츠를 향했다. 그녀는 가스레인지 위 큰 그릇에서 야채 스튜 같은 것을 뜨기 시작했다. 각자에게 맞는 정량을 배분하고, 연신 몸을 굽혔다 펴면서도 그녀의 얼굴에는 미소가 그치지 않았다. 이 있을 법하지 않은 광경은 있을 법하지 않다기보다는 서커스 공연으로 느껴졌다. 이것이 길들이는 것이었다! 소심한 비올라는 몸을 움직이지도 않았다. 배가 고팠을 텐데, 꼬리로 여기에 자기도 있다는 표시만 할 뿐이었다. 고양이들은 비올라를 무서워하지 않았다. 이미 오래전부터 비올라가 개라는 사실도 감지하지 못하고 있는 듯했다. 비올라가 마지막으로 음식을 받았다. 그의 접시는 컸고, 창문턱에 있었다. 우리 집에서는 절대 그러는 법이 없었지만, 여기서는 그 야채 스튜를 게걸스럽게 먹더니 접시를 혀로 핥았다. 그러고는 자신이 얼마나 멋진 녀석인가를 내가 주시하고 있는지 확인하는 듯, 도발적으로 나를 쳐다보았다. "네 자리로 가!" 에메렌츠가 비올라에게 한마디 했다. 비올라는 다시 소파로 되돌아갔고, 고양이들이 그 옆에 뛰어올라 비올라를 둥글게 감싸듯 앉았다. 비올라의 옆이나 위쪽에 자리를 찾지 못한 고양이들은 작은 소파의 등받이 위에서, 나무에 앉은 고양이의 고전적이고 우아한 포즈로 그 앙증맞은 몸을 고정시켰다. 그곳뿐 아니라 옷걸이 마네킹의 어깨에도, 사진들, 내 사진 위에도 앉아 있었다.

에메렌츠는 이제부터 단 1분도 시간이 없다며, 지하실이 분명 침수되었을 테니 물을 훑어내러 가야 한다고 했다. 그녀는 비올라가 고양이들과 이야기를 나누도록 허락했기에, 비올라는 아직 그곳에 머물렀다. 그리고 나를 배웅해주겠다고 했다. 우리는 함께 나와서 잠시 같이 걸었다. 밖에서는 이미 비의 향이 느껴졌다. 다시금 모든 것이 《아이네이스》의 여섯 번째 노래와도 같았다. 우리는 희미하게 깔린 그림자들을 지나 걸어갔다. 우리 위에 숨은 달이 미혹하듯 그 빛을 뿌리고 있었다. 우리 집 문을 열자 눈물이 흘러내렸다. 무엇이 그토록 나를 눈물 나게 하는지, 살면서 처음으로 남편에게 그 이유를 설명할 수 없었고, 설명하고 싶지도 않았다. 결혼생활을 한 이래 남편의 물음에 답하지 않은 것은 이때가 유일했다.

크리스마스의 깜짝 선물

비올라는 오래전에 죽었지만, 그의 많은 사진을 나는 여태 간직하고 있다. 황혼녘의 거리에서 그림자와 빛의 장난이 여러 번이나 나를 속이면, 박자에 맞춘 비올라의 가벼운 발걸음 소리를 종종 느끼기도 한다. 완벽한 고요만이 있는데도 비올라가 내 뒤에서 따라오는 소리, 그의 발톱이 내는 요란한 소리 또는 짧고 따뜻한 그의 숨소리가 상상 속에서 맴돌기만 할 뿐이다. 어떤 일요일 날들, 비올라의 그날들의 이미지가 다시 떠오른다. 여름날 활짝 열어둔 창문을 통해 창문턱에 놓아둔 오이절임 병 뒤로 고기수프의 향과 페이스트리 내음이 날아들면, 원재료로부터 무엇이 만들어지는지 비올라보다 더 기도하는 마음으로 부엌을 주시하고, 눈길을 줄 수 있는 이는 아무도 없을 것이다. 가스레인지 근처에서 비올라를 저 멀리 물러나게 하는 것은 불가능했으나 사실 그것을 원한 사람도 누구

하나 없었다. 비올라는 요리하는 시간에는 경건했고 절도 있었으며 항상 무슨 특별한 음식을 기대하고 있었기 때문이었다. 비올라의 열망에는 어떤 특징적인 소리가 있었다. 마치 한숨을 쉬는 듯한 그런 소리였는데, 조리대 앞에 누가 서 있든 간에, 이 애잔한 표현에 늘 무언가를 던져주었다. 비올라에 대한 기억에는 종종 이 한숨소리도 겹쳐 회상하게 된다.

지나간 시간 속에서 나를 향해 보이는 가장 각인된 에메렌츠의 표정은, 그녀가 갑자기 어떤 감정도 없는 목소리로 이렇게 물었을 때의 얼굴이다. 그녀 주변에서 내가 이런저런 제안을 계속하는 것에 이제는 스스로도 지치지 않느냐고 물었는데, 나는 마치 그녀가 청혼이라도 한 것처럼, 그런 뜬금없는 생각을 하듯 그녀를 바라보았다. 실제로 내가 원하는 것은 무엇일까? 그녀와 친구가 되는 것, 아니면 편하게 말을 터놓는 한 명의 친척처럼 되는 것일까?

"당신은 모든 것에 대해 나와는 다른 개념을 가지고 있어요. 천만 가지, 그 모든 것에 대해 당신은 배웠겠지만 그런데도 무엇에 주목해야 하는지도 모르고 있어요. 당신이 쓸데없이 눈을 부라린다고 해도, 완전히 나의 것이 아닌 사람은 나에게 필요 없다는 사실이 보이지 않으세요? 당신은 모든 사람을 한 상자 안에 쌓아두고서는 필요한 사람이 있을 때 그 사람을 꺼내지요. 여기 이때는 나의 친구, 여기는 나의 사촌, 여기는 나이 든 나의 대모代母, 여기는 내가 사랑하는 사람, 여기는 나의 의사, 여기에는 로도스에서 가져온 납작하게 말린 꽃. 자, 나는 좀 놔주세요. 언젠가 만약 내가 없어지면 그때 가끔씩 내 묘지를 둘러보세요. 그것으로 충분해요. 그 사람을 남편으로 원했기에 내가 그를 친구로 삼지 않은 것인데, 마치 태어나지 않은 자식처럼 나에게 굴지 마세요. 나는 어떤 것을 제안했고, 당신은 수용했어요. 당신은 나의 몇 가지 물건들을 받을 권리가 있지요. 그건 우리가 가끔 싸울 때도 있었지만, 잘 지냈기 때문이에요. 나중에 내가 없을 때, 그냥 아무것은 아닌 그 어떤 것을 당신이 받을 거예요. 그걸로 충분했으면 싶어요. 그리고 아무도 데려가지 않은 그곳에 당신을 허락한 것도 잊지 말아요. 내 안에 더 이상은 없으니 이 이상 더 줄 게 없어요. 다른 것은 무엇을 바라세요? 내가 요리하고 빨래하고 청소하고 당신의 비올라를 키웠어요. 나 또한 돌아가신 당신의 어머니도 아니고 유모도 아니며 어깨동무 친구도 아니잖아요. 나를 좀 내버려두세요."

실제로 틀린 말이 아니었으나 여전히 기분 좋지 않은 말뿐이었다. 세상을 떠난 이후 그녀의 동물원을 해체해달라는, 그녀가 청한 그 정도의 부탁은 다른 누구의 부탁이라도 내가 들어줄 만한 것이었다. 그리고 그렇게 해야 될 때가 되면 그 동물의 무리가 점점 없어지거나 또는 완전히 해체되기를, 다만 새로운 고양이를 거둘 정도로 그녀가 광적이지는 않기를, 나는 진심으로 바라고 있었다. 그 아홉 마리도 엄청난 것이지만 말이다. 에메렌츠는 정말 쉬운 사람은 아니었다. 무엇보다 그녀의 생각을 바꾸게 할 수 없었다. 그녀가 우리의 관계를 조절하며, 그녀가 맞추는 그 조절기는 절약형이고 이성적이라는 사실을 나는 알고 있어야만 했다. 우리는 외교관 부부들을 이렇게 예의 바르게 만나곤 했다. 그들은 동감을 하면서도, 동감을 이끌어 내면서도, 모든 회동에 앞서 외교 업무의 불문율을 반복했다. 감정들을 억누를 것. 3년마다 타지로 발령을 받는 외교관들은 부임지에서 그곳 사람들과 관계를 발전시키는 것을 자신들에게 허락하지 않는다. 그들과 모임에서 함께하는 것이 즐겁기에 우리도 일정 수준의 교감을 나누지만, 여기에서 근무할 때까지만 그들의 존재를 즐길 뿐이다.

이런 외교관의 규정을 우리 세 명만 지켰을 뿐, 네 번째 가족인 비올라는 아니었다. 한 번은 비올라가 화가 나서 그녀를 물었고, 이 때문에 삽으로 갈비뼈가 부러질 정도로 매를 맞은 적이 있었다. 비올라는 비명을 지르며 수의사의 진료를 참았다. 치료를 하는 동안 그녀가 비올라를 잡고 있었는데, 그 와중에 이렇게 설명했다.

"마을의 황소 같은 너에게는 이렇게 해야 돼. 발정기라고 나에게 설명하지 마. 울부짖지 마. 이 수치스러운 녀석. 네가 받은 것은 너에게 응당한 거였어. 자, 그놈의 더러운 네 입을 벌려봐!"

빛나고 두려움 없는 이빨 사이에 보상으로 던져준 빵 조각이 금세 사라졌다. 에메렌츠는 누군가 그녀를 좋아한다면 그 사람의 삶에서 그녀가 주인공이 되어야 한다는 조건을 내세웠다. 에메렌츠가 그녀가 중요하다고 여긴 이들 중에서 오직 비올라만 이것을 자연스러운 것으로 받아들였으며, 그녀를 물었던 바로 그때조차 그랬다.

반면 우리 집에 문제가 있었을 때, 나는 항상 그때 그녀와 가장 화목하게 지냈다. 그 시절 우리는 그렇게 어렵게 살지는 않았지만, 남편과 나, 둘 중 한 명은 늘 아팠으며, 모든 관점에서 전혀 건강하지 못한 시절이었다. 우리의 신체기관이 어떤 공격에 대해 저항할 수 없었거나, 그도 아니면 우리의 신경이 전한 바, 불공정한 무기들로 우리를 상대로 한 게임이 진행되고 있던 시절이었다. 그 위기의 시절에 에메렌츠는 실제로 감지할 수 있는 방법으로 우리 둘 모두의 편이 되었다. 뒤틀린 그녀의 손가락들은 안심과 치료를 가져다주었고, 큰 병환을 앓고 난 이후에는 우리의 몸을 씻겨주거나 마사지를 해주었다. 무슨 그로스만 에바라고 했던가, 어쨌든 그녀가 보낸 향기로운 탤컴 파우더를 뿌렸을 때보다 더 큰 구원은 없었다. 남편이 한 번 언급한 대로, 우리는 계속해서 숨이 넘어가든지 아니면 그녀가 건져 올리도록 끝없는 물속에 깊이 빠져 있어야만 했다. 에메렌츠는 그럴 때면 평온하고 만족한 듯하지만, 만약 어느 날 진정으로 우리가 성공하거나 비교적 안정이 지속된다면, 우리는 그녀의 관심을 잃을 것이라고 했다. 우리를 도울 수 없게 되면 곧 자신의 존재 이유를 느끼지 못할 터였다.

그녀가 어떤 종류의 관련 내용도 전혀 읽어본 적이 없으면서도, 좋지 않은 문학계의 소식들을 항상 모두 알고 있었던 것은 익숙해지기 힘든 경험이었다. 그 소식들은 때때로 우리 삶을 완전히 뒤바꾸어놓기도 했다. 이럴 때 그녀는 항상 그 일에 대해 자신이 알고 있음을 내비치며 우리를 다독였다. 다시 음모를 꾸미는 자들이 움직이고 있다는 사실을 알 만한 사람들이 자각하지 못하면, 그녀는 길에서 그들 모두에게 이 사안에 대한 자신의 입장을 전했다. 개인적으로 그녀의 그룹에 속하는 사람들에게 연대의 입장과 우리의 적들에 대한 비난을 요구했다.

우리의 관계는 해를 거듭함에 따라 굳건해졌다. 에메렌츠는 자신이 허락한 경계까지 우리 편에 머물렀다. 다른 외부인처럼 변함없이 밖의 앞마당에서 나를 맞았고, 다시는 집 안으로 나를 들이지 않았다. 그녀의 다른 일상에서도 변한 것은 없었으며, 맡은 일을 지속적으로 완수했다. 이제는 눈에 드러날 정도로 그렇게 완벽하게 수행하지는 않더라도 눈을 쓰는 것도 그치지 않았다. 나는 가끔 그녀의 실제 재산이 어느 정도일까 생각도 해보았다. 그녀 조카의 경우 석조무덤 외에도 모든 가족이 모여 살 수 있는 공동주택 건물도 지을 수 있을 만큼이라고 막연히 생각했다. 에메렌츠는 우리들에게 차이를 둬서 보상을 했다. 총경은 높은 평가를, 비올라는 그녀의 마음을, 남편은 그녀의 완전무결한 일처리를 받았는데, 남편은 에메렌츠의 조신한 행동에 대해 적당한 제한들 속에서 이웃과 거리낌 없이 지내는 나의 시골풍 성향을 보여주는 것으로 평가하기도 했다. 에메렌츠는 내게는 그녀 삶에서 올 수밖에 없는 결정적인 그 순간에 수행해야 할 과업을 주었다. 그리고 작품에서 기계나 기술로 나뭇가지를 흔들지 말고, 실제적인 열정으로 그렇게 했으면 하는 요구를 남겼다. 나에게 조금 과한 것이었으나, 이것은 에메렌츠가 준 가장 소중한 것이었다.

 그럼에도 그녀가 남긴 것이 부족하다고 느꼈는데, 이는 내가 다른 것도 원했기 때문이다. 예를 들면 언젠가 나의 어머니에게 했듯 그녀를 안고 싶었다든지, 다른 누구에게도 전하지 않은 이야기들, 말하자면 어머니가 이성이나 지성보다는 사랑의 감정으로 받아들였던 그런 이야기들을 그녀에게 말하고 싶었다. 하지만 그 모든 것에서 나는 그녀에게 이미 필요하지 않았다. 최소한 나는 그렇게 생각했다. 그녀의 흔적도, 한때 그녀의 집이었던 곳의 흔적도 이미 오래전에 사라졌다. 언젠가 만능인의 부인이 내 목을 껴안으며 인사를 했을 때, 그녀는 내 팔에 묻어 있던, 가지치기를 한 정원의 꽃을 보고는 내가 에메렌츠의 무덤에 가는 길이라는 것을 알았다. "당신이 그녀의 눈빛이자 딸이었어요." 만능인의 부인이 말했다. "당신을 어떻게 불렀는지, 누구든 주변에 한 번 물어보세요. 딸이라고 했지요. 불쌍한 그녀가 조금이라도 쉬려고 앉아서는 지겹도록 누구에 대해 말했는지 아세요? 당신에 대해서였어요. 하지만 당신은 그녀가 당신을 속이고, 비올라를 당신 가까이 못 오게 한다고만 생각했지요. 그리고 그녀가 당신에게 비올라가 되었다는 걸 눈치 채지도 못했지요."

에메렌츠는 대략 20년 동안 우리와 함께했다. 그 시간 동안 셀 수 없을 정도로 많은 날들을 우리는 해외에서 보냈다. 그녀는 이 집을 건사했고, 우편물, 전화를 담당했으며, 전신환이 왔을 때도 그녀가 수령했다. 우리가 없을 때 집에 아무도 없으면 안 된다며, 비올라가 그렇게 비명을 질러도 단 한 시간도 자기 집으로 데려가지 않았다. 프랑크푸르트 도서전을 마치고 귀국하면서 그녀에게 작은 텔레비전을 선물로 가져왔다. 아주 오래전부터 우리는 그녀가 그 어떤 것도 받지 않는다는 것에 익숙했다. 그럼에도 당시 헝가리에서는 구할 수 없었던 그 물건이 그녀의 '금지된 도시'로 또 다른 세상을 가져다주리라 상상했다. 유일함을 추구하는 그녀의 감정계가 이번에는 다르게 반응할 것이라고 생각했다. 이 동네에서 그 화면이 작은 기계는 오직 그녀에게만 있게 될 터였다.

비올라를 발견했을 때처럼 다시금 우리는 성탄 연휴를 보내려 귀국했다. 그 당시에는 아직 텔레비전에서 종교적인 색채가 분명한 프로그램들을 방영하지 않았고, 그보다는 민속물들을 방송했다. 그 때도 가죽옷을 걸치고 털모자를 쓴 아이들이 찬송가를 불렀다. 반면 저녁식사 시간 이후에는 제2차 세계대전 시기에 제작된 멋있고 감상적인 방송물들을 방영했다. 저녁식사를 준비하고 있던 에메렌츠가 선물에 기뻐하리라고 우리는 상상했다. 그러나 그녀는 선물을 발견하고서는 행복하다는 그런 반응이 없었다. 비밀스럽고 진중한 눈빛으로 마치 무엇인가를 말하고 싶어 하지만 그러지 못하는 듯이 나만 바라볼 뿐이었다. 그녀가 실제로 그 선물을 받아들였기에 나는 기쁨에 완전히 도취되었다. 기쁜 성탄을 기원한다고 그녀가 감사의 인사를 했다. 어린 시절, 유약을 바른 카드에서처럼 그해 크리스마스는 아름다웠다. 밖에는 크고 부드러운 눈송이가 흩날리고 있었다. 살면서 가장 좋아하는 계절이 겨울이었다. 매혹적인 크리스마스와 포근한 분위기로 가득한 거실에서 나는 창 뒤에 서서 바깥을 바라보았다. 축일에 대한 나의 여러 가지 상념들 중에는 지금 방에 앉아 축일을 보내고 있을, 텔레비전을 가지게 되어 의기양양해 하는 에메렌츠도 자리하고 있었다.

　나중에 일어난 모든 일들은 그날 저녁에 벌어진 그 일 때문에 발생하게 되었다. 마치 하늘이 우리 얼굴에 그 선물을 내던지기라도 한 것 같았다. 또는 에메렌츠가 항상 상처를 주고 부정했지만 그녀의 모든 발자국 곁에 서 있던, 그리고 그녀 뒤에서 응시하고 있던 신이 움직여서, 다시 한 번 마지막 가능성을 내게 준 듯했다. 그 가능성을 내가 볼 수만 있었다면. 길 옆 가로등이 내려다보였다. 극한의 눈보라 속에서도 불빛이 비추고 있었다. 우리는 눈송이가 엉켜 춤을 추는 가운데, 창가에서 겨울을 응시하고 있었다. 그런데 갑자기 그 거리의 상(像)에 에메렌츠가 불쑥 들어와서 눈을 쓸고 있었다. 그녀의 머릿수건, 어깨, 등은 두꺼운 눈의 휘장 아래에서 새하얗게 변했다. 그녀에게 인도는 청소가 되지 않은 채로 있어서는 안 되었다. 크리스마스 이브에 그녀는 눈을 쓸고 있었다.

부끄러움에 나의 얼굴로 피가 몰려드는 듯했다. 위에서 내려다본 에메렌츠는 《오즈의 마법사》에 등장하는 허수아비 같았다. 방금 태어나신 나의 주님, 저는 이 부인에게 무슨 선물을 한 것인가요? 아침부터 다음 날 아침까지 일들이 그녀를 가만히 내버려두지 않는데, 그녀는 몇 번이나 집에서 편안하게 앉아 있을 수 있을까요? 에메렌츠가 그렇게나 상처 입은, 전에 없던 눈길로 우리를 보았던 이유는 그녀가 마침내 소파에 앉을 수 있는 시간이 되면, 부다페스트는 이미 방송을 하지 않는 시간이기 때문일 것이다. 주님께서 그녀의 감정계를 나의 것보다 더 감정적이고 부드러운 실로 뜨지 않았다면, 그녀는 그 텔레비전을 받지 않았을 것이다. 아니면, 그녀 대신 최소한 가끔씩은 우리가 눈을 쓸 수 없는지, 빨래 당번을 맡을 수 없는지를 물어보았을 것이다.

우리는 감히 서로 말을 꺼낼 엄두도 내지 못했다. 남편 역시 나와 같은 생각을 했다. 바깥을 내다보는 것만으로도 우리는 부끄러워서 에메렌츠의 빗자루에 등을 돌렸다. 비올라가 베란다로 나가고 싶다는 듯 문을 긁었지만, 나는 내보내지 않았다. 누구도 어떤 말도 하지 않았다. 해본들 소용도 없으며, 여기에는 말이 아니라 어떤 행동이 필요했다. 하지만 우리는 텔레비전으로 다시 되돌아갔다. 나는 이번에도 '그렇게 하면 어떻게 될까'라는 생각까지에만 다다랐다. 그 생각에서 멈추어버린 나 자신을 용서조차 할 수 없다. 나는 항상 철학적으로 분석할 줄 알았고, 나의 잘못을 인정하는 것을 부끄러워하지도 않았다. 하지만 왜 진작 그 생각을 하지 못했을까? 그녀와 비교하면 나는 젊었고 그 정도의 힘은 있었는데도, 눈을 쓸기 위해 내려가지 않았다. 나는 분명 그 비질을 할 수 있었다. 시골에 있을 때 한동안 빗자루를 지고 살았으며, 소녀 시절에는 집 앞을 깨끗이 청소하던 사람이 나였다. 그런데도, 그녀가 텔레비전 프로그램을 볼 수 있도록 집으로 들여보내지 못했다. 나는 내려가지 않았다. 내려가기는커녕 텔레비전을 보고 있었다. 크리스마스였다. 짜고 쓴 맛을 좋아하는 입맛에 변화를 주고자 나 역시 이럴 때는 단맛을 찾는다. 그리고 실존주의와 그로테스크한 작품은 접고 아름답고 로맨틱하고 슬픈 영화를 즐기는, 그런 크리스마스였다.

작전

그랬다, 내 생각에는 그때 무너지기 시작했다. 에메렌츠는 언젠가 2월의 끝자락에 가을 이후 유행한 바이러스성 감기에 걸렸다. 물론 그녀는 아프다고 눕지 않았고 감기에 신경을 쓰지도 않았으나, 그해 겨울은 여느 해와 다르게 많은 눈이 내렸으며, 그녀는 인도를 청소하는 데 모든 에너지를 쏟았다. 반면 모두는 숨이 막힐 정도였던 그녀의 기침 소리를 들을 수 있었다. 슈투와 아델카는 차라고 말하며 강한 향의 데운 포도주를 들고 그녀에게 급히 가곤 했다. 에메렌츠는 설탕을 넣은 그 술을 한입에 털어 넣고는 가끔 빗자루질을 중단했다. 빗자루가 쓰러졌고 오랫동안 긴 기침이 이어졌다. 아델은 자신이 아파서 쓰러질 때까지 에메렌츠를 돌보았으며, 그녀도 곧장 병원으로 갈 정도로 아프게 되었다. 아델이 더 이상 나타나지 않자 에메렌츠는 눈에 드러날 정도로 안심하는 듯했다. 슈투는 아델보다 더 분별 있게 그녀에 대해 연대감을 가지고 있었다. 반면 아델의 취향은 에메렌츠와는 달라서, 말하기 좋아하는 그녀의 입은 쉴 틈이 없었다. 에메렌츠가 며칠 동안 한숨도 못 자고 있다는 말이 거리에 울려 퍼졌다. 이렇게 아픈 상태에서 어떤 집 앞의 눈을 스케이트로 지치듯 쓸고 나면, 이미 눈을 쓸었던 다른 집에서 다시금 빗자루질을 해야 할 정도로 신의 저주를 받은 눈이 쏟아져 내렸기 때문이었다. 한 번은 일전에 에메렌츠를 소개해준 학교 친구는 그녀가 의사에게 가볼 수 있도록, 가능한 한 그녀를 뉘이고 눈 치우는 일을 하지 않도록 얘기해볼 것을 내게 권했다. 게다가 이것은 더 큰 문제가 될 것인데, 기침소리를 들으니 이제는 에메렌츠를 괴롭히는 게 유행성 독감이 아니라 폐렴 같다고 했다.

이제는 멈추라고, 그리고 내 말을 들으라고 에메렌츠의 팔을 잡았을 때 그녀는 숨을 가쁘게 몰아쉬고 있었다. 그녀는 그렇게 돕고 싶으면 우리 집이나 잘 건사하라고, 청소와 요리를 하지 자신을 화나게 하지 말라고 외쳤다. 저주받은 눈이 이렇게 쏟아지는 동안 그녀는 길을 쓸 것이며 이 길에서 물러날 수 없다고, 쉬는 것은 원하지 않을 뿐이라고 했다. 그녀에게 침대는 있지도 않다는 것을 알면서 침대에 드러누우라니 얼마나 바보 같은 생각이냐고 반문했다. 또한 언제든 집의 초인종이 울릴 수 있고, 주민들은 공동 출입문의 열쇠를 가지고 있지만 관청에서 낯선 외부인이 나타날 수도 있는데 자신이 왜 누워 있어야 하냐며, 밤에 등이 조금 욱신거리니 현명하게 생각해보면 앉아 있는 것이 최선이라고 했다. 이제 지쳤으니 제발 그녀를 놔두었으면 한다고, 그녀가 눕든 눕지 않든, 그리고 도대체 무슨 일을 하든 그 어떤 사람들과 아무 관계도 없는 일이라고 했다. 나이가 들만큼 든 내가 왜 그토록 많은 미용용품을 욕실에 두는지에 대해 그녀도 내게 절대 물어본 적이 없다고 했다. 나의 학교 친구와 의사나 침대에 드러누우라고, 그리고 자기에게 이래라저래라 하기 좋아하는 쓸모없는 사람들과 더불어 절대 일어나지도 말라고 했다.

에메렌츠의 얼굴에는 열과 화로 인해 매우 붉은 빛이 타올랐다. 마치 눈에게 개인적인 감정이라도 있다는 듯, 오직 그녀만 처리할 수 있다는 듯이 이전보다 더 격렬하게 계속 거리의 눈을 쓸었다. 내 뒤에다 대고 크게 외치는 그녀에게 슈투와 만능인의 부인이 음식을 가져다주었다. 이로써 모든 이는 내가 그 어떤 것에 대해서도 신경을 쓰지 않을 것이며, 그녀는 사람들이 엿보고 있는 것을 혐오한다는 것을 알게 되었다. 생각해본다면, 지금까지 그녀의 삶에서 신경발작이라는 것은 있어본 적이 없었지만, 만약 지금 우리가 그녀를 더욱 괴롭힌다면 그것이 어떤 것인지 그녀가 경험할 수 있을 터였다. 그녀의 숨이 말을 삼켰다. 기침을 해대더니 뒤돌아섰다. 그녀는 지금 비올라를 곁에 두지 않았다. 산책시키기에는 시간이 없었고, 그녀 옆에 세워두는 것도 비올라에게는 좋지 않으니 추위에 떨지 않도록 따뜻한 집으로 데려가라고 내게 일렀다.

어쨌거나 우리에게도 예전 같지 않은 해였다. 텔레비전을 선사한 크리스마스 이후의 기간, 나의 삶은 그때 피어나기 시작했다. 새해 첫날이 지나자마자 마치 어떤 보이지 않는 손이 수도꼭지를 돌린 것 같았다. 인간의 삶에서 좋고 나쁜 것이 흘러나오는, 그리고 어떤 것은 잠그고, 어떤 것은 열게 하는 그 비밀스러운 수도꼭지를 말이다. 그때 바로 거기에서 물이 터져 나왔다. 장관을 이루지는 않았으나, 내 삶에서 처리해야 할, 그리고 해야 할 일들이 그때보다 많은 때는 없었다고 느꼈다. 그 이유는 마지막까지도 알 수 없었다. 외적으로 보이지는 않았으나 충분히 감지할 수 있었던 집단에서 그들은 그렇게나 여러 해 동안 나를 옥죄었으나, 내가 상황을 파악하기 어려울 만큼 다른 종류의 결정이 그곳 어딘가에서 도출되었다. 항상 밑으로 내려져 있던 차단기가 이제 위로 올라갔으며, 최근 몇 년 동안은 우리가 두드리지도 않았던 그 문이 내가 원하면 들어갈 수 있도록 저절로 열린 것이었다. 처음에 나는 이러한 징표들을 해석해보려고 하지도 않았다. 에메렌츠는 길을 쓸고 기침을 했으며, 나는 장을 보고 요리를 해야 했다. 그리고 방을 가지런히 정돈했으며, 비올라를 먹이고 산책을 시켜야 했다. 무엇이 이런저런 조직에 경종을 울렸기에 이렇듯 갑자기 나에게 맹렬하게 부탁을 해오는 걸까 곰곰이 생각해보았다. 그럼에도 에메렌츠가 의사와 이야기를 해보았으면 하는 생각이 들어 말을 꺼내자, 그녀는 길에서 비키라며 나에게 호통을 쳤다. 모든 사람에게는 기침할 권리가 있다고 했다. 눈이 내리는 동안 그녀의 일은 길에 있었다. 약이나 의사로 그녀의 신경을 건드리지 않기 위해서, 그래 봤자 소용없지만, 그녀가 다시 집안일에 손을 대지 않는 동안 내가 할 일은 나의 집을 돌보는 것으로 충분했다.

   모든 것을 처리하던 에메렌츠의 손이 내 옆에 없었으나, 사람에게 쫓기는 벌레처럼 나는 해야 할 일들 사이를 이리저리 달렸다. 수

많은 편집부에서 동시에 연락이 왔고, 사진사들이 찾아와 촬영을 했다. 어떤 기분 좋은 흥분이 이어진다는 생각이 이때 이미 들기 시작했는데, 만약 사람들이 나에게 해코지를 하려 한다면, 이런 야단법석을 다르게 편성했을 터였다. 나에 대한 이렇게 영광스러운 비평도 좀체 읽은 적이 없었으며, 세상이 지금처럼 이 정도로 나에게 관심을 둔 적은 결코 없었다. 늘 어딘가로 가야 했고, 항상 신문기자가 찾았으며, 라디오와 텔레비전 방송국에서도 연락이 왔다. 주변의 모든 것이 바뀌었다.

동료들이 암시를 주기 시작했을 때, 그때도 나는 전혀 눈치를 채지 못했다. 하지만 어느 날 아침, 중요한 위치에 있는 사람의 전화 한 통을 받은 후, 마침내 남편이 말을 꺼냈다. 결혼식 이후의 몇 시간은 예외로 하고, 나는 그 이전에도, 그 이후에도 남편의 얼굴에서 이때보다 환한 빛을 본 적이 없었다.

상賞. 글쎄, 물론, 그 상, 그것이었다(헝가리 최고의 상인 코슈트상으로 보인다 — 옮긴이). 그사이에 벌써 3월 중순이 되었고, 이러한 징후들, 특히 가장 최근에 전혀 다른 내용을 언급한, 호의적인 전화 또한 다른 의미가 아니었다. 곧 수상授賞 결정이 있을 것이라는 내용이었다. 기뻐하라, 기뻐하라, 수십 년 동안 이어진 투쟁과 저항이 이제는 끝이리니! 이제 기뻐하라!

나는 죽을 정도로 피곤함을 느낄 뿐이었다. 그 어떤 중간과정 없이 공인이 되었고, 거의 계속해서 대중들 앞에서 진행되는 새로운 삶은 나를 지치게 했다. 게다가 우리 집에서의 질서가 무너져 있었다. 에메렌츠가 없었다. 비올라를 돌보는 것, 난방을 하는 것, 요리하는 것, 장을 보는 것, 청소하는 것, 세탁소로 오가는 것 등, 실로 즐겁고 행복한 시소가 이로 인해 평형을 유지하기 어려웠다. 아델은 마침내 병원에서 퇴원을 했다. 우리는 그녀가 슈투와 함께 에메렌츠의 거리 청소를 분담했으면 하는 희망을 했었다. 처음에 에메렌츠는 격렬하게 그들을 거부했다. 아픈 목에서 터트릴 수 있는 최고로 큰 목소리로 길에서 나가라고 아델에게 고함을 친 이후 갑자기 더 이상은 소리가 없더니 길에서도 보이지 않았다. 슈투는 튀긴 감자와 밤을 팔던 가게를 닫았고, 병 때문에 운영하지 않는다는 전단을 붙였다. 자작나무 빗자루를 아델과 함께 건네받았다. 오전 나절에 드러난 바, 그들 둘은 에메렌츠가 건강할 때 혼자 수행하던 일의 반도 해치우지 못했다. 반면 에메렌츠는 그녀들 앞에서 사라져 버렸다. 브로더리치 씨가 찾아가서 필요한 것이 없는지 물어보았을 때, 자신을 내버려두라고 밖에다 대고 고함을 쳤다고 했다. 어쨌든 누구도 집에 들이지 않을 것이니 아무도 방문하지 말고, 약도 복용하지 않을 테니 가져오지 말 것이며, 의사도 들이지 않겠다고 했다. 자신에게는 휴식만이 필요할 뿐이며, 한 번 잘 자고 일어나면 즉시 회복할 것이라고, 날뛰면 방해만 되니 비올라도 데려오지 말라고 했다. 그녀가 나를 보는 것도, 듣는 것도 원치 않았기에, 나는 그녀의 집으로 건너가볼 생각도 하지 못했다. 우리는 그녀가 그 누구도 원치 않는다고 이해했다. 나 역시 원치 않는다고.

에메렌츠는 사라졌다. 그녀가 없는 거리는 비현실적이었고 사막과 같은 황무지였다. 그녀가 없어졌다는, 내 앞에서도 뒤로 물러나 자신을 닫아버렸다는 소문을 듣고 내가 느낀 특징적인 감정은 불쌍한 마음도 동요도 아니었다. 단순하고 하찮은 분노였다. '그녀가 보고 싶어 하지 않으니, 나도 그녀를 방해하지 말라고? 아, 얼마나 사려 깊은가!' 내 삶은 지금 구덩이에 빠졌으며, 매 순간 누군가의 도움이 필요한데, 상황은 회복되지 않고 악화되기만 했다. 모든 짐이 나에게 얹혀 있었고, 남편은 추운 바깥에 다니는 것이 금지되어 있었다. 비올라는 하루 종일 비명을 질러댔다. 방문객이 끊이지 않았기에 집은 흠결 없이 정돈되어 있어야만 했다. 그 와중에도 전화는 계속 울렸으며, 언론사들이 나를 에워싸고는 진을 치고 있었으므로 내가 언제 이 일들을 다 할 수 있을지 의문이었다.

집을 나설 때마다 길에서 난리가 난 것을 보았다. 슈투와 아델은 길을 쓸다가 그 와중에 수다를 떨고 있었고, 온 주민들이 그릇과 찬합을 들고 에메렌츠 집 앞마당 쪽으로 눈길을 밟으며 서둘러 가고 있었다. 품위 있는 사람은 다른 사람들이 아플 때 어떻게 해야 하는지, 그 모든 것을 에메렌츠에게서 배운 사람들이었다. 그녀는 나에게서 어떤 것도 받지 않았다. 식사를 할 때면 식료품 캔을 두 개 따서 비올라와 함께 우리 셋이 그것으로 끼니를 때우곤 했다. 그렇다고 그것을 환자에게 제공할 수는 진정 없었다. 다른 사람들은 진심으로 최선을 다했는데, 나를 제외하고 누구도 시험에서 낙제한 사람이 없었다. 매일 여러 번 에메렌츠 집의 현관문으로 가서 내가 그녀를 위해 무엇을 할 수 있을지 안을 향해 외쳤으나, 그녀는 단 한 순간도 요구하지 않았고, 이로써 나는 환자 돌보는 일을 그만둘 수밖에 없었다. 원하는 게 없는지 물어보았을 때 그녀가 아무런 요청도 하지 않기를, 나는 몸을 떨어가며 바라고 있었다. 지금까지 내게 지워진 것만도 참을 수 없는 데다, 다른 더 많은 일이 부과되지 않기를 바랐던 것이다. 강설 때문에 운송이 지체되어 식료품이 제시간에 도착하지 않아 매일 4~5번씩 가게에 내려가야 했고, 비올라를 끌고 다녀야 했다. 가장 단순한 물건도 어디에 있는지 찾지 못했고, 부엌에는 거의 모든 것이 동나버렸기에 새로 구매해야 했으며, 식품 창고도 채워야 했다. 가득 찬 장바구니를 들고 쓰러지듯 집으로 들어갔다. 이 모든 일을 다 수행할 수는 없었다. 그사이에 우리 집에서는 사진사들이 일을 하고 있었다. 수상식 직전의 시기보다 그렇게 찌들고 볼품없고 기력이 다 빠진 내 모습은 전에 없었다.

에메렌츠는 문을 열지 않았고, 연락도 없었다. 노크는 화를 돋우니 누구도 방해하지 말라는 그녀의 청이 있었다. 그녀의 목소리는 힘을 잃었고, 무슨 연유에선지 목소리가 바뀐 듯했다. 쉰 목소리가 아니라 낯설고 가시 돋친 목소리였다. 여전히 의사를 안으로 들이지 않았는데, 나는 그 이유를 가장 잘 알고 있었다. 그녀가 받은 음식들은 작은 벤치에서 그녀를 기다리고 있었다. 우선은 그녀가 그것들을 모아서 안으로 들였음 직했는데, 처음에는 설거지를 한 빈 그릇들이 거기에 놓여 있었기 때문이다. 그녀가 음식을 더 이상 들이지 않았을 때, 나는 진정 걱정되기 시작했다. 이웃들이 가져온, 손대지 않은 건강식이 차례차례 옆에 놓여 있었다. 영문을 물어보니, 그녀는 식욕이 없으며 게다가 냉장고가 가득 찼다고 문틈으로 전했다. 발음이 분명치 않았고, 말이 끊어졌기에 나는 그녀가 술을 심하게 마셔 자신을 치료한다고 생각했다. 그녀의 말이 사실이 아니라는 것을 나는 알고 있었다. 나는 그녀의 냉장고를 보았었다. 그것은 전기가 아닌 얼음으로 작동되는데, 거리에서는 이미 오래전부터 얼음을 팔지 않았다. 눈을 쓸던 크리스마스의 그 순간처럼, 다시금 나는 본 것의 한 부분만을 이해했을 뿐이었다. 왜 그녀가 거짓말을 하는지, 그러면 그녀와 고양이들은 어떻게 살고 있는 것인지, 나는 그것을 해석하지 않았다. 희망컨대 아마 이전의 음식들은 보관해두었을 테고 처음에는 그렇게 많은 것을 받았으니 모든 그릇들이 다 찼을 수도 있었을 것이다. 외창과 내창 사이의 공간이 차가우니, 거기에 남은 음식들을 두었겠다고 생각했다. 하지만 나는 깊이 생각할 수 없었다. 항상 어디로 서둘러야 했으며, 늘 사람들이 나를 찾았다. 매일 그녀 집 문 앞에 가서 이웃집의 의사라도 부르겠다고 제안했지만, 나는 그녀가 거부할 것임을 이미 알고 있었다. 그녀가 정말 그렇게 거부했을 때 나는 기뻤다. 한마디로 내 삶에 또 다른 움직임의 여지가 없어졌기 때문이었다.

나의 지력은 운 좋게도 잘 작동했다. 최소한 에메렌츠가 아프다는 사실은 총경이 알 수 있도록 그에게 연락을 시도했던 것이다. 그는 경찰서에 없었다. 요양소의 이름은 밝힐 수는 없지만 그곳에 가 있다고 했다. 그녀의 조카에게도 연락을 취했다. 그가 왔으나, 물론 그도 역시 문 안 쪽으로 들어갈 수는 없었기에 그녀를 위해 문밖에 레몬과 오렌지, 그리고 속을 채운 양배추 요리 한 접시를 놓아두었다. 어느 날 저녁, 마침내 브로더리치 씨가 우리 집으로 건너와서는 에메렌츠가 언제부터 앞마당에 나타나지 않았는지 실제로 세어보았느냐고 물어보았다. 지금은 3월 마지막 주이고, 그의 계산이 맞는다면 2주 동안 그녀의 집 문은 열리지도 않았다는 것이었다. 공동주택의 주민들이 걱정스러워하는 데다, 만약 주민 공동체가 그녀의 의지와 상반되더라도 의사를 데려가거나 돕지 않으면 무슨 문제가 생길 것 같다고 했다. 브로더리치 씨는 내가 이미 알듯, 에메렌츠의 집 앞마당에서 욕실 쪽으로 가는 곳이 있는데, 그녀는 은밀한 그 장소를 항상 나와서 잠근다고 했다. 하지만 최근에는 그곳에도 다니지 않았다고 했다. 눈이 앞마당에 쌓였고, 쌓인 눈에는 문에서 바깥쪽으로 향한 발자국조차 며칠 동안 없었으며, 입구 가까이 가는 그 문 쪽으로만 음식을 가져온 사람들의 발자국이 있다고 강조했다. '에메렌츠는 자연적인 생리 현상을 어떻게 해결하지?' 부엌 문 뒤로 풍기는 무거운 냄새가 그에게 나쁜 상상을 제공했다. 그러니 엉뚱한 그녀의 유폐를 우리가 영원히 놔둘 수는 없다고, 무슨 조치를 취해야만 한다고, 왜냐면 그녀의 생사가 걸린 문제이기 때문이라고 했다. 만약 이후에도 그녀가 이웃이나 의사를 들이지 않는다면, 주민들이 문을 부술 것이라고 했다. 이른 아침에 아델카가 지역 보건의를 데리고 갔다. 그가 들어가고자 시도했지만, 에메렌츠에게 쫓겨났다. 아델카에 따르면 에메렌츠는 거의 목소리를 내지 못했고, 짧고 약한 끊어지는 목소리로 자기를 방해한다며 항의했다고 했다. 그는 내가 구출작전에 동참하기를, 그것도 가능한 빨리 그렇게 하기를 부탁하면서, 여기는 저 어두운 아프리카가 아니라고, 곧 그 불쌍한 사람이 죽게 될 것이라고 했다.

나는 절망했다. 나 이외에 에메렌츠의 허락으로 거기에 출입한 사람은 없었다. 에메렌츠는 나에게도 단 한 번 허락했을 뿐이었다. 우리가 강제로 진입하려 한다는 것을 그녀가 알게 된다면 상상할 수 없는 일들이 일어나리라고 생각했다. 마침내 생각이 거기까지 이르자 나는 놀랐다. 브로더리치 씨에게 혹시나 이런 해결책은 어떻겠느냐고 말을 건넸다. 그러니까, 내일까지 기다려보고 나 혼자만 가서, 에메렌츠와 단 둘이서 이야기를 해보겠다고, 그리고 내 계획이 성공했는지 나중에 알려주겠다고 했다. 만약 성공하지 못했을 때는 다시 모여 의논을 해보자고 제안했다.

오후에 에메렌츠에게 건너갔다. 나는 그녀와 함께할 것이고, 그녀를 혼자 두지 않을 것임을 약속한다고 문틈 사이로 외쳤다. 문을 열고 싶지 않다면, 그 누구도 거기 안으로 들어가지 않을 것이며, 내가 지금 다시 가서 필요한 모든 것을 처리해놓을 테니 그녀는 나오기만 하라고, 만약 원치 않으면 병원에도 갈 필요가 없으며 우리 집에 있으라고, 비올라와 어머니의 방에 있으라고 안으로 외쳤다. 의사가 이미 진찰을 하기 위해 기다리고 있으며, 약을 복용하면 즉시 회복이 된다는 말도 일렀다.

내 제안에 그녀는 격분했으며 목소리도 격렬해졌다. 나에게는 어눌하지 않은 목소리로 외쳤다. 만약 가만히 놔두지 않으면 건강이 회복되는 대로 우리들을 가택소동죄로 고발할 것이라고 했다. 우리 모두는 뻔뻔하고 막장이고 밀어붙이기만 하는 작자들이며, 그녀에게는 회복될 때까지 병가를 쓸 권리가 있다고, 원하는 곳에 있고 거기서 눕거나 앉거나 서 있을 권리가 있다고 했다. 나는 그곳에 한 발짝도 발을 들일 수 없으며, 이는 비열한 다른 사람들도 마찬가지인데, 그럼에도 만약 누군가가 들어오려고 한다면 그녀에게는 손도끼가 있으니 죽을 생각도 하라는 것이었다. 그녀에게 쫓겨난 나는 공포에 질려 집으로 돌아왔다. 브로더리치 씨가 저녁에 만능인과 함께 우리 집으로 건너왔다. 그녀의 조카도 도착했다. 그들은 문을 부수자는 결정을 했다. 의사가 밖에서 그녀를 기다리고 있을 것이며, 그녀의 조카는 자신의 아이에게 뭔가 전염되지 않을까 두려워 그녀를 자기 집으로 데려가지는 않겠으나 계단을 지나 우리 집으로 끌고 오겠다고 했다. 그녀가 아주 조금만 문을 열 수 있도록, 단지 열쇠만이라도 돌릴 수 있도록, 나에게는 그것만 하라고, 그러면 다른 것은 다 저절로 잘될 것이라고 했다.

우리가 남편을 무시한 채 모든 것을 처리하고 계획했으나, 그는 이에 대해 한마디 항의도 하지 않았다. 문을 부수고 나중에 에메렌츠의 문을 다시 달아놓는다는 그 생각에 왜 내가 그렇게 안절부절 못하는지 남편은 단지 그것을 이해하지 못했다. 에메렌츠가 문을 열려고 하지 않는 것은 전혀 새로운 일이 아니지 않은가? 그녀가 완벽하게 온전한 적은 한 번도 없었다. 이번에도 고집을 피우고 아킬레우스처럼 가겠다는데, 절망적일 것은 또 무엇이랴? 그녀의 의지에 반하더라도 우리는 그녀를 구해야 한다. 그녀가 기꺼이 건너오겠다고 하면 나는 단지 우리 집으로 그녀를 데려오면 된다고, 자신은 남을 집에 들이는 것을 실로 좋아하지 않지만, 그것은 지금 고려할 바가 되지 못한다고 남편이 말했다. 그녀는 간호를 받아야만 하고, 난방이 되는 곳에 머물러야만 한다. 그녀를 운명 속으로 내팽개친 자는 죽을 때까지 양심의 가책을 받을 것이고, 이것은 어떻게 할 수 없는 상황이다. 반면 나의 패닉 상태는 어쩔 수 없는 것도, 이유 있는 것도 아니다. 내가 에메렌츠를 좋아하기에, 그녀를 잠시 우리 집으로 데려오자는 그 제안에 왜 내가 울음을 터뜨릴 정도로 놀라는지 남편이 물었다. 나는 대답하지 않았고, 대답할 수도 없었다. 오직 나만이 그녀의 금지된 도시를 알고 있었다.

이 마지막 밤은 집에서 보내고, 다음 날 자신의 진료 시간 이후에 행동하기로 의사와 브로더리치 씨가 의견을 모았다. 쉽지는 않았던 그 밤, 시간은 어렴사리 흘러갔고, 나는 여전히 주저하고 있었지만 곧 결정을 내렸다. 어떻게 할 다른 방도가 없었다. 의사의 도움을 받지 않으면 그녀는 끝이며, 그녀를 배신하지 않고서는 그녀를 구할 수 없는 것이다. 에메렌츠는 철의 여인이므로 만약 내가 현명하게 처리한다면 아마도 아직 늦은 건 아닐 것이다. 어쩌면 그녀의 비밀도 나는 지켜줄 수 있을 것이다. 단지 비인간적인 과외의 일, 잘 꾸민 일련의 거짓말과 많은 에너지가 필요할 뿐이었다.

새벽에 나는 그녀한테로 갔다. 노크를 하고는, 주변 사람들이 안심할 수 있도록 오후에 딱 한 순간, 문으로 발걸음을 옮겨달라고 요청했다. 누구도 그녀를 못 보게 하는 건 현명한 일이 아니며 사람들은 실제보다 더 나쁜 생각을 하게 마련이라고 전했다. 사람들이 그녀를 좋아하는 것을 그녀 자신도 아는 바, 아무도 무관심한 모습을 보이고 싶어 하지 않는다고 했다. 나의 계획은, 그녀가 문을 아주 조금이라도 열어 그 틈을 확인하게 되면, 의사가 내 뒤를 따라와서 그녀의 팔을 잡아당기고, 만능인과 브로더리치 씨, 그리고 그녀의 조카가 나의 도움으로 그녀를 우리 집에 옮기는 것이었다.

에메렌츠는 그렇지 않아도 내게 전할 말이 있다고 했다. 자신이 문밖으로 나오지는 않을 것이지만, 내게 그냥 오지 말고 크고 긴 상자를 들고 문 쪽으로 조금 더 가까이 와달라고 했다. 그녀의 그 거세된 늙은 고양이가 죽었으니 땅에다 묻어달라는 것이었다. 자신에게 의사는 필요 없으며, 그 누구도 집 가까이 올 수 없다고, 사람들이 그녀의 무사함을 믿지 않는다면 그들 모두 차라리 목을 매다는 것이 낫다고 했다. 자신이 나에게 무언가를 건네게 되면 사람들은 믿을 것이라며, 나는 그저 빨랫감을 가져간다는 말만 하면 될 것이라고 했다. 그리고 나중에 그 호기심 많은 놈팡이들에게 그녀가 무탈함을 확인시켜주겠다고 했다. 다시금 명확하지 않은, 귀엣말 같은 발음을 거의 이해할 수 없었다. 하지만 무슨 말인지 알게 되고는 재차 미쳐버릴 것 같은 심정이었다. 살면서 나는 지금까지 그 어떤 상자도 보관한 적이 없었는데, 지금 어디에서 고양이 관을 마련할 것이며, 일들이 목구멍까지 꽉 찬 상태에서 도대체 동물의 사체로 날더러 무엇을 하라는 말인가? 물론 나는 약속을 했다.

  우리 집의 지하창고에서 고장 난 여행용 가방 하나를 건져냈다. 고양이의 죽음이 이 일을 더 쉽게 했기에, 기분도 조금은 풀어졌다. 에메렌츠가 고양이 시체를 내어주는 동안 문은 열려 있어야만 할 것이며, 그 순간 의사는 그녀를 붙잡고 꺼낼 수 있을 것이다. 단지 모든 일이 동일한 바로 그 한순간에 일어나지만은 않았으면 했다. 의사는 내가 한 방송의 인물소개 코너 인터뷰 때문에 곧 텔레비전 방송국으로 가야 하는 그때에만 시간이 된다고 했다. 4시에 방송국 촬영이 있으니 3시 45분에 나를 태울 차가 도착할 거라고 했다. 의사는 1분이라도 일찍 도착하는 법이 없는 사람이지만, 어쨌든 3시 45분에는 에메렌츠의 집 문 앞에 와 있어야만 한다. 내가 안으로 말을 걸면 에메렌츠는 문을 열 것이다. 나는 상자를 안으로 주고 고양이를 건네받을 것이며, 이 순간에 의사가 앞으로 와서 그녀의 조카, 브로더리치 씨, 그리고 만능인과 함께 그 틈 사이로 그녀를 끌어낼 것이다. 남자들이 우리 집으로 그녀를 데려갈 것이며, 나는 방송국으로 갈 수 있을 것이다. 나는 긴장이 되어 얼굴이 파래졌다. 신경안정제를 프랄린 초콜릿처럼 삼켰다. 그날 아침과 오전에는 왜 그런지 모든 것이 그렇게도 단순해 보였다. 이 현실적인 해결책을 왜 더 일찍 생각하지 못했는지 부끄럽기까지 했다.

어머니의 방에서 침구를 정리하고 불을 지폈다. 그 와중에 몇 번이나 신문기자들이 나타났는데 그 난리와 소동에 조금은 놀라는 듯했다. 겨울 내내 난방을 하지 않은 그 방의 대청소를 그들이 방문한 바로 그날 했으니 그럴 만도 했다. 게다가 비올라는 쉼 없이 짖어댔다. 왜 나는 실패의 가능성에 대해서는 생각하지 않았을까? 지금은 알고 있다. 나의 삶에서 처음으로 내 주변에 큰 빛들이 떠다녔고, 우선은 그 불꽃이 나를 사로잡았기 때문이었다. 다른 모든 것은 내 의식의 표면에만 닿았던 것이다. 사실 정상적인 사람이라면 내가 상상했던 바가 그럴듯하다는 것을 의심할 수 없을 법했다. 에메렌츠는 우리를 좋아하고, 우리는 어머니의 방을 사용하지 않고 있었으며, 비올라가 행복해할 것이라는 사실을 모든 사람이 알고 있었다. 그리고 나중에 내가 다시금 열쇠로 잠근 그 집에 아무도 들이지 않겠다고, 여기 이 공동주택에 사는 사람들은 내가 알아서 하겠다고, 내가 한 말에 대해 책임을 지겠다고 약속을 하면 에메렌츠는 가장 신뢰할 수 없는 순간에도 나를 이해할 수 있을 것이다. 하지만 그녀가 알게 될 단 한순간이 실제로 나를 불안하게 했다. 나중에 그 문 틈새로 이 세상에서 유일하게 한마디 말로 문을 열어줄 수 있는 나 혼자만 서 있는 것이 아니라 다른 사람들도, 그녀가 오랫동안 악감정을 가지고 있는 존재인 의사도 있다는 것을 알게 되는 그 순간. 카메라 앞에 앉는다는 생각으로 나는 차가운 땀이 솟아나는 듯한 무대공포증을 느꼈다. 그러나 오후로 예정된 방송 출연보다 이 일이 나를 더욱 공포로 몰아넣었다.

에메렌츠의 집 앞마당에서 의사와 만나기로 약속했다. 집에서 점심식사도 잘 마쳤다. 비올라는 여느 때와 달랐다. 처음에는 울부짖는 소리를 멈추지 않더니 나중에는 입을 닫아버렸다. 아래층에서 걸어 다니기도 했으나 곧 그것도 접더니, 벨이 울려도 그 어떤 반응을 보이지 않았다. 잠이 들지는 않았는데 고개를 들지도 않고 물끄러미 쳐다보기만 했다. 극도로 낙심한 상황임을 나는 알아차렸어야 했다. 하지만 나는 에메렌츠가 아니었다. 비올라가 자신을 놔둔 채 집을 떠나는 나를 보고 왜 그렇게 미친 듯이 사납게 굴었는지도 그때는 이해하지 못했다. 고양이의 관을 챙겨 갔다. 이 작전에 참가한 사람들에게는 여기로 가져올 에메렌츠의 짐들 때문에 여행가방이 필요하다고 당황스러운 설명을 건넸다. 그녀의 조카는 텔레비전 방송국의 차와 동시에 도착했다. 운전사는 죄송하다며, 예정과 달리 지금 분장사가 나를 기다리고 있고, 연출자와도 출연에 대해 미리 이야기를 나누어야 한다고 했다. 유감스럽게도 그들이 나의 출발 시간을 잘못 산정했으며, 지금 바로 출발해야 하니 차에 오르자고 했다.

나는 즉시는 불가능하며 빠질 수 없는 일이 있다고, 얼마 걸리지 않을 테니 기다려달라고 대답했다. 운전사는 5분 정도는 시간이 된다고 했다. 이론적으로는 그 정도면 충분할 터였다. 에메렌츠에게 건너가서 열린 문틈으로 고양이를 담은 여행가방을 건네받으면, 다른 사람들은 강제로 그녀를 끌어내어 옮길 것이며, 사람들이 그녀와 실랑이를 하는 동안 니는 그녀 집 문을 잠그고 우리 집으로 가면 된다. 그러고는 에메렌츠에게 열쇠를 줄 것이며, 모든 것은 잘 될 거라고, 누구도 들어올 수 없다고 그녀를 안심시키기만 하면 되는 것이다. 방송 후에는 그녀 옆에 앉아 있을 것이며, 우리는 함께 잘 지낼 것이라고, 그녀가 아플 동안 고양이들 또한 내가 잘 건사하겠다고 그녀를 설득할 것이다.

에메렌츠를 설득한다니! 도대체 어떻게 이런 상상을 했던 것일까? 나는 분명 정신을 꺼두고 있었으리라. 내가 바라는 대로 믿고 있었던 것이다. 그러면서 실제로 해야 할 일들 외에, 나중에 방송국에서 어떤 질문들에 대해 대답해야 할지를 상상하고 있었던 것이다. 시간이 되었을 때 나는 에메렌츠에게 뛰어갔다. 정확히 3시 45분에 운전사가 눈에 잘 띄도록 팔을 들어 왼쪽 손목의 시계를 보였다. 오른손의 다섯 손가락을 쫙 폈다. '내가 약속을 했으니, 좋아. 5분이야, 더도 아냐!'

3월의 마지막이었다. 추웠으나 향기로운 날이었다. 에메렌츠의 정원에는 제비꽃과 라일락이 무성했고, 창 아래에는 풀이 나 있었다. 나는 문을 두드렸다. 의사는 브로더리치 씨와 만능인, 그리고 그녀의 조카와 함께 몸을 숨기고 있었다. 에메렌츠로부터 상자를 받기까지는 절대 움직이지 말라고 나는 미리 그들에게 주의를 주었다. 반면, 관련된 사람들뿐만 아니라 동네 사람들 모두는 우리가 무엇을 준비하고 있는지 벌써 알고 있었다. 마치 브뤼겔의 그림에서 다양한 색상의 옷을 입고 등장하는 사람들의 무리처럼 모두는 서로를 알고 있었고, 마침내 어떤 해결책을 생각해낸 것에 대해 만족해하고 있었다. 대문 가에서 만능인은 이미 전날에도 지독했던 냄새에 대해 주의를 주었다. 코를 찌르는 정도가 오늘 더욱 심해졌다고 했다. 그로서는 시체에서 나는 악취로 상상할 만했다. 그는 전쟁 시기, 부다페스트가 포위된 이후 이런 지독한 악취를 맡은 적이 있었다.

나는 오로지 혼자 문에 있어야 했으므로 그들에게 옆으로 조금 움츠리고 있으라고 부탁했다. 길에서 주시하고 있던 사람들도 그때 뒤로 물러섰는데, 그들은 우리가 저항하는 에메렌츠를 구조하는 장면을 보기 위해 상당한 비용을 지불하기라도 한 듯했다. 앞마당은 이미 완전히 비어 있었고, 튀어나온 벽 모퉁이 뒤에서 의사가 신호를 기다리고 있을 때 나는 노크를 했다. 에메렌츠는 내게 들어오지 말라고 부탁했고 상자만 자기에게 달라고, 하지만 그대로 움직이지 말고 기다리라고 했다. 방송국 사람이 우리 집 앞에서 경적을 울렸지만, 나는 대답할 수도 없었다. 움직이는 문짝과 드러난 에메렌츠의 손을 주시했다. 문틈 뒤로는 캄캄했기에 그녀의 얼굴에서 그 어떤 것도 읽을 수 없었다. 게다가 집 안에서 그녀는 거의 조명 없이 앉아 있거나, 아예 전등을 끄고 있었다. 밖으로 쏟아진 그 냄새는 어쩔 수 없이 손으로 코를 막아야 할 정도였다. 하지만 나는 주의 깊은 자세로, 마치 사냥터의 개들처럼 몸을 세우고 서 있기만 했다. 실제로 부다페스트 공방전 이후처럼 썩는 것을 감지할 수 있는 냄새, 사람과 동물의 배변 냄새가 집 안에서 풍겨져 나왔으나, 누가 그때의 자세한 그 사정들을 다룰 수나 있었을까? 여행가방을 안으로 건넸다. 방송국 사람이 다시 경적을 울렸다. 에메렌츠는 문을 안으로 당겼으며, 안에서 전등 켜는 소리가 들렸다. 의사가 모퉁이에서 고개를 내밀어 보고 있었는데, 나는 머물러 있으라고 손짓을 했다. 방송국 사람이 재차 신호를 보냈을 때, 문틈은 다시 열렸다. 에메렌츠는 여행가방이 아닌, 낡고 작은 외투에 감싼 사체를 건넸다. 여행가방은 작아서 그 안에 축 늘어진 동물이 들어가지 않았던 것이다. 나는 살해된 유아처럼 팔로 그 사체를 안았다.

그녀가 즉시 문을 닫았을 수도 있었으나, 그때 벌써 의사가 그 틈으로 발을 집어넣었다. 그녀의 조카 또한 앞으로 튀어나왔다. 그들이 안으로 들어갔는지, 또는 이미 우리가 얘기를 나눈 대로 만능인의 팀과 함께 에메렌츠를 밖으로 끌어냈는지 나는 이미 확인해볼 수 없었다. 고양이 사체와 함께 우리 집 쪽으로 달리기만 했다. 밖에서, 브뤼겔의 인물들이 도열한 그 길에서 구역질이 났다. 나는 시체를 쓰레기통 속으로 던져버렸다. 경적이 그치지 않았지만, 나는 미친 듯이 집으로 달려갔다. 곧바로 뜨거운 물을 손가락에 들이붓지 않으면, 방송국에서 사람들이 그 어떤 것을 묻더라도 목에서 단 한 마디 말도 나오지 않을 것 같았다. 왜 모든 것이 이렇게 엉망으로, 그렇게 얽히고설키는 것일까? 그 이후 에메렌츠는 이미 우리 집 쪽으로 오고 있을 텐데, 분명 저항을 할 것이다. 사람들이 그녀를 끌거나 당기고 있을 것이다. 나도 거기 그녀 옆에 있어야 할 테지만 그건 불가능하다. 내가 그곳에 있을 수 없는 것, 그건 어쩔 수 없는 것.

"좀 도와줄래요?" 나는 남편에게 물어보았다. 나중에 남편은 내 목소리도, 얼굴도 전혀 다른 사람 같았다고 했다. "사람들이 여기 도착할 때까지 기다리지 마세요. 길가의 사람들이 집 안을 들여다보기 전에, 어서 가서 나 대신 에메렌츠의 집을 열쇠로 잠그세요. 당신도 에메렌츠의 집 안을 들여다보지 말고 사람들이 그녀를 데려오면 즉시 그녀에게 그 열쇠를 주세요. 제 말도 전해주세요. 제가 집 안에서 모든 조치를 하겠다고 말이에요. 방송국 사람이 경적에서 손을 떼지 않네요. 여기에서 기다릴 수도 없고, 그녀에게 개인적으로 그 어떤 설명도 할 수 없네요."

남편이 약속을 했다. 그는 에메렌츠의 집을 향해 나는 차를 향해 뛰었다. 그녀도 구급요원 팀도 보이지 않고 무슨 덜커덩거리는 소음만 들렸는데, 나는 귀머거리처럼 아무것도 들리지 않는다는 듯 나는 방송국 차 안으로 쓰러지듯 올라탔다. 급히 우리는 길을 떠났다.

머릿수건 없이

　용서받을 수 없는 짓을 언제 범했는지, 인간은 그것을 항상 인지하지는 못하지만, 정말 그랬다면 그 사람 안에는 그것에 대한 어떤 의구심이 항상 도사리고 있다. 나 자신에게 있는 이 좋지 않은 긴장감이 카메라 공포증이라고 느꼈지만, 사실 그것은 다름 아닌 죄의식이었다. 방송국에 도착했을 때 다시금 나의 출연 시간을 잘못 산정했다는 것을 알게 되었다. 시간이 부족하여 화장도 하지 않은 채 카메라 앞에 서게 되었다. 마음에 들지 않는 외양을 한 채 나는 긴장하고 있었다. 인터뷰어가 더 많은 것을, 나의 더 본원적인 사상을 기대하고 있다는 것을 감지했으나, 답변을 하는 동안에도 내 머릿속에는 다른 생각들이, 집에서의 문제들이 맴돌았다. 그녀의 병환이 대수롭지 않은 것으로, 비극적인 상황에는 이르지 않는 것으로 보인다면 에메렌츠는 우리 집에 머물고 있을 것이다. 만약 심각하다면, 특히 목숨이 위태로울 정도라면 구급차가 그녀를 데리고 가는 것으로 의사와 미리 얘기를 나눴었다. 어쨌든 집에 돌아가면, 분명 모든 것은 결정이 나 있을 터였다.

그 프로그램에는 많은 사람이 등장했다. 촬영이 오래 계속되었지만 귀가하는 것을 허락하지 않았기에 나는 인터뷰를 마친 후에도 남아 있어야 했다. 더 이상 귀가 허락을 기다릴 수 없을 정도였는데도 불구하고, 살면서 처음으로 텔레비전 방송국의 스튜디오에 들른 나는 영광이라는 생각이 들었다. 강력하게 주장했더라면 분명 집에 갈 수 있었을 것이다. 하지만 매일 화면에서만 보던 사람들과 안면을 나누는 것은 그저 그런 경험이 아니었기에, 서둘러 가야 함을 알면서도 그렇게 하지 않았다. 마침내 시계를 봐야겠다는 생각이 들었다. 몇 시를 가리키고 있는지를 보고 놀랐으나, 그때는 이미 어떻게 해도 늦었을 때였다. 택시 기사에게 서둘러달라고 부탁했다.

차에서 내렸을 때 하늘은 땅거미가 진 상태였다. 길은 고요했으며, 비상식적이라 할 정도로 사람이 없었다. 우리 집에서만 소리가 들렸다. 비올라가 쓰디쓴 고통에 신음하고 있었다. 그때, 에메렌츠는 우리 집에 없다고 직감했다. 만약 집에 있다면 비올라는 울지 않았을 것이다. 마치 사람들이 내게 전하기라도 한 것처럼, 나는 상상보다 더 큰 문제라는 것을 알게 되었다. 나는 이것을 아주 오래전에, 에메렌츠가 이전에 한번 일을 그만두었던 그날 바로 깨달았어야 했다. 그때 그녀는 우리 자신을 스스로 건사하라고 전했다. 나는 다시금 나 자신 외에는 그 어떤 것에도 주의를 기울이지 않고 있었던 것이다. 우리 집 앞에서 나는 택시에서 내렸다. 대문까지는 두 걸음이었고, 그 끔찍한 다발이 벌써 없어졌는지 확인하느라 쓰레기통 안을 들여다보았다. 물론 여전히 거기에 있었고, 나는 소름이 돋은 채로 뚜껑을 다시 닫았다. 계단을 통해 집으로 올라가지 않고, 남편이 에메렌츠의 집 문을 잠갔는지 확인하고자 그녀의 집으로 갔다.

　모든 사물을 그렇게 다루듯이, 만능인이 창의 덧문을 조심스럽고 정성스레 내리는 찰나였다. 그가 무언가 할 말이 있다고 밖으로 손짓하거나 또는 어떤 기색을 표하거나, 내가 텔레비전에서 진부한 말들을 하는 동안 어떤 것을 목격했는지 전해줄 것을 나는 기대하고 있었다. 하지만 그러지 않았다. 그는 커튼을 쳤다. 동시에 내린 나무 블라인드의 단단한 나무판이 갑자기 그의 얼굴과 나의 얼굴을 서로 갈라놓았다. 이 사람은 나와 이야기를 나누고 싶어 하지 않는다고 직감했다. 그때 나는 섬뜩한 생각이 들어 정원을 가로질러 뛰기 시작했다. 이미 이와 비슷한 일을 겪은 적이 있었다. 간호사들의 얼굴에 이런 종류의 표정이 있었다. 환자를 만나러 병실로 들어섰는데 이미 다른 환자가 그 병상에 누워 있고, 간호사는 그 어떤 감정도 없는 목소리로 담당의사에게 무언가 할 말이 있을 수도 있으니 그를 찾아보라고 말하는 그 표정. 나는 그것을 커튼 뒤에서 불을 밝히던 만능인에게서 감지했다. '자비로우신 하느님, 우리가 계획했던 것과 다르게 여기서 무슨 일이 벌어졌나요? 그 문이 열린 채 그대로인 것은 아니겠지요? 에메렌츠의 고양이들이 뿔뿔이 흩어진 것은 아니겠지요?'

　만약 무슨 상이라도 받게 되면, 여러 사람이 참가하는 방송 프로그램의 조연으로서가 아니라 하루 온종일 나 자신만 등장하는 프로그램에 출연하게 될 것이다. 정부의 모든 관리들은 나와 화해를 하고 내 지난날을 위로할 것이다. 그 와중에 나는 과거에 겪었던 그 모든 굴욕들을 방송에서 나팔을 불며 사방팔방 알릴 것이다. 그리고 무슨 일이 일어나든, 그렇다고 한들 나는 에메렌츠를 혼자 내버려둬서는 안 되었다는 생각이 떠올랐고, 소름이 끼쳤다. 이는 그 이후 셀 수 없을 정도로 많이 이어진 이런 인식들의 첫 번째 순간이었다. 종종 그녀가 높이 평가했던 나의 상상력은 어찌나 그 정도를 벗어났던지, 공동주택의 주민들 그 누구의 불평도 듣지 않기 위해 그 악취를 없애고자 어쩌면 내가 에메렌츠의 집에서 청소를 해야 할지도 모른다는 것에까지 이르렀다. 하지만 그녀 자신에 대한 제어권을 박탈당한 그 순간 내가 그녀 곁에 있었어야 했다는 생각은 그때까지도 머릿속에 떠오르지 않았다. 단 한 명의, 의사의 몸이 들어갈 공간을 위해 그녀의 집 문이 강제로 열렸을 때, 그녀가 저항하는데도 불구하고 집에서 끌어내고자 할 때도 나는 그녀 곁에 있었어야 했다는 그 생각. 나는 씁쓸하게 생각했다. 상賞은 이미 빛을 발하기 시작했고, 나는 방송국 차로 그 빛을 쫓았던 것이다. 병환, 노쇠함, 고독과 절망을 뒤로 남긴 채.

그 앞마당에서 나는 어떻게 걸어야 할지를 잊어버렸다. 축일의 화려한 신발을 신고는 땅에 얼어붙었다. 이미 나쁜 일을 예감했으나, 지금 내 앞에 벌어진 상황까지는 아니었다. 왜냐하면 내 앞에 보이는 것은, 그 어떤 상상으로도 추론할 수 있는 것이 아니었기 때문이었다. 에메렌츠의 집은 열려 있다거나 닫혀 있는 상태가 아니었다. 아예 문이 없었다. 문은 여전히 자물쇠로 채워진 채 세면대의 나

문판에 기대어 있었다. 모퉁이들은 떨어져나갔으며, 문 가운데에는 누군가가 무슨 단단한 물체로 들이친 듯 구멍이 나 있었다. 윗부분만은 온전했다. 플랑드르풍의 그림에서 이런 것을 볼 수 있었다. 가운데가 나뉘어 문의 위쪽 부분은 아래로 접혀 있고, 미소 띤 여성이 그 와중에 마치 이미 틀까지 맞춘 자신의 작품인 양 발꿈치를 문살에 기대고 있는 그런 화풍의 그림. 머릿수건 아래에서 바깥을 응시하며 상황을 알아보고 있는 에메렌츠. 그녀는 내가 거기에 있지도 않고, 나 대신 의사가 그녀를 잡으려고 바깥에 서 있는 것을 알게 되었을 것이다. 그때 그녀의 얼굴을 상상해보았다. 여기까지는 재구성해볼 수 있었으나 더 이상은 불가능했다. 힘이 빠져 정신을 차리기까지 나는 그 작은 의자에 앉아 있어야 했다. 나는 피할 수 없고, 그 악취 속으로 들어가야 한다는 것을 알고 있었다. 몇 분 동안 쉰 다음에 그러고자 했다. 그 어느 날의 저녁, 전기 스위치를 켜던 소리를 기억했다. 더듬어서 나 역시 전등을 켰다. 쥐가 기민하게 이동할 때와 유사한, 그 이상한 소리와 움직임이 지금은 나의 동작에 동반되지 않았다. 완벽하게 고요했다. 만약 여기에 여전히 그 고양이들이 몸을 숨기고 있다면, 그들은 충격적인 공포에 어딘가 납작 엎드려 있을 법했다.

처음 보았을 때 벌써 도발적으로 강렬하다고 생각했던 그 불빛. 지금도 그 불빛은 닿지 않는 곳이 없었다. 이전에는 잔처럼 반짝이던 깨끗한 방, 그곳에서 나는 지금 사람과 동물들의 오물 사이에 서 있다. 악취가 나는 상한 음식 더미가 맨바닥 혹은 신문지 위에 널브러져 있었다. 사람들이 가져온 건강식들은 구더기로 뒤덮여 있었다. 반쯤 썩은 생선과 몸뚱어리가 해체된 오리도 있었으며, 거기에도 마찬가지로 벌레가 우글거렸다. 누군가가 언제부터 설거지나 청소를 하지 않았는지는 오직 신만이 알고 있을 법했다. 집에 들른 사람들이 가져온 음식들이 여기저기 바닥에 쏟아 부어져 있었다. 심지어 죽은 바퀴벌레마저 있었다. 내 앞에 펼쳐진 광경은 경악할 정도였다. 모든 곳에 흰 가루가 짙게 뿌려져 있었다. 마치 누군가가 혐오스러운, 벌레 먹은 얼굴을 한 시체에 중세풍으로 슈거파우더를 뿌린 듯했다. 바닥에서 해골의 이빨들이 기분 나쁘게 웃고 있는 듯했다. 에메렌츠와 고양이들은 그 어디에도 없었다. 방 안에는 질식할 것 같은 소독제 냄새가 깔려 있었다. 항상 나던 그 표백제나 방향제의 냄새가 아니라 더 무자비한 냄새였다. 제자리에 있는 창틀이 하나도 없었으며, 창들도 덧창들도 너덜너덜해져 있었다. 여기에는 의사나 구급요원만 다녀간 것이 아니라 방역청 사람들도 분명 있었을 것이다. 이렇게 많은 이런 종류의 가루는 일반 가정뿐 아니라 가게에도 없기 때문이다.

　우리 집에 도착했을 때는 대문의 열쇠를 돌리지도 못할 정도로 공포와 죄의식으로 손이 딱딱하게 굳어 있어서, 초인종을 울려야만 했다. 남편이 문을 열었다. 그는 그 어떤 것에 대해서도 저주를 한 적이 없었고, 그때도 마찬가지였다. 여기에서 벌어진 일에 대해 그냥 어떤 할 말도 없다는 사람처럼 그저 머리만 가로저을 뿐이었다. 남편은 나가서 차를 끓였다. 비올라가 내 앞으로 미끄러지듯 배를 대고 엎드렸다. 차로 입을 적셨다. 찻잔에 이가 부딪혔다. 나는 그 어떤 것도 묻지 않았다. 에메렌츠의 집 열쇠가 책상 위에 내던져져 있었다. 방송국에서 어떤 일이 있었는지에 대해서도 한마디 말도 꺼내지 않고, 남편은 내가 차와 씨름하는 동안 기다리기만 했다. 그러고는 택시를 불렀고 여전히 말없이 우리는 병원으로 향했다. 의사가 병실 번호를 알려주었을 때, 우리는 처음으로 말을 나누었다. 그 병실의 환자들은 아직 도착하지 않은 에메렌츠를 이미 알고 있었고, 그녀를 기다리고 있었다. 이것이 가능히기라도 한 것일까? 여기로 데려오지 않았다는 것일까?

"여기로 데려올 거예요." 간호사가 말했다. "아직 도착하지 않았을 뿐이에요. 발견했던 그 상태로는, 쉽게 말하자면 눕힐 수도 없었기 때문에 우선 소독을 하러 데려갔어요."

처음에는 간호사가 한 말을 이해하지 못하고 생각에 잠겨서 바보처럼 바라보기만 했다. 친절한 간호실 직원들이 우리 주위를 서성이더니, 내게 무슨 약이 필요하지 않느냐고, 나의 건강 상태가 좋아 보이지 않는다며 혹시 커피라도 마시지 않겠냐고 물어왔다. 그 어떤 것도 필요하지 않았다. 우리는 앉아서 기다리고 있었다. 그때는 이미 남편에게 자세한 상황을 물어보지 않을 수 없었다. 그는 자신이 목격한 것을 들려주었다.

남편이 에메렌츠의 집에 도착했을 그때, 의사는 막 에메렌츠의 팔을 어렵사리 붙잡았다. 그녀는 뿌리치려고 했으나 크게 저항할 수는 없었다. 나중에 의사와 구급요원이 전하기를, 그녀에게 발작이 있었기 때문이었다. 이미 뇌졸중이 상당히 진행된 상황이었다. 왼팔은 겨우 사용할 수 있었고, 왼다리는 전혀 움직일 수 없었다. 며칠 내로 완전히 마비되었을 법했으나, 그럼에도 기적적인 그녀의 신체는 그때 자신의 상황을 방어하기 시작했다는 것이었다. 그녀는 어쨌든 오른팔을 빼내는 데 성공했고, 그 팔로 문을 당겨서 안으로 걸어 잠갔다. 그 어떤 질문에도 대답하지 않았다. 그때 이미 그곳 앞마당에는 동네의 한가한 사람들이 모두 서성거리고 있었다. 한동안 그녀는 말없이 안에서 사람들의 청을 견디어내고 있었다. 하지만 의사가 관청을 들먹이며 겁을 주자, 그녀는 밖으로 외치길, 만약 가만히 놔두지 않으면, 문을 들쑤시는 첫 번째 사람을 내리쳐버리겠다고 했다. 에메렌츠의 권위는 대단했기에 누구도 강제로 문을 열지 못했다. 그녀가 외치는 소리에 길에서 호기심을 가졌던, 전혀 모르는 어떤 행인이 무슨 일인지 이해하고 나서는, 문을 강제로 열고자 시도했다. 자물쇠가 움직이는가 싶더니 난데없이 밖에서가 아니라 안으로부터 문짝이 갈라졌다. 그 갈라진 틈으로, 마치 공포영화에서처럼 손도끼가 삐져나왔다. 에메렌츠는 그것을 혼란스럽게 휘둘러댔고, 이때부터 그 누구도 감히 문 가까이 가지 못했다.

그 문을 통해 나중에 다들 알게 된 이유로 악취가 풍겨 나왔다. 중풍 때문에 에메렌츠는 아마도 일주일 내내 거의 움직이지 못하고 팔꿈치에 기대 누워만 있었을 것이다. 바깥에 나가지 않고, 어떻게든 그녀의 상황을 해결해야만 했을 것이다. 만약 자신이 얼마나 손을 쓸 수 없는 상황에 놓여 있는지에 대해 어떤 말로도 알리지 않는다면 그 어떤 것도 드러나지 않을 것이고, 의사도 구급요원도 오지 않을 것이며, 병원에 갈 필요도 없을 것이라고 스스로를 납득시켰던 것이 분명했다. 끔찍한 것들 사이에서 선택을 강요당한다면, 차라리 자신이 결정할 수 있는 것을 선택했을 것이다. 고양이들이 스스로 마음 내키는 곳에서 용변을 볼 수만 있다면, 그녀도 앞마당까지 손발로 기어갈 필요도 없을 것이며, 그러면 그녀의 비밀은 비밀로 남으리라고 생각했을 것이다. 만약 병에서 회복된다면 움직일 수 있게 되자마자 모든 것을 정리할 것이었으며, 만약 죽게 된다면 그 어떤 것에 대해서도 이제 알 수 없을 테니 어찌 되든 마찬가지였을 것이다. 에메렌츠는 믿지 않는 것이 여러 개 있었는데, 그중 하나가 저승이라고 여러 번 강조한 바 있었다. 집 안에는 곰팡이가 생기고 발효하기 시작한 비루한 음식 재료와 요리된 음식 외에도 동물과 인간의 배설물이 한데 섞여 있었다.

  길을 가던, 알지 못하는 그 행인은 문 아래에 웅크리고 앉아 있었다. 만능인이 큰 도끼로 문이 안으로 부서질 정도로 세게 자물쇠를 내리치고는 결국 손도끼를 휘둘러대던 에메렌츠를 제압할 수 있었다. 이미 재난적인 상황이라는 것은 부정할 수 없었다. 언제부터 갈아입지도 않은 옷에, 얼마나 고통스러워했는지는 오직 신만이 알 수 있을 터였다. 말라비틀어진 오물들이 항상 티 없이 깨끗하던 그녀의 속옷 아래에서부터 그들의 발 앞으로 흘러들었다. 브로더리치 씨는 전화로 구급차를 불렀다. 그들은 즉시 도착했으며, 에메렌츠는 그때 이미 눈으로 보기에도 확연할 정도로 의식불명 상태였다. 신선한 공기가 있는 곳으로 옮겨와 쓰러지자마자 의식을 잃었다. 동네의 보건의와 구급의, 이 두 명의 의사가 어떻게 할 것인지에 대해 의논하여 주사를 놓기는 했으나, 구급차는 그녀를 즉시 데리고 가지 않았다. 구급의는, 지금 이 순간이 절명의 상황으로 보이지는 않으며, 병원으로 이송은 하겠지만, 환자뿐만 아니라 이 집에도 즉시 조치를 취해야 하기 때문에, 우선 방역청의 구급대를 부르겠다고 했다.

방역청 구급대가 와서 먼저 무슨 가루를 흩뿌렸고, 모든 것에 액체를 분무했으며, 에메렌츠를 빈틈없이 싸고는 그들의 해당 부서로 보냈다. 만약 거기서 처리를 하면 병원으로 후송될 수 있을 것인데, 미리 몸 전체를 깨끗이 씻지 않으면 구급차로 옮기지 못한다고 했다. 방역청 사람들이 물을 뿌리고, 악취 나는 음식 더미 사이로 살충제를 뿌리는 동안, 모든 종류의 동물들이 앞으로 튀어나와 문을 통해 밖으로 도망갔다. 거대한 고양이들이었다. 다른 주민들을 고려해서라도 집을 이렇게 방치해둘 수는 없기에, 이 집의 상태와 관련해서는 보건국 사람들이 나중에 조치를 취할 것이라고 했다. 집을 잠가둘 수도 없었다. 썩어가는 음식들이 악취를 내고 있는 동안에는 그 누구도 거기에 훔치러 들어가지 않을 테니, 잠그더라도 쓸데없는 일이었을 것이다. 방역청 사람들은 일을 마치자마자 합판으로 문을 가렸다.

그 장면, 그녀가 자신의 오물 속에서, 썩어가는 고기와 발효된 수프에 둘러싸여 이제 천천히 마비가 풀려가지만, 다니지는 못하는 그 장면. 그것은 내 삶에서 완전히 빠져 있던 부분이었다. 그녀의 조카는 옥죄는 마음으로 벤치에, 우리 옆에 앉아 있었다. 나의 마음에서는 매우 현실적인 고민도 일고 있었다. 에메렌츠의 제국을 견뎌낼 수 있는 위장을 가진 도둑은 없을 수 있으나 그럼에도 통장들은 사냥감이 될 수 있으니, 그것들을 가져와야 한다고 생각했다. 그에게 지금 가서 그 불쌍한 통장들을 찾아보라고, 나는 에메렌츠를 기다리겠다고 말했다. 통장들은 그 젊은이가 찾기 시작하자마자 즉시 발견되었다. 두 개 모두 그 불결한 소파의 안쪽 옆면에, 소파 커버의 틈에 깊이 꽂혀 있었다. 조카는 자신의 아버지에게도 항상 가구들 커버 속에 손이 닿을 수 있는 그 틈이 뭔가 숨기는 장소라는 점을 기억했다.

남편의 손에는 줄곧 책이 들려 있었고, 그는 여전히 책을 읽고 있었다. 나는 그냥 앉아서 손가락을 주무르고 있었다. 나의 왼팔도 마비가 되는 느낌이었다. 마침내 에메렌츠가 왔을 때 그녀는 익숙했던 평소의 복장을 하고 있지 않았기에, 우리는 거의 알아볼 수 없었다. 그녀는 사람들이 원하는 대로 자기를 다루라고 말없이 허락한 셈이었는데, 눈이 감겨 있었고 입 주변의 근육은 떨렸으며 의식이 없었다. 링거가 꽂혀 있었고, 몸은 담요에 가려져 있었다. 더할 수 없이 흔쾌히 나 또한 그녀 옆에 누웠으면 싶을 정도로, 부끄러움과 슬픔이 나를 약하게 했다. 이제는 집으로 돌아가라고 의사가 우리에게 요청했다. 우리는 도울 수 없으며, 어쨌든 그녀는 쇼크 때문에 우리를 알아보지 못하므로, 그녀에게서 호흡만 앗아갈 뿐이라고 했다. 반면 지금 이 순간에는 그도 알 수 없으나 중풍이 완화되는 과정에 있다는 말이 우리에게 위로가 되었으면 좋겠다고 했다. 방사선 검사는 그녀가 이제 폐렴으로부터도 크게는 회복되고 있음을 알려주지만, 심장이 얼마만큼 견뎌낼지, 또는 —이 말을 꺼내기 전에 의사는 한순간 주저했다— 얼마만큼 견뎌내고자 하는 의지가 있는지 당분간 짐작할 수 없을 정도로 많은 손상을 받았다고 했다. 회복된다는 것이 문제를 무조건 해결하는 것인지는 분명치 않았다.

그녀가 여기로 오게 된 경위가 된 질환과 환경은 일반적이지 않은 수준까지 그녀에게 수치를 안길 수 있기 때문이었다. 의학은 이미 몇 차례나 기적을 행한 적이 있지만, 그 의사는 이 정도로 과부하가 걸린 심장은 거의 검진해본 적이 없기에 자신은 열과 성을 다할 뿐이라고 했다.

우리가 서로 각자의 삶에 스며든 이후 처음으로, 그야말로 처음으로 머릿수건을 하지 않은 에메렌츠를 보았다. 향이 나는, 신선하게 감은 머리, 저기 백설 같은 백발, 세상에서 가장 멋진 그녀 어머니의 옛날 그 머릿결이 내 앞에서 빛나고 있었다. 에메렌츠의 머리 윤곽으로부터 그 오래전에 사라져버린 그녀 어머니의 두상 형태를 완벽한 조화로 재구성할 수 있었다. 에메렌츠는 삶보다는 죽음에 더 가까이 있었다. 그녀가 알든 모르든, 자신의 어머니로 돌아가 변한 모습이었다. 처음, 맨 처음에 우리가 만났을 때 나는 그녀가 장미들 틈에 있는 어떤 식물의 모습이라고 곰곰이 생각했었다. 만약 누군가 나에게 늙은 그녀는 흰 카밀라, 흰 협죽도, 부활절의 히아신스라고 한다면, 나는 웃어넘겼을 것이다. 하지만 지금 그녀는 더 이상 숨길 수 없었다. 저기 내 앞에서, 여전히 짓눌린 노쇠함 속에서도 환하게 빛나는 그녀의 청아함이 드러나 있었다. 아치를 그리고 있는 그녀의 지적인 이마를 그 어떤 것도 가리지 못하고 있었다. 옷을 입고 있지 않거나 허투루 덮은 그녀의 몸이 침대에 놓여 있는 게 아니었다. 그것은 마침내 무대 의상이 아닌, 충격적인 병환이 내리친, 지배자의 이성적 복장이었다. 분명 별처럼 깨끗한 귀부인이 우리 앞에 누워 있었다.

그녀의 옆에 없었을 때 내가 무슨 짓을 범했는지 그때서야 비로소 진정 깨닫게 되었다. 만약 내가 집에 있었더라면, 이제 막 시작되었으나 잘못 사용했던 나의 권위로 아마 의사를 납득시킬 수 있었을 것이다. 그 어떤 고민도 하지 말라고, 그냥 우리 집에 그녀를 뉘일 것이라고, 소독을 하지 않고도 그녀를 맡겠다고, 슈투와 아델카가 도와줄 것이라고, 내가 그녀를 목욕시키고 다시금 말끔하게 하겠다고, 방송국은 나 없이도 프로그램을 촬영할 수 있을 것이며, 나 외에는 누구도 실제적인 상황을 몰랐던 외부 사람들이 그녀의 집을 엉망으로 만들어놓는 그런 부끄러움을 막는 것이 나에게는 더 중요하다고 말이다. 만일 내가 나중에 국회에서 열리는 수상식에 서게 된다면, 모든 사람들은 내가 어느 정도 무언가를 이루게 되었다고 생각할 것이다. 하지만 첫 번째 판에서 탈락해버린 것이 나라는 것을, 나만은 알고 있다. 최소한 그 끝, 마지막은 내가 제대로 할 수 있기를, 그렇지 않으면 영원히 그녀를 잃을 것 같기에. 지금 나를 향해 그녀를 들어올려 믿게 하는 마법을 부려야만 한다. 그녀는 이 오후에 꿈을 꾸었을 뿐이라고, 모든 것이 꿈이었다고.

수상식

밤에 벌써 두 번이나 전화를 했으나 에메렌츠는 악화도 호전도 되지 않은, 변화가 없는 상태였다. 집에 도착해서 고기 몇 덩이를 접시에 잘게 잘라 담고는 끔찍한 일이 있었던 그녀의 집으로 다시 갔다. 고양이들이 제각각 퍼져 도망갔으나, 다른 집은 익숙하지 못했던지 다시 되돌아왔다고 의사도 말했었다. 지금은 밤이고 고요하니, 만약 죽을 정도로 놀랐다고 하더라도 지금쯤이면 다시 되돌아올 수 있을 것이다. 집 안 모든 것의 앞뒤쪽을 들여다보는 동안 썩어가는 냄새로 거의 숨이 막혔다. 집은 비어 있었고, 그 어떤 소음도 들리지 않았다. 새벽에 다시금 서둘러 가봤을 때, 고기는 있는 그대로, 접시에 손도 대지 않은 채로 있었다. 그렇게 기대했는데도 밤에 한 마리의 고양이도 다녀가지 않았던 것이다. 고양이들이 거기에 없다면, 사라져버렸다면, 내가 생사를 결정짓지 않아도 되니 좋은 것인데도, 그때 나는 이미 실제적이고 사실적인 것으로부터, 그리고 나 자신의 관점으로부터도 떠나 있었다. 깨끗이 청소를 해서 모든 것을 정리한다면, 최소한 한두 마리는 나타나기를 애원했다. 에메렌츠가 퇴원했을 때 그녀가 좋아했던 고양이들 가운데 한두 마리라도 있기를 바랐던 것이다. 하지만 방역청 사람들이 살아 있거나 죽은 동물들을 찾지 못한 것처럼, 나 역시 그들 중 단 한 마리도 찾지 못했다. 문이 안으로 부서졌을 때, 고양이들은 세상이 그들에게로 무너져 내린 것이라고 느꼈을 것이다. 모두는 언젠가 에메렌츠가 그곳으로부터 그들을 구해냈던 그 불확정성으로, 위험과 죽음의 매개 공간으로 달아나버린 것이다. 마치 무슨 비밀스러운 메시지가 그곳에서 고양이들을 공포에 떨게 한 것처럼, 그들은 다시금 에메렌츠의 집 주변도 결코 배회하지 않았다.

그 누구보다 가는 길을 잘 알고 있었던 비올라도 폐허가 된 집 주변으로는 자진해서 가지 않았다. 에메렌츠의 사망 이후 새로 단장한 그 집은 곧 새로운 주인을 맞았지만, 비올라는 관심을 두지 않았다. 그 언젠가처럼 불빛은 앞마당으로부터 하릴없이 밖으로 비치고 있었으며, 매해 봄 에메렌츠의 제비꽃들도 속절없이 피고 있었다. 비올라는 언젠가 그들이 함께 산책했던 모든 곳에서 에메렌츠를 찾았으나, 그녀의 집만큼은 찾지 않았다. 비올라 자신은 전투가 있을 때 거기에 있지 않았지만, 패배한 격전이 있었던 그 전장을 알고 있었다. 이날 거리는 마치 국가의 지도자가 큰 병환을 겪고 있을 때 이에 충격을 받은 국민이 미리 애도를 표하는 것처럼, 명령이 아닌 마음속의 감정으로 인해 고요한 것처럼, 눈에 띨 정도로 잠잠했다.

비올라는 마치 목이 없는 듯 아무 말도 없이 자신의 자리에 누워 있었다. 산책을 시키러 데리고 나갔을 때 길에서 고개도 들지 않았고 낯선 강아지를 쳐다보지도 않았다.

※

젊은 시절 나는 초보자용 사진기로 별 다른 재능도 없이 많은 사진을 찍었다. 수상식 날을 다시 생각해보면, 그날의 기억은 사진기의 렌즈가 동일한 인물에 대해 동시에 두 개의 상반되는 움직임을 찍은 듯 내 안에 마치 그 오래된 사진의 복사판처럼 남아 있다. 한 번은 어머니를 찍은 적이 있는데, 필름을 현상한 사진을 사진관에서 가져왔을 때, 나는 이러한 것이 만들어질 수 있음을 믿을 수 없었다. 피사체로서 어머니는 왔다 갔다 했는데, 인물의 이중적이고 상반되는 움직임 속에서 어떤 곳은 점점 크게, 어떤 곳은 점점 작게 표현되어 있었다. 동일한 공간과 시간에서 찍은 이 사진을, 자기모순이 되는 그 찰나를—저절로 분리될 수는 없지만—우리 가족은 다른 사람들에게 보여주곤 했다. 수상식 때의 내가 그랬다. 그 시각에 무슨 일이 일어났든, 내 속에, 내 뒤에, 그리고 나를 둘러싼 곳에는 모든 행동과 생각을 비추는 거울 판이 있었으나, 그것들은 상(像)을 반대로 보여주었다.

일이 많은 날이었다. 새벽에 고기를 놔둔 접시와 길 잃은 고양이들을 확인해보는 것으로 하루가 시작되었다. 에메렌츠의 집에서 병원으로 급히 서둘러 갔다. 나는 혼자가 아니었다. 슈투와 아델카가 먼저 와 있었다. 에메렌츠는 이미 의식을 회복했고, 그때는 벌써 모든 사람들 앞에서 공공연해진, 누그러뜨릴 수 없고, 용서에 대해서는 생각지도 않는 그녀의 침묵을 나는 그들과 함께 겪었다. 음료와 다른 것은 필요 없었으나, 에메렌츠에게는 커피가 필요했으므로 슈투는 보온병을 가지고 들렀다. 아델카는 자신이 준비한 보양식 외에도 친구들이 보낸 두 가지 다른 음식을 장바구니에 싸가지고 왔다. 만능인의 부인이 요리한 닭 수프와 브로더리치 씨 가족이 보낸 플로팅 아일랜드였다. 에메렌츠는 쳐다보지도 않았다. 나중에 간호사는 그녀가 그 어떤 안부나 선물에도 관심이 없었다고 전했다. 다음 날이 국경일이라서 사람들은 그 전에 방문을 하고자 했고, 오전과 오후 내내 방문객들이 그녀를 괴롭혔다. 하지만 그 누가 찾아오든 그녀는 눈길도 주지 않았다. 동네 사람들은 헛수고를 한 셈이었고, 조금은 마음의 상처를 입은 채 집으로 되돌아갔다.

나는 그 어떤 것도 들고 가지 않았고, 그녀 옆에 언제까지 앉아 있을 수 있는지 시간에 신경을 썼다. 대화로 그녀를 화나게 하지 않았으며, 가끔 담요 아래로 그녀를 어루만지기만 했다. 이럴 때 그녀는 몸을 움찔거렸는데, 다른 방식으로는 느끼고 있다는 반응을 보이지 않았다. 의사는 나중에 화가 나서 슈투와 아델카에게 호통을 치기도 했다. 그녀가 무덤에서 살아나올지 그렇지 않을지는 아직도 여전히 알 수 없었으나, 만약 그렇게 된다면 이것 하나만큼은 이미 분명했다. 그녀가 이 치료의 과정에 그 어떤 목격자도 원하지 않는다는 것이었다. 그녀를 먹이려고, 보양식으로 폭격하는 것은 쓸데없는 일이었다. 그것들에 눈길도 주지 않았고, 신체를 유지하기 위해 필요한 것도 먹지 않고 주사 형태로 대체하고 있었다. 의사는 정말로 슈투와 아델카가 그녀를 돕고 싶어 한다면 쉴 수 있게끔 가만히 두라고 일렀다. 그 말이 사실이었던 것이, 누구나 에메렌츠에게 소곤대며 말을 할 수는 있었지만, 아무도 볼 필요가 없다는 듯 그녀는 감고 있던 눈가에 힘만 주고 있었던 것이다. 그녀는 나에게 했던 대로 그 모든 사람들에게도 그렇게 반응했다. 국경일의 행사 복장인 검은 옷으로 갈아입고자, 그리고 거울에 비친 나의 그 퀭한 얼굴을 어느 정도는 다듬고자 병원에서 집으로 서둘러 갔다. 나는 국경일 행사를 앞두고 그녀의 눈동자 없는 데스마스크와 같은 모습을 간직한 채 집으로 간 셈이었다.

 수상 결정문을 담은 큰 봉투에는 각종 유용한 첨부 자료들도 들어 있었다. 카펫으로 전부 덮인 주출입구까지 차로 올 수 있다는, 택시의 앞유리에 붙이는 표식도 있었다. 거의 걸을 수도 없었기에 나로서는 다행이었다. 가는 길에 나는 한마디도 하지 않았고 행사장에서도 말을 삼갔다. 거의 기진맥진한 상태에서 상을 받는 것이 처음도 아니었으며, 그 수상식에 촬영한 사진들도 이를 증명했다. 우리는 수상식이 시작되기 전에 어떤 방으로 안내되어 대단한 날임을 기념하는 사진을 찍었다. 특히 짜증이 나는 시간이었는데도 나는 이 촬영에 신경을 썼다. 얼마나 비극적이며, 얼마나 희극적인가. 지금 무슨 공식기관에서 보관하게 될 이 사진은 앨범에 남아 전해질 것이다. 비현실적인 얼굴이, 메두사를 보았던, 얼굴의 윤곽마저 공포스러운 그 고대 전설의 영웅이 기록으로 남는 것이다. 나는 죽음의 침상에서 행사장으로 갔다. 에메렌츠가 회복되지 못할 것이라는 그 예감에는 의사가 필요한 것이 아니었고, 어떤 형태로든 나 역시 이에 대해 하나의 원인이라는 점 또한 누구의 말로 알 수 있는 것이 아니었다. 그녀의 놀라운 신체기관이 의사로부터 치료를 받고 투약도 받는다면, 에메렌츠는 이 해자를 건너갈 수 있을 것이다. 그녀는 그렇게 하지 못해서 더 이상 건강해질 수 없는 것이 아니다. 그녀의 상황은 치료법과는 상관이 없으며, 의학이 어떻게 해볼 수 없는 것과는 조금 다르다. 나는 감사하다고 말하면서도, 예, 물론, 아주, 정말이라는 말을 연신 내뱉으면서도 계속 이 생각들이 머릿속에 맴돌았다. 그녀의 삶을 지탱하고 있던 틀과 그녀 명성의 전설을 우리가 황폐화시켰기에, 에메렌츠는 더 이상 남아 있기를 원하지 않는다는 것이다. 그녀는 모든 사람의 예시였으며, 모든 이의 조력자였고 모범이었다. 풀을 먹인 앞치마 주머니에서는 비둘기 같은 아마 손수건과 종이로 싼 사탕들이 부스럭거리며 나왔다. 그녀는 눈의 여왕이었으며, 그녀 자신이 확실함 그 자체였다. 여름에는 첫 번째 체리였고, 가을에는 영근 밤, 겨울에는 화톳불에 익힌 호박, 봄에는 관목의 첫 봉오리였다. 에메렌츠는 깨끗했고 논란의 여지 없이 우리 누구나가 항상 되고자 했던, 가장 선한 우리 자신의 모습이었다. 영원히 이마를 가리고 있던, 호수의 얼굴을 하고 있던 에메렌츠는 그 누구로부터 그 어떤 것도 청하지 않았다. 누구의 도움도 필요로 하지 않았고, 그녀에게 어떤 짐이 있는지 전 생애에 걸쳐 어떤 말도 하지 않은 채 모두의 짐을 짊어졌다. 그럼에도 이에 대해 말을 꺼낼 법했을 때, 그녀의 삶에서 유일하게 불명예스러운, 병이 그녀를 더럽힌 순간, 나는 사람들이 그녀를 발가벗길 수 있게끔 방송 출연을 위해 방송국으로 갔고, 그녀를 내팽개쳤다.

그녀에 대해, 동물들로 집을 채워나갔던 그녀의 자비에 대해, 언제, 어떻게 설명이 가능할 수가 있을까? 에메렌츠는 규정에 얽매이지 않은 선한 사람이었고, 생각할 수 없을 정도로 관대했다. 오직 한 명의 다른 고아 앞에서 자신의 고아 신세를 밝혔지만, 자신이 얼마나 고독한지에 대해서는 절대 언급한 바 없었다. 그리고 그녀는 네덜란드 사람처럼, 항상 미지의 바다에서, 늘 임의적인 관계들의 바람 속에서 배를 타고 헤쳐나갔다. 무언가가 단순하면 단순할수록 이해시킬 수 있는 것은 그만큼 더 적다는 사실을 나는 오래전부터 알고 있었다. 지금 에메렌츠는 이미 그녀 자신도, 자신의 고양이들도 다른 누구에게 이해시킬 수 없었다. 그녀가 무슨 말을 한다고 해도 그 풍겨져 나오는 악취와 아직 치우지 않은 오물들이 그녀 말의 신뢰를 잃게 할 것이었다. 하지만 그녀 주변에서 소비되지 않은 채 남아 있는 닭과 오리 더미들, 그리고 썩어가는 생선들과 야채들, 이는 그녀가 제정신이 아닌 적이 한 번도 없었음을, 그녀의 몸이 강철 같던 의지를 방기하지 않았다는 것을 증명할 뿐이었다. 그렇지 않으면 어떻게 뇌졸중이 온 후에도 그녀가 씻으러 가거나 청소를 하고, 음식물을 정리하여 남은 것들은 쓰레기통에 버릴 수 있었을까? 뇌졸중에도 불구하고 가끔 바닥을 기어다녔고, 처음에는 이웃들의 음식을 받기도 한 것은 의학적인 기적인 것이다. 하나의 전체 공동체 앞에서 에메렌츠는 어떻게 할 수 없는 존재가 되어버렸다. 실제로는 양성良性이며 약한, 거의 바로 호전되기 시작한 그 색전증이 그녀의 손으로부터 자작나무 빗자루를 앗아가버렸으며, 그녀의 오랜 삶의 과업들을 완전히 파괴해버린 것이다.

행사장은 내가 앉을 자리가 없을 정도였다. 수상자들의 많은 친척과 가족들이 다른 사람들과 함께 자리를 가득 차지하고 있었다. 그 어떤 자리도 지금 나를 붙잡아두지 않는다는 점이 특히 좋았다. 되도록 빨리 내 이름이 호명되기를 기다렸다. 화려한 단상 앞으로 가서 수상을 한 후, 허기를 달래러 매점으로 가는 척하며 물러나오고자, 그렇게 서둘러 행사를 마치고자 했다. 만약 슈투나 아델카 또는 다른 누구라도 나 대신 에메렌츠에게 필요한 무언가를 감지하여 조치한다면, 나 역시 그녀처럼 정신적으로 무너질 것이라 생각했다. 더군다나 그 조치라는 것이 내가 감히 다시는 에메렌츠를 볼 수 없는 것과 관련되어 있다면 더욱 그럴 것이다. 하지만 나는 남편과 함께 오랫동안 행사장에 있었다. 내 삶에서 가장 큰 의전이었고, 저녁 만찬은 더 화려했다. 그것 역시 이상하게 성공적이었는데, 더군다나 오래전 어린 시절 나의 환상과도 어우러졌다. 나는 어릴 적 다른 사람들에게 주목받고 시선을 받을 만한 그런 맵시 있는 사람처럼 매우 긴 드레스를 입고 아주 많은 계단을 올라가고 싶어 했다. 하지만 소리가 어긋나게 발성되는 것처럼 '어긋나게 걷는다'라는 표현이 있다면, 바로 그날 저녁 내가 그런 어긋난 걸음걸이로 걸었다. 팔자걸음으로 불행한 듯 더듬거리며 계단을 올랐던 것이다. 그러고는 해야만 하는 악수를 마친 후, 옆 계단을 통해 국회에서 서둘러 나왔다. 그 옷을 입고 가더라도 병원에서는 나의 출입을 막지 않을 것이며, 어떤 언급도 하지 않을 것임을 분명 알고 있었다. 하지만 내가 파인 옷을 입고 그녀 옆으로 몸을 숙인들, 아니면 왕의 가운을 빌려 입고 간다고 해도, 그 어떤 옷을 입었건 에메렌츠는 언급은커

녕 눈길 한 번 던지지 않았을 것이다.

　수상식 날을 돌이켜보면 내가 어찌 할 수 없는 시리고 생생한 기억 외에는 하루 종일 매우 피곤함을 느꼈던 것 같다. 저녁에 있을 만찬을 뒤로 하고 오후 1시경에 집으로 가자마자 작업복으로 갈아입었다. 그리고 청소용구를 들고 에메렌츠의 집으로 향했다. 부끄러운 그녀의 흔적을 남기고 싶지 않았고, 여기에 방역청은 필요하지 않았다. 실제 그들이 왔을 때 나는 이미 거기에 있어서는 안 될 모든 것을 밖으로 내놓았을 것이다. 오늘은 국경일인 토요일이고 나는 분명히 모든 작업을 수행할 수 있을 터였다. 보건 업무 작업자에게는 이미 휴일이 시작된 셈이었는데, 휴일이 끝나면 그들은 잘 정리된, 청결한 이곳을 발견하게 될 것이다. 그러나 방역청 사람들을 앞마당에서 봤을 때, 그들은 담배를 피우고 있었고 나는 깨진 양동이를 손에 들고 있었다. 의사가 깜빡 잊고 내게 전하지 않은 말이 하나 있었다. 그것은 방역청이 즉시 행할 것을 명한 조치로, 위생과 도시 방어라는 논리에 기초하여 가구들을 모두 없애는 것과 아울러 이에 대해 완전한 보상을 한다는 것이었다. 나는 놀란 모습으로 그들 앞에 서 있었다. 나의 행색은 짙게 화장한 서커스단의 슬픈 피에로 같았을 것이다. 옷만 갈아입었지 기진맥진한 얼굴에는 지우지 않은 화장이 그대로였고, 머리도 여전히 축하 행사의 올림머리 그대로였다. 하지만 여기서 방역청 사람들이 벌이는 일들이 파괴를 일삼는 부랑자들이 하는 것처럼 누군가의 집을 폐허로 만들 수 있다는 상상을 그들은 왜 하지 않을까? 그럴 가능성에 대해 누가 책임질 수 있을까?

　그런 것은 말도 안 된다고, 위생과의 과장이 대답했다. 그들은 우선 모든 살림을 덮어 가린 후 청소를 한다고 했다. 그리고 쓰레기들은 치우고, 마루와 가구와 벽을 닦아내며, 그 후 오물이나 오염된 것들을 태워버린다고 했다.

"그 양동이를 흔들지 마시고, 부탁건대 어떤 것도 만지지 마세요. 여기는 개인이 가욋일로 일처리가 가능한 그런 상황이 아니에요. 숙련된 노동을 요구하는, 공무로써 필요한 일입니다. 부인께서는 가족의 위임자로서, 이 절차가 정당하게 규정을 준수한 가운데 진행되었다고 확인하신 후 서명할 수 있으세요. 실제로는 환자분께서 해야 하지만 지금 의식이 없다는 이야기를 들었으니, 부인께서 법적 대리인으로서 이 확인을 맡아주셨으면 합니다. 없애버린 물건들에 대해서는 시 당국에서 주인에게 보상을 해드릴 테니, 목록이 맞는지 잘 확인해주시고요. 항의하실 여지는 없습니다. 저희와 논쟁하려고 하지 마세요. 이것이 결정문이에요."

나는 모퉁이에서 뒤를 돌아 전화를 하러 서둘러 집으로 갔다. 지금은 원칙적으로 총경이 적임자라고 생각했다. 그는 요양하러 간 곳에서 휴일을 맞아 집으로 왔으나, 내가 전화를 했을 때는 벌써 에메렌츠의 집을 향하던 중이었으므로 그와 이야기를 나눌 수 없었다. 나는 다시 에메렌츠의 집으로 되돌아갔다. 우리는 거의 동시에 그곳에 도착했다. 관청에서 나온 사람들이 벌써 청소를 하고 있었다. 여섯 명 모두는 고무장갑을 끼고 앞치마를 두르고 마스크를 쓴 채 작업에 열중하고 있었다. 흐물흐물하고 썩은 무언가를 삽으로 모아 뜨고는 표백제 냄새가 나는 위생차의 대형 수조로 던져 넣었다. 물뿌리개는 무슨 화학물질과 희석한 물로 채워져 있었다. 그들은 모든 것을 철저히 씻고 표면도 닦아냈다. 가구들은 마당으로 옮겨져 있었다. 에메렌츠가 가꾸던 잔디에 눅눅한 의자들이 널브러져 있었다. 엉망이 된 소파, 장欌들, 그리고 비교적 온전하거나 이미 소독한 물건들은 다른 것들로부터 더 멀리 끌어냈다. 밖에 라일락 덤불 앞에는 인물 사진들이 꽂혀 있는 어머니의 마네킹도 보였는데 마치 환상과도 같았다. 오물들에 떨어져 있던 종이, 혐오스러운 서류 또는 오염된 옷가지들, 오래된 달력들과 신문들, 상자들이 에메렌츠에게 헌정한 나의 책들과 함께 소파에 쌓여 있었다. 그 책들은 그녀가 요구한 것이었으나, 펴보지도 않은 채로 있었다. 이미 집 안도 다 비웠고, 간추린 가구들과 물건들은 소각하려고 결정한 것들로부터 최종적으로 따로 떼어놓았다. 그들은 파기 대상물 목록을 작성했으며 그런 다음 소파와 의자에 휘발유를 뿌려 소각했다. 불을 보면서, 나는 저 가구에서 자란 비올라를 생각했다. 그 소파는 침대였으니 에메렌츠 또한 거기에서 항상 휴식을 취했을 것이다. 언젠가, 단 한 번도 아닐 수도, 항상 그랬을 수도 있지만, 고양이들도 마치 전선줄 위의 제비들같이 거기에 앉아 있었을 것이다. 에메렌츠의 신발도 스타킹도 머릿수건들도 불타고 있었다.

총경은 지금 처음으로 경찰이나 형사처럼 행동했다. 파기하는 데 동의하기 전에 모든 물건을 검사했으며, 그럼에도 버리지 말아야 할 것이 무엇인지 심사숙고했다. 불구덩이에 들어가는 것을 피해야 할 물건이 있을 때는 옆에 따로 놓아두었다. 그는 서랍들도 모두 비웠다. 부엌은 단 하나의 물건만 빼고는 텅 비었다. 위생국 사람들은 부엌의 모든 벽을 닦고 소독했다. 잔디밭에는 옛날 가구들의 일부가 부끄러워하는 모습으로 놓여 있었다. 다른 것들은 소각했다. 이쪽을 지나던 행인들이 안을 들여다보았다. 그들은 해산시켜야 할 정도로, 가던 길을 잠시 멈추어 서서 정원의 불꽃을 보고 있었다.

이제 부엌에는 철제금고 외에 어떤 것도 남아 있지 않았다. 나치주의 시절에 문을 강제로 연 적이 있었을 법한 그 금고는 안방으로 이어지는 문을 가로막고 있었다. 철로 된 표식은 시니이 그로스만 임레 철공소에서 제작되었음을 알렸다. 그 안에는 머그잔들 외에는 아무것도 없었고, 그조차 이미 빼낸 상태였다. 만약 에메렌츠에게 보석이나 현금이 있었다면 재로 사라졌을 것이다. 서랍에서 우리는 아무것도 발견하지 못했다. 우리 누구도 커버를 입힌 의자들의 틈새로는 손을 대지 않았고, 그녀의 조카가 이전에 벌써 훑어봤었다. 점심시간쯤에는 감염된 물건들을 모두 파기한 것으로 그들은 생각했다. 소독 작업자들이 부엌 다음으로 안방을 시작하려 했는데, 총경이 이 작업은 자신이 맡겠다고 했다. 이 공간은 집주인에게도, 이웃들에게도 위험하지 않은 곳이기에 작업자들은 이를 합당한 제안이라 생각하고 기꺼이 받아들였다. 꿈쩍 않는 철제금고는 방 안의 물건과 에메렌츠를 단단히 분리시켜놓았다. 공간을 진공상태로 꽉 막고 들어선 이 거대한 금고 뒤로는 동물도, 기생충 한 마리도 들어갈 수 없을 듯했다.

국가 공휴일 때문에 길게 이어진 주말의 초입이었다. 총경의 한마디 말, 지금까지 유용하고 훌륭한 과업을 완수했으며 이제 이 일을 계속하는 것은 쓸데없다는 그 말을 작업팀은 잘 이해했다. 총경은 이 지역 경찰서에서 복무하고 있는 데다 에메렌츠를 잘 아는 사람이었다. 그는, 그녀의 부엌과 개인 물품 대부분을 소각했고, 주인이 극복해야 할 것이 너무 많으니 이 공간은 어쨌든 손대지 않고 남겨두자는 견해를 피력했다. 본인이 개인적으로 방역과 관련하여 할 일이 더 있는지 추후 확인하겠으며, 만약 있다면 방역청에 연락하여 계속된 조치를 요청할 것이라고 했다. 만약 연락이 없으면, 모든 것이 잘 되었다는 표시로 받아들이라면서, 내 이름 옆에 자신의 서명을 남기며 지역 경찰서의 이름으로 책임을 지겠다고까지 확인시켜주었다. 모두가 동의했고, 팀장은 자신도 더 이상 위험인자를 발견하지 못했으며 총경의 생각이 현실적이라고 판단했다. 그럼에도 그 어떤 일도 남겨두지 않았다는 말을 할 수 있게끔, 선의로서 전체 인원이 모두 달라붙어 방문 틈 사이로 철제금고를 움직였다. 방문의 열쇠는 없었고 문을 부수는 것은 꺼려졌다. 나무 재질의 문에 고스란히 남아 있는, 전혀 닳지 않은 순백의 래커는 총경이 경위 시절에 마지막으로 방문한 이후 에메렌츠가 이 금고를 여기서 한 번도 옮기지 않았으며, 안방에 출입하지 않았다는 것을 의미했다. 그곳에는 음식도 벌레도 있을 수 없었다. 수십 년 동안 그 누구도 머물지 않은 공간이었다. 그들은 철수했다.

　인사를 나누고 방역청 사람들이 가는 사이 그녀의 조카도 병원에서 나와 이곳으로 달려왔다. 놀란 눈으로 여전히 치솟고 있는 화염을 바라보았다. 조카는 에메렌츠가 여전하다고 알렸는데, 지금 가장 큰 문제는 그녀의 심장이 아니라 수동성이라고 했다. 그녀는 의사를 돕지도 않고 자신에게는 모든 것이 어떻게 되든 마찬가지라는 인상을 주고 있다는 것이다. 반면에 국회에서 내가 보낸 메시지를 그녀에게 전했다면서, 담당의사는 그녀가 아무 말도 하지 않아서 조바심을 느꼈는데, 자신이 보기에 그녀는 알면서도 어떤 관심도 보이지 않았다고 했다.

국회에서 보낸 메시지라니? 무슨 말인지 생각해보아야 했다. 화염으로 던져진 에메렌츠의 과거가, 수많은 기억을 간직하고 있는 베개들이, 나무 숟가락이, 소박한 구식 살림 도구들이 저 멀리서 연기를 내뿜고 있었다. 그사이에 거의 완전히 폐허가 된 집의 소독약 냄새 가득한 앞마당에서 나는 그 어떤 것에도 집중할 수가 없었다. 갑자기 수상식이 있었던 오전에, 그 혼란한 정신 상태에서 상패 상자를 가져왔는지 여부도 생각나지 않았다. 사진 촬영 이후에 비현실적인 요소가 하나 더 있었던 것이 분명해 보였다. 나는 동료 한 명과 함께 다른 방으로 안내되어 앉아 있었다. 텔레비전 방송국의 리포터가 나에게 오늘날이 있기까지 누구에게 감사하는지를 계속 물어보았다. 글을 쓸 수 없게끔 나를 붙들어 매고 있던 모든 일을 내 주변에서 수행하고, 보이는 모든 결과 뒤에 서 있는 보이지 않는 인물, 그녀 없이는 나의 필생의 작품도 없었으므로, 그 예로서 나는 에메렌츠에게도 감사하다는 대답을 했다. 병원에서 간호사들이 그 현장 리포트를 들었다고 그녀의 조카는 말했다. 그중 한 명이 에메렌츠에게 달려가서 수상식 현장 중계에 대해 알린 데다가 최소한 마지막 부분은 들을 수 있도록 그녀의 귀에 작은 라디오를 갖다 대었다고 했다. 에메렌츠는 무관심하게 앞만 바라볼 뿐 그 어떤 언급도 하지 않았다. 물론 약을 상당히 복용했기에 침묵했던 것일 수도 있었다. 그녀의 세계 속에서 그녀는 대중에게 공개되는 것과 윤기

나게 다듬은 말들을 혐오했다. 따라서 에메렌츠는 자신이 들은 것을 아주 잘 이해하면서도 전혀 신경도 쓰지 않았다고, 나는 그들과 다르게 생각했다. 나는 골고다 언덕에서 그녀와 함께 사자의 문(골고다 언덕으로 오르는 시작점에 있는 문 — 옮긴이)에 있었어야 했으나, 그곳에 있지 않았다. 그때 그녀는 자신에게 일어난 것을 진정 홀로 견뎌내야만 했다. 이러쿵저러쿵 하는 것은 쉬운 일이니 지금 그녀는 내가 재잘거리는 것에 관심이 없다. 나는 나중에 관 속에 누워서도 올려다보면서 내 장례식에 몇 명이나 왔는지 헤아려보고 있을 것이다. 말로 옮길 수 없을 정도의 정신적인 충격은 나에게 존재하지 않는다는 것을, 에메렌츠는 손바닥 들여다보듯 훤히 알고 있다.

나는 그녀의 조카와 헤어졌고, 그는 자신의 가족에게로 서둘러 갔다. 떠나기 전에 그는 어색해하기는 했으나 연민을 가지고 모두 사라져버린 부엌, 내 미래의 유산을 잃어버린 데 대해 나를 위로했다. 그때까지 나는 이에 대해 생각하지 못했고, 진정 유쾌한 기분은 아니었지만 웃음으로 에둘렀다. 저기 불타고 있는 유산의 절반이 불운할 따름이라며.

작은 벤치에 총경과 함께 둘만 남았다. 항상 친절하고 모든 사람에게 관심을 기울이는 만능인의 젊은 부인이 우리에게 커피를 가져왔다. 우리 누구도 마시지는 않고 물끄러미 바라보면서 커피를 젓고만 있었다.

"어떻게 모든 것이 이렇게까지 되었을까요?" 마침내 총경이 입을 열었다.

맙소사! 그것을 물어보다니. 그건 나 때문이다. 내가 엉망으로 만들었다고 말했다. 그가 비셰그라드(헝가리 중북부의 도시—옮긴이)에서 숲속을 거니는 동안 무슨 일이 어떻게 일어났는지, 덕분에 자세하게 설명할 수 있었다. 만약 그때 내가 그를 만날 수 있었더라면, 많은 일들이 일어나지 않았거나 최소한 이렇게 되지는 않았을 것이다. 만약 내가 에메렌츠를 이미 내던져둔 상황에서라면, 실제로 그녀가 도움을 받아야 할 상황에 처했을 때 그는 분명 자신의 시간을, 그 유일한 것을 그녀에게 할애했을 것이다. 총경은 그런 성격의 사람이었다. 그는 어떤 언급도 하지 않았고, 시간이 지난 후에도 그 어떤 비난도 하지 않았다. 나를 위로하지도 않았다. 그는 나의 계획에 대해 물어보았다. 나는 어떤 계획도 없으며, 만약 그녀가 살아남게 된다면 우리 집으로 데려오고 싶다고 했다. 그리고 우리는 그리스 작가동맹의 평화회의에 파견되는 헝가리 사절단의 단원으로 사흘 뒤 아테네로 갈 예정이었지만 그 출장도 취소하겠다고 했다. 그곳 해변에 휴식 삼아 며칠 더 묵을 예정이었으나, 그것도 여기서 벌어진 일들에 휩쓸려버리게 된 것이었다. 다시는 아테네를 볼 수 없다고 하더라도, 또 다른 실패는 겪고 싶지 않았기 때문이다.

그는 화를 내며 나에게 소리쳤다. 나는 그렇게 큰 잘못을 범하고도 지금 또 다른 소동을 일으키고 있는 것일까? 그는 초청자가 도착하지 않으면 그 주관 기관에서 얼마나 좋아하겠냐고 반어적으로 묻더니, 초청자에게 무슨 일이 일어났거나 어쩌면 출국이 금지된 것으로 생각하고 애를 태울 수도 있다고 했다. 나의 개인적인 일에 국가를 개입시키지 말고 출장을 가라고, 내가 여기 머무는 것은 아무런 의미도 없다고 했다. 만약 에메렌츠가 내일 죽는대도 내가 막을 수는 없으며, 의사의 말에 따라 내일까지 그녀가 여전히 살아 있다면, 만약 그렇다면 그녀는 분명 살게 될 것이라고, 그러면 에메렌츠가 나를 기다릴 것이라고 했다. 짧은 한 주는 아무것도 아니며, 그동안 그가 일을 처리하고 꾸려나가겠다는 것이다. 문을 새로 맞추고, 강제로 소각한 것에 대한 비용을 관청으로부터 받아야 했다. 몸이 마비된 사람은 움직이지 못하고, 마비된 손으로는 정돈을 할 수 없으니, 이로 인해 초래된 손해에 대해서 에메렌츠를 상대로 하는 공식적인 고발은 생각할 여지도 없다고 했다. 이것은 범죄가 아니라 단지 불행일 뿐이며, 에메렌츠가 좋아서 공중 보건을 위험에 처하게 한 것이 아니라고 했다. 그는 상속자 없이 사망한 사람들의 집을 통합 관리하는 정부 창고에서 이전 것들보다 더 좋고 편안한 것으로 가구들도 골라 마련하겠다고 했다. 외교관계는 중요한 것이므로 자기와 논쟁하지 말 것이며, 그가 에메렌츠 옆에서 당직을 맡을 테니 남편과 함께 우리의 전문성이 요구되는, 국가가 원하는 일을 수행하라고 했다. 우리가 병원으로 되돌아올 때쯤엔, 에메렌츠의 신체 기관은 최종적으로 결정이 내려져 있을 것이다. 실제로 회복이 가능하다면 벌써 나왔을 것이고, 아니라면 장례식을 기다리고 있을 터였다. 다른 방의 문은 출장을 다녀온 후 시간이 될 때 열면 될 것이다. 총경은 즉시 사람을 시켜 비어 있는 문틈을 판자로 막아두겠다고 했다. 휴일을 지내고는 안쪽 문의 자물쇠를 열 수 있게끔 경찰서에서 사람을 보낼 것이며, 그때까지 그 문에도 빗장을 걸어둘 것이라고 했다. 우리가 들어가 본다면, 그 안에도 제대로 된 청소가 필요한지 필요하지 않은지 알 수 있을 것이다. 하지만 그는 그렇게 생각하지 않았다. 에메렌츠가 그 방을 전혀 사용하지 않은 것으로 여기고 있었다.

마침내 나는 집으로 갔다. 마치 불에 덴 사람처럼 몸에서 옷을 걷어냈다. 나는 점심식사도 하지 않았고, 비올라에게 먹이를 주려 했지만 이미 남편이 시도한 이후였다. 비올라는 단식투쟁을 시작했다. 산책길에서도 우리 옆에서 자신의 몸만 끌 뿐, 나무들이 있는 데서 산책을 마치면 바로 집으로 오려고 했다. 짖지도 않고 마시지도 않았다. 이제 위기는 벌써 시작되었다. 우리는 아무런 대항도 할 수 없었다. 비올라는 자신의 방법으로 벌어진 일에 대답하는 것이었다. 한편 나 역시 먹지 못했다. 사실 국회에서도 접시에 넘칠 만큼 음식을 제공했으나 나는 삼킬 수도 없었다. 이해하지 못하는 질문들에 의미 없는 대답들만을 건넸다. 잠시 소파에 누웠다가 벌떡 일어났다. 만약 내가 에메렌츠를 지키지 못하고, 그녀가 죽으면 어떻게 될까. 우리 둘 모두를 숨 막히게 하는 그 공포를 오직 나만이 막을 수 있다는 생각이 들었다.

병실로 급히 달려갔다. 에메렌츠는 의식이 회복되어 있었다. 의사가 미소를 짓고는, 이미 어느 정도 건강을 되찾았으며 말도 하기 시작했다고 전했다. 맨살이 보이는 것은 견디기 어려우니 에메렌츠의 몸을 점잖게 가려주라고 의사는 간호사에게 일렀다. 나중에는 에메렌츠가 머릿수건도 청했기에 수술용 모자를 건넸다. 그 모자를 쓴 모습은 특징적인 그녀를 묘사했으나, 평온한 모습이었다. 그녀가 질곡에서 빠져나오기 시작했다고 의사는 생각하고 있었다. 어쨌든 그녀는 아무것도 없이 병원에 도착했었기에, 우리는 그녀에게 침구류와 병원에서 사용할 다른 물품들을 가져다주어야 했다.

나는 감히 그녀를 제대로 쳐다볼 수 없었다. 벌어진 일들 때문만이 아니라, 바로 그녀 자신의 모습 때문이기도 했다. 수술용 모자를 쓴 그녀는 상상할 수 없는 모습이었지만 아닌 게 아니라 정말 그녀의 머리에 잘 어울렸기 때문이었다. 나는 마치 지금까지 완고하게 사용하지 않았던, 진정한 능력들을 마침내 펼쳐 보이는 위대한 교수님을 쳐다보듯 곧 에메렌츠를 바라보았다. 내가 무슨 말을 할 수 있었겠는가? 나는 침묵했다. 장에 보관하고 있던 그녀의 수건, 잠옷, 그 어떤 것도 그녀에게 없다는 것은 담당의사에겐 무관한 일이었다. 그나마 남아 있는 것도 소독팀이 모두 휘발유로 적신 후 풀밭에서 연기를 내고 있었다. 만약 나의 것을, 그녀가 눈꼴사납다고 했던 내 속옷 중 어떤 것을 가져온다면 그녀는 의심을 할 것이다. 에메렌츠는 나의 수건도 어떤 것인지 알고 있다. 아마포로 된 그녀의 수건 같은 것들이 나에게는 없다. 우선 해결책은 나중으로 미루었다.

내가 들어서자 그녀는 나를 알아보았다. 군주의 거울이라는 훈령에 따라 왕들은 왕궁 사람들의 눈을 피하고자 그들의 고통을 거짓으로 드러내기도 했었는데, 마치 이를 따르는 왕이 망자의 베일을 쓴 것처럼 그녀는 얼굴에 손수건을 덮고 있었다. 한 눈에도 당장 그녀의 숨이 넘어간다는 것은 말도 안 된다는 것을 알 수 있었다. 하지만 아침에도 나 혼자만큼은 더 이상 보려고 하지 않았던 것처럼 그 손수건은 생생한 효과를 가져왔다. '그래, 이렇게라도 좋아'. 나는 무거운 발걸음으로 집으로 돌아오면서 먼저 슈투의 가게에 들렀다. 그녀가 병원에 가게 되면, 그녀 생각에 에메렌츠에게 필요한 무언가를, 수건이나 세면용품들을 가져가달라고 했다. 그리고 왜 에메렌츠 자신의 것을 가져오지 않았는지에 대해서는 뭔가 변명을 해달라고 부탁했다. 사람들 여럿이 슈투의 가게에 모여 있었다. 동네 사람들은 누가 언제 에메렌츠에게 가고, 무엇을 요리해줄지 등을 서로 의논하고 있었다. 다시금 집으로 가서, 총경이 보낸 사람이 부엌문을 언제 나무판으로 막으러 오는지 내다보았다. 그가 언제라도 올 수 있음을 알고 있었기에, 최소한 그 일 하나만큼은 제대로 확인할 때까지 기다려야 했다. 과중함을 견딜 수 있는 나의 능력은 한계점에 가까워지고 있었다. 눈가에 원과 선들이 아른거렸다. 누군가가 나를 흔들어 깨우고는, "당신은 무슨 비명을 그렇게 지르는 거예요. 악몽을 꾸셨군요"라고 한다면, 나는 영혼의, 그 천상의 행복을 그에게 주었을 것이다. 나는 점점 더 우리에게 지금 일어난 것은 사실적이지 않다고, 이런 정도의 일들이 이렇게 많이 한 사람에게 쏟아질 수는 없다고 생각했다.

민간인 복장을 한 경찰은 비교적 이른 시간에 나무판을 들고 왔다. 내가 태어난 이후로는 이미 관에 못질을 하지 않고 고정 장치를 이용했는데, 그럼에도 그가 가로, 세로 각각 4개의 나무판을 문틀에 십자 모양으로 고정시킬 때는 마치 관에 못을 박는 것처럼 느껴졌다. 망치는 그 많은, 그 모든 것의 매장을, 하나의 존재하는 형태의 끝을, 그 형태의 안식처를, 그리고 에메렌츠-무용담의 대단원을 연상시켰다.

국회의 축하연에 가기 위해 천천히 출발해야 했으나, 나 자신이 회반죽에 빠진 사람같이 느껴졌기에 겨우 옷을 챙겨 입었다. 앞서 또 한 번 병원에 연락을 했다. 에메렌츠의 상태가 미약하나마 다시금 조금 나아졌으며, 강한 신경안정제를 투약했고, 지금은 잠이 들었다고 했다. 항생제도 복용할 것이라고, 회복에 기대를 걸어보자고 했다. 반면 깨어나 있을 때는 거의 말을 하지 않고, 방문객들이 그녀의 침대 가까이 올 때는 항상 얼굴에 손수건을 덮는다고 했다. 많은 사람들이 다녀가며, 조금은 심할 정도로 많은 방문객들이 지속적으로 그녀를 둘러싸서 링거를 흔들리게 한다고 알려주었다.

에메렌츠는 살아 있었고 회복이 되고 있었다. 그러니 나는 내 생의 아름답고 빛나는 저녁으로서 축하연에 참가할 준비를 할 수 있을 것이다. 어울리는 복장을 했으나, 그날 나의 얼굴을 단장할 수 있는 가면의 장인匠人은 없었을 것이다. 국회에서 처음 만난 지인에게 유감스럽게도 내 몸과 마음이 적합한 상태가 아니었다고 말했더니 곧 알아들었기에, 나는 구차한 설명을 할 필요가 없었다. 대형 홀에서 내가 사라졌던 것에 대해 그 누구도 놀라지 않았다. 그날 저녁, 그곳에서는 마치 반짝이는 여름 하늘같이 그 많은 훈장들과 보석들이 빛났다. 사방에서 쏟아지는 샹들리에 불빛이 바닥의 거울에 반사되고 있었다. 옛날 무도회가 아마도 이랬을 것이었다. 그러나 나는 벗어나고만 싶었다. 가능한 한 빨리 집으로, 침대로 숨어들고 싶었다. 내일이면 이제 내가 어떤 선고를 받았는지 더 많은 것을 알 수 있을 것이다. 만약 에메렌츠가 죽었다면 나는 벗어날 수 없을 것이며, 만약 살아 있다면 지금까지 침몰을 허락하지 않은 그 권능이, 나 자신의 소용돌이에 내가 휘말리지 않도록 다시 한 번, 마지막이자 마지막으로 나를 지탱할 것이다.

기억상실

그날 밤은 혼란스러웠으나 다행스럽게도 어떤 꿈도 꾸지 않았다. 어찌 되었든 어떤 상황이라도 알려달라고 간호사에게 미리 부탁한 바 있었기에, 전화기가 울리지 않을까 해서 몇 번 놀라 깨기는 했지만 전화기는 울리지 않았다. 아침에는 냉담한 비올라를 산책시켰는데, 비올라는 여전히 음식을 먹지 않았다. 나는 이후 병원으로 서둘러 갔다.

에메렌츠는 지금은 이미 확연히 알아볼 수 있을 정도로 상태가 호전되어 있었다. 방금 막 목욕을 시켰고, 간호사 한 명이 간이 배식 카트로 아침식사를 가져왔다. 그녀는 문틈으로 누군가 온 것을 알게 되자마자 곧 옆을 더듬더니 얼굴에 손수건을 갖다 댔다. 비통한 심정으로 그녀 옆에서 밤을 샌 당직의사의 방을 노크했다. 오직 좋은 소식만을 들을 수 있었다. 만약 이런 속도로 회복이 진행된다면,

우리는 아무런 문제 없이 출장을 갈 수 있을 것이며, 에메렌츠는 생을 유지하고 건강을 회복할 것이라고 했다. 그렇다고 지금 집으로 데려갈 수는 없으며, 몇 주는 지나야 될 것이라고 했다. 그리고 그 경우에도, 그 어떤 환경에서도 괜찮다는 것은 아니며, 예를 들자면 일하는 것은 금한다고 했다.

"사람들이 그녀를 돌볼 수 있는 집은 있나요?"

"그렇고 말고요." 나는 생각했다. 그녀를 볼 수만 있다면! 나중에 그녀가 몸이 회복되고 마음의 평정을 되찾을 때까지 우리 집에서 살 것으로 남편과 얘기가 되었다고 대답했다.

남편은 출장 서류들 때문에 여기저기에서 바빴다. 출장을 가려는 기분은 전혀 들지 않았으나, 지금은 실제로 우리가 출장을 가는 것으로, 상황이 그렇게 예견되고 있었다. 나는 어쩌면 마지막 순간에 주최 측에서 초청을 철회하고 총회 차제가 취소될 수 있다는, 여전히 뭔가 어쭙잖은 희망을 하면서 마지못해 짐을 쌌다. 마지막 문병 때 나는 주치의와 이야기를 나누었다. 그는 에메렌츠의 신체 상태를 봐서 완전한 보증을 한다며 우리의 출장을 독려했다. 하지만 이후 정신적으로 그녀가 어떻게 될지는 정신과에서 다룰 일이라고 했다. 왜냐면 벌써 거의 해소된 색전증은 언어를 담당하는 뇌의 특정 영역이 아니라 몸의 움직임을 저해하는 것이며, 아직 한쪽 발이 마비되어 있기는 하지만, 그녀의 침묵은 정신적인 이유 때문이라고 했다. 병실에 이르렀을 때 에메렌츠는 나를 회피하려고 내 앞에서 다시금 그 보잘것없는 수건으로 얼굴을 덮었다. 그녀를 계속해서 흥분시키지 않겠다고, 어쨌든 그녀가 앞에서 숨지 않고 증오로 바라보지 않는 존재는 오직 비올라뿐이라는 생각이 들었다. 구석에서 돌아서며 나는 그녀에게 인사도 건네지 않았다. 집으로 발걸음을 옮기는 동안 이웃사람 두 명을 보았는데, 그들은 손잡이가 달린 냄비를 들고 경사진 곳을 오르고 있었다. 집에서 비올라는 단식투쟁을 지속하고 있었다. 지금은 비올라도 나에게 전혀 관심을 두지 않았다. 나도 비통함, 죄의식 그리고 피곤함 때문에 비올라와 관련된 일들을 잊고 있었다. 비올라의 자리 방석, 그릇들, 통조림 등을 슈투에게 가져가서 출장을 수행하는 며칠 동안 돌봐달라고 부탁했다. 비올라는 슈투의 작은 집에서도 철저히 수동적으로 앉아서 내가 떠날 때도 마치 우리 집 개가 아닌 듯 내 뒤를 쳐다보지도 않았다.

나는 짐을 쌌다. 내 생각으로 그때의 나는 이미 감정이 없는 기계와도 같았다. 내가 이해하고 있던 유일한 것은 그 어떤 것도, 나 자신도 중요하지 않다는 것이었다. 저녁식사 후 이제는 병원으로 갈 필요가 없었으므로, 전화를 했다. 에메렌츠는 잘 있다고, 규칙적으로 식사를 했다고 전했다. 나는 빠른 회복을 바란다고 공손하게 말했고, 여러 차례 인사를 했는데, 그때 이미 나의 메시지는 공문서처럼 공식적이었다. 하지 못한 일 때문에 당분간은 안절부절못할 필요가 없다고, 간호사를 통해 그녀에게 전했다. 모든 것은 최상의 상태로 되었고, 그녀의 친구인 총경이 조치를 취했으며, 그녀의 집은 총경의 생각에 따라 복구된 상태로 그녀를 기다리고 있다고, 완벽하게 깨끗하며, 손길이 필요한 부분은 이미 모든 손을 거쳤다고 전했다. 자신이 실려 간 이후의 일들에 대해 그녀가 인지하기에는 아직 시간이 있다는 생각이 들었다. 그리고 며칠 동안 나를 기다리지 말라고도 덧붙였다(나를 쳐다보지도 않았는데, 기다리기나 할까?). 그녀에게는 우리가 외국으로 간다고 말하지 않았으나 그녀의 조카에게만은 전화를 걸어 혹시나 우리를 찾는다면 왜 만날 수 없는지를 알렸다. 그날 밤 비행기로, 우리는 아테네로 날아갔다.

그리스의 작가동맹 담당자가 아침에 호텔로 전화를 하여 우리를 깨웠다. 어찌나 피곤에 절었던지, 그들이 무슨 이야기를 하는지도 이해하지 못했다. 언어 문제도, 전화기의 문제도 아니었다. 하지만 갑자기 그 어떤 언어도 이해할 수 없었다. 국제 평화 공존의 가능성에 대해 회의를 하기는커녕, 누군가에게 물 한 잔도 부탁할 수 없었다. 나 자신이 무슨 작은 쇼크를 겪는 것 같았다. 대회장에서는 첫 번째 열에 착석했다. 내가 곧 잠들어버리자 남편은 나를 호텔로 데려가고자 했다. 그는 나를 대신하여 죄송하다는 말밖에 할 말이 없었고 앞서 일어난 일들에 대해 의장에게 알렸다. 내가 한 세션의 사회를 맡았으나 이해할 수 없는 말들로 더듬거리기만 했다고 전하자, 그제야 그들은 나를 애처롭게 여겨 차에 태우고서는 글리파다에 있는 호텔로 데려갔다. 눈으로 보기에도 환자인 사절단원에게 그들도 어찌할 바를 몰랐을 것이다.

도금양, 무궁화, 재스민, 그리고 백리향이 피어오르는 가운데 내 앞에서 에게해가 빛났다. 하지만 나는 붕괴의 경계에 있었고, 그다지 느끼지도 못했다. 언제, 무엇을 보았는지는 남편이 알려주었을 따름이다. 우리가 도착했을 때 바닷물은 파란색, 사파이어 색이었고, 해가 저물자 마치 황갈색의 호박 같았으며, 해가 바다에 숨어버렸을 때는 붉은색이었다고 그가 알려주었는데, 나는 보질 못했다.

거의 하루종일 잠을 잤다. 혼절한 듯한 상태에서 정신을 차렸을 때 우리는 글리파다에서 빈둥거리며 시간을 보내고 있었다. 건물 하나도, 호텔 이름도 생각나지 않았다. 그래도 내가 인식했던 바는, 주변에서 각종 향이 피어났다는 것과 파도가 한 마리 개의 몸을 휘감고 밀려갔다는 것이었다. 그때 별다른 생각 없이 비올라가 떠올랐다. 마치 꿈에서 비올라를 본 듯, 그리고 나 자신도 본 듯, 나에게 일어난 모든 것을, 그 상(傷)을, 에메렌츠를, 소독하는 사람들을, 문을 손상시킨 그 손도끼를 본 듯했다.

그해에는 부활절이 4월 첫째 주에 이르게 찾아왔기에 그곳에서 마지막 날에 성금요일을 맞게 되었다. 우리가 교회로 간 것은 기억에 남아 있다. 그곳에는 돌아가신 예수님이 관대에 누워 있었다. 교회 입구에는 하나하나 떼어낸 장미 꽃잎으로 가득 찬, 도금된 바구니가 사람들을 기다리고 있었다. 입장하는 사람들은 예수님이 덮일 때까지, 하느님의 아들의 몸에 그 꽃잎을 흩뿌렸다. 이후 그들은 어떤 독특한 종루에서 흔들리는 작은 종을 울렸다. 마을의 노인들이 그 종루 곁에 서 있었다. 교회의 문턱에서 우리도 꽃잎 한 줌을 그 성스러운 몸에 사뿐히 내려놓았으며, 그 모습을 본 그들이 남편에게 와서 구세주를 애도하라는 몸짓을 보였다. 남편이 그들의 몸짓을 따라 종을 친 것도 기억에 남아 있다. 바닷바람에 그의 숱 많고 희끗해지기 시작한 금발이 날렸다. 그러고는 종에 묶여 있던 줄을 내 손으로 건넸다. 마을 노인들은 아마도 만족했을 것이다. 왜냐면 종을 치는 중간에 내 눈에서 눈물이 흘러내렸기 때문이었다. 하지만 그 눈물은 이 축일과는 전혀 상관이 없었고, 오직 나 자신과 관련이 있었다. 다음 날 우리는 아테네로 돌아와 헬레니콘 공항에서 귀국편에 탑승했다. 귀국길은 다른 때의 비행편보다 더 현실적이지도, 더 비현실적이지도 않았다. 그리스 작가동맹은 나에게 초인적일 만큼 좋은 대우를 해주었다. 그리스 동료들은 모든 것을 알고 있다는 듯이 행동했다. 화물열차에 치인 누군가에게 주는 것처럼 바구니에 송별 선물을 가득 담아 손에 쥐여 주었다. 그들은 비행장까지 배웅을 나왔다. 만약 앞으로 다시는 헝가리 작가를 초대하지 않는다면, 그것은 나 때문일 것이다.

비행기 안에서 이야기를 나눈 대로, 남편은 짐을 들고 집으로 향했고, 나는 병원으로 갔다. 순환식 엘리베이터(문이 없는 개방형으로, 멈추지 않고 운행하는 구식 엘리베이터 — 옮긴이)에 들어설 때 나도 모르게 비통한 탄식이 흘러나왔다. 그동안 그 어떤 일도 일어날 수 있었을 것이다. 가능한 모든 상황을 상상해보았다. 모든 것이 좋지 않은 상황으로 되었다면, 에메렌츠는 이미 지하실의 냉동 부스에서 장례식을 기다리고 있을 것이다. 아니면 아직 살아 있으나 완쾌는 불가능하기에 죽음과 다르지 않다면? 또는 경우에 따라, 법적으로는 그녀 조카의 최종적인 허락이 있어야 하지만, 누군가가 나에게 물어보지도 않고 그녀를 다른 과로 데려갔을 수도 있다.

하지만 나를 기다리고 있었던 그 하나의 경우에 대해서만큼은 상상의 여지를 두지 않았다. 복도 저 멀리에서 들리는 웃음. 모든 사람들의 웃음소리 가운데에서 가끔 들리던 에메렌츠의 그 웃음소리를 나는 알고 있었다. 내가 달리기 시작하자 간호사들은 나를 향해 미소를 지었다. 누군가 무슨 고함도 질렀으나 그 소리를 들을 시간이 내게 어디 있기나 했을까? 나는 그 소리가 흘러나온, 열린 문 쪽으로 내달렸다.

북적대는 방문객들이 빛을 가리고 있었다. 병원 측이 이 많은 사람들의 방문을 한꺼번에 허락하지는 않기에, 에메렌츠는 이미 여기에서도 모든 사람들에게 마법을 건 듯 보였다. 대여섯 명은 그녀의 침대 주변에서 연인들처럼 모여 있었고, 슈투가 남은 식사를 막 치우고 있었다. 물론 병원식이 아니라 이웃들이 가져온 음식이었다. 모르는 그릇들과 머그잔들, 그리고 음식들이 창문턱을 점령하고 있었다. 에메렌츠는 문 쪽을 등지고 베개에 기대어 앉아 있었다. 다른 사람들의 얼굴을 통해 새로운, 흥미로운 손님이 도착했다는 것을 분명 알았을 텐데도 여전히 웃으면서 등을 돌렸다. 아마도 의사라고 생각했을 것이다. 나라는 것을 알게 되자 평평하던 그녀 얼굴의 윤곽에서 요동치던 피가 밀물처럼 모든 청명함을 쏟아버렸다. 며칠 전에는 서투르게 오른손으로만 수건을 집었으나, 내가 온 지금 그녀는 양손 모두를 사용했다. 다른 사람들 앞에서는 머릿수건을 하지 않았지만, 나를 보자마자 재빠르게 수건으로 얼굴을 가렸다.

방문객들은 조용해졌다. 자칫하면 얼굴을 때릴 뻔했을 정도로, 그녀가 얼굴을 가리는 행동은 조금 과격했다. 갑자기 모든 사람들에게 급한 할 일들이 생겼는지, 부인들은 우왕좌왕하며 음식 접시들을 집었고, 에메렌츠의 식기를 닦았으며, 모두가 빠르게 작별을 고했다. 게다가 슈투는 내가 부탁했던 비올라에 대해서도 말을 꺼내지 않을 정도로 서둘렀다. 문가에 이르러서야 슈투는 손가락을 이리저리 움직였는데, 6시에 내가 그녀에게로 가거나 그녀가 오겠다는, 나중에 그때 이야기하자는 것으로 나는 이해했다. 사람들에게 이 정도의 분별이 있다고는 전혀 생각하지 못했다. 이렇게 정확한 레이더로 그들은 감지했던 것이다. 에메렌츠는 내가 없는 동안 나의 됨됨이를 말하면서, 왜 그런지는 그 누구도 알 수 없었으나 나를 가볍다고 평했다. 하지만 무슨 일이 벌어졌건 그렇게 단정 지을 필요가 없다고 사람들은 생각했으며, 이 일에서 멀리 떨어져 있는 것이 현명하고, 거들지 않는 것이 더 예의 있는 것이라고 여겼다.

일련의 사태들이 발생한 이래 가장 처음으로 우선은 부정적인 감정이 나를 사로잡았고, 내 안으로부터 자책감이 나를 옥죄었다. 도대체 에메렌츠는 나의 어떤 잘못을 이렇게까지 비난하는 것일까? 죽도록 내버려두지 않았기에? 링거와 약들을 제공받지 않았다면, 그녀는 이미 살아 있지 못했을 것이다. 나는 그녀 옆에 머물 수 없었기에 머물지 않았던 것이지 좋아서 가버린 것은 아니었다. 유흥을 즐기러 간 것이 아니라 일을 하러 갔던 것이다. 나에게는 텔레비전 출연도 일이라는 것을 만약 누구 한 명은 알고 있다면, 그녀가 그 한 명일 터였다. 나를 보고 싶지 않다면 안 보면 될 것이다. 나중에 그녀의 조카도 병원으로 올 것이고 총경도, 슈투네 사람들도, 아델도 올 것이니, 나는 여기에서 필요 없는 존재다. 구차한 설명을 하려고도, 말을 걸려고도 하지 않았다. 말보다 내가 에메렌츠를 더 잘 알고 있었기 때문이었다. '그러면 가시는 그날까지 머릿수건을 하고 계세요. 이러자고 집에서 욕조에 누워 있는 대신 파김치가 되어 병원으로 뛰어온 것은 아니에요.' 간호사가 나를 멈춰 세웠을 때, 나는 병실 밖으로 나가서 순환식 엘리베이터 쪽으로 걸어가고 있었다.

"작가 선생님, 잠시만요." 간호사가 말을 꺼냈다. 적당한 말을 찾고 있는 것처럼 보였다. "할머니는 상태가 좋지 않아요. 단지 사람들이 좋아졌다고 생각할 뿐이에요. 할머니는… 할머니는 사람들이 볼 때만 이렇게 쾌활해요. 그렇지 않을 때는 침묵하고만 계세요."

"들어보세요." 그녀가 내 얼굴을 보고는, 더 많은 이야기가 필요하다고 여긴 듯했다. "회복은 그렇게 보일 뿐, 표면적인 거예요." 그녀가 말을 이었다. "지난번에는 아직 아니었지만 지금은 그 모든 것을 진단할 수 있었어요. 팔다리는 움직여도 다니시지는 못해요. 총경님도 매일 오시는데, 어떻게 해야 할지 우리는 그분과 계속 깊이 생각하고 있어요."

총경이 매일 온다면 더 잘된 일이다. 나는 집으로 가도 되는 것이다. 나중에 경찰악단도, 어쩌면 소년단도 올 것이다. 동네 사람들은 음식들과 남의 뒷얘기로 그녀를 간호하고, 총경의 존재는 중요한 안전을 의미하고 있었으니 나는 필요 없이 부지런했던 것이다. 내가 필요 없다면, 필요 없는 것이다. 나는 할 일을 충분히 한 것이다.

"만약 그렇다면 좋을 텐데…"

간호사는 말을 멈추었다. 말을 내 직업으로 삼는 나는 그녀가 무엇을 표현 못하는지 이해했다. 그 어떤 것도 상처로 이해하면 안 된다. 모든 것을 삼킬 것, 에메렌츠의 그 모든 거짓 몸짓을, 변덕스러움을. 그녀는 마비된 채 살아야 할 뿐 아니라 때에 따라서는 이미 그렇게조차 살 수 없을지도 모르기 때문이다. 뭐가 그렇긴 그래! 그녀는 영원히 살 것이고, 내겐 아무 걱정도 없다.

이 문장들을 입력하고 있는 지금, 나는 그때가 두 번째이자 마지막으로 그녀의 운명을 결정했다고 생각한다. 그때 내 안에서 그녀의 손을 놓아버렸기 때문에.

"어쨌든 필요하다면, 전화를 드릴게요."

"아니에요, 그녀에겐 제가 필요하지 않을 거예요. 의학적으로나 감정적으로나 저에 대한 요구가 없을 테니, 애꿎은 전화를 할 필요가 없어요."

힘든 발걸음으로 집에 다다랐다. 그녀에게 있었던 일을 전하자, 남편은 듣고만 있었다. 오랫동안 대답이 없었다. 그러고는 내가 기다렸던 것이 아닌, 전혀 뜻밖의 다른 말을 그에게서 들었다. 남편은 크게 한숨을 쉬고는 말했다. "불쌍한 에메렌츠."

불쌍한 에메렌츠라니! 이 순간, 에메렌츠의 인간적 행태를 두고 나와 자주 논쟁을 했던 교구목사의 견해가 너무나 가까이 느껴졌다.

"가끔 당신은 놀랄 정도로 공정하지 못한 것 같아요." 남편이 말했다. "그렇게 분명한 걸 왜 이해하지 못해요? 이웃들도, 총경도, 다른 모든 사람들도 모두 이해하고 있어요. 당신이 내게 말한 것으로 그렇게 분명한데도 말이에요."

무엇이 분명하다는 걸까? 남편의 지적이 이해되지 않았다. 나에게 장착된 부정확한 프로그램의 신호를 남편이 풀고자 했을 때, 나는 마치 비올라처럼 남편을 바라보았다. 그 불행한 날에 내가 한 것 외에, 또다시 나는 무슨 잘못을 범한 것일까? 그 일 이후 내 삶에는 오로지 정신적 가책이 지속되었으며, 한순간도 이를 망각하지 않았다. 수상식 날의 그 연회는 무의식적인 전율 속에서 진행되었고, 지옥과 같았던 아테테에서도 나는 잠만 자거나 아니면 그 생각들이 내 주변을 늑대처럼 배회했을 뿐이었다.

"에메렌츠는 당신과 이웃들 앞에서 부끄러워하고 있어요. 기억 상실을 겪고 있는 척하는데, 그렇게 하는 것이 그곳에서 우리들 앞에서 인간적 존엄이 산산조각 난 채 오물 속에 널브러져 있었던 그 생각을 하는 것보다 더 쉽기 때문에 그래요. 반면 그 작전은 당신의 작품이었으니, 이 파국을 이끈 사람은 당신이에요. 에메렌츠의 그 부끄러움이 무엇인지 당신에게 가르쳐줘야 할까요? 당신은 그 어떤 경우에도 그녀를 보호했어야 했는데도, 깨끗하디 깨끗한 그녀를 그녀의 비밀들과 함께 넘긴 거예요. 왜냐하면 그녀에게 당신은 이 세상에서 유일하게 문을 여는 그 말을 믿을 수 있었던 사람이었기 때문이에요. 당신은 유다예요. 그녀를 배신한 거예요."

게다가 유다이기까지 하다고? 내가 휴식을 바라는, 반쯤은 죽은 사람이라는 사실로도 충분하지 않은가? 모든 게 이제 진저리가 났고, 이 가르침의 시간도 적절하지 않다고 느꼈다. 6시에 슈투가 오기로 했으니 내가 계속 자고 있으면 깨워달라고 남편에게 부탁하고는 나 자신과 에메렌츠를 뒤로 하고서 침대에 몸을 숨겼다. 극도의 피곤함이 덮칠 것이라 생각했으나 결국 완전히 나 자신을 풀어놓지 못했기에, 나는 비올라가 짖고 긁는 소리에 일어나 문을 열었다. 슈투가 비올라를 데려온 것이었다. 비올라는 말라 있었지만 행복해 보였다. 그의 삶에서 처음으로 우리를 보고 기뻐했는데, 마치 우리가 느끼기를 바란 듯했다. 다시금 자기가 집에 왔다고, 최소한 우리를 만났다고. 이것은 아마도 대격변의 끝도 언젠가는 있을 것이며, 에메렌츠 또한 등장할 것임을 의미하는 것 같았다. 노고를 맡아준 슈투에게 감사의 인사를 했고, 고마움을 어떻게 갚아야 할지 물어보았다. 그녀가 언급한 현실적인 금액을 지불했다. 그러고도 슈투는 되돌아갈 생각을 전혀 하지 않고 있었다.

"작가 선생님, 드릴 말씀이 있는데요." 그녀가 말을 꺼냈다. "의사나 간호사들이 얘기하지 않았다면, 아셔야 할 게 있어서요. 에메렌츠는 회복을 하고 있지만 아주 이상해요. 일어났던 일에 대해 단지 띄엄띄엄 기억을 하고 있어요. 앞서 일어났던 그 어떤 일도, 도끼도, 구급요원들도, 심지어 자신이 저항한 것도 기억하지 못해요. 어떻게 병원으로 오게 되었는지 우리에게 물어봐서 당신이 조치를 취한 것이라고 내가 말해줬어요. 에메렌츠는 자기 집을 제대로 잘 잠갔는지를 가장 집요하게 캐물었어요. 우리는 물론 즉시 그렇게 했다고, 열쇠는 작가 선생님에게 있다고 했어요. 그녀에게 이렇게 말하는 것이 좋겠다고 총경님이 조언을 주셨거든요. 그러니까 에메렌츠는 이렇게 믿고 있어요. 어느 날 아무리 에메렌츠의 문을 두드려도 대답이 없어서 우리는 놀라 당신을 데리고 갔는데, 에메렌츠는 당신에게도 대답하지 않았기에, 그때는 분명 문제가 크다고 여겨서 박사님이 에메렌츠 집의 문을 강제로 열었고(동네 사람들은 남편을 박사님이라고 불렀고, 그의 손에 장도리가 들린 모습을 상상해보려 했으나 잘 그려지지 않았다), 문지방 근처에서 정신을 잃고 있었던 그녀를 발견했다고요. 만능인이 부축해서 브로더리치 씨의 차로 병원으로 옮겼고, 그 이후 지금까지 계속 치료를 받고 있는 것이라고 에메렌츠에게 설명했어요. 우리는 전염병에 대해서도, 고양이에 대해서도, 그 어떤 것에 대해서도 일절 말을 하지 않았어요. 며칠간 아테네에 가신 것 역시 누구도 그녀에게 언급하지 않았고요. 작가 선생님이 즉시 집을 잠그고 매일 그녀의 집에 다니며 모든 것을 돌보고 있다고, 모든 것이 제대로 되어 있다고 그녀는 생각하고 있어요. 그러니 그녀와 그렇게 얘기하세요. 그녀의 방이 없어진 데다 얼마나 끔찍한 일들이 그 안에서 벌어졌는지를 에메렌츠가 알기까지는 아직 시간이 있으니까요. 모든 사람들이 그녀와 아주 잘 지내고 있고 총경님은 물 흐르듯이 거짓말을 하시는데, 그런 쪽으로는 그 조카도 마찬가지예요. 지금까지 에메렌츠는 완치될 수 있다고 알고 있어요. 단지 제가 궁금한 것은 만약 사실이 드러나게 되면 그녀가 어떻게 받아들일까 하는 거예요."

나는 아무 말도 하지 않았다. 슈투는 칭찬의 말을 기다리고 있는 듯했는데, 분명 그럴 만도 했다. 이웃들은 실제로 진실함과 사려 깊음에 대한 시험을 통과한 셈이었다. 나는 그럼에도 여전히 침묵했다. 진정 에메렌츠를 알고 있었기 때문이다. 무거운 어둠이 깃든 가운데 마침내 번쩍이며 느끼는 바가 있었다. 다시금 나는 깨닫기 시작했다. 에메렌츠의 기억상실이라니, 그 황당함이란! 어떻게 얼굴에 수건을 덮는 순간과 기억상실을 일치시킬 수 있다는 것인가? 에메렌츠는 전 생애에 걸쳐 마치 지배자와 같았고, 현실 정치에 적합하게 기억을 조절하는 것이다. 결국 내가 인식하게 된 것에 나는 놀란 것이 아니라 공포를 느꼈다. 헤어지며 악수를 할 때, 슈투는 내 손이 차다며 건강에 아무런 문제가 없는지 물어보았다.

남편도 나와 같은 결론에 이르렀는데, 우리는 이에 대해 논쟁할 필요가 없었다. 나는 의자로 몸을 던지고는 비올라를 쓰다듬으며,

어떻게 해야 할지를 다시 생각해봐야 했다. 총경에게 연락을 했다. 그는 없었지만, 누군가가 전화를 받고 나의 연락을 전하겠다고 했다. 그녀의 조카에게도 전화를 했다. 슈투가 전했던 대로 그가 낙관성에 완전히 매료되어 있다는 것은 아는 바였다. 그는 고모가 그 어떤 것도 기억하지 못하는 것은 하느님의 자비라고 여겼으며, 차후 다시금 가구들을 갖추고 페인트를 칠한 깨끗한 방과 새 문이 그녀를 기다리고 있을 때, 그때는 어떻게든 그녀를 위로할 수 있을 것이라고 했다.

나는 의학에 대해 많이 알고 있는 것은 아니지만, 에메렌츠를 더 잘 알고 있다. 쓸모없이 되어버린 축일 저녁식사를 내다버렸을 때의 그녀를 보았으며, 그녀 기억의 복잡한 미로에서 함께 헤매기도 했다. 에메렌츠가 고양이들을 잊었다고? 게다가 그녀가 자신의 집이 어떻게 되었는지 관심을 두지 않고 있다는 것은 불가능하다. 그녀는 모든 것을 기억하지만, 감히 공개적으로 물어보지 못할 뿐이다. 약에 의한 환각이 처음에는 실제로 기억의 상들을 씻어낼 수 있었겠지만 시간이 흐를수록, 희미한 윤곽으로 남기기를 강제했던 일련의 기억들은 뚜렷해졌을 것이다. 슈투와 다른 이웃사촌들을 알아봤을 때 온 집 안에 살고 있던 동물들, 손도 대지 않은 생오리, 썩은 생선, 잠시 마비되었던 그 마지막 시기에 그녀를 둘러싸고 있던 그 모든 것이 그녀의 의식 속 그 자리에 있어야 했다. 이번에도 마치 그녀의 삶이 저 심연의 바닥에서처럼 발버둥치듯 그곳을 벗어나고자 하기에, 그것들을 숨기고 있는 것이다. 사람들은 그녀에게 사실을 얘기하지 않았고, 그녀는 무엇이 사실인지 감히 물어보지 못하고 있다. 헛된 것들만 집적대고 있는 불쌍한 에메렌츠! 내가 민감하게 느끼는 바는, 한 명의 환자가 그러한 내상을 입었다면, 지금은 누가 어떻게 그 상처를 입혔는지 그런 것이 중요한 때가 아니라는 것이다. 가자, 병원으로. 이 연극에는 아무것도 없으며, 오직 한 명의 주연만 있을 뿐이다. 그 주연은 내가 아닌 에메렌츠다. 이것은 모노드라마인 것이다.

에메렌츠는 혼자가 아니었다. 담당의사의 부인이 방문 중이었는데, 에메렌츠는 호기롭게 이런저런 대답을 그 부인에게 하고 있었다. 그녀 또한 에메렌츠를 위한 말을 건넸다. 에메렌츠가 도대체 얼마나 많은 사람에게 중요한 인물인지, 병원에서 사람들이 놀랄 정도였다. 그 젊고 예쁜 부인은 느닷없고 영광스런 방문객이었기에, 그녀 앞에서 에메렌츠는 감히 얼굴을 덮는 상황극을 벌이지 않았다. 하지만 우리 둘만 남겨졌을 때, 그녀는 수건을 집어 들었다. 내가 실수를 한 것이 아니었다. 실수라니, 말도 안 되는 소리다. 에메렌츠의 두뇌는 완벽하게 작동했다. 그 순진한 의사 부인은 분명 아무것도 모르고 있었다. 그러니까 그 부인에게는 베일이 움직이지 않고, 나에게는 움직이는 것이다. 내가 가까이 가면 마치 가톨릭 신부가 영대를 두르듯 그녀는 그것을 쓰고 나로부터, 그리고 부끄러움으로부터 선을 긋고 자신을 물렸다. 나는 주변을 둘러보았다. 책상 위에 의사의 소품들 사이로 안내판이 하나 있었다. 삶을 위한 그녀의 투쟁이 여전히 전개되는 동안 항상 밖에 걸려 있었던 것임이 분명했다. '환자 방문 금지'. 복도 쪽으로 나 있는 문 손잡이에 나는 그것을 걸어두었다. 그러고는 에메렌츠의 머리에서 수건을 걷어서 다른 쪽에 있는 빈 침대에 접어두었다. 그녀는 수건을 다시 잡을 수 없었고, 나를 정면으로 쳐다봐야 했다. 그녀의 눈에서 증오와 분노가 타오르고 있었다.

"이것은 그만하세요." 그녀에게 말했다. "당신의 죽음을 내버려 두지 않은 것 때문에 그렇게 나를 싫어한다면 받아들이겠어요. 하지만 머리를 이리저리 가리지 말아요. 계속해서 이럴 수는 없으니, 분명히 말하세요. 나는 좋은 결과를 원했고, 내가 상상했던 만큼 성공적이지는 않았지만, 당신이 믿지 않더라도 나는 좋은 결과를 원했어요."

그녀는 나에게서 눈길을 거두지 않았다. 그녀의 눈길에 판사와 형사, 둘 모두의 시선이 있는 듯했다. 마침내 그녀의 눈에서 갑자기 눈물이 하염없이 흘러내렸다. 나는 알고 있었다. 무엇이 그녀를 울게 하는지를. 이제 더 이상 비밀이 아닌 비밀들을, 그 운명에 대해 감히 물어보지도 못하는 그녀의 동물들을, 항상 존엄한 그녀의 행동이 전율스럽게 희화화된 그녀 자신을, 도끼를, 전설의 죽음을, 그리고 나의 배반을 나는 알고 있었다. 그녀는 말을 하지 않았으나 나는 이해했다. 에메렌츠는 내가 그녀를 좋아하고 있다는 것을 그때 느꼈을 것이다. 어쩔 수 없는 자신에게 그녀 스스로 언도한 사형을 내가 수용했더라면, 그리고 그녀가 사는 동안 길에서 그때까지 항상 존경의 눈길을 거두지 않았던 사람들에게 내가 굴욕을 안기지 않았더라면. 에메렌츠는 천국을 믿지 않았고, 현실의 순간을 믿었다. 내가 그녀로 하여금 문을 열도록 했을 때 세상의 질서가 무너졌고, 그녀는 자신 아래에 그것을 묻었다. 나는 왜 그랬을까? 어떻게

기억상실 313

내가 그럴 수 있었을까? 이 모든 것에 대한 얘기는 한마디도 나누지 않았으나, 발화되지 않은 그 말들이 우리 둘 사이, 그곳에 있었다.

"에메렌츠," 다시금 말을 걸었다. "입장을 바꿔 생각해보세요. 당신은 내가 죽는 걸 허락하겠어요?"

"물론이에요." 메마른 목소리로 대답했다. 눈물은 이미 말라 있었다.

"불쌍하다고 생각하지 않으세요?"

"아니요."

"하지만, 내가 그 어떤 것도 구하지 못했더라도, 나중에는 그 모든 게 드러났을 거예요. 생선, 고양이들, 오물."

"어찌 되었든, 그러고는요? 내가 돼지도록 당신이 놔뒀다면, 그때에 가서는 그 모든 것이 드러날 수도 있었겠지요. 망자가 무엇을 알고, 무엇을 보고, 무엇을 느끼겠어요? 저기 위에서 사람들이 기다리고 있으며, 비올라도 죽으면 거기에 오게 되고, 집도 그리고 모든 것이 지금처럼 될 것이며, 천사가 타자기와 심지어 당신 할아버지의 자료들도 가지고 올라가서 모든 것이 계속 이어지리라는 건 당신 상상일 뿐이에요. 당신은 얼마나 바보 같은지요! 죽은 사람에게는 이미 모든 게 마찬가지예요. 망자는 제로예요, 영이에요. 어떻게 이런 생각을 못하는 거지요? 그 정도 나이면 충분한데도 말이에요."

말하자면 그녀에게는 부끄러움뿐만 아니라, 분노와 화도 있었다. 그래, 그것도 좋다. 하지만, 그렇다면 내가 참회할 것이라고는 기대하지 말아야 한다. 나는 아델카가 아니다.

"에메렌츠, 그러면 그 석조무덤은 왜 있는 거예요? 왜 당신 어머니와 아버지, 그리고 쌍둥이 동생을 그 동화 같은 석조무덤으로 합장하려는 거예요? 그러면 하천변의 아욱꽃이 어울리겠네요. 잡초는 또 어떻고요."

"내가 아닌 당신에게나, 그리고 돌아가신 내 가족이 아닌 당신 가족에게나 그런 아욱꽃 사이에 누워 있으라고 하세요. 시신은 느끼지는 못하지만 존엄을 바라고, 바라는 그것을 돌아가신 분들께 드려야만 하는 거예요. 그러나 당신이 그 존엄이라는 것에 대해 무엇을 알기나 하겠어요? 국회에서 나에게 골수 가득한 뼈를 던져주면 나도 가슴에 손을 얹고 비올라처럼 충정을 다할 것이라고 생각하지요? 그래요, 한 번 지켜보세요. 당신은 선서는 할 줄 알았지, 진정 필요할 때 거기에 있지 않았어요. 죽음으로부터 나를 끄집어냈다면, 세상이 보는 시선으로부터도 나의 비참함을 덮어주었어야만 했는데, 거기까지는 시간을 허락하지 않았지요. 나가서 다시 한 번 선서를 하세요. 그 상은 내 덕분이라고 당신이 말한 장면이 있었지요?"

내 눈을 응시하며 모든 것을 얘기할 때, 그녀는 자신이 무엇을 하고 있는지 알고 있었다. 우리는 서로를 알고 있었다. 나는 일어섰다. 내 뒤를 향해 그녀가 말을 던졌을 때는 내가 병실을 채 나서지도 못한 때였다.

"최소한 쓰레기는 다 치웠어요? 얘기한 대로 고양이들은 잘 돌보고 있겠지요? 문은 임시방편으로 대충 엮어놓은 것이 아니겠지요?"

유혹의 그 한순간, 그녀에게 말을 해야겠다고 생각했다. 집은 반쪽도 남아 있지 않고, 문은 없어졌으며, 고양이들은 잃어버렸다고. 그 유혹에 굴복했다면, 나는 그날 저녁을 절대 이겨낼 수 없었을 것이다. 지금은 다행히도 그런 잘못을 범하지 않았다. 그녀의 집에는 나 외에 그 누구도 들어가지 않았다고, 의사가 그녀를 들어내자마자 남편이 브로더리치 씨와 함께 다시 문을 달았으며, 안으로 부서진 그 부분에는 못으로 반죽 도마를 고정시켜두었기에, 그곳을 통해 동물들이 드나들지 못한다고 대답했다. 그리고 그녀를 옮기자마자 그날 밤에 모든 것을 조치했으며, 다음 날 마지막으로 약간의 정리를 할 필요는 있었다고 했다. 바닥을 닦는 것이 조금 힘들었지만 그것 또한 잘 마무리했고, 쓰레기들은 양동이에 담아서 그녀의 쓰레기통에 버리지 않고, 아무도 나를 의심하지 않게 하기 위해 바깥에 내어놓은 길 건너 이웃들의 쓰레기통으로 나누어 버렸다고 했다. 물 흐르듯 말이 나왔다. 소설을 읽는 듯했다. 물론 야생장미 아래에 묻은 그 한 마리를 제외하고는 고양이들이 잘 있다고 했다. 요리할 시간이 없어서 지금은 고양이들이 고기를 먹고 있다고 했다. 고양이만 잘 먹고, 오늘 우리는 아직 식사도 못했으니 이제 집에 서둘러 가야겠다고, 비가 내릴까 걱정된다고 했다.

그리고 나는 집으로 나섰는데, 그날 하루로는 이 정도면 충분했다. 하지만 에메렌츠의 한마디가 나를 멈춰 세웠다. 나에게 말했다.

"머그두슈카!"

그 어떤 다른 사람도 나를 이렇게 부르지 않았다. 오직 부모님만이 호칭을 사용했다. 나는 놀라서 멈추고는 어떤 일이 벌어질까 잠시 기다렸다. 심장이 쿵쾅거리고, 내 속에서 여러 감정들이, 거짓말에 대한 부끄러움이, 희망이, 죄의식이, 그리고 안심이 서로 부딪혔다. 에메렌츠는 손을 조금 들더니 침대 가까이 오라고 손짓했다. 다시금 내 이름을 불렀다. 그 소리에는 무언가 다른, 더 많은 것이 담겨 있었다. 불가사의한 무언가가, 전기와도 같은 비밀스러운 떨림이 있었다. 깊은 저음이었지만 공격적이지는 않았다. 마치 조가비가 부드럽게 갈라지거나 직물을 걷어내는 소리 같았다. 침대 가장자리로 가서 몸을 굽혔다. 그녀는 내 손을 잡았다. 세심하게 내 손가락을 살펴보더니 말했다.

"그 엄청난 악취를 풍겼던 것을요? 더럽고, 썩어가던 그 모든 것을요? 이 서투른 손으로 했다고요? 게다가 다른 사람이 못 보도록 혼자서요? 밤에요?"

나는 머리를 돌려 그녀의 시선을 피했다. 그녀가 전혀 뜻하지 않게 입을 열었을 때, 그때는 살면서 지금까지 가장 놀랍고 가장 충격적인 순간이었다. 그녀가, 이가 없는 잇몸으로 내 손가락들을 문 것이다. 만약 누군가 우리를 보았다면 변태적이거나 미친 사람들이라고 생각했을 것이다. 하지만 나는 그것이 무엇을 뜻하는지, 그것이 무엇인지 알고 있었다. 비올라가 그 어떤 소리로도 자신의 감정을 전달할 수 없을 때 가볍게 무는 것임을, 그 희열과 끝 간 데 없는 행복에 대한 비올라의 언어라는 것을 나는 알고 있었다. 에메렌츠는 내가 배반했다는 것은 자신이 잘못 생각한 것이라며, 진정 내가 그녀를 구했다는 것에 대해, 그녀가 놀림감이 되지 않은 것에 대해, 이웃들이 실제로 그 어떤 것도 알고 있지 못한 것에 대해, 그들이 그 오물을 못 본 것에 대해, 그녀의 명예가 온전하게 지켜진 것에 대해, 그녀가 귀가할 수 있는 것에 대해 고마워했다.

시간을 되돌려 생각하면, 살면서 진정 몸서리쳐지는 기억의 순간은 그렇게 많지 않다. 이 순간이 그러했다. 이전에도, 그 이후에도 이렇게 손으로 감각할 수 있을 정도의 소름과 환희의 양가감정을 느낀 적은 없었다. 이제 모든 것은 잘 되었다. 에메렌츠의 고양이들은 우리 주변에서 장난치며 뛰어다니고 있었다. 덧창이 어둠과 소파를, 이미 오래전에 완전히 연기로 변해버린 에메렌츠의 제국을 안전하게 지켜주고 있었다. 나는 손가락을 꺼내었다. 이것은 내가 견딜 수 있는 것보다 더 큰 것이라고 느꼈다. 그러고는 눈물이 흘러내리는 것을 느꼈다. 에메렌츠가 내 눈 주위를 더듬고는, 이제는 그녀가 분명 부끄럼 없이 집에 갈 수 있는데 내게 무엇이 문제냐고 물어보면서, 자신은 곧 낫겠다고 약속했다.

  얼굴을 단정히 하고 나오려고 하는데, 에메렌츠가 과자와 초콜릿을 주섬주섬 모으더니 비올라에게 그 단것들을 가져다주라는 훈령을 내렸다.

슈투

회복은 평탄하게 진행되었다. 소독할 때 뭉텅 잘려나간 숱 많던 머리칼이, 활짝 핀 주름 없는 얼굴 주변으로 점점 더 길게 자라났다. 그녀의 마음을 누르고 있던 부담감이 어떤 연유로 인해 가벼워졌다. 의사들, 이웃들, 총경, 모두는 그 가벼워진 마음을 알아차렸다. 이에 에메렌츠도 평온하고 밝아졌으나, 피할 수 없었던 그 거짓말에 풀어질 수 없을 정도로 엮여버린 나는 점점 더 신경이 예민해졌다. 나는 다시금 담당의사와 이야기를 나누었다. 일이 이렇게 된 것을 기뻐하지는 않았으나 총경이 부엌을 칠하고 새 가구들로 꾸미기 전까지, 새 문을 달 때까지는 가능한 한 사실 전달을 유예하자는 것 외에, 그 또한 다른 충고를 해줄 수는 없었다. 하지만 에메렌츠의 집에 영국 국왕의 성城의 스위트룸 하나를 만든다고 하더라도 그녀에게는 편안하지 않을 것이었다. 나는 이에 대해 설명을 하려고도 하지 않았다. 단순하게 말하자면, 그녀가 좋아했던 그것들을 대체하는 것은 불가능하기 때문이었다. 언젠가 그녀가 가구들을 교체하려고 했다면, 벌써 오래전에 그랬을 것이다. 하지만 동일한 모양의 것은 오직 하나씩만 있던 그 부엌에 그녀의 그 어떤 기억들이 깃들어 있는지는 신만이 알고 있을 뿐이었다. 그녀가 모든 것에 대해 흠을 잡을 것이라는 것 외에 다른 문제도 있었다. 새 가구가 필요해졌다면 옛날 가구에 무슨 일이 생겼다는 것이고, 그것이 사실이라면 내 말은 거짓말에 지나지 않았다는 것을 그녀는 즉시 알게 될 것이다. 그러면 그녀의 건강 또한 다시금 위험에 처할 것이다. 나는 의사에게 에메렌츠가 모든 것을 믿고 있다고 털어놓으며 이해를 구했다. 그녀는 지금 내가 그녀의 비밀을 지켰다고, 내가 모든 것을 제대로 해놓았다고, 이웃 사람들 앞에서 그녀가 부끄러운 모습을 보이지 않았다고, 평온한 마음으로 귀가할 수 있으며 게다가 집에서는 혼자가 아니도록 고양이들이 그녀를 기다리는 것으로 알고 있다고 의사에게 말했다.

"견뎌내야지요." 의사는 위로의 말을 전했다. 나는 절망적으로 그를 바라보았다. 그는 나를 이해하지 못했다. 그는 에메렌츠 역시 이해하지 못했다.

한편, 최소한 고양이들만큼은 되찾기 위해 온 동네 사람들이 찾아 나섰다. 나 또한 그 고양이들을 단 한 번밖에 못 봤기에 자세한 묘사를 할 수 없었으나, 그중 흑백 고양이와 범 무늬의 얼룩 고양이는 기억할 수 있었다. 누구도 자신들의 고양이라고 주장하지 않은 회색 고양이의 시체는 큰길에서 발견되었는데, 무언가가 치고 간 듯했다. 이 고양이도 이론적으로는 에메렌츠의 고양이들 중 한 마리일 수 있었다. 다른 것들의 흔적은 찾지 못했다. 이제 우리는 조만간 피할 수 없게 된 그 상황에 벌써부터 어느 정도 두려움을 느끼고 있었다. 다시금 에메렌츠의 앞마당은 사람들로 가득 찼다. 이 일과 관련된 모임은 더 커졌기에 작은 의자나 앉을 자리를 각자 가져와 에메렌츠 문제를 의논할 정도까지 이르렀다. 돌아가는 상황을 봐서는 슈투가 이 모임의 장(長)이 된 셈이었다. 사람들은 그녀에게 확인받기 위해 주인 없는 고양이들을 가져오기도 했다. 아델카 역시 그 현장에서 찰나의 시간 이상으로 그 고양이들을 본 적은 없었으나, 고양이를 확인하는 일에 열정적으로 조력했다. 앞마당으로 들어서기를 꺼리는 유일한 이는 비올라였다. 낯선 냄새를 느끼고는 적대적으로 씩씩거리고 증오심을 보였다.

  이때를 즈음하여 비올라에게 몇 달 동안이나 지속된 어떤 현상이 시작되었는데, 다행히도 총경 덕분에 비극적으로 끝나지는 않았다. 총경은 각각의 파출소들과 동물 담당관 그리고 해당 평의회 단체들에 회람 공문을 통해 비올라의 외양을 묘사하고는, 이 지역에 비올라라고 불리는 개 한 마리가 주인을 찾아 배회하고 있으니 발견 즉시 집으로 돌려보낼 것이며, 그 개의 보금자리는 나의 집에 있다고 알린 것이다. 우리가 집으로 돌아온 후 며칠이 지나자 비올라는 또다시 정기적으로 가출을 했고, 주변을 돌아다녔다. 비올라는 저 멀리 숲이 있는 곳까지 가서 에메렌츠를 찾았다. 한 번은 내게로 와서 짖으며 나를 불렀는데, 그 품새가 무언가를 보여주고자 하는 듯했다. 비올라는 열에 들떠 매우 흥분했었는데, 길 두 개를 건너뛰어 나를 저 멀리에 있는 울타리까지 데리고 갔다. 그러나 지금 나를 부른 것이 이제 더 이상은 실재하지 않는다는 듯, 자신이 본 것은 분명 사실이라고 말을 하듯, 마치 나에게 화를 내지 말라고 하는 듯한 죄의식 가득한 눈길로 나를 쳐다보았다. 나는 곧 비올라가 왜 나를 거기로 불렀는지를 생각해보았다. 아마 에메렌츠의 고양이들 중 한 마리를 이 정원에서 보았을 것이다. 그 고양이는 비올라를 알고 있었기에 도망가지 않았으나, 비올라가 나를 부르러 온 사이에 다시 숨어버린 것이 분명했다. 나중에 우리는 시장 옆에서 부인들이 발견한 또 한 마리의 고양이 사체를 두고 아마도 에메렌츠가 기르던 것이 아닌가 생각하게 되었다. 희고 검은 얼룩이 있었던 그 고양이의 가슴에는 별 문양이 있었다. 에메렌츠가 모든 고양이에게 오랜 앙숙을 두려워해서는 안 된다고, 개는 해치지 않는다고 각인시켰기에 그 고양이는 달아나지 않고 이렇게 비참한 모습으로 죽은 것이었다. 다른 고양이들은 마치 존재하지도 않았던 것처럼 모두 사라져버렸다.

　이미 매일 병원에 들르지는 않았다. 시간도 없었거니와 매일 가야 할 이유도 없었다. 처음에는 여러 문제들과 생각들로부터 달아나고자 했으나 그렇게 되지 않았다. 글을 쓰고 싶었지만, 창조는 지식의 은혜로운 결과일 뿐이기에 그것이 제대로 되려면 그 많은 모든 것을 갖추어야 했다. 흥분과 평온함, 내부적인 고요와 달기도 하고 쓰기도 한 긴장된 감정들이 있어야 했지만, 내게는 그런 요소들이 부족했다. 에메렌츠가 머리에 떠오르면 평온한 감정을 느낄 수 없었다. 그러한 감정이 생기지 않는 대신 내 마음 한 켠에 당황스러운 혼동과 쉬이 지나쳐 가지 않는 부끄러움이 들었다.

하루는 아델카가 급히 와서는 이웃들이 모여 있는 그녀 집 앞마당으로 가서 우리가 다시 한 번 이야기를 해봐야 한다고 했다.

슈투는 단도직입적으로, 에메렌츠가 퇴원할 정도로 회복이 되면 실제로 무슨 일이 벌어질지, 어떻게 될 것인지 나의 의견을 물어보았다. 나는 내가 아는 바를, 우리가 결정한 바를 이야기했다. 에메렌츠가 완전히 낫기까지 당분간 일을 해서는 안 된다고, 그녀는 우리의 손님인 셈이라고 말했다. 그녀의 머리와 손은 완전히 회복되었고, 걷는 데는 여전히 보조기에 의지해야 하지만, 그것 없이 다니는 것도 시간 문제라고 의사들은 나를 안심시켰다. 나는 형편없는 작품에서 수준 이하의 공연을 펼치는 서투른 배우처럼 일장연설을 했다. 슈투는 어쩔 수 없다는 듯 손짓으로 나를 멈춰 세웠다.

"하지만 완전히 일을 할 정도로는 절대 될 수 없어요. 완전히 자립할 수 있다는 건 말도 안 되는 소리예요." 역시나 즐겁다는 듯, 마치 나의 말에 정반대되는 확신이라도 가진 듯 그녀는 말을 꺼냈다. "에메렌츠는 끝이에요, 작가 선생님. 지금이 아니라면, 그럼 일 년 후라는 이야기인가요? 이 집은 공동주택이고, 이 공동주택에는 손이 필요해요. 주변의 도로와 계단을 청소해야 하지요. 이 일에는 새 관리인이 필요해요. 그녀가 죽는 날까지 영원히 주민들이 관리 일을 나누어 맡을 수는 없잖아요. 에메렌츠가 다섯 사람도 감당할 수 없는 일을 맡았다고 하더라도 그럴 수는 없어요."

만능인의 부인은 마치 자신의 명예가 손상당하기라도 한 듯이 발끈했다. 그것은 말이 아니라 외침이었다. 그녀는 공동주택 거주인의 이름으로 나이 든 에메렌츠를 내버려둘 수 없다고 또박또박 말을 했다. 당연히 관리 업무는 서로 나누어 할 것이며, 에메렌츠가 완전히 회복될 때까지 얼마나 걸리든 모두 기다릴 것이라고 했다. 지금까지도 그래왔듯이 각자가 무언가 일을 맡아서 할 것이고, 앞으로 그럴 것이라고 했다. 슈투는 무슨 생각을 하고 있는 것일까? 그들은 에메렌츠를 길에 버려두지 않을 것이다.

"길에 버려둔다니 누가 그래요?" 슈투는 모이라(그리스 신화에 나오는 운명의 여신—옮긴이)처럼 그녀를 쳐다보았다. 하지만 신화보다는 현실적이었다. 책임감을 갖고, 그럴 가능성에 대해 속으로 조목조목 분석해본 사람은 슈투가 우리들 중 유일했음을, 사람들을 생각으로 이끄는 용기는 오직 그녀만이 갖고 있었음을 지금에서야 나는 알고 있다.

"에메렌츠가 길거리로 나앉을 수는 없지요. 총경님이 도와주신다면 요양병원이나 그 어떤 훌륭한 양로원으로도 그녀를 인계할 수 있을 거예요. 또는 그녀의 동생이 돌볼 수도 있고, 아니면 작가 선생님도 실제로 돌볼 생각을 하고 계시지요. 반면 에메렌츠는 계약을 했고, 그녀가 직접 맡아 해왔던 바와 같이 집에는 손이 가야 해요. 여기만 그런 게 아니라 거리에서 다른 집들 앞의 눈도 쓸어내야 하고요. 작가 선생님에게는 도와줄 누군가가 없어요. 혼자서도 어려운데, 어떻게 또 다른 일까지 맡는다고 상상할 수 있겠어요?"

조용해지더니, 모두들 갑자기 말을 쏟아내기 시작했다. 상황은 성령강림주일의 충만한 성령 말씀이 정반대로 터진 듯했다. 우리가 끝끝내 서로 이해하지 못한 그것이 시작된 것이었다. 에메렌츠는 실제로 우리 집에서 살 수 있을 것이라고 나는 첫 주자로서 선언했다. 나중에 집안일을 맡을 누군가가 있을 것이라고, 에메렌츠는 우리들과 함께 잘 지낼 것이라고, 그녀는 우리를 좋아한다고 했다. 슈투는 한참을 크게 웃었지만, 유쾌한 웃음이 아니었다.

"자, 이제 그만하세요." 그녀가 말했다. "실제로 에메렌츠가 선생님 댁으로 갈 거라고 상상하시는 건 아니지요? 에메렌츠는 자신의 집이 있다고 여길 때까지, 그때까지만 살 거예요. 에메렌츠는 아직 들은 바도 없는데, 만약 그녀가 그 사실을 알게 되면 어떻게 될까요? 우선 그것은 생각만 하시는 게 좋을 것 같네요. 여기 계신 분들은 마음이 다들 좋으니 서로서로 일을 나누어 맡으시지요. 여러분이 돌보는 것을 그녀가 요구하는지에 대해서도 벌써 얘기를 나누셨나요? 작가 선생님이 그녀를 맞아주겠다고 하시네요. 좋아요. 그녀를 돌봐주실 거예요. 하지만, 글쎄요, 에메렌츠가 이 해결책을 마음에 들어할까요? 여러분이 돌보는 것을 에메렌츠가 원할까요? 얘기가 되었나요?"

아델은 훌쩍이며 눈을 닦아냈다. 다른 모두는 말이 없었다. 나는 침묵의 저 가장 아래편에 머물 수밖에 없었다. 슈투가 한 말을 처음부터 두려워하고 있었기 때문이었다.

"여러분은 에메렌츠를 알고 있어요. 그녀가 그 누구에게도, 그 어디에도 가지 않을 것도 알면서 지금 무엇을 하고들 계신 거예요?" 슈투가 말을 이었다. "퇴원을 하게 되면 이 집에서 일어났던 그 모든 것을 알게 될 것이니, 여러분 조심하세요. 그녀는 벌써 원기를 충분히 회복했으니까 도끼는 다른 곳에 잘 두시고요. 구급요원들에게 휘둘렸으니 이 집에서 다음 차례는 우리이거나 의사 아니면 작가 선생님, 또는 그녀의 가구들을 태워버리도록 허락한 총경님일 거예요. 에메렌츠에게 그냥 보통의 삶은 필요 없어요. 에메렌츠에게는 그녀 자신만의 삶이 필요한데, 그것은 벌써 없어져버린 거죠."

 함께 모인 자리는 침울한 분위기 속에서 깨져버렸다. 아델카는 항의를 할 수조차 없을 정도로 충격을 받았다. 슈투는 짐을 싸서 가버렸고, 나도 그 자리를 떠났다. 우리는 어떤 결론에도 이르지 못했다. 브로더리치 씨의 부인이 여전히 이웃들을 붙들고 만능인의 부인과 함께 줄 쳐진 종이에 에메렌츠를 대신하는 계획을 짰다. 나는 하루 종일 기분이 좋지 않았다. 생각지도 못했던 불리한 상황에 두려워 떠는 사람처럼 잠도 제대로 들 수 없었다. 문제, 그것도 새로운 문제이거나 '익숙한' 새로운 국면이 예상되었다. 이는 이유 없는 것이 아니었다. 왜냐면 일주일 뒤에, 에메렌츠가 부재한 가운데 소집된 주민회의에서 관리인으로 선출된 브로더리치 씨가 조금은 당황한 채 전화를 했기 때문이었다. 슈투가 그를 찾아왔다고 했다. 그러고는 만약 언젠가 때가 되어 주민 공동체가 원한다면, 그녀는 기꺼이 가게를 정리하고 사업허가증도 반납하겠으며 책임감을 갖고 에메렌츠가 맡았던 일들, 즉 관리인이라는 직업에 해당하는 모든 일들을 자신이 맡겠다고 했다는 것이다. 나는 이것을 어떻게 판단해야 할까? 무슨 말을 할 수 있을까?

 나는 겟세마네의 그 밤을 항상 예수의 관점에서 분석하곤 했다. 예수의 제자들은 나사로를, 그리고 야이로의 딸을 예수가 다시 살린 것도 보았기에 그 어떤 사람들보다 그분의 능력을 더 잘 알고 있었다. 그분으로부터 드러나는 무언가 말로 형상화할 수 없는 힘과 영원한 삶에 대한 위로를 마지막까지 받았다. 모든 길을 그들과 함께했던 그분. 하지만 누군가가 그분을 배신했다는 것을, 예를 들어 요한이나 빌립보가 알았을 때 그들에게 어떤 감정이 들었을까 하는 생각이 처음으로 들었다. 브로더리치 씨는 "어떻게 하면 좋겠어요?" 하고 물어보았다. 그 어떤 말도 필요 없었다. 부끄러움과 치욕. 나는 수화기를 놓았다. 에메렌츠가 총경의 도움을 받아 가게를 하나 얻게 해줄 때까지, 이 땅에서 그 어떤 가능성도 없었던 슈투였다. 에메렌츠가 먹여 살렸고, 텅 빈 옷장을 에메렌츠의 옷가지들로 채웠던 그 슈투였다. 어떻게 감히 나서고자 하는 용기를 냈을까? 그래, 그렇다면 이미 모든 것은 가능하다! 반면, 나는 화가 났을 뿐만 아니라 브로더리치 씨 역시 당분간 그 제안을 거절했다는 것이 놀랍기도 했다. 어쨌든 일을 할 수 없는 에메렌츠가 귀가하게 되면 이 공동주택은 조만간 어쩔 수 없는 상황에 놓이게 될 것이었다. 누구도 에메렌츠가 눈을 감는 날까지 그녀를 대신할 수는 없을 것이다. 주민들은 노쇠한 분들이나 또는 헤아릴 수 없이 많은 일들을 뒤치다꺼리해야 할 것이다. 거의 모든 주민들이 직업을 하나 더 가지고 있기에, 언제나 연락만 하면 눈을 치우고 터진 수도관을 고치고 우편물을 처리하고 굴뚝 청소를 할 사람은 없을 것이다. 더군다나 당번을 서고 있는 그 주민의 시간에 맞춰 관청의 공무원들이 일을 처리하는 것도 있을 수 없는 일이다.

  에메렌츠가 완전히 나아서 지금까지 했던 것처럼 일을 하든지, 아니면 그녀는 일과 함께 집도 포기해야만 하기 때문에 집을 나와서 영원히 우리 집에 머물든지 해야 한다. 나는 그녀와 함께 무슨 일을 할 수 있을까? 하느님 맙소사, 만약 그녀가 집 안팎에서 걷지도 뛰지도 않고, 무슨 일을 처리하거나 장을 보거나 요리를 하거나 보양식을 들고 어디론가 서둘러 가지 않는다면, 내가 그녀와 할 수 있는 게 무엇일까? 어떤 일을 할 수 있을까?

다음 날 병원에 들르자 주임의사가 나를 찾았다. 자기에게 잠시 들르라는 말을 전해 들었다. 주임의사가 말하지 않았어도 나는 그가 무슨 말을 하려고 할지 벌써 알고 있었다. 비평가들의 한 부류가 이렇다. 성문화되어 있지 않은 그의 전문성에 대한 게임의 법칙을 유지시키고자 할 때, 그는 전혀 의무적이지 않은, 마치 나이 든 강아지 같은 작가가 깊은 생각에 빠질 만한 무언가 가벼운 칭찬을 던지곤 한다. 그러면서 그는 살점이 붙어 있는 뼈를 오물거리며 총으로 그 작가의 머리를 박살내는 것이다. 주임의사는 환한 얼굴로 에메렌츠의 놀라운 회복력과, 처음에 우울한 감정의 기복을 겪은 후 삶을 위해 싸우기 시작한 그 힘을, 그 긍정적인 결과를, 그리고 오직 근력으로만 체중을 늘린 것을 높이 평가했다. 그녀의 양쪽 눈에 백내장이 진행되고 있는 것을 내가 알고 있었는지 물어보았다. 그리고 나이가 들어 생기는 증상이니 큰 문제는 아니며, 책을 읽지도 텔레비전을 시청하지도 않으니 당분간 크게 방해될 것도 아니라고, 나중으로 미루어도 될 것이라고 했다. 나는 격발음을 기다리고 있었다. 탕 하는 소리가 들렸다.

"에메렌츠의 퇴원을 염두에 두셨으면 합니다. 실제로 그녀는 지금 벌써 퇴원을 바라기도 합니다. 지속적으로 자신의 집을 언급하고 있어요. 집 정원에 있고 싶어 하고, 가장 좋아하는 계절인 이른 여름을 건너뛰었다는 얘기를 해요. 여러분이 그녀 앞에서 사실에 대해 침묵하고 있다는 것을 알고 있어요. 현명하게 대처하신 거예요. 처음부터 모든 것을 분명하게 알고 있었다면 그녀는 절대 회복하지 못했을 거예요. 하지만 이제는 벌써 많이 나았고, 그녀가 진실 또한 견뎌낼 수 있을 것으로 저는 생각합니다. 총경 선생님께 그녀의 집을 정돈해달라고 전해주세요. 우리는 그녀를 퇴원시키려고 합니다."

"아직은 아니에요." 나는 즉시 대답했다. "아직은 불가능해요. 우리는 아직 그녀의 앞날에 대해 결정하지 못했어요. 집도 소독 이후의 상태 그대로이고, 아직 그 어떤 것도 정리되지 않았어요. 우리는 생각을 해봐야 해요. 선생님께서 원하시는 대로 할 수 없어요. 터무니없는 말씀이에요."

"이 때문에 우리가 논쟁을 할 정도까지는 아닙니다." 주임의사가 대답했다. "일주일 동안은 아직 병원에 머물러야 하니, 그동안 모든 것을 처리하실 수 있을 겁니다. 도움이 필요한 모든 것에 지원이 있을 것으로 생각해두십시오. 하지만 걸어 다니는 것은, 언젠가는 그럴 수 있겠지만, 특정할 수 없는 시간까지는 불가능할 겁니다. 그렇다고 우리가 사회봉사원 없이 그녀를 내버려두지는 않을 거예요. 위원회와 벌써 얘기가 되었습니다. 그녀 대신 누가 장을 볼 것인지, 누가 그녀에게 요리를 해줄 것인지는 조직해야 합니다. 그녀는 침대에서 벗어나지 못할 것이니, 그리고 침대에서 용변도 당신들이 처리해야 합니다만, 주사를 놓고 목욕을 시키고 침대를 정돈하는 일은 담당 복지사가 맡을 것입니다. 이 일을 가족이나 친구들 내에서 해결할 수 없다면, 총경님이 분명 그녀에게 어떤 적당한 장소를 알아볼 것이라고 생각합니다. 하지만 누군가를 가엾게 여기는 마음으로 그녀를 자기 집에 데리고 갈 사람이 있으리라 생각합니다."

슈투의 말이라도 들을 것을. 역시나 어떻게 해볼 도리가 없다.

"선생님, 만약 에메렌츠가 그 누구와도 살고 싶어 하지 않으면 어떻게 될까요?" 그에게 말을 건넸다. 말을 건네면서도, 내가 얼마나 바보 같은 질문을 하고 있는지 알고 있었다. '그녀는 원하지 않고, 하고 싶어 하지 않고, 하지 않을 것이고, 나중에는 저항할 거예요.' 그렇다 한들 그녀가 어떻게 저항할 수 있을까? 이제부터 에메렌츠에게는 항상 어떤 일들이 발생하기만 할 따름이라는 것을, 죽음 외에 에메렌츠가 마음대로 할 수 있는 것은 없다는 것을 모두는 이미 알고 있었다.

의사는 지긋이 나를 보았다. 마지막의, 그 부적절한 나의 말은 듣고 싶어 하지 않았다. 그는 일어서더니 내 손을 따뜻하게 잡았다.

"우리 서로를 이해합시다. 모든 이들이 그녀를 사랑하고, 저 또한 그렇기에 그녀를 퇴원시키는 것이 진심으로 쉽지는 않습니다. 이 정도로 회복된 그녀의 육체와 정신 모두는 노인의학의 기적입니다. 아주 드문 경우입니다. 하지만 우리가 자립시킬 수 있는 누군가를 계속 침대에 붙들어둘 수는 없습니다. 유감스럽게도 그녀는 거의 마비된 상태로 지낼 것입니다. 죽을 때까지 그녀를 여기 이 병원에서 머물게 할 수는 없습니다. 다른 누구보다 더 많은 편의를 제공했다는 것은 믿어주십시오. 그리고 하나 더 말씀 드리자면, 이것이 아마도 가장 중요한 것일 텐데요."

의사의 두 번째 격발을 나는 기다리고 있었다. 살점이 붙어 있는

뼈가 입에서 삐져나왔으나, 그 사냥감은 아직 살아 있었다. 실제로 내가 들었던 그 말이 가장 중요한 것이었다.

"지금까지 전혀 본 적도 없는, 말끔히 칠해지고 새 가구들로 단장된 방으로 갑자기 구급요원들이 그녀를 데리고 들어가는 일만큼은 그녀가 겪지 않도록 하십시오. 그리고 그녀 혼자 머무를 수 없다고 해서 그 방에서 즉시 또 다른 곳으로 데려가는 것도요. 지금은 이제 그녀가 사리를 분간할 수 있으니, 사실을 전하십시오. 도끼, 소독 등 그 모든 것을 전하십시오. 제가 주사를 놓을 수 있는 여기에서, 당신이 직접 말하십시오. 부질없이 이전 가구들과 고양이들을 찾게 될 그녀의 집에서 모든 것이 밝혀지지 않도록 말입니다. 동네 이웃분들과 함께 저는 벌써 이에 대해 깊이 생각해보았습니다. 그들은 에메렌츠가 당신에게 가장 많이 의지한다고 하더군요. 글쎄요, 당신이 말씀하는 게 좋을 것 같습니다. 결국 그 사건들 또한 당신이 시작한 것이기도 하고요. 반면 그녀가 지금까지 살아 있는 것은 실제로 당신 덕분입니다. 그녀가 문을 열도록 당신이 이끌지 않았다면, 주변 사람들이 48시간까지도 기다릴 필요가 없었을 겁니다. 그녀는 사망했을 겁니다."

분명히, 실제로 그녀는 우리가 살린 이 삶에 고마워할 수도 있을 것이다. 하지만 고독한 그녀를 위로해주던 고양이들은 종적을 감추거나 죽었으며, 그녀가 좋아하던 물건들은 연기로 변해버렸다. 게다가 그녀의 업무를 분담한 이웃의 고결한 제안들은 분명 장기간 유지될 수 없을 것이 명백했다. 반면, 죽는 한이 있더라도 에메렌츠는 요양원으로는 가지 않을 것이다. 오직 자신의 집으로만 가려 하겠지만, 그러나 이제 그녀의 집은 어디에 있는 것일까? 우리 집에 머문다고 해도 그녀는 반기지 않을 것이다. 그녀에게는 그녀의 집, 자신의 집이 필요하다. 나는 다시금 말만 내뱉어놓고는, 조력이 필요한 마비된 환자에게 우리의 삶을 어떻게 맞추어야 하는지도 알지 못했다. 담당 복지사가 매일 오지 않으면 침대에서 그녀의 배변을 처리하고, 빨래를 하고, 그녀를 위해 요리하고, 욕창으로부터 돌볼 시간이 나에게 언제 있을 것이며, 외출을 해야 될 때 나는 어떻게 해야 할 것이며, 남편은 또 무엇을 할 수 있을까? 내가 집으로 오라고 한다면 그녀가 오기는 할까? 내 제안을 단번에 거절할 것이다. 그렇다면 그녀는 어디로 간다는 것일까? 다른 이들에게 그녀의 자리는 없다. 그녀의 조카는 맡으려 하지 않을 것이고, 총경은 얼마 전 재혼한 상태다. 우리 집으로 오는 것 외에는 다른 방도가 없다.

  나는 집을 향해 나섰다. 그녀를 우리 집에 들이려 할 때, 그녀가 거부한다면 어떻게 해야 할지 귀갓길에 골똘히 생각해보았다. 남편과 이야기를 하고자 에메렌츠에게는 들르지도 않고, 서둘러 집으로 갔다. 그녀의 집 앞 거리에서 사람들이 이리저리 오가고 있었다. 조금 부산스러웠는데, 트럭에서 짐을 부리고 있었기에 무슨 일이 있나 보려고 들어가보았다. 그들은 에메렌츠의 집 앞마당을 점령한 채 부엌 벽을 칠하고, 임시로 세워두었던 나무판들을 떼어냈으며, 누군가는 부서진 자리로 문을 맞추고, 부인들은 바닥을 닦고 있었다. 전혀 모르는 사람들인 것으로 봐서 분명 총경의 '노동교화대'가 분명했다. 일이 시작된 것이다. 나는 전화를 하기 위해 우리 집으로 곧장 내달렸다. 총경은 또다시 무엇이 문제인지를 이해하지 못했다. 문은 제자리에 있고, 벽의 페인트칠도 준비되었으며, 마루도 새로 광택이 나게 닦았다고 했다. 며칠이 지나면 가구들도 도착할 것이고, 여름의 더위 속에서 회벽도 벌써 마르고 있다고 했다. 무엇이 문제일까? 나는 왜 그렇게 절망에 빠져 있을까?

　무엇이 문제인지, 종국에는 도대체 그 누가 이해할까? 나는 총경에게 슈투의 배신에 대해서 이야기했다. 그는 낙심했으나 곧 법이 에메렌츠를 보호한다고, 집에서 그녀를 쫓아낼 수 없고, 강제로 다른 곳으로 이주시킬 수도 없다고 말했다. 강제하고자 한다면, 그녀가 살면서 다시는 노동이 불가능하다는 한정된 조건이 따르기 때문에 그럴 수 없다고 했다. 병가에 관한 규정이 그렇게 명시하고 있으므로, 누군가 그 집을 받고자 한다면 어쨌든 2년 동안은 기다려야만 한다고 했다. 2년은 엄청나게 긴, 모든 일이 발생할 수도 있는 기간이다. 에메렌츠가 완전히 건강을 회복할 수도, 또는 불쌍한 그녀가 사망할 수도 있다. 당분간 이웃들이 그녀를 돌보고, 그때까지 총경은 관리인이 될 사람을 찾아본다고 했다. 그러니 내가 불안해하는 모든 것이 실제로는 정리가 된 셈이었다. 급박했던 시기를 우리는 잘 견뎌냈다. 환자가 될 권리는 누구에게나 있는 것이다. 반면 이제는 총경 또한 내가 시작한 것을 그만두는 게 어떻겠느냐고 청했다. 이웃들의 눈물겹도록 아름다운 거짓말을 나 자신의 믿음으로 그녀에게 확인시킨 이후 에메렌츠가 살아남게 되었으니, 이제는 그럴 필요가 없지 않겠느냐고 했다. 유종의 미를 거두자고, 그녀에게 전하게 될 나쁜 소식을 내가 상당히 완화시키는 것이 어떻겠느냐고 제안했다. 그녀의 집에 있던 것들은 새로운 형태를 띠게 되었으며,

옛날 것이나 새것 또는 동일한 것들이 집에서 그녀를 기다리고 있다고 말이다.

그도 이해하지 못했다. 아마 이해할 수도 없을 것이다. 우리는 전혀 다른 외국 돈으로 셈을 했던 것이다. 에메렌츠의 사전에 있는 단어들은, 오물, 소동, 추문, 길거리 코미디, 부끄러움이었고, 총경의 사전에는 법, 질서, 해결, 인간적 유대, 효율적인 일처리가 있었다. 두 개의 단어장에 적힌 내용은 모두 사실이었으나, 각각 다른 언어로 되어 있을 뿐이었다. 나는 그곳에 있지 않았으며 텔레비전 방송국에 갔었다. 당시 현장에 누가 남아 있었는지는 그가 알고 있기에, 실제로 무슨 일이 일어났고 나 또한 거기에 없었다는 사실만큼은 그가 에메렌츠에게 말해주었으면 싶었다.

"저는 에메렌츠를 두려워하지 않아요." 총경이 대답했다. "에메렌츠는 현명한 부인이에요. 당신이 그녀를 구한 건 쓸쓸한 실패가 아니에요. 해피엔딩이라고 하는 것도 이상하지만, 그럼에도 그게 사실이에요. 그녀에게 말하는 걸 염려하는 당신은 그녀를 과소평가 하고 있네요. 제가 이야기하지요. 아니 오늘 오후에 말하겠어요. 슈투와는 말을 나누지도 말고 인사도 하지 마세요. 슈투의 배신 또한 에메렌츠에게 알리겠지만, 걱정하지는 마세요. 약보다 효과가 더 좋을 거예요. 어쩌면 화가 나서 즉시 나올지도 몰라요. 만약 감히 그녀와 맞선다면, 슈투가 받게 될 건 그냥 평범한 것이 아니겠지요. 제가 처리하겠지만 당신에게 실망했다는 말은 하고 싶네요. 당신이 마지막 국면인 지금에 와서야 자제력을 잃었다는 것이 그래도 다행이에요."

피날레

나는 이미 그날 오후처럼, 그런 시간들을 겪은 바 있었다. 남편이 폐 수술을 받는 동안 이런 긴장감 속에서 시간이 그렇게 흘렀고, 부모님의 장례를 치르던 때 발인 전날 밤에도 그랬다. 어머니의 침실에서 전혀 움직임이 없는 비올라와 함께 잠자리에 들었는데, 대략 6시경이 되었을까? 아델카가 초인종을 울리고는 당황스러운 얼굴로 전했다. 에메렌츠가 곁에 사람들을 허락하지 않는다고, 무슨 일이 벌어졌는지 모르겠다고 전했다. 나는 믿을 수 없었다. 아델카에 따르면, 병실 문 앞 표지판에 '방문 금지'라고 적혀 있었고, 간호사에게 말을 걸었으나 수프를 도로 가져가라고, 그리고 에메렌츠는 그 어떤 것도 원하지 않으니 되돌아가라며, 당분간 면회가 금지되었다고 했다는 것이다. 만능인의 부인도 허락하지 않았기에 그녀 또한 가득 찬 보자기를 들고 되돌아갔다고 했다. 푸줏간의 그 손도끼가 이미 내려 떨어진 것이라고, 내가 가봐야겠다는 생각이 들었다. 주섬주섬 준비를 하고 집을 나서는데, 우리 집 앞길에서, 분명 개인적인 과외의 의무감으로, 슈투가 잠에 어린 눈으로 빗자루질을 하고 있었다. 그녀의 얼굴에 죄의식은 없었다. 그보다 그녀는 나를 보자 깊이 생각에 잠긴 것 같았다. 아마 아델카로부터 병원의 새로운 조치에 관해 들었을 것이다. 지금은 마치 에메렌츠와 간식을 나누던 탁자에서 모두에게 던져진 카드를 두고 무슨 일이 일어날지, 자신의 유불리를 따지며 골똘히 생각을 하는 것 같았다.

  병원으로 향하는 길에 두 명의 이웃이 음식을 들고 터벅터벅 돌아오는 것을 보았다. 부인들은 에메렌츠의 상태가 분명 악화될 것임을 두고 걱정했다. 하늘이 어둡고 쇳빛 회색인 데다 한랭전선이 몰려왔으며, 바람이 가로수의 잔가지들을 휩쓸었다. 아마도 에메렌츠는 이것들에 더 민감하게 반응했기에, 간호사들이 다른 사람들로부터 그녀를 떼어놓은 것일지도 모른다. 불쌍한 그녀가 다 죽어가는 것처럼 보일 때도 이렇게 엄격하게 그녀를 보호하지는 않았다. 아마 나에게는 간호사들이 사실을 말해줄 수 있을지도 모르니, 나보고 어서 올라가 보라고 했다.

  병실 앞에 다다라서 출입 금지 표지판을 아래로 떼어냈다. 간호사가 보았으나, 고개를 끄덕이기만 했다. 그녀는 분명 어떤 지시를 받았을 것이다. 에메렌츠의 병실로 들어서며 실제로 총경이 옳았다는 생각이 들었다. 그녀의 삶으로 깊이 들어간 사람은 나이며, 아트로포스(그리스 신화에서 운명의 실타래를 잘라 죽음을 결정하는 여신 ─ 옮긴이)의 손에서 내가 감히 그 가위를 빼앗았다고 한다면, 파르카이(로

마 신화에서 운명을 관장하는 세 여신—옮긴이)의 공방工房을 둘러볼 수 있는 용기도 내가 가져야 했다. 에메렌츠는 문을 등진 방향으로 누워 있었다. 돌아보지 않았으나 내가 왔다는 것을 즉시 알았다. 마치 비올라처럼. 그 전날과 그날 실재했던 에메렌츠의 차이점은 다시금 얼굴에 베일이 있었다는 것뿐이었다. 하지만 나는 알고 있었다. 내가 여기에 있다는 것을 그녀가 알고 있음을.

우리 둘은 모두 말이 없었다. 점점 더 어둠이 짙어졌고 나뭇가지들이 닫힌 창문을 두드렸다. 그날 오후의 그녀보다 더 묘하고, 침묵한 채 도무지 짐작되지 않는 인물은 여태 없었다. 나는 그녀 옆에 앉았다. 내 손에는 출입 금지 표지판이 들려 있었다.

"고양이는 몇 마리 남았죠?" 마침내 베일 아래로부터 그녀의 목소리가 들려왔다. 그 목소리는 보이지 않는 그녀의 모습만큼이나 비현실적이었다.

그때에는 이미 이러나저러나 그 모든 것이 마찬가지였다.

"한 마리도 남지 않았어요, 에메렌츠. 세 마리는 시체를 찾은 것 같은데, 다른 것들은 잃어버렸어요."

"계속 찾아요. 살아 있다면 거기 정원 어딘가에 숨어 있을 거예요."

"알겠어요. 찾아볼게요."

침묵. 창문에서 잔가지들이 부스럭거렸다.

"깨끗하게 청소했다고 나에게 거짓말을 했어요."

"청소할 게 없었어요, 에메렌츠. 이미 방역청 사람들이 조치를 취한 뒤였어요."

"당신은 그걸 참고만 있었어요?"

"규정을 막을 수는 없었어요. 총경도 그렇게 할 수는 없어요. 비극이 발생한 거예요. 그건 불운이었어요."

"비극! 그런 규정이 있다면 그날이나, 다음 날에 당신은 국회라도 쫓아갔었어야 해요."

"만약 집에 있었더라도, 내가 누구를 만났든 쓸데없이 괴롭히기만 했을 거예요. 이런 경우를 대비한 규정이 있고 보건당국이 처리하는 거라고 말씀 드리잖아요. 내가 그 규정을 무력화할 수는 없어요."

"집에 없었다고요? 어디에 갔던 거예요?"

"아테네요, 에메렌츠. 회의가 있었어요. 당신은 잊고 있겠지만, 이전에 집에서 그 회의에 대해 이야기한 적도 있었어요. 우리는 사절단 단원이었고, 거기에 가야만 했었어요."

"내가 살았는지 죽었는지 그것도 모를 그때에 가버렸다고요?"

이 말에 나는 대답할 말이 없었다. 창문에 천천히 흘러내리는 빗방울들만 바라보았다. 그렇다. 나는 가버렸던 것이다.

갑자기 그녀는 얼굴에서 베일을 걷어 내렸다. 나를 뚫어지듯 쳐다보았다. 밀랍처럼 새하얬다.

"당신들은 도대체 어떤 사람들이죠? 당신과 총경님은요? 주인님은 가장 정직하신 분이에요. 그분은 최소한 절대 거짓말은 하지 않잖아요."

이 말에 대해 또 한 번, 나는 어떤 대답도 할 수 없었다. 실제로 남편은 거짓말을 한 적이 없지만, 총경은 지금까지 내가 만난 사람들 중 가장 존경할 만한 남자 중 한 명이었다. 그리고 나는, 그냥 그런 사람이다. 그냥 그런 사람. 나는 아테네로 갔다. 공식적인 헝가리 사절단원이 불참한다면 그리스 외무성은 다르게 해석할 것이기에, 만약 아버지가 위급한 상황이었더라도 나는 갔을 것이다. 또한 사절단원으로 파견된 것은 상을 받은 이후 정부가 보낸 화해의 제스처인데, 나는 이에 대한 수용을 거절할 수 없었기 때문이다. 나는 작가이고 공인이기에, 마치 집안에 무슨 문제가 있더라도 공연을 해야 하는 배우처럼 나에게도 이러한 일들이 일어나는 것이다.

"자, 여기서 나가세요."

에메렌츠는 조용히 말했다.

"내가 그 많은 귀중품들을 당신에게 떼어주겠다며 청했으나 당신은 집도 사지 않았어요. 내가 키워주겠다고 약속도 했으나 당신은 자식도 낳지 않았지요. 부끄러운 내 모습을 목격한 사람들 누구도 보고 싶지 않아요. 문에 그 표지판을 다시 달아놓으세요. 당신이 내가 죽도록 놔두었다면, 죽고 나서도 나는 당신을 보살폈을 거예요. 다시는 내가 진정한 일을 할 수 없다는 생각이 들었을 때 그렇게 다짐했어요. 하지만 지금은 이미 당신이 내 가까이에 있다는 것도 견딜 수 없어요. 가세요."

그럼에도 에메렌츠는 저세상의 존재를 믿고 있고 있었다. 목사와 우리의 화만 돋우었을 뿐이었다.

"지금부터는 원하는 대로 하세요. 당신은 사랑할 줄 모르지요. 나는, 그런데도 어쩌면 당신이 그것을 알 것이라 생각했어요. 나를 구한 것, 그리고 그다음은 뭐지요? 더군다나 나를 당신한테 데려가서 건사하겠다고요? 멍청이!"

"에메렌츠!"

"여기서 나가서 텔레비전에서 선언을 낭독하세요. 소설을 쓰거나 다시 아테네로 줄행랑치세요. 당신들 중 누구라도 내 근처에 얼씬거리지도 말아요. 만약 여기서 당신들이 나를 집으로 데려가려 한다면, 아델이 여기에 가위를 놓고 갔으니 오는 사람은 누구든 찔러서 잘라버리겠어요. 나의 운명에 대해 당신들이 왜 그렇게 신경을 쓰세요? 세상에는 사회복지 요양원도 있고, 우리나라가 세상에서 가장 좋은 나라잖아요. 그리고 2년 동안 환자로서 누워 있을 권리도 있고요. 당신 친구가 말해주더군요. 자, 가세요. 내 일도 많아요."

"에메렌츠, 우리 집에…"

"당신들의 집이라니! 주부로서 당신, 나를 부양하는 당신이라니! 당신과 주인님이라니! 글쎄, 썩 꺼지세요! 당신 집에서 제정신인 건 단 하나, 비올라뿐이에요."

저녁식사가 그녀 옆에 손도 대지 않은 채 있었다. 그녀가 화를 내며 큰 몸짓을 했기에 접시가 떨어질 뻔했는데도 나는 감히 그녀 가까이 가지 못했다. 실제로 가위로 나를 찌르지는 않을까 두려웠다. 그녀는 등을 대고 누워서 천장을 바라보고 있었다. 인사도 없이 나왔을 때, 그녀의 모습은 거의 보이지 않았다. 비를 맞으며 집까지 뛰었다. 어떻게 달리 표현해야 했을지 곰곰이 생각해보았다. 하지만 그 어떤 것도 머리에 떠오르지 않았다.

한 시간이 지나니 조금 더 안정이 되었다. 의식의 저편에서는 이보다 더 좋지 않은 상황에 대해서도 준비를 하고 있었다. 하지만 남편이 놀래키는 바람에, 이 평화로운 착각은 오래 지속되지 못했다. 남편은 집 안을 아래위로 다니며, 에메렌츠가 감정을 드러내지 않는 것, 그녀의 이러한 평온함이 마음에 걸린다고 했다. 이는 에메렌츠의 성격에도 어울리지 않고, 그녀가 정말 크게 폭발하는 게 더 자연스러웠을 것이라고 했다.

갑자기 비올라가 말 그대로 미쳐 날뛰는 바람에 나는 더 이상 에메렌츠의 정신 상태를 분석할 수 없었다. 비올라는 날카로운 비명을 지르며 마구 긁어대고 카펫을 엉망으로 짓이기더니 바닥으로 퍼져서 입에 거품을 물었다. 비올라의 마지막 순간이 온 것으로 생각할 정도의 상황이었다. 수의사에게 빨리 와달라고 전화를 했다. 잊을 수 없는 그 첫 번째 크리스마스처럼, 수의사는 곧장 달려왔다. 비올라는 그를 너무 좋아해서 주사를 맞고 나서도 그에게 재주를 부리곤 했었다. 지금은 널브러져 있기만 했고, 그의 말에 일어서지도 않았다. 수의사는 비올라 옆에 무릎을 꿇고 앉아 피아노를 치듯이 예민하고 가느다란 손가락으로 비올라의 몸을 여기저기 눌러보며 말을 걸고 있었다. 그는 무릎의 먼지를 털고는 어깨를 으쓱했다. 비올라에게 실제적인 문제는 없으나 뭔가 충격과 공포를 받았으며, 그것으로 인해 신경체계의 평정이 흐트러졌다고 했다. 비올라에게 명령을 내리려 해도 듣지 않았다. 앉지도 다니지도 않았으며, 일으켜 세워도 마치 몸이 마비된 듯 옆으로 쓰러지기만 했다. 수의사는 저녁에 포도당과 함께 유아 용량의 신경안정제를 비올라에게 투여하라고 일렀다. 그리고 다음 날 다시 진찰을 하러 오겠다며 우리와 헤어졌다. 그는 비올라에게서 그 어떤 것도 발견하지 못했다. 내가 비올라를 십자가에 묶는다고 해도, 그는 아무것도 발견하지 못할 것이다. 수의사는 가버렸다.

저녁을 차렸지만 비올라는 누워 있기만 했다. 나를 좋아하는지 표현해달라고 했으나 쳐다보지도 않고 해진 옷 조각처럼 쓰러져 있기만 했다. 비올라가 갑자기 내가 겁에 질릴 정도로, 어떤 상상할 수도 없는 소리로 울부짖었을 때, 나는 저녁 음식으로 가득 채운 접시를 바닥에 떨어뜨렸다. 감히 비올라에게 접근할 수도 없었다. 그 순간 비올라가 미쳐버렸거나 아니면 나를 물 것이라고 느꼈다. 비올라의 목소리라고는 믿고 싶지 않았다. 그때 이미 남편은 나의 곁으로, 부엌에서 엉망이 된 저녁 음식 옆으로 와서 서 있었다. 그때도 나는 저 울부짖는 소리가 비올라의 목소리라고 믿고 싶지 않았다. 남편은 시계를 보고는 조용히 말했다. "8시 15분이에요."

8시 15분, 마치 광인이 내 목구멍에서 정확한 시각을 알리기라도 한듯, 나는 따라서 되뇌었다. 8시 15분, 8시 15분. 세 번에 걸쳐 그 시각을 언급하자, 남편은 비웃을 가져왔다. 나는 입을 닫았다. 갑작스레 내 주변에 일어난 그 모든 일이 비정상적이라고 느껴졌다. 앵무새처럼 그 시각을 세 번 되뇌었다. 내게 무슨 일이 일어난 것일까, 내가 미쳐버린 것일까? 나는 어떻게든 비올라와 같은 울부짖음은 입 밖에 내지 않으려 했다. 마치 이것에 인생이 걸린 것이기라도 한듯, 나 자신을 기만했다. 하지만 나도, 남편도 알고 있었다. 제일 먼저 비올라가 알았고, 우리 둘에게 알려줬던 것이다. 비올라는 아이처럼 울부짖었다.

병원 복도는 의사들로 가득했다. 통화 중인 수간호사의 목소리가 방에서 들려왔다. 에메렌츠의 담당의사는 우리를 보더니 물어볼 필요가 없다면서, 이 말을 하기 위해 우리를 기다리고 또 기다렸다고 했다. 내가 가고 난 후 처음에 에메렌츠는 조용했으며, 손수건을 낡아채 가리고는 사람들이 말을 붙여도 대답도 하지 않았다고 했다. 다른 때에도 방해하지 말라는 암시를 주곤 했기에 그건 별다른 현상이 아니었다고 했다.

대략 8시를 넘어 간호사가 소등을 하러 병실 안을 둘러봤을 때, 에메렌츠는 즉시 자신을 옮겨달라고, 그것도 그날 저녁 곧장 집으로 보내달라고, 아무도 돌보지 않고 먹이도 주지 않는 자신의 고양이들이 자기를 찾고 있으니 주변의 집과 정원을 둘러봐야겠다고 했다. 그들은 에메렌츠에게 여러 이유들 때문에 불가능하다고, 우선 저녁이라서 퇴원 서류를 작성할 수 없는 데다가 그녀 집에는 아직 그녀가 누울 곳이 없다고 일렀다. 그러자 그녀의 반응이 날카롭고 명령조로 변하더니, 그러면 자기를 데려갈 필요도 없으며, 그 정도의 저열한 무기력을 견뎌낼 정도의 힘은 지금도 있다고 외치고는, 정녕 필요한 것은 병실에서 바로 나가는 것이라고 했다. 그곳에 더 이상은 머무를 수 없다는 것이었다. 실제로 그녀는 나가려는 시도를 하느라 침대에서 스스로 몸을 내리고자 했다. 물론 에메렌츠는 걸음을 옮길 수도, 설 수도 없었다. 땅에 발을 내딛자마자, 또는 어쩌면 그 전에 침대에서 내려오는 순간이었을 것이다. 총경의 발언과 나의 방문으로 '적당하게 준비되었던' 색전증이 다시금 발작하고 말았다. 이번에는 색전증이 에메렌츠의 뇌가 아닌 심장을 마비시켰다. 그들이 이미 하나의 사실로써 나에게 전한 그 비현실적인 순간에도, 비올라의 불분명한 음향이 알렸던 그것을, 나는 절대 믿지 않았다.

그때에도 나는 그녀에게서 무언가 빼앗을 것을 찾아냈다. 에메렌츠가 응당하게 자랑스러워할 만한 그 최후의 것, 존엄한 죽음의 피날레에 따르는 박수마저도 내가 빼앗아버린 것이다. 에메렌츠는 다시 옮긴 침대에 여전히 누워 있었지만, 그 누구도 더 이상 에메렌츠를 돌보지 않게 되었다. 그녀를 보자마자 누구에게 맞은 것처럼 문턱에서 내가 쓰러졌기 때문이다. 이때부터 전체 진료과 인원이 나를 돌보았다. 정신을 차리기까지 꽤 오랜 시간이 걸렸다. 그들은 나를 퇴원시키지 않고, 일주일 동안 병상에 누워 있게 했다. 동네 사람들이 음식을 갖고 문병을 왔고, 에메렌츠는 그들의 관심의 장에서 당당하게 사라져갔다. 그들은 전화와 텔레비전이 있는 병실에 나를 뉘었으며, 치료와 위로로 나를 안심시키고자 전력을 다했다. 그들의 동정이 발하는 빛 속에서 나는 러요시 왕으로부터 이미 아름다운 용서의 메시지를 받은, 보이지 않는 삽에 기댄 영명 높은 톨디와 같은 마음이었으며, 다리 밑에는 충실한 가문의 시종이던 벤체의 시체가, 위로는 낭만의 조각구름들과 전설 중의 전설이 흐르고 있었다(헝가리의 대문호 어러니 야노시의 〈톨디Toldi〉3부작에 비유한 내용이다 — 옮긴이). 남편은 낯선 사람들과 마주치지 않아도 되는 매일 저녁 9시 이후에야 병원에 다녀갔다. 모든 사람이 격려의 미소를 띠고 나의 침대 곁으로 다가왔으나 오직 남편의 얼굴에서만 그 가련한, 어떻게 해볼 수 없는 슬픔이 가시지 않았다.

유산

그 모든 일이 정말 얼마나 단순하게 진행되었던가 하는 생각이 가끔씩 든다. 에메렌츠는 아주 소수의 친척들에게도, 느슨한 지인들의 모임에도 해결할 수 없는 문제들로 부담을 지우지 않았다. 그녀는 마치 진정으로 위대한 사령관들처럼, 감동적인 몸짓으로 자기 주변의 모든 것을 개인적으로 처리했다. 별의 움직임을 보며 다니던 시절, 아주 오래전의 인류는 우리가 코코아 한 잔을 위해 개인적으로 또는 집단적으로 싸움을 벌이던 그 야만의 유치원에 대해서는 꿈도 꾸지 못했을 것이다. 그동안 인간은 그만큼 복잡한 사회적 관계를 진화시켜왔다. 그렇기에 어떤 누구와도 여지를 두지 않은 사람이 있다면 그 사람의 삶을 정리하는 것은 불가능할 것이다. 어디부터 손을 대야 할 지 알 수 없어서 손을 놓고 있다면, 손을 접어버리는 것이 합당하다. 우리는 도저히 그렇게 할 용기가 없었으나, 글쎄, 그녀는 자신이 그러하다는 말을 하고서는 예의 바르게 떠나간 셈이었다. 더군다나 낯선 사람들과 잡무로 골치를 앓는 기관들과 조직들도 마치 오랫동안 망설이지 말라는 에메렌츠의 명령을 받은 듯이 그렇게 대처했다. 그녀의 주민증은 함께 싸두었던 다른 서류들과 함께 소파 위에서 재로 변했기에, 총경은 에메렌츠에 관한 한 장의 서류도 없이 장례를 치를 수 있도록 처리했으며, 병원은 시름시름하던 80대 노파에게 심장마비가 온 것을 당연하게 여겼고, 유산 논의와 첫 번째 장례일을 즉시 공고했다. 에메렌츠의 최종 안식처는 그녀의 유언장에 따라 차후 세워질 타지마할이 될 것이기에 유골함 예식은 선장례로 여겼다.

그녀의 조카는 타지마할을 주문했다는 영수증을 나에게 확인차 보여주며, 내가 목사와 교회장에 관해 논의해볼 것을 요청했다. 나는 긍정적인 대답을 바로 할 수가 없었다. 사실 거절하고 싶었는데, 교회장에 대한 요청을 하지 않았을 법한 에메렌츠의 의도를, 최소한 이 하나만큼은 충실하게 대변하고 싶었다. 하지만 동네 사람들이 그 조카를 험담하며 역정을 낼 것이라고, 좋은 게 좋다는 것이 그 조카의 생각이었다. 부음은 준비하지 않기로 우리는 의견 일치를 보았고, 장례 날짜는 신문을 통해 알리기로 했다. 조카가 처버둘에 연락을 했다. 그들은 심심한 조의를 표한다고, 하지만 유감스럽게도 일상의 일들로 인해 개인적인 장례 참석은 불가능할 것 같다는 회신을 보냈다. 반면 그녀가 요청하지도 않았지만, 실제로 그들이 에메렌츠를 돌보지 않았기에, 에메렌츠가 가진 것을 그 조카에게 남긴 것은 그들도 합당한 것으로 여겼다. 어쨌든 그들과 연결된

끈은 오래전에 끊어져버렸었다. 조카가 나도리에 있는 망자들까지도 합장한다면, 그들은 트집 잡지 않을 것이며 분명 감사해할 것이다.

언젠가 에메렌츠의 왕실이 운영되었던, 금지된 도시의 앞마당에서 우리는 모임을 가졌다. 남은 일들을 하나하나 생각하는 동안, 비올라는 지극히 무관심하게 우리 발아래에 누워 있었다. 지금은 이제 평온하게 그녀의 옛 거처로 비올라를 데리고 갈 수 있었으며, 비올라는 그곳에 전혀 가보지 않았던 것처럼 행동했다. 사흘에 걸쳐 남편은 비올라의 울음소리를 들었는데 그 소리는 나중에 신음소리로 약해졌다가 이후 그쳤다. 그러고는 갑자기 누워 있던 낡은 카펫 같은 포즈를 멈추고 일어나더니 몸을 한 번 털어내고 기지개를 켰으며 꿈에서 깨어난 듯 남편을 쳐다보았다. 이때부터 비올라는 어떤 소리도 내지 않았고, 말 그대로 더 이상 우리의 주목을 끄는 행동을 하지 않았다. 더 이상 짧고 요란하게 짖어대는 소리로 기쁨을 나타내지도 불평도 하지 않았으며, 아플 때나 치료할 때 끙끙거리는 것이 다였다. 살면서 마지막까지 더 이상 짖지 않았다.

총경은 유산에 관한 회의 날짜를 장례일로 잡았다. 그날 오전 9시에 그녀의 조카, 총경 그리고 내가 평의회 건물에 한데 모였다. 현장조사는 없었고, 총경이 방역청의 기록물을 낭독했다. 작은 안방을 차지할 만한 분량의 몇몇 물건에 대해 보고했는데, 그것들은 이전 그곳에서 그의 눈길을 끌던 멋진 고가구들이었으며 다른 것은 없었다. 망자에게는 잘 꾸린 가정생활에서 볼 수 있는 모든 것이 있었으나 부엌은 대부분 폐허가 되었다. 원한다면 모든 것을 확인해보기 위해 밖으로 꺼내왔을 테지만, 평의회는 그 어떤 검사도 바라지 않았다. 조카는 살면서 고모가 금전적으로 자신에게 지원을 해주었기에 집 안의 물건들은 내가 가졌으면 한다고 전했다.

회의는 10분 만에 끝이 났다. 회의를 주재한 젊은 여성은 미소를 짓더니, 만약 혹시라도 망자가 보관하던 귀중품을 발견하게 된다면 상속세를 부과해야 하니 이후에라도 알려달라고 부탁했으며, 나는 그러겠노라고 약속했다. 담당자가 커피도 내어왔고, 절차는 빠르게, 예의 있게 진행되었다. 우리는 검은 복장을, 총경은 임명장을 수여받고 국가 지도자를 영접할 때의 제복을 입고 있었다.

총경의 차로 우리는 파르카슈레트 공원묘지로 갔다. 조카를 통해 에메렌츠의 진정한 안식은 성 이슈트반 축일(헝가리의 건국일로, 매년 8월 20일이다—옮긴이)로 정해졌으며, 그때 나도리의 묘지에서도 이장이 진행되리라는 것을 알게 되었다. 8월 25일에 에메렌츠의 납골함을 최종적으로 석조무덤에 안치하게 되기에, 그날 다시금 만나기를 바란다고 했다.

관대를 안치하는 곳 앞 공터에 많은 사람들이 검은 복장을 하고 와 있었다. 나는 못 보았으나 나중에 사람들이 말하기를, 장례 시각에 우리 동네의 모든 자영업 가게들, 말하자면 양화점, 슈투의 가게, 머릿수건 가게, 소다수 가게, 옷 수선 가게, 짜깁기 가게, 와플 가게, 발 치료원, 모피 가게 등이 문을 닫았다고 했다. 각각의 가게 문에는 여러 변형된 문장으로 공고가 붙어 있었다. '가족 문제로 오후 2시까지 휴점합니다. 공원묘지에 있습니다.' 구두 수선공은 이 내용을 가장 축약하여 알렸다. 가게에 내건 근무시간 옆에 단지 이것만을 적어서 알렸다. '에-메-렌-츠.' 멀리서부터 슬픈 곡조가 들려왔다. 작은 조화로 만든 수많은 화환이 유골함 주위를 둘러싸고 있었는데, 나는 차마 그것을 볼 수 없었다. 조카는 나와 총경을 가족석으로 안내했다. 나는 목사와 이미 30분에 걸쳐 어색한 대화를 나누었기에, 실제로 목사가 올 것인지 오지 않을 것인지 깊은 생각에 잠겨 있었다. 목사와의 대화는 신학 공보에 게재해도 될 만한 것으로서, 마치 원시 기독교 공동체 시절로부터 내려온, 현실적 문제에서 야기된 대화 같았다. 목사의 주장은, 하는 일마다 하늘과 등졌고 주님의 성전으로 들어가는 법이 없었으며, 여러 발언들로 신자들에게 지속적으로 소동을 일으킨 사람이 왜 교회장을 요구하느냐는 것이었다. 에메렌츠가 어떤 사람이었는지 내가 목사의 이해를 구하려고 했을 때, 그는 얼음장 같은 눈으로 나를 바라보더니 자신은 주님과 교회법의 관점을 염두에 둬야 한다고 일렀다. 믿음을 따르지 않고, 교회 공동체의 구성원으로 맞지 않는 걸림돌이었으며, 교회의 규정을 어긴 삶을 살았고 성찬에 나타난 적도 전혀 없는 그런 개인이 어떤 권리로 교회의 의식을 원하는지 모르겠다고 말했다.

"그녀는 원하지 않아요." 내가 대답했다. "제가 원하는 것이지요. 마음씨 좋은 모든 사람들은 이것이 합당하고, 맞는 것이라고 생각하고 있어요. 왜냐면 조직으로서의 교회는 너무 화려한 것을 추구한다고, 예정론에 대해서도 믿지 않는다고 밝힌 에메렌츠보다 주님의 독실한 신자들 중에서 더 완전한 기독교 신자는 많지 않기 때문이에요. 비올라는 인간이 아니기에 영원한 형벌을 줄 수 없는데도 그녀는 비올라의 어떤 악행에 대해서도 항상 눈길을 떼지 않았어요. 비올라에 대한 그녀의 눈길보다 그녀에 대한 하느님의 눈길은 더 적었지요. 그녀의 삶을 따져보기도 전에 처음부터 지옥의 천형으로 낙인찍는다면 주님은 얼마나 정의롭지 않은 분인가요? 에메렌츠는 일요일 오전 9시에서 10시까지 교회에서 자신의 신앙심을 단련하지 않았지만 전 생애를 통해 성경에 등장하는 인물들처럼 그렇게 순수하게 인간을 사랑하는 마음으로 주변 사람들을 대했어요. 만약 제 말을 믿지 않는다면 목사님은 상님일 거예요. 왜냐면 그녀가 여기 목사님 주변에서 아픈 사람들에게 건강식을 들고 다녔던 것을 충분히 보실 수 있었기 때문이에요."

제대로 된 교육을 받은 그 젊은 목사는 긍정도 부정도 하지 않고서 장례가 언제 열리게 되는지 공손하게 물어보았다. 하지만 그는 개인적인 어떠한 동정의 표시도 하지 않은 채, 유감스럽게도 에메렌츠는 자신의 좋은 품성에 대해 그가 인지할 수 있는 기회를 주지 않았다고 양해를 구하며 나를 배웅했다.

목사 가운을 입은 그의 모습을 보았을 때 나는 감동했다. 그는 장례식에서 노동자의 손으로 이루어지는 가치 있는 노동을 인정하는 수정같이 맑은 논리로 현명한 설교를 했다. 하지만 참석한 사람들에게 각자가 먹고사는 빵만 생각하지 말라는, 그리고 종교는 그와 하느님의 개인적인 일이라고, 또는 종교생활이 어머니 같은 성스러운 교회와의 관계를 끊고 개인적으로 가능한 것이라고 생각지 말라는 주의를 주었다. 목사는 차분하고 정확하며 감동적인 설교로 그녀에게 작별을 고했다. 그의 말이 자신의 모든 감정을 얼마나 절제했던지, 그리고 그의 말들로부터 실제의 에메렌츠를 재구성하기가 얼마나 불가능했던지, 설교를 듣는 동안 그의 설교가 클로로포름처럼 나를 마취시키는 것 같았다. 저기 우리 앞의 저 작은 항아리 안에 가루로 변해 있는 이가 한때 우리를 보고 웃던 그 사람과 동일한 존재라는 사실을 믿어야만 하는, 사랑했던 그 사람을 마주하고 있는 이들이 보통 느끼곤 하는 그런 근본적이고 둘 데 없는 고통이 아니라, 무디게 마비가 되는 느낌마저 들었다.

조문 인파는 마치 에메렌츠의 12명의 자녀와 그에 걸맞은 자손들이 모인 규모 같았다. 그녀에게 공장과 같은 안정된 직장이 있었던 것처럼, 주도로는 온통 검은 옷을 입은 사람들로 가득했으며 샛길도 '선한 사람들'로 넘쳐났다. 목사 근처에서 그 진통제 효과를 내는 설교에 자신의 슬픔을 기댄 사람도 있었고, 다행스럽게 더 멀리 떨어져 있었던 사람들은 눈물을 흘리기도 했다. 우리는 납골당의 벽으로 천천히 걸음을 옮겼다. 나는 그녀의 정원에 있던 꽃으로 만든 화환으로 유골함 주위를 둘렀다. 다시 한 번 기도가 이어졌고, 이후 묘석에 시멘트를 발라 고정시켰다. 슈투는 숨을 제대로 쉬지도 못한 채 흐느꼈다. 아델은 굳은 시선으로 바라만 보았는데, 그녀는 장례식 내내 유골함 속의 에메렌츠가 아닌 슈투에게서 눈을 떼지 않았다.

아주 예리한 칼로 사람의 심장을 찌르면, 그 사람은 바로 쓰러지지 않는다. 에메렌츠를 잃었다는 의식이 지금 우리 마음에 바로 영향을 미치지는 않고 차후에 우리를 동요하게 하리라는 것을 우리 모두는 알고 있었다. 심장을 찔린 우리는 나중에 땅으로 쓰러지리라는 것을 알고 있었다. 유골함처럼 믿기지 않는 형식으로 안장된, 하지만 여전히 그녀를 볼 수 있는 여기에서가 아니라, 이제는 앞으로 절대 그녀가 빗자루질을 하지 않을 그 길에서, 또는 아무도 먹을 것을 주지 않는 상처 입고 고운 발을 가진 고양이들이나 떠돌이 강아지들이 하릴없이 발걸음을 재촉하는 정원에서 우리는 그녀를 느낄 것이다. 에메렌츠는 우리 모두의 삶에서 한 조각을 가져갔다. 총경은 장례를 마칠 때까지 의장대 사열을 지휘하는 사람처럼 그렇게 서 있었다. 그녀의 조카와 그의 부인이 마음 깊은 곳에서부터 눈물을 흘렸던 반면, 나는 사람들이 볼 때는 눈물을 흘릴 수 없었다. 지금은 아직 눈물을 흘릴 때가 아니라고, 아직 저 너머에 그때가 남아 있으며, 이렇게 쉽게는 눈물을 흘리지 않으리라 생각했다.

장례식이 끝났을 때, 참석한 대부분의 사람들은 함께 남았다. 마치 지금까지 에메렌츠의 아주 강했던 성격이 그녀를 자제시키고 뒤쪽 구석으로 몰아두었던 듯, 아델은 에메렌츠의 죽음 이후 더욱 목소리가 커지고 날카로워졌으며, 더욱 분명한 태도를 취했다. 장례식에 참석한 사람들이 움직이지 않고 이야기를 하고 있었고, 그녀는 여기저기 뛰어다니며 장례식 이후의 무슨 프로그램을 짜는 것 같았는데, 아마도 커피나 맥주를 한 잔 하자는 것 같았다. 슈투는 혼자 서 있다가 곧 가버렸다. 그녀가 관리인을 맡겠다는 제안을 한 이후, 사람들이 그녀를 블랙리스트에 올렸던 것이다.

집으로 가는 길이었다. 오후에는 작업팀이 그녀의 집을 깨끗이 비우러 올 것이고, 검사를 진행하겠다고 방역청 사람들에게 약속도 했다. 총경은 나에게 안방을 보여줄 때 함께 있을 것인지, 그녀의 조카한테 물어보았다. 조카는 그냥 집으로 가고 싶다고 하며, 고모의 유언에 따라 이 일은 이미 자신에게 해당되는 일이 아니라고 했다. 에메렌츠의 사택 처리 문제는 주민 센터로 이관될 것이며, 나는 우리가 사용할 수 있는 것은 모두 가져가고, 필요 없는 것은 누군가에게 선물로 주면 될 것이라고 그 조카가 덧붙였다. 그의 부인은 최소한 내가 받을 유품들을 둘러보고자 함께 왔을 터였으나, 조카는 그것에 호기심을 두지 말라고 손을 내저었다. 만약 그들에게 남길 무언가가 있었더라면 에메렌츠는 그것을 남겼을 것이며, 그들이 받은 것만으로도 충분하기에, 에메렌츠에게 말할 수 없는 감사의 빚을 지고 있다고 했다. 그들은 자신들의 차로 돌아갔다. 올 때처럼, 총경은 차로 우리를 데려다주었다. 남편은 우리 집으로, 나와 총경은 에메렌츠의 집으로 건너갔다. 거리는 텅 비어 있었다. 나의 짐작대로 아델카는 공원묘지 근처에서 장례 후 모임을 주선하고 있었던 듯했다.

손도끼가 앞마당 구석에 기댄 채 놓여 있었다. 총경은 민간인 복장을 한 사람들과 함께 다 부서진 바깥문과 자물쇠가 떨어져나간 안쪽 문에 설치해두었던 나무막대들을 그 도끼로 떨쳐냈다. 그가 함께 들어가도 되는지 나에게 물어보았는데, 오히려 들어와 달라고 내가 청했다. 에메렌츠는 신화 속에 등장하는 인물 같았기에, 나에게 남긴 유품은 그 어떤 것도 그 무엇도 될 수 있었다. 침착한 말로 내 안에서 긴장을 씻어 내리던 목사도 지금은 이미 거기에 없었다.

"뭐가 두려우세요?" 총경이 물었다. "에메렌츠는 당신을 좋아했어요. 그녀의 손이 닿은 것에서 나쁜 것은 생길 수가 없어요. 나는 모든 것이 침대보로 덮여 있던 시절에 여기 방 안에 들렀던 적이 있어요. 그녀는 여기에 가구 세트를 보관하고 있었어요. 멋진 거울도 있었지요. 들어가시죠!"

우리는 함께 들어갔다. 처음에는 그 어떤 것도 볼 수 없었다. 완전하게 컴컴한 어둠뿐이었는데 물론 덧창들 때문이었다. 총경은 벽을 더듬거렸다. 방역 팀의 화학약품 냄새가 나무로 된 문 틈을 통해 들어왔다. 우리가 언제부터 꽉 막힌 공간의 무거운 공기를 맡고 있었는지는 그 누구도 몰랐다. 질식할 것 같은 그 공기 속에서 우리는 벌써 쿨럭거리기 시작했다. 총경이 마침내 스위치를 발견했다. 불을 켜자마자 그는 내가 마치 가스 중독에라도 걸린 듯이 정신이 혼미해지는 것을 보았고, 이미 깔끔하게 정리가 된 처음의 그 공간으로 나를 밀쳐냈다. 그리고 모든 창을 열고서는 다시 나를 본래 있던 자리로 데려왔다. 그때는 이미 내가 봐야만 했던 에메렌츠의 유산을 볼 수 있었다. 나는 쓰러지듯 벽에 기댔다.

영화에서나 등장할 법했다. 아니, 가구들을 덮고 있는 한 뼘의 먼지와 움직일 때마다 등장인물의 얼굴과 머리에 들러붙는 거미줄들을 영화에서 봤더라도 믿기 어려울 것 같았다. 침대보로 덮여 있었다고 했는데, 경찰 조사 이후 바로 걷어냈던 것이 분명했다. 어떤 것으로도 덮여 있지 않았다. 지금까지 살면서 본 그 모든 공간 중 가장 멋지게 꾸민 방에 내가 서 있었다. 프랑스풍의 안락의자 하나를 손날로 털어냈다. 금으로 상감된 로코코 양식 가구로부터 창백한 분홍빛 벨벳이 빛났다. 18세기 말의 살롱이 내 앞에 펼쳐졌다. 어쩌면 성城을 맡았던, 고인이 된 장인의 작품, 박물관에나 어울리는 보물일 법했다. 아직 나의 소유로 된 집은 없었으나, 소유하지 않은 그 집의 응접실 테이블을 벌써 소유하게 된 것이다. 도자기로 상감된 테이블 장식에는 목자들과 양들이 뛰놀고 있었고, 작은 소파의 금박 다리는 마치 매우 어린 고양이의 다리처럼 가늘었다. 소파의 커버를 두드리자 먼지 구름이 일더니 곧 다시 가라앉았다. 하지만 그 약한 두드림에도 천이 두 갈래로 찢어지고 갈라졌다. 마치 이 작은 무례함에 죽어버린 듯했다. 장식용 벽거울은 천장까지 뻗어 있었고, 거기에 딸린 작은 테이블에는 두 개의 도자기로 된 상像이 있었다. 그중 하나는 마침내 살아 있는 것으로서 해, 달, 별들이 그려진 영구시계였는데, 지금도 작동되고 있었다. 그것을 닦으려 했으나 총경이 말했다.

"어디에도 손을 대지 마세요." 나에게 주의를 주었다. "움직이게 하면 위험해요. 커버도, 가구도 죽었어요. 시계만 빼고 여기에 있는 모든 것은 죽은 거예요. 제가 나중에 내릴게요."

나는 최소한 도자기 상들을 잡아보거나, 그 작은 테이블의 서랍에 무언가가 있다면 어떤 것인지 한 번 보고 싶었기에, 그의 말을 듣지 않았다. 서랍의 손잡이를 잡았지만 열리지 않았다. 오직 가족만 알고 있는, 가족에게만 움직이도록 허락된 자물쇠인지 혹시나 알 수 있을까 싶어 이리저리 만져봤는데, 전혀 다른 일이 발생했다. 갑자기 내 주변에서 모든 것이 카프카류의 유령처럼, 공포영화처럼 변해버렸다. 장식용 벽거울 세트가 완전히 쓰러져버린 것이다. 잔인할 정도로 빠른 속도가 아니라 부드럽고 천천히 녹아내리기 시작했다. 금가루처럼 변하더니 떨어져 내렸다. 도자기 상들도, 시계도 떨어졌다. 벽거울의 틀과 테이블은 완전히 자취를 감춰버렸고, 서랍과 다리들도 가루로 변해버렸다.

"나무좀이에요." 총경이 말했다. "여기에서는 그 어떤 것도 가지고 나갈 수 없어요. 모든 것이 죽어버렸어요. 에메렌츠는 확인차 저를 들여보낸 이후, 문을 한 번도 열지 않았어요. 그러니까, 이것이 그로스만 에바를 구한 보답이었군요. 만약 온전히 남아 있었다면 한 재산이 되었겠지만, 지금은 보기에도 좋지 않네요. 자, 한 번 보세요."

그가 안락의자 하나에 손바닥을 가져다 대었는데, 그것도 썩어 내렸다. 미쳐버린 연상이었지만, 왜 그런지는 모르겠으나 호르토바지의 탱크전(1944년 헝가리-독일 연합군과 소련군 간에 벌어진 치열한 전투—옮긴이)이 생각났다. 의자들은 모두 무너져내렸고, 벨벳은 줄지어 갈라졌으며, 나무틀에서는 무언가가 튀어나왔다. 책상 다리들은 우리가 보는 데서 가루로 변하기 시작했다. 마치 비밀스러운 박제용 화학물질이 또다시 인간의 시선이 닿는 지금까지만 그것들의 생명을 유지시킨 듯했다. 어린 소녀일 때 보았던 그 소떼를, 독일군들이 기관총으로 난사했던 그 소떼를 다시금 보았다. 그 칼퀴 같은 뿔들에 하늘이 걸려 있었고, 이 가구들의 커버처럼 소멸은 소의 몸도 그렇게 발라냈었다.

"여기에는 사용할 수 있는 그 어떤 것도 없어요." 총경이 말했다. "깨끗이 청소를 시키도록 할게요. 시계를 가져가시겠어요? 아직 째깍거리는군요. 도자기 상들은 유감스럽게도 다 깨져버렸어요."

거기 바닥에 남겨져 있던 시계. 필요하지 않았다. 내게는 그 어떤 것도 필요한 것이 없었다. 나는 뒤를 돌아다보지도 않고 에메렌츠의 집에서 곧장 나왔다. 아직도, 여전히 눈물은 흐르지 않았다. 총경도 작별 인사를 했지만, 떠나는 자신 뒤로 문을 닫지 않았다. 아델이 알려준 바, 청소 팀이 와서 안을 들여다보았는데, 이미 부서진 도자기도 시계도 그 어떤 것도 없었다고 했다. 가구들은 그냥 없어져버렸다. 나는 관심도 없었지만.

해결

집에서 비올라는 수동적이었고, 모든 것에 거의 무관심했다. 산책을 하러 데리고 나가서 에메렌츠의 집 대문 앞에 다다랐을 때, 당번을 맡은 주민이 인도를 쓸고 있었다. 우리는 서로 각별한 인사를 나누었다. 다시금 자신의 과일가게에 앉아 있는 슈투도 보았다. 아무도 그녀에게서 과일을 사지 않는다는 이유로 상심해 보이지도, 슬퍼 보이지도 않았다. 자신의 과일을 먹고 있었고, 예의 바르게 나에게 인사를 했다. 길은 조용했다. 텔레비전을 켰을 법도 했으나, 그런 집조차 거의 없었다. 나는 무엇을 해야 할지 몰랐다. 장례식 사례금을 건네고자 목사에게 갔다. 그는 바깥 정원에서 책을 읽고 있었는데, 사무실에는 아무도 없었기에 그가 사례금을 받았다. 그의 친절에 감사를 표했으나, 그는 그 감사를 완고하게 거절하면서 자신의 의무였다고 말했다. 살면서 지금 우리는 그 어느 때보다 조금은 더 가까워졌는데, 그는 여태 전혀 주목하지 않은 것이 갑자기 그의 시선을 잡은 듯, 나를 쳐다보았다.

"어디에서도 텔레비전 소리가 거의 들리지 않네요." 그가 말했다.

"애도를 하느라 그래요." 나는 대답했다. "여기에는 부다페스트로 상경한 시골 사람들이 많잖아요. 이 고요함은 시골의 풍습이에요. 성금요일에 그런 것처럼 장례일에도 음악을 듣는 것은 맞지 않지요."

"하지만 그녀에겐 친척이 단 한 명만 있는 데다가, 여기에 살고 있지도 않잖아요. 누가 애도를 한다는 거예요?"

"모두 다지요." 내가 대답했다. "가톨릭 신자들, 유대교 신자들 모두 말이에요. 모두가 에메렌츠에게 빚을 지고 있어요."

목사가 에메렌츠의 집이 훤하게 보이는 길 모퉁이까지 배웅해주리라고는 생각지 못했다. 한 여자 기술자가 말없이 거리를 쓸고 있었다. 목사는 나를 바라보았으나 지금은 그 어떤 것도 묻지 않았다.

반면 장례를 치른 다음 일요일, 교회에서였다. 항상 많은 인원이 있었으나 그때만큼 많은 사람들은 볼 수 없었다. 교회에 다니지 않는 사람들도 예배에 참석했다. 그곳에는 하느님에 대한 불경함 외에 다른 말은 해본 적이 없는, 식료품 가게를 하는 엘레미르가 검은 옷을 입고 있었으며, 루터교 신자인 의사, 가톨릭 신자인 교수, 유대교 신자인 세탁소 주인, 유니테리언 신자인 모피공도 있었다. 예배는 마치 참석하지 않으면 부끄러워해야 할, 교회일치주의자들의 추도예배 같았다. 선교 모임에도 항상 빠지지 않았던 만능인만큼은 보이지 않았으나, 그날은 그가 당번을 맡은 날이어서 길을 청소하고 있었다. 밤에 매서운 바람이 불어와 나뭇가지들이 길 여기저기에 뒹굴고 있었다. 목사는 성체를 내 손에 건네면서 나의 눈을 빤히 바라보았다. 내 눈길은 삼위일체를 상징하는 나의 세 손가락에 집중하지 않았고, 나도 목사의 눈을 빤히 바라보았다. 그때 목사는 이미 알고 있었다. 지금 나는 에메렌츠의 장례식에서 그가 동네 사람들에게 행한 예의에 대해 답례를 한다는 것을.

교회에 채워지지 않은 한 명이 있었다. 슈투였다. 우리는 죄를 용서받은 마음으로 귀가했으며, 그녀에 관한 이야기는 나누지 않았다. 그러나 우리가 슈투를 눌렀다는 생각을 하고 있었다. 누구에게도 그녀가 필요치 않았다. 공동주택의 사람들이 스스로 관리를 하고 있다는 것을 그녀도 마침내 알게 되었다. 이웃들은 힘을 합쳤고, 나 또한 벌써 거리 청소를 한 번 했으나 아델카가 내 손에서 빗자루를 빼앗았다. 나는 그녀 옆에서 슬그머니 자리를 옮겼어야 할 정도로 서툴렀던 데다, 그 어떤 것도 제대로 하지 못하는 자신이 부끄러웠다. 어쩌면 내가 일가견이 있다는 일에도 나는 적합하지 않을지 모를 일이다. 이 공동 작업에서 오직 슈투만은 어떤 일도 맡지 않았고 잘 보이지도 않았는데, 가게 또한 닫고 있어서 생계를 어떻게 꾸리는지 의문이었다. 그녀가 집에 있으며, 무엇인가를 기다리고 있다고 나는 생각만 하고 있었다. 지금은 그녀가 우리들 근방에 있는지 아니면 멀리 떠나 있는지 그 어떤 흔적도 남기지 않고 있었다. 여름이라서 그녀의 작은 집에서 연기가 나는 것도 우리는 볼 수 없었다. 그녀가 무엇을 원했고, 무엇을 기다리고 있었는지는 나중에서야 밝혀졌다.

그 소식은 몇 주가 지나 비올라의 오랜 친구인 만능인이 가져왔다. 그는 당황한 채 비올라의 귀를 매만지고 있었다. 브로더리치 씨가 나에게 무언가를 전했다는 말로 대화는 시작되었는데, 말하자면 그 공동주택은 에메렌츠 없이 어떻게 할 수가 없다는 것이었다. 날씨가 좋아서 지금은 아직 어떻게든 꾸려나가지만, 가을이 시작되고 낙엽이 떨어지면 우리 주변에 젊은 사람들은 거의 없고, 있다고 해도 아침부터 밤까지 일을 하니 어떻게 해결할 수가 없다고 했다.

"무슨 말씀인지 알겠어요." 그에게 얘기했다. "브로더리치 씨가 그 말을 전한 것은 공동주택에서 전일제로 일하는 관리인이 있어야 한다는 것인데, 그렇다면 누군가를 고용하자는 것인가요? 아니면 이미 고용했다는 것인가요? 알겠어요. 공고는 하셨나요?"

"실제로 하진 않았어요."

그는 나를 쳐다보지 않았다. 당황한 그의 눈썹이 떨리고 있었다. 비올라가 경련을 일으켰다. 해치려는 마음이 아니었으나 뜻하지 않게 나는 비올라의 목줄을 신경질적인 손으로 잡고 옥죄고 있었다.

"생각해보세요." 만능인이 말했다. "우리는 오랫동안 그녀를 알아왔잖아요. 정갈하고 성실하며 술을 마시지도 않는 데다가, 젊은 남자들의 입장에서 보자면 그녀는 나이도 지긋해요. 슈투가 지원했을 때 왜 그런지 우리는 모든 것이 너무 이르다고 생각하고는 화를 냈어요. 하지만 모든 사람들이 그 이후 진정하고 생각해보기 시작했어요. 그러고는 최종적으로 합의를 보았지요."

"슈투와 합의를 본 거겠군요." 나는 씁쓸하게 말했다.

"슈투라니요? 아델카와 합의를 보았어요. 브로더리치 씨는 당신이 놀라지 않도록, 당신들과 얘기를 나누자고 생각했던 거예요."

이제 그 어떤 소식에도 나는 놀라지 않았다. 만능인이 떠난 후 나는 에메렌츠의 앞마당을 바라볼 수 있는 베란다로 나갔다. 그곳 탁자 옆에 이미 아델카는 에메렌츠가 좋아했던 대로 탁자를 예쁘게 꾸려놓은 채 앉아 있었다. 혼자가 아니라, 아마 무언가의 껍질을 벗기는 듯 구두수선공의 부인과 함께 접시 쪽으로 몸을 구부리고 있었다. 그때는 이미 나에게 시선을 주는 어떤 외부인도 없었고, 나는 울 수 있었다. 남편은 진정시키지는 않았으나, 동정심 외에는 그 어떤 것도 아닌 시선으로 나를 바라보았다.

"집도 거리도, 에메렌츠 없이는 불가능해요." 나는 그의 말을 듣고만 있었다. "아델은 나쁘지 않고, 실제로 모두가 그녀를 잘 알고 있지요. 기다렸던 것이 현명했어요. 슈투는 서둘렀어요. 지금은 무엇에 그렇게 마음이 아픈가요? 당신이 에메렌츠를 애달파할 순 없어요. 망자는 항상 승자예요. 패배는 살아남은 사람들의 것일 뿐이고요."

"우리 자신이 애처롭고 쓸쓸해요." 나는 대답했다. "모두가 그녀에게 신의를 저버렸어요."

"신의를 저버린 게 아니에요. 일이 많을 뿐이에요."

남편은 일어났다. 비올라가 즉시 땅을 짚고 서더니 남편 옆으로 가서 머리를 무릎 사이로 밀어 넣었다. 에메렌츠가 세상을 떠난 이래 비올라에게는 남편이 에메렌츠의 자리를 대신했는데, 다시금 나만 소외되었다. 에메렌츠의 모든 기적은 수평의 평평함이 아니라 비딱하고 비스듬한 것이었다.

"당신 스스로 흥분한 거예요. 다시금 글을 쓰지 않고, 모든 일을 팽개치고 있잖아요. 타자기 앞에는 왜 앉지 않아요?"

"모르겠어요."

나는 대답했다.

"피곤해요. 슬프고요. 모든 사람이 싫어요. 아델을 증오해요."

"요리하고 청소하고 장도 보고, 그래서 피곤한 거예요. 그리고 가까이에 두고 당신이 참을 수 있는 그 어떤 사람도 찾지 못했기 때문에 그래요. 당신은 아무나를 찾고 있는 것이 아니라, 다시는 당신 곁으로 올 수 없는 유일한 한 사람, 에메렌츠를 찾고 있기 때문에 피곤한 거예요. 이제는 에메렌츠가 없다는 사실을 받아들이도록 해요. 계약이 몇 개나 있으니 일을 해야지요. 주어진 일은 마쳐야만 해요. 그 정도로 죽을 만큼 피곤하지 않았더라면, 벌써 오래전에 당신이 해야 할 바를 알았겠지요. 브로더리치 씨 가족, 만능인은 물론 이웃 모두가 알고 있는 바를 당신만 모르고 있어요. 그 공동주택에서 그들 자신들의 방식으로 당신에게 메시지를 전한 거예요. 그러니 모쪼록 이제는 스스로 할 바를 해요."

나는 듣지 않기 위해 귀를 막았다. 남편은 내가 조금 안정이 될 때까지 기다리고는 옷걸이에서 비올라의 입마개를 내렸다.

"여기 모든 사람들은 당신을 좋아해요. 만능인이 여기에 온 것은 당신이 이미 결정한 것을 더 편하게 해주기 위해서였어요. 그런데 당신에게는 그 말을 꺼낼 용기가 없다니, 언제까지 주저할 건가요? 전혀 의미 없는 일이에요! 창조의 행위와 견줄 수 있는 것은 아무것도 없다고 당신은 이미 에메렌츠에게 가르쳤는데, 그녀의 후계자 앞에서 무엇을 창피스러워하지요? 나중에 그녀도 배울 거예요."
 비올라는 입마개를 씌우는 것을 무심하게 참고 있었다. 기뻐하지도 항의하지도 않고 산책 준비를 마쳤다.
 "비올라를 데리고 동네를 한 바퀴 산책하세요. 다른 사람들이 그녀를 데리고 갈 생각을 하기 전에, 당신도 동의하세요."
 "나는 동의하지 않을 거예요. 그럴 필요도 없어요. 사실 에메렌츠에게 그녀는 그렇게 필요하지도 않았어요. 그녀는 단지 아델카를 불쌍히 여겼어요."
 "누가 아델에 대해 얘기하나요? 아델은 감상적이고 약한 백치예요. 슈투와 합의를 보라는 거지요. 우리가 아테네에 머무는 동안 그녀는 흠잡을 데 없이 우리 집의 모든 것을 처리했어요. 슈투는 직선적이고 용감하며 감상적이지 않지요. 머뭇거림도 없고, 일에 대해서 얘기하자면 당신처럼 그렇게 무자비한 사람이에요."
 "에메렌츠."
 나 자신과는 별개로, 그 목소리만큼은 내가 이 단어를 더 이상 누구에게도 소리쳐 부를 수 없으리라는 것을 알고 있었다. 그런 목소리로 그녀의 이름을 불렀다.
 "에메렌츠는 죽었고, 슈투는 살아 있어요. 그녀는 당신도 그 누구도 좋아하지 않아요. 그녀에겐 이 능력이 부족하지만, 수많은 다른 장점이 있는 그녀의 성격이 그 부족함을 메우지요. 만약 슈투의 가치를 인정한다면 당신은 그녀가 절대 위험에 처하도록 내버려두지 않을 것이기에, 마지막 날까지 그녀는 당신을 도울 거예요. 슈투에게는 비밀도, 문도 없어요. 언젠가 앞으로 그런 문이 있게 된다고 해도, 슈투가 누구에게라도 그 문을 열어줄 만한, 세이렌(신화 속에서 선원들을 죽음에까지 이르는 아름다운 소리로 유혹하는 요정 —옮긴이)들의 그런 노래는 없을 거예요."

문

 나의 꿈은 머리카락 한 올의 차이도 없이, 지속적으로 반복되는 환영이다. 항상 똑같은 그 하나의 꿈을 꾼다. 계단 아래, 대문 가에 나는 서 있다. 철망으로 엮이고 깨뜨려지지 않는 유리창이 달린 쇠틀의 대문. 그 안쪽에서 나는 문을 열려고 한다. 문밖 거리에는 구급차가 서 있다. 창을 통해 가물거리는 구급요원들의 실루엣은 부자연스럽게 커 보이며, 마치 달 같은 후광이 그들의 얼굴에 드리워져 있다.
 열쇠가 돌아간다.
 나의 수고는 헛될 뿐.

THE
DOOR

추천의 글

신형철 (문학평론가)

봄에 원고를 받았는데 지금은 쌀쌀하다. 헝가리 문학이라면 마라이 산도르, 크리스토프 아고타, 케르테스 임레 등을 떠올리게 되는데, 서보 머그더는 우리에게 아직 친숙하지 않은 것을 보면 그들만큼은 못 되는가 싶었다. 어설픈 예단이었다. 여름과 가을을 보내며 나는 이 소설을 천천히 세 번 읽었다. 일생 동안 육체노동을 해온 노년의 가사도우미와 그보다 스무 살 어린 중년의 작가, 두 여성이 교류한 20년 동안의 우정과 파열의 기록. 4백 쪽이 안 되는 소설을 4천 쪽짜리 대하소설인 양 읽어야 했다. 4천 쪽만큼의 감정이 4백 쪽에 응축돼 있었기 때문이다.

일단은 육체노동자 에메렌츠의 소설이다. 양차 대전을 관통하며 노년에 이른 한 헝가리 여성의 내면은 철문처럼 닫혀 있는데, 그것을 열어 보이는 것이 이 소설의 일차 과제다. 그가 겪은 불행은 인간의 상상력을 뛰어넘는 것이었고, 그러고서도 사람이 살아내려면 획득해야만 했을 바로 그 성격적 형질을 그는 갖게 되었다. 냉철한 비관론자이자 냉소적 반지성주의자이면서 강인한 생명주의자이고 열정적인 헌신자이기도 한 사람. 한없는 존경과 연민을 동시에 불러일으키는 이 여성은 저 유명한 그리스 남자 조르비의 정반대편에서 당당히 빛난다.

조르바가 빛날 수 있었던 것은 작가 카잔차키스를 닮은 서술자가 그와 보색 대비를 이루어서였듯이, 여기에도 서보 머그더를 닮은 서술자가 있고, 이 소설은 그의 길고 힘겨운 고백이기도 하다. 전반부는 그가 에메렌츠라는 여성의 깊이를 통해 인생 그 자체의 깊이를 알아가는 수업의 기록이다가, 후반부로 가면 돌이킬 수 없는 어떤 선택에 대한 형벌 같은 회한의 기록이 된다. 나의 어떤 선택에 대해, 그것은 배반이 아니라고 모두가 위로해도, 나 자신만은 그것이 배반임을 아는 때가 인생에는 있다. 이 소설은 우리 모두의 그런 때를 짓누르듯 지켜본다.

동시대의 과학이 인간을 뇌와 유전자로 환원해서 이해할 때 문학은 그 성과에 경탄하면서도 허전함을 느낀다. 한 인간이 다른 인간을 이해하기 위해서는 치러야 할 대가라는 것이 있고 그것은 아마도 서로 고통을 나눠 갖는 데 걸리는 시간일 것이라는 생각을 문학은 버릴 수 없어서다. 이 소설에서 두 인물의 20년을 그 무엇이 대신할 수 있을까. "아주 예리한 칼로 사람의 심장을 찌르면 그 사람은 바로 쓰러지지 않는다." 뒤늦게 천천히 쓰러지는 인물들과 함께 쓰러지고 있는 이런 소설을 읽을 때마다 감히 이곳에 인간성의 본질이 있다고 나는 믿게 된다.

도어

1판 1쇄 펴냄 2019년 11월 10일
1판 7쇄 펴냄 2024년 7월 15일

지은이   서보 머그더
옮긴이   김보국
편집   안민재
디자인   한향림(본문)
제작   세걸음

펴낸곳   프시케의 숲
펴낸이   성기승
출판등록 2017년 4월 5일 제406-2017-000043호
주소   (우)10885, 경기도 파주시 책향기로 371, 상가 204호
전화   070-7574-3736
팩스   0303-3444-3736
이메일   pfbooks@pfbooks.co.kr
SNS   @PsycheForest

ISBN   979-11-89336-11-0 03890

책값은 뒤표지에 있습니다.

이 책의 내용을 이용하려면 반드시 저작권자와
도서출판 프시케의 숲에게 동의를 받아야 합니다.

이 도서의 국립중앙도서관 출판시도서목록CIP은
서지정보유통지원시스템 홈페이지 http://seoji.nl.go.kr와
국가자료공동목록시스템 http://www.nl.go.kr/kolisnet에서 이용하실 수 있습니다.
CIP제어번호: 2019018426

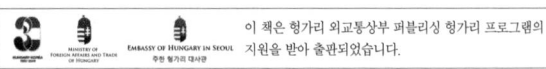
이 책은 헝가리 외교통상부 퍼블리싱 헝가리 프로그램의 지원을 받아 출판되었습니다.

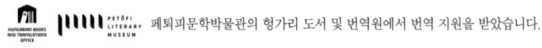
페퇴피문학박물관의 헝가리 도서 및 번역원에서 번역 지원을 받았습니다.